W0283082

Francisco González Ledesma, geboren 1927, Rechtsanwalt, Journalist und schließlich Chefredakteur der angesehenen Tageszeitung *La Vanguardia*, hatte unter dem Franco-Regime Publikationsverbot wegen »moralischer und politischer Bedenken«. Sein literarisches Werk ist außergewöhnlich umfassend und wurde vielfach ausgezeichnet mit nationalen und internationalen Literaturpreisen. Mit den Romanen um die Hauptfigur Inspector Méndez sicherte Ledesma sich seinen Platz unter den Großen des spanischen Kriminalromans.

Weitere Titel des Autors:

Gott wartet an der nächsten Ecke
Die Rache der Träumerin

Sämtliche Titel sind auch els E-Book erhältlich

Francisco González Ledesma

Der Tod wohnt nebenan

Kriminalroman

Aus dem Spanischen
von Sabine Giersberg

BASTEI LÜBBE
TASCHENBUCH

BASTEI LÜBBE TASCHENBUCH
Band 16075

1. Auflage: September 2011

Dieser Titel ist auch als E-Book erhältlich

Vollständige Taschenbuchausgabe
der bei Ehrenwirth erschienenen Hardcoverausgabe

Bastei Lübbe Taschenbuch und Ehrenwirth
in der Bastei Lübbe GmbH & Co. KG

Copyright © 2007 by Francisco González Ledesma
Titel der spanischen Originalausgabe: UNA NOVELA DE BARRIO
Originalverlag: RBA Libros, S.A., Barcelona
Published by arrangement with UnderCover Literary Agents

Für die deutschsprachige Ausgabe:
Copyright © 2009 by Bastei Lübbe GmbH & Co. KG, Köln
Titelillustration: © shuterstock / stocksnapp
Umschlaggestaltung: Gisela Kullowatz
Autorenfoto: Lluis Bou
Satz: Druck & Grafik Siebel, Lindlar
Gesetzt aus der Adobe Caslon Pro
Druck und Verarbeitung: GGP Media GmbH, Pößneck
Printed in Germany
ISBN 978-3-404-16075-4

Sie finden uns im Internet unter
www.luebbe.de
Bitte beachten Sie auch: www.lesejury.de

Der Preis dieses Bandes versteht sich einschließlich
der gesetzlichen Mehrwertsteuer.

1

Gut.
Der Mann, der sterben wird, ist schon da.

Er hegt keinen Verdacht. Er ist verzückt von dem alten Ort, der ihn an längst vergangene Zeiten erinnert.

»Sieh dir nur den Stuck an der Decke an«, flüstert seine Begleiterin, »Handarbeit, so etwas macht heute keiner mehr. Und diese Jugendstilfenster mit dem Glasschliff. Und die dunklen Stellen an der Wand, da hingen früher die Spiegel.«

Der Todgeweihte schaut und schaut, und die Stimme begleitet ihn. Er geht nicht oft ins Museum, doch die Stimme hört sich an wie die einer Museumsführerin. »Und erst das Badezimmer. Die Armaturen sind nicht mehr da, aber auf wundersame Weise ist ein einziges Manises-Becken noch vollständig erhalten.«

Der Todgeweihte schöpft immer noch keinen Verdacht.

Bis er den Handschuh zwischen den Fingern aufblitzen sieht, fein wie der einer Frau und flink wie der eines Magiers. ›Warum braucht man hier Handschuhe?‹, mag er sich fragen, ›bei der Hitze …‹

Dann die Pistole.

Eine 38er.

Der Mann, der sterben wird, weiß das, er kennt sich aus mit Waffen. Entgeistert starrt er den metallisch glänzenden Gegenstand an. Im ersten Moment denkt er, es handele sich um einen Scherz. Er versucht sogar zu lachen.

»Was hat das zu bedeuten?«

»Auf die Knie, Dreckskerl.«

Der Mann, der sterben wird, hat jetzt keineswegs mehr das Gefühl, es handele sich um einen Scherz, und obwohl er immer noch nicht ganz begreift, sagt ihm sein Instinkt, dass es besser ist zu gehorchen. So würde er Zeit gewinnen. Er könnte auch versuchen, sich auf die fünf Schritte entfernte Pistole zu stürzen, aber dann würde die Zeit nicht mal mehr für die Letzte Ölung reichen. Er kniet nieder und murmelt mit weit aufgerissenen Augen: »Was ist das hier? Die Generalprobe für ein Fest?«

Man sieht in der Tat lange, festlich gedeckte Tische. Glänzende Flaschen. Sogar ein leichtes Glitzern auf dem Geschirr von Manises, das ein Verwandter von Präsident Azaña gestiftet hat.

»Auf die Knie. Ich will dich auf allen vieren kriechen sehen.«

Die Stimme hört sich plötzlich metallisch an, dunkel. Kaum zu glauben, dass sie aus diesem Raum kommt. Der Mann, der sterben wird, weiß plötzlich, blitzartig, dass seine letzte Sekunde gekommen ist. Aber das ist auch das Einzige, was er weiß. Er versucht aufzustehen.

Dann die Kugel. Nur eine einzige, ein professioneller Schuss. Sein Kopf wird nach hinten geschleudert, als sollte er abreißen. Der Körper fällt zu Boden.

Was der Mann, der stirbt, in diesem Moment begreift, nutzt ihm nichts mehr.

Die Tische bogen sich unter Sandwiches mit Chorizo, Käse, Salchichón, billigem Landschinken und marinierten Sardinen, die man an einem Sonntagnachmittag in der Hafeneinfahrt gefangen hatte. Es gab Cariñena-Wein, galicischen Trester für die Hartgesottenen, Wasser und ein ganzes Sortiment an fettarmen Joghurts für die Mütter, die Diät machen mussten, damit sie in die winzigen Wohnungen passten, in denen sie jetzt hausten.

Es sollte so etwas wie das letzte Abendmahl sein.

Und zu diesem Mahl hatte der Nachbarschaftsverein des Viertels aufwändig geladen.

Auf geht's, Nachbarn, lasst uns gemeinsam die Straße überqueren, denn es naht die letzte Stunde, hob der Präsident an.

Wir alle wissen, was dieses alte Haus mitgemacht hat. Das Haus hat alles überlebt, meine Freunde, die Tragische Woche, die Bomben des Bürgerkriegs, die Armut und den Zerfall. Doch die Spekulanten wird es nicht überleben. Denn heute, meine lieben Freunde, ist das Grundstück mehr wert als die Wohnungen darauf – und natürlich auch als die Bewohner und ihre Seelen. Da können auch die »Richter für die Demokratie« und die »Ärzte ohne Grenzen« nichts ausrichten. Das Gebäude wird abgerissen und ein anderes, höheres, im Namen der Größe der Stadt gebaut. Denn ihr müsst wissen, heute leben wir im reichen Barcelona des 21. Jahrhunderts.

Nachbarn, wir treffen uns alle in der ersten Etage.

Wir haben die erste Etage gewählt, nicht nur weil sie für die Arthrosegeplagten gut zu erreichen ist, sondern weil sie am besten erhalten ist und man dort garantiert nicht einbricht. Das ist kein Zufall, meine lieben Freunde, so wie nichts in diesem Leben Zufall ist: Die Mieterin, Señora Ruth, hat die Wohnung so gut in Schuss gehalten, weil sich darin ein Salon befand, in dem vier Mädchen im Negligé heimlichen Besuch von Herren erhielten, die Münze für Münze zusammengespart hatten, um ihrem Laster frönen zu können. Etwas von dieser Atmosphäre ist noch vorhanden, und ich werde euch vor dem Abriss noch ein letztes Mal die Türen öffnen.

Die Bewohner traten ein und sahen alles.

Die Balkone.

Die Stuckornamente oben an den Wänden.

Die Türen, auf die jemand etwas gekritzelt hatte.

Den bunt bestückten Tisch.

Die feierlich in einer Reihe aufgestellten Flaschen.

Und den Toten.

3

»Na schön, schauen wir mal, wer der Tote ist.«

Das sagte Comisario Monterde, der Herr Hauptkommissar, während er sich eine Montecristo Edmundo anzündete, die letzte des Monats. Mittlerweile brauchte man ja fast schon eine Genehmigung der NATO, wenn man Zigarren kaufen wollte. Er zog den Aschenbecher zu sich heran, sog genüsslich den Rauch ein und las die Aussage, die sein Assistent ihm übergeben hatte.

Wer der Tote ist?

Obwohl es schon viele Jahre her ist, es dürfte 1975 gewesen sein, ist er im Viertel kein Unbekannter. Viel weiß ich nicht über ihn, nur dass er Omedes hieß, nichts gelernt hatte und ein übler Geselle war.

Er schlug sogar seine Mutter, verbrachte seine Kindheit in der Besserungsanstalt, die frühe Jugend im Gefängnis und später lebte er bei Madame Ruth, die ein gemütliches, billiges Etablissement führte, mit lauter jungen Damen, die an die Heilige Jungfrau glaubten. Bis er eine von ihnen misshandelte und Madame Ruth einen Schläger anheuerte, der ihm sämtliche Rippen brechen sollte. Der Schläger stammte aus dem Viertel und hat, glaube ich, nicht einmal etwas dafür verlangt.

Dann wollte Omedes hoch hinaus, er wollte das große Geld und überfiel mit einem Kumpanen eine Bank, wobei der Wachmann und die Geisel, ein gerade mal dreijähriger Junge, zu Tode kamen. Sein Kumpel wurde gefasst, aber Omedes gelang es, mit einem Teil der Beute abzutauchen, bis heute, soweit man weiß, Herr Hauptkommissar, aber, nicht wahr, im Viertel kommt am Ende ja doch immer alles ans Licht.

Unser Verein bedauert, dass er nicht mehr Informationen über den Verstorbenen hat. Leider gibt es auch keine Hinweise aus erster Hand über den Zustand, in dem er aufgefunden wurde, denn die Bewohner haben, von Neugier getrieben, die Leiche angefasst, und ich glaube, sie haben sogar seinen Hosenstall geöffnet, natürlich ohne böse Absicht.

Aber sie haben gesehen, dass man ihm einen Genickschuss mit einer 38er verpasst hatte, dass es sich also um eine kaltblütige Exekution handelte. Das mit dem Kaliber 38 sagt eine Bewohnerin, deren Mann bei der Polizei ist, dessen Dienstwaffe aber sie aufbewahrt. Sie muss es also wissen, nicht wahr?

Drei Dinge möchte ich noch anführen, mit allem gebührenden Respekt: Erstens, vor dem Vorfall wurde im Haus eine junge Frau gesehen, die niemand kannte. Zweitens sollten Sie Madame Ruth aufsuchen, wenn sie noch lebt, denn sie weiß bestimmt noch mehr über den Verstorbenen. Doch ich muss Sie vorwarnen, soweit ich weiß, hat es Madame Ruth, die einstige Hure, zu Wohlstand gebracht und ist inzwischen Marquesa, womit widerlegt wäre, dass schlechte Wege nicht zum Ziel führen. Und drittens, betrauen Sie, wenn Sie können, jemanden mit dem Fall, der Zeit hat, denn in einem Haus, das es nicht mehr gibt, zählen auch die Stunden nicht. Hochachtungsvoll. Im Namen der Nachbarschaftsvereinigung, der Präsident.

4

»Man hat mir gesagt, Sie hätten Zeit, Méndez.«

»Alle Zeit der Welt, Herr Hauptkommissar, man betraut mich nicht mehr mit Fällen, ich stehe kurz vor der Pensionierung, also kurz vor dem Eintritt in das Stadium post mortem.«

Der wichtige Herr Hauptkommissar oder Vorgesetzte oder wie auch immer man ihn nennen mag, setzte eine selbstzufriedene Miene auf und hantierte mit den Händen vor dem Bauch, als wollte er eine Schwimmweste anlegen. Dann sagte er: »Ich weiß, dass sich Ihre Lebensbedingungen schon verbessert haben, Méndez. Sie leben nicht mehr im Hinterzimmer einer Bar, wo sie manchmal gar nicht hineinkonnten, weil sich gerade jemand die Besitzerin vornahm. Es ist mir ein Rätsel, wie Sie das so lange aushalten konnten. Aber was Frauen angeht, hat jeder seine eigene Toleranzschwelle, vor allem, wenn es sich um die Frauen von anderen handelt. Man hat mir gesagt, sie lebten jetzt in einer kleinen Wohnung gegenüber von Atarazanas. Die soll so vollgestopft mit Büchern sein, dass möglicherweise Ihre letzte Putzfrau darunter begraben liegt …«

»Ja, ich habe mich verbessert, aber mein Leben ist nach wie vor ein einziges Desaster, Señor M.«

»Das verstehe ich, Méndez: Ihre Welt stirbt. Die alten Cafés von Barcelona, wo die Republik ausgerufen wurde, und in denen Sie das Farbenspiel am Abendhimmel beobachtet haben, machen nach und nach dicht, viele auf Anordnung der Gesundheitsbehörden. Das alte Raval ist auch nicht mehr, was es mal war, seit die Avenida gebaut wurde, Geschäfte mit Magermilchprodukten schießen aus dem Boden, die Madames sind verschwunden, und die Zahnärzte gekommen. Sie nennen es nicht einmal mehr Barrio Chino. Das Land hat seine Würde verloren, mein lieber Méndez. Die alten Huren, die Ihnen ihr Leben erzählt haben, sind tot, sie sind in ihre Dörfer zurückgekehrt, sie haben auf dem Rathaus eine Kollegin geheiratet oder sie sind Kongressabgeordnete geworden. Die Welt verändert sich, Méndez, und Sie sollten aufhören, Dingen nachzutrauern, an die längst keiner mehr glaubt.«

»Ja, meine Welt ist tot, und eigenartigerweise lebe ich noch. Ich weiß nicht, warum Sie mich haben rufen lassen, Señor M.«

»Weil Sie sich auf der Straße auskennen. Sie kommen viel rum, sprechen mit den Leuten, stellen sich bei den pakistanischen Frisören in die Schlange und gehen zur Beerdigung früherer Gewerkschafter, Chorknaben und anderer Glanz-und-Gloria-Vereine, die es in den Vierteln so gibt. Da wird über vieles gesprochen, vor allem darüber, was der Verstorbene für Hörner aufgesetzt bekam.«

»Das stimmt. Es sollte Särge mit Fenstern geben, Señor M.«

»Sagen Sie das nicht zu laut, sonst lässt sich das noch einer patentieren. Aber kommen wir zur Sache, mein Freund. Sie werden gelesen haben, dass in einem Abrissobjekt ein Kerl namens Omedes aufgetaucht ist, der nach allen Regeln der Kunst abgeknallt wurde. Seine Polizeiakte hat sich gewaschen. Der hatte mehr Anzeigen am Hals als einer, der das Rauchen nicht lassen kann. Er war vor Jahren an einem Überfall beteiligt, bei dem ein Wachmann und ein dreijähriger Junge ums Leben kamen. Omedes hatte keinen Ausweis bei sich, den hat der Täter wahrscheinlich mitgehen lassen. Bei unseren Ermittlungen sind wir nicht weiter gekommen, die Spuren führen ins Leere. Wir haben nur einen kleinen Anhaltspunkt. Dieser Omedes war als junger Mann ziemlich oft an dem Ort, an dem er starb. Das war früher ein Bordell, geführt von einer gewissen Madame Ruth, und die lebt noch. Angeblich hat sie einen Marquis geheiratet. Vielleicht weiß sie etwas, vielleicht kann sie uns einen Hinweis geben, aber das kann nur ein echter Spürhund wittern.«

Méndez war gerührt von dem unverdienten Lob.

»Ich kannte Madame Ruth«, sagte er. »Ihr geheimes, kleines Etablissement befand sich dort bis nach Francos Tod.«

»Ich werde Ihnen ihre aktuelle Adresse geben. Gehen Sie hin und reden Sie mit ihr, aber mit Fingerspitzengefühl, nicht dass sie sich angegriffen fühlt. Bedenken Sie, die Marquesas, die Huren waren, oder die Huren, die sich jetzt Marquesas nennen, treten neuerdings unter dem Applaus der Wähler im Fernsehen auf. Man hat mir gesagt, diese Ruth verlasse ihr Haus nicht mehr, sei aber gesünder als ein

Bischof.« Mit einem aufmunternden »Bewegung, Méndez« entließ der Hauptkommissar ihn. Und das im 21. Jahrhundert!

5

»Von wegen Bewegung, Méndez, und von wegen Madame Ruth heute verwitwete Marquesa de Solange ist gesund wie ein Bischof«, sprach Méndez in das Telefon einer Bar. »Fehlanzeige, Herr Hauptkommissar. Das Haus, in dem die Dame jetzt lebt, ist ein Relikt des alten Barcelona, eines von diesen Ferienhäusern mit Garten, die im neunzehnten Jahrhundert den wohlhabenden Schichten als Sommerquartier dienten, die die Stadt nicht verlassen wollten, weil der Hausherr seine Arbeit und seine Geliebte und die Dame des Hauses ihre feste Büglerin und Friseurin hatte. Das Haus liegt im Horta-Viertel, heute ein belebter Ort voller Kneipen. Aber früher gab es dort ein Wäldchen und Quellen, das Klima war frischer, und die Revolutionäre sind dort nie hingekommen. Das Haus, von dem ich spreche, hat drei Etagen, im Garten stehen zwei uralte Bäume und es gibt eine Dogge. Wenn die einen ins Visier bekommt, ruft man am besten gleich den Notarzt.«

Méndez hob kurz die Hand, um sich beim Wirt für das Überlassen des Telefons zu bedanken, und fuhr fort:

»Die Ermittlungen waren nicht besonders schwierig, Herr Hauptkommissar. In diesem kleinen, eher ländlichen Viertel wissen die Leute alles. Señora Ruth lebt zurückgezogen im Haus ihres Mannes und wird von einer recht jungen Frau versorgt, die sie offensichtlich seit vielen Jahren kennt. Es schien mir unpassend, sie zu befragen. Man sieht ihr an, wie schlecht es ihr geht, sie hat ein Mordskrebsgeschwür. Gerade war der Arzt da, den sie wohl auch schon seit Jahren kennt. Ich werde später versuchen, mit ihm zu sprechen, falls der Köter ihn nicht in Stücke reißt.«

*

»Sie sehen besser aus, Ruth«, sagte der schon sehr betagte Arzt. »Es ist heiß im Zimmer, aber Sie sehen gut aus. Ich denke, wir können mit der Dosis heruntergehen«, und mit einer Handbewegung fügte er hinzu, »doch erst einmal müssen sie dieses Bild von der Wand nehmen. Ich weiß nicht, wie Sie auf die Idee kommen konnten, es dort aufzuhängen.«

Die Reproduktion von Munchs *Der Schrei* zeigt ein Frauengesicht, dessen formloser Mund ein letztes Heulen ausstößt, ein Schmerz, der aus der Luft kommt, aber in den Eingeweiden lebt, und im Hintergrund ein paar Wolken, die uns nicht mehr gehören, die nicht mehr von unserer Welt sind. *Der Schrei* im Zimmer einer Frau, die sterben wird, einer schreienden Frau.

»Hängen Sie es ab.«

»Es ist eine ausgezeichnete Reproduktion. Außerdem ist es ein Geschenk.«

»Wie originell!«

»Dasselbe könnte ich von Ihnen sagen. Sie faseln etwas von schwächerer Dosierung und geben mir immer stärkere Schmerzmittel. Als wäre ich blöd. Ich merke, dass es bergab geht, dass ich keine Chance habe. Das Einzige, worum ich Sie bitte, ist, dem Leiden ein Ende zu machen. Aber nicht mit Schmerzmitteln oder irgendwelchem Katzenlebertrunk. Ich habe Sie gebeten, mir einen gütigen Tod zu schenken, Doktor. Sie haben mich ein ganzes Leben lang behandelt.

Und Sie beschwindeln mich und verlängern mein Sterben. Wir glauben heutzutage alle an die Euthanasie, und Sie verfügen über Mittel und Wege ... Lassen Sie uns dem Ganzen ein Ende machen.«

Der Arzt hob hilflos die Arme.

»Hören Sie auf, ich kann nicht ... Ich kann das nicht einfach nach Gutdünken entscheiden, verstehen Sie doch, zumal es noch Hoffnung gibt. Ich bitte Sie doch nur, an mich zu glauben.«

Die Kranke lächelte. Sie warf ein eisiges, zahnloses Lächeln in die Luft, leblos, wie das Lächeln eines mechanischen Totenkopfes.

»Natürlich glaube ich an Sie, na klar. Ich glaube, Sie sollten zur Hölle fahren.«

*

»Ich werde die Ermittlungen in diesem Viertel fortsetzen, Herr Hauptkommissar«, Méndez senkte seine Stimme. »Das ist zwar nicht mein Viertel und ich bin gerade erst vom Nesselfieber genesen, aber ich werde meiner Pflicht nachkommen. Lange werde ich dafür ohnehin nicht brauchen, denn ich weiß bereits ...«

Méndez flüsterte jetzt: »Ich weiß bereits, wer diesen Omedes umgebracht hat. Ein Kerl namens Miralles. Nein, beglückwünschen Sie mich nicht, Herr Hauptkommissar, es war ganz einfach, ein wenig umhören, ein Blick in die Register und ein Besuch auf dem Friedhof.«

»Soso, ein Friedhofsbesuch.«

Der Satz kam aus dem Mund von Señor Carrasco, dem bekannten Besitzer einer ebenso bekannten Kneipe. Als die Firma, bei der er arbeitete, geschlossen wurde, hatte man Señor Carrasco vorzeitig in Ruhestand geschickt, und mit dem Vorruhe- und dem Arbeitslosengeld hatte er eine Kneipe aufgemacht, für die er rasch einen Namen gefunden hatte: La Anticipada – Vorruhestand. In ihr wurden Kaffee, Erfrischungsgetränke, hausgemachte Speisen, Bier vom Fass und Tresterschnäpse mit Echtheitszertifikat serviert, die ein Landsmann von ihm eigens aus Galicien mitgebracht hatte. Die Unterschrift konnte ebenso gut vom heiligen Apostel Santiago stammen.

Der Wirt sagte:

»Sachen gibt's … Ein Friedhofsbesuch.«

»Ich habe einen letzten Blick auf das Abrisshaus geworfen, dessen Wände in mir so nostalgische Gefühle wecken. Sie wissen ja, ich bin einer dieser namenlosen Polizisten, die die Tatorte mehrfach besuchen, weil die Orte zu mir sprechen. Ich bin auch in das Viertel gegangen, in dem Madame Ruth heute lebt. Na ja, leben kann man das wohl nicht mehr nennen, nicht einmal im Scherz, denn sie hat Krebs im Endstadium, und zu allem Überfluss wird sie von einer ihrer ehemaligen Huren gepflegt, der man ansieht, dass sie sie hasst. Eine schlimmere Hölle kann man sich nicht vorstellen. Mein Chef hat mich da hingeschickt. Er hat behauptet, ich sei der Einzige, der die Zeit dazu habe. Doch schon als ich diese Kneipe betrat, wusste ich, wer diesen Omedes umgebracht hat, den Toten, von dem die Hausbewohner Abschied genommen haben.«

»Mensch, Señor Méndez, Sie sind ein Genie. Und alles durch den Besuch eines Grabes.«

»Natürlich habe ich mit den Leuten hier gesprochen. Das ist noch ein traditionelles Viertel mit ein paar sehr alten Leuten, die sich an alles erinnern. Und, wie gesagt, diese Leute haben mich zum Sterberegister geführt, und von dort zu einem einsamen Grab, auf dem immer frische Blumen stehen. Ein Kinderspiel.«

»Nun, man wird Sie bestimmt bald befördern, Señor Méndez.«

»Mich befördert niemand. Außerdem ist der Fall noch nicht abgeschlossen, denn ohne Beweise kann ich den Verdächtigen nicht festnageln, es sei denn, ich versuche es aufs Geratewohl. Meine Vorgesetzten haben mir gesagt, ich solle ihm folgen und alles über ihn herausfinden. Es ist mir gleich, wenn er davon erfährt. Vielleicht ist es sogar besser.«

»Natürlich wird er davon erfahren. Auf jeden Fall, danke für das Vertrauen.«

»Dazu gibt es keinen Grund. Ich rede immer in den Kneipen, und die Kneipen sprechen mit mir, und so finde ich Dinge heraus. Aber die guten alten Zeiten sind vorbei, die Leute reden nicht mehr an der Theke, es sei denn über Fußball. Manchmal nicht einmal das. Die ganz jungen Kerle kratzen sich am Sack, die Familienväter rechnen ihre Hypotheken durch, und die Alten stieren in die Glotze. Jedenfalls hat sich einer von den Alten, die sich noch an Omedes erinnern konnten, auch an das Grab erinnert. Das Grab eines Dreijährigen, auf dem immer frische Blumen stehen. Und ich habe es besucht. Sie hätten sehen sollen, was auf dem Stein stand. Ich erzähle es Ihnen, weil es sich um eine öffentlich zugängliche Information handelt. Zumindest solange noch kein Multikonzern die Grabsteine der Friedhöfe privatisiert.«

»Na dann schießen Sie mal los, Señor Méndez.«

»Ganz oben stand der Name: Juan Miralles Cuesta. Und darunter: ›Gestorben im Alter von drei Jahren‹. Und darunter, in Großbuchstaben: ›WEISE‹. Stellen Sie sich das mal vor, Herr Frührentner, weise, im Alter von drei. Das soll einer verstehen.«

Méndez trank seinen Schnaps aus – gewiss hatte man ihn zu Fuß aus Galicien auf der Route der romanischen Kirchen bis hierher transportiert – und fuhr fort: »Wenn Omedes also an dem Überfall, bei dem ein dreijähriges Kind starb, beteiligt war, haben wir das Motiv – Rache. Und der Rächer ist der Vater, ein gewisser Miralles. Denn die Jahre mögen vergehen, aber der Hass bleibt. Und sticht. Ich muss diesen Miralles verfolgen. Aber nicht nur ihn. Ich lasse nicht locker, bis ich ihn habe, auch ohne Dienstanweisung.«

»Was wollen Sie damit sagen?«

»Dieser blutige Überfall wurde von zwei Leuten begangen. Also gibt es noch einen Komplizen.«

7

Von dem Zimmer aus, das auf einen schmalen Innenhof hinausging, konnte man nur eine weiße Wand und ein paar Rohrleitungen erkennen. Ein Stuhl, ein Tisch mit Papieren, ein Radio, ein Regal mit Büchern, ein stets ausgeschaltetes Heizöfchen und vier gerahmte Fotografien. Von den vier Fotos zeigten drei einen kleinen Jungen: ein Junge, der mit einem Jahr zu laufen anfängt, ein Junge, der zum ersten Mal auf ein Kinderfahrrad klettert, ein Junge, der etwas auf eine Tafel kritzelt und sich dabei kaputtlacht.

Das letzte Foto zeigte einen Mann, nicht mehr jung, aber ein Personalchef würde sagen, im leistungsfähigen Alter. Er trug die Uniform eines Security-Mannes, eine tadellos gebundene Krawatte, eine ordentlich sitzende Mütze, und er trug ein Halfter, Handschellen und eine Pistole.

Als sich die Zimmertür öffnete, wanderte der Blick zu den Fotografien. Auf dem perfekten Foto trug der uniformierte Mann einen 38-er Star-Revolver am Gürtel. Die Hände mit den Handschuhen trugen eine andere Pistole, eine Tokarev, auf der man nicht die geringste Spur finden würde. Es handelte sich nicht um eine gewöhnliche Dienstwaffe, doch sie hatte dasselbe Kaliber. Die Hände nahmen das Magazin heraus, und die Augen sahen, dass noch drei Kugeln übrig waren.

Mit einem leisen Schnappen wurde das Magazin wieder eingelegt. Dann öffneten die Hände das einzige Fenster – von dem aus man auf eine weiße Wand und Rohrleitungen blickte – und hoben die rechte Seite des in zwei gleich große Hälften geteilten, sauber gestrichenen Fensterbretts an. Darunter befand sich ein Hohlraum, eine Plastiktüte lag darin. Die Hände packten die Pistole ein und schoben sie in die maßgefertigte Öffnung. Dann legten sie das Stück Holz wieder an seinen Platz, kein Spalt war zu sehen. Fenster zu, und alles war in bester Ordnung.

Drei Kugeln. Es waren einmal vier gewesen, eine hatte einem Mann namens Omedes den Nacken zerfetzt. Mit den anderen drei konnte man den nächsten Job erledigen.

Denn da war noch ein zweiter Mann. Die nächste Aufgabe.

Es war dieser andere, der anrief. Aber das konnte der Anwalt Escolano im Büro von »Ramírez und Escolano, Anwälte für Scheidungs- und Familienrecht« nicht wissen, als das Telefon schrillte.

Escolano ging quer durch das Büro vorbei an dem Sitzungstisch, an dem schon lange keine Sitzung mehr stattgefunden hatte. Er überlegte, wie groß die Chance war, dass mit diesem Anruf ein neuer Auftrag ins Haus flatterte. Praktisch gleich null, dachte er. Seit zwei Monaten riefen die Gerichte oder ehemalige Klienten ihn nur noch wegen irgendwelcher Lappalien an, weil sie nicht durchblickten. Das war aber noch nicht mal das Schlimmste. Manchmal rief man ihn auch an, um ihn daran zu erinnern, dass er das Darlehen vom letzten Jahr oder die Miete für das Büro noch nicht bezahlt hatte oder alte Mietschulden, die immer weiter anwuchsen. Höchstens jedoch wurde ihm ein schlecht bezahltes Mandat angeboten, wenn er mal wieder als Pflichtverteidiger an der Reihe war. Von neuen Mandanten keine Spur. Und das bei den vielen Familienstreitigkeiten und der Menge an Leuten, die sich scheiden ließen. Aber die schnappten ihm offenbar andere weg.

Das Sitzungszimmer war schon alt und kaum benutzt, das Büro erst recht. Sein Vater hatte es zu einer Zeit erworben, als es noch sehr formell zuging und die Anwälte schwarze Krawatten trugen, und es war das Einzige, was Escolano, dem Rechtsanwaltssohn, von seinem Vater geblieben war. Das, ein paar Schulden – ein Anwalt mit schwarzer Krawatte muss schließlich etwas darstellen und das kostet – und Erfahrung in Sachen Trennung und Scheidung, denn sein Vater hatte das selbst hinter sich.

Und der Sohn trat, Gott sei es geklagt, in die Fußstapfen seines Vaters. Getrennt von seiner Frau, weil er ihre hohen Erwartungen nicht erfüllen konnte, war Escolano Experte in Sachen Diskussionen, Streit um die Kinder, das Geld, die Wohnung. Weil du mich im Bett nicht befriedigst, weil du die arme Mama beleidigt hast, dabei habe ich so an dich geglaubt und du hast dich als niemand, oder besser gesagt, als Arschloch entpuppt. Escolano und sein Büro waren Experten in Sachen Beschimpfungen und Klagen, doch trotzdem wollten sich die neuen Mandanten, die es gewohnt waren zu schimpfen und zu heulen, partout nicht einfinden. Blieb nur noch der Suff, dachte Escolano junior manchmal. Doch selbst die Spirituosen hätte er anschreiben lassen müssen.

Das Telefon hatte fünfmal geläutet, als er schließlich abnahm.

»Kanzlei Ramírez y Escolano, was kann ich für Sie tun?«

Eine raue Stimme fragte: »Sind Sie Señor Escolano oder Señor Ramírez?«

»Señor Escolano. Señor Ramírez ist vor einigen Monaten verstorben, die Kanzlei trägt aus Pietätsgründen weiterhin seinen Namen.«

»Sind Sie der Vater oder der Sohn? Ich vermute, der Sohn, der Vater muss schon ziemlich alt sein.«

Also wieder kein Fall, dachte der Anwalt. Oder höchstens so ein Mist mit einer alten Forderung.

»Ich bin der Sohn«, murmelte er. »Mein Vater ist schon vor Jahren verstorben, und ich habe die Kanzlei übernommen. Mit wem spreche ich bitte?«

»Mit Erasmus.«

»Bedaure, der Name sagt mir nichts.«

»Das verstehe ich«, räumte die raue Stimme ein. Sie klang wie die Stimme eines einfachen Menschen, man merkte, dass dem Mann kultivierte Konversation fremd war. »Außerdem hat der Name es in sich, nicht wahr? Aber Ihr Vater hat ihn mir gegeben. Er sagte, ich sei sehr schlau, so schlau wie … Also Ihr Vater war ein Bewunderer von Erasmus von … von …

»Von Rotterdam.«

»Genau. Jeder hat so seine Liebhabereien.«

Der Unterton bei den letzten Worten war eindeutig spöttisch. Escolano merkte, wie dieser Erasmus sich über die Lesegewohnheiten seines Vaters lustig machte. Eigentlich hätte er auflegen sollen, doch er fragte geduldig: »Nun gut … Warum rufen Sie an?«

»Ich weiß nicht, ob ich mit Ihnen sprechen sollte, Sie sind nicht Ihr Vater. Mit Ihrem Vater habe ich über alles gesprochen, wie ich schon sagte, er hat mir sogar meinen Namen gegeben. Aber wie ich sehe, sagt Ihnen das alles nichts.«

»So ad hoc nicht. Aber ich führe die Kanzlei meines Vaters, wenn es sich also um eine alte Sache handelt, kann ich Ihnen vielleicht helfen … fachlich. Wir würden Zeit sparen, wenn Sie so freundlich wären, mir zu sagen, was Sie wollen und warum Sie anrufen.«

»Ich gehe davon aus«, fuhr besagter Erasmus fort, »dass es sich immer noch um eine bedeutende Kanzlei handelt.«

»Selbstverständlich. Warum sollte dem nicht so sein?«

»Weil Sie selbst das Telefon abgenommen haben und nicht Ihre Sekretärin.«

Escolano biss sich vor Wut auf die Unterlippe. Aber es stimmte: Sein Vater hatte zwei Sekretärinnen und einen Bürovorsteher gehabt, und er hatte niemanden. Obwohl, am Ende seines Lebens hatte sein Vater auch niemanden mehr gehabt. Mit der Scheidung waren die Illusionen, die geregelte Arbeit, die Aufmerksamkeit gegenüber dem Personal, die Girokonten, einfach alles den Bach hinuntergegangen. Ein Mann muss das Gefühl haben, für etwas zu arbeiten, und in den letzten Jahren hatte sein Vater nicht mehr gewusst, wofür er es tat. Und heute ging es dem Sohn genauso. Doch dieser Sohn, mürbe von der Last der Jahre, murmelte: »Ich stand zufällig direkt neben dem Telefon, als es läutete. Meine Kanzlei ist bedeutend. Und überhaupt steht es Ihnen nicht zu, das zu beurteilen.«

»Nun, das habe ich damit auch nicht sagen wollen. Ihr Vater war ein bedeutender Mann, verstehen Sie mich richtig, ein bedeutender Anwalt. Er hat mich aus einem großen Schlamassel herausgeholt, und ich konnte ihn nicht bezahlen, aber jetzt haben sich die Dinge geändert, und ich könnte Sie großzügig entlohnen, wenn Sie … wenn Sie mir helfen.«

»Wir Anwälte sind dazu da, um zu helfen«, sagte Escolano ausweichend, »aber es wäre besser, wenn Sie mir vorab sagten, sofern das am Telefon möglich ist, aus welchem Schlamassel Sie mein Vater herausgeholt hat.«

»Natürlich kann man das am Telefon sagen … Das ist eine halbe Ewigkeit her, damals gab es noch die Todesstrafe, das war 1976, kaum mehr vorzustellen – und außerdem ist das Urteil rechtskräftig. So sagt man doch, nicht? Rechtskräftiges Urteil. Niemand kann mich mehr anklagen … Also Ihr Vater hat mich vor der Würgschraube bewahrt. Aber so schwierig war das damals auch nicht mehr, man war gerade dabei, die Verfassung zu ändern, und wie Sie wissen, wurde die Todesstrafe abgeschafft. Aber er hat sich wacker geschlagen, wacker. Also hören Sie, so seltsam

Ihnen das vorkommen mag, aber wir müssen uns treffen. Es wird sich für Sie lohnen.«

»Es wird sich lohnen …« Genau diesen Satz hatte Escolano in der letzten Zeit so vermisst. Trotzdem musste er sich zwingen, freundlich zu klingen, als er fragte:

»Was für ein Verbrechen haben Sie begangen? Ich gehe davon aus, das können Sie mir sagen, wenn das Verfahren abgeschlossen ist.«

»Aber selbstverständlich. Ich weiß nicht, wie alt Sie sind, aber ich kann mir gar nicht vorstellen, dass Ihr Vater Ihnen nie von meinem Fall, dem Erasmus-Fall, erzählt hat, denn mit Sicherheit hat er in seinem ganzen Leben keinen Fall wie diesen gehabt. Wie dem auch sei, die Zeitungen haben damals viel darüber berichtet, auf allen Seiten. Das war ein großartiges Schauspiel, und es gab hitzige Debatten bei den Gerichten, Mann. Ich habe bei einem Überfall ein Kind getötet. Ein dreijähriges Kind und einen Wachmann.«

9

So, erledigt, Méndez, jetzt hast du alles beisammen. Jetzt musst du den Schuldigen nur noch verhaften, und das kannst du gleich heute Nachmittag tun. Aber es wird so sein wie immer, Méndez, wenn du etwas tun sollst, machst du es nicht.

Wie immer hast du schlecht gegessen. In diesem Viertel – an dem du allmählich Gefallen findest – gibt es viele Kneipen, in denen man sich schnell etwas zwischen die Kiemen schieben kann, alle winzig klein, aber zum Ausgleich gibt es ein riesiges, majestätisches Hotel, das França, für die schnelle Nummer. Du meinst, die Leute vögeln mehr als früher, Méndez? Dieses Hotel, so kommt es dir vor, müsste mindestens doppelt so groß sein. Und wer weiß, vielleicht ist der ein oder andere Gast darin vergessen worden. Einmal musstest du dort eine Verhaftung durchführen, in längst vergangener Zeit, und du hast ganz schön Ärger gehabt, denn in einem der Zimmer lag die Frau des Chefs.

Doch du hast das üppige Mal vertilgt: hausgemachte Vorspeisen, hausgemachte Albóndigas, hausgemachter Flan, Wein des Hauses. Die Hackbällchen waren dir nicht geheuer. Aber da in der letzten Zeit kein Gast der Kneipe spurlos verschwunden ist, muss das Rohmaterial wohl von woanders her stammen. Und weil die Ermittlungen ein voller Erfolg zu werden scheinen, gönnst du dir eine Belohnung: »Bringen Sie mir einen Kaffee und einen Cognac, die Hausmarke.«

»Sie sind ein Kenner, mein Herr. Da ist Qualität garantiert.«

Die Wohnungen im Viertel waren klein, aber im Vergleich zu diesen Zwanzig-Quadratmeter-Schachteln, die das Bauministerium heutzutage bewirbt, nahmen sie sich wie Paläste aus. Außerdem hatten sie kleine Balkone mit schmiedeeisernen Gittern, ein Luxus, den heute kein Bauherr mehr zulassen würde. Auf der Plaza del Surtidor herrschte buntes Treiben, seit jeher stand dort eine kirchliche Schule, die heute die Würde eines republikanischen Athenäums ausstrahlte. Weiter oben befanden sich Treppen, die auf den Berg hinaufführten, wo die Mädchen früher pinkeln gingen. Und ganz in der Nähe gab es die *Tor-Kneipe*, eindeutiger ging es nicht.

»Señor David Miralles wohnt doch hier?«

Die Nachbarin wischte gerade die Treppe, wie es mit Sicherheit schon ihre Mutter und ihre Großmutter an derselben Stelle getan hatten, obwohl in den Zeitungen schon längst über die Emanzipation der Frau geschrieben wurde. Sie sah Méndez neugierig an.

»Der Bodyguard?«

Méndez wusste nicht, dass David Miralles, der Mörder, Bodyguard war, aber da Nachbarinnen immer alles wissen, murmelte er: »Ja.«

»Den werden Sie jetzt nicht antreffen. Er ist mit seinem Patenkind unterwegs, dem Sohn der Witwe Ross.«

Méndez wusste auch nicht, dass Miralles ein Patenkind hatte, aber er nickte. »Wissen Sie, wo die beiden hingegangen sind?«

»Da ist eine Schneiderei in der Avinguda del Parallel. Die Straße hinunter und gleich um die Ecke, Sie können es nicht verfehlen.«

»Danke.«

Abgesehen von Namen und Wohnsitz wusste Méndez von Miralles lediglich, dass man sein drei Jahre altes Kind bei einem Überfall getötet hatte und dass er sich jetzt, nach ewigen Zeiten, an einem der Täter gerächt hatte. Um das in Erfahrung zu bringen, hatte es nur der Erinnerung der Nachbarn an ein Begräbnis mit einem weißen Sarg bedurft. Und eines Namens auf einem Grabstein.

In einem Verbrechen zu ermitteln muss ja auch nicht unbedingt die komplizierteste Sache der Welt sein.

Auch nicht die einfachste, natürlich, denn es konnten andere Verdächtige auftauchen und plötzlich war alles anders. Méndez zuckte mit den Achseln und ging die Straße hinunter zur Avinguda del Parallel, auf der zu seiner Zeit noch Frauen mit hochhackigen Schuhen entlangstolziert waren und die jetzt voller Busse mit Rentnern und jungen Mädchen mit bauchnabelfreien T-Shirts war. Méndez war es ein Rätsel, welche Erregung ein Bauchnabel hervorrufen konnte. Aber er dachte auch nicht weiter darüber nach.

Er bog nach rechts ab.

Da war die Schneiderei.

Ein bescheidener Laden mit einem einzigen Schaufenster, einer einzigen Puppe und einem einzigen Kunden, bei dem es sich um niemand anderen als um Miralles handeln konnte. Er war kein junger Mann mehr – natürlich nicht –, aber er war beweglich und kräftig wie ein Kerl, der sein Leben lang trainiert hat. An seiner Seite ein Knirps, der nach Méndez' Einschätzung ungefähr drei Jahre alt sein dürfte. Miralles kaufte ihm gerade eine komplette Ausstattung an Kinderkleidung. Hin und wieder strich er ihm über den Kopf.

Méndez hatte plötzlich einen seiner Geistesblitze.

Verdammt, sagte er sich. Kein Mensch verhaftet einen Kerl, der gerade einem Kind etwas zum Anziehen kauft. Also suchte er das Weite, um die Dinge nicht unnötig kompliziert zu machen. Ausgerechnet in diesem Moment klingelte das Handy. Méndez dachte: Mist.

Dieser moderne Kram, das ganze Technikarsenal war ihm zuwider. Der Moment wird kommen, in dem die Kriminaltechnik unerträglich geworden ist, aber ohne ihn. Mit dem Handy hatte er schon mehr als genug zu tun. Aber als er die Nummer sah, ging er sofort ran. Der Herr Hauptkommissar wollte wissen, ob er inzwischen schon mit Madame Ruth gesprochen hatte.

»Noch nicht. Ich habe lediglich ein paar, allerdings sehr intensive Vorermittlungen angestellt.«

»Dann beeilen Sie sich, sonst ist es zu spät. Sie wird bald sterben.«

»Wer hat Ihnen das gesagt?«

»Ihr Arzt. Und er hat mir noch etwas gesagt: Sie hat versucht, ihn zu einer Straftat anzustiften.«

10

Ich kann mich noch sehr genau an das Haus erinnern, in dem ich angefangen habe, mit den Mädchen mein Geld zu verdienen. Es lag in der Francia Chica, wie sie heute heißt, es ging nach Westen hinaus, wie das jetzige Haus auch. Das heißt, die Abendsonne legte sich träge auf die Fenster und wollte nicht weichen, sie ließ die Polster verbleichen, schluckte die Farbe aus den Vorhängen, und löschte die Bilder aus, die ich an den Wänden aufgehängt hatte, ländliche Szenen, wie sie die Mädchen so gerne hatten. Sie liebten das Grün, weil sie fast alle aus halb verdorrten Dörfern kamen. Eine schleppte sogar eine Urkunde für Chorgesang und Tanz an, Abteilung C, Mädchen. Die hatte man ihr verliehen, weil sie bei dem Fest des Schutzheiligen vor dem Bischof ein Solo getanzt hatte. Mal sehen, was für Erinnerungen ich, Madame Ruth, Spezialistin bei der Suche nach Freiern, sonst noch habe.

Von diesem ersten Etablissement und seinen Frauen ist nichts mehr übrig, nichts, nur die Sonne … Die Sonne hat die armen Zimmer mehr und mehr erstickt, seit Barcelona erfunden wurde. Sie hat die Männer dazu gebracht, an den Fenstern nach einem kühlen Lufthauch zu suchen, und die Frauen dazu, dass sie sich breitbeinig auf die Stühle setzten, im einzig schattigen Winkel des Hauses, nur um festzustellen, dass mit der Hitze ihr Schoß zu riechen begann. Und ich muss sagen, es rochen auch die Küchen und die Betten. Obwohl all das – ich erinnere mich noch gut – in meinem Haus längst nicht so schlimm war wie anderswo im Viertel, denn ich hatte überall Ventilatoren aufgestellt, und nach jeder Benutzung wurde die Bettwäsche gewechselt. Außerdem aßen die Mädchen nicht dort, und die Küche war immer blitzblank, auch wenn sie in einem Arbeiterviertel lag.

Diese Etage mit den Spiegeln in den Zimmern wurde in jener Zeit bereits verändert, und sie wird bald ganz verschwunden sein, denn das Haus wird abgerissen. Das Haus, in dem ich jetzt lebe, diese Luxusbehausung, das alte Landhaus, das dem Marqués gehörte, wird ebenfalls von der Sonne durchflutet. Klar, wenn die Reichen früher in die Sommerfrische gingen, suchten sie die Sonne. Ich würde sogar sagen, es ist schlimmer als in Francia Chica, denn das jetzige Haus liegt in einer schmaleren Straße, und es gibt keine anderen Gebäude als Schutzschild gegen die Sonnenstrahlen. Von meinem Fenster aus sehe ich Bäume, ich höre das Geschrei der Kinder, die in einem Vorgarten spielen. Auch damals, in dem alten Haus, habe ich sie gern gehört. Und weil ich früher noch laufen konnte, lehnte ich mich aus dem Fenster und vertrieb mir die Zeit damit, ihnen zuzuschauen, obwohl ich den Müttern, die mich kannten, ein Dorn im Auge war. Jetzt kann ich das nicht mehr, jetzt kostet es mich schon enorme Anstrengung, aus dem Sessel aufzustehen, und manchmal denke ich, wenn mich niemand sieht, hasst mich auch niemand.

Aber weit gefehlt.

Mabel hasst mich, und Mabel ist ausgerechnet die Person, die mich pflegen soll. Sie hat kein Mitleid, auch jetzt nicht, da sie weiß, dass ich sterben werde, dass der Krebs mich auffressen wird, bis keine Brüste und keine Lippen, kein Fleisch und kein Blut mehr übrig sind. Ich weiß das nur zu gut, und das Einzige, was ich mir wünsche, ist ein barmherziger, schneller Tod. Ich habe den Arzt schon hundertmal darauf angesprochen, aber der kommt immer wieder mit der alten Leier von der Wissenschaft: Heutzutage würden wahre Wunder vollbracht, das Gewebe regeneriert sich, es gibt Transplantationen, so starke und wirkungsvolle Bestrahlungen, dass sie am Kopf ein- und am Hintern wieder austreten.

Und weil ich weiß, dass es bei dem Arzt zwecklos ist, habe ich an jemand anderen gedacht. Mal sehen, ob eine Frau, die Geld hat – und die darüber hinaus Marquesa ist und schon zweimal in der *Hola* abgelichtet war – nicht auf würdige Art zu sterben versteht.

Doch meine Gedanken – die keine Gedanken sind, sondern Erinnerungen – reißen plötzlich ab, und ich fühle mich auf einmal wieder entsetzlich gefangen.

Mabel ist gerade hereingekommen.

Mabel schaut mich an wie immer, voller Genugtuung und Hass.

Aber sie hat ihre Geschichte.

Ich muss es ja wissen.

Als ich das Haus in Francia Chica hatte, mit einer fast schon zur Familie gehörenden Handwerker-Klientel, wo sich Bettgenossen und -genossinnen gegenseitig die Bilder ihrer Kinder zeigten, tauchte dort der Marqués de Solange auf, der die Luxushuren satthatte und dem es nach Arbeiterhintern gelüstete. Und als er zufällig durch die Straße ging, fiel ihm eines meiner Mädchen auf, er folgte ihr und sah sie hineingehen. Aber er vergaß Nati sogleich, als er mich sah, damals war ich jung, groß, stark und ich hatte das Gesicht einer Jungfrau aus römischer Zeit. Ich gebe zu, ich hatte damals schon mehrere Freunde gehabt – einer davon hatte mir das Etablissement eingerichtet –, aber das sah man mir nicht an. Vielmehr sah ich aus, als wäre ich gerade aus einem Kloster in Ávila weggelaufen. Der Marqués hatte eine sehr katholische Mutter mit einer spitzen Zunge, die immer zu ihm sagte, er solle nicht mit verkommenen Frauen mit Flittchengesicht herummachen, aber er hörte nicht auf sie und machte mit verkommenen Frauen mit Mädchengesicht herum. Wir gingen in das beste Zimmer, obwohl ich ihm hundertmal sagte, ich würde nicht mit Freiern schlafen – was auch stimmte – und er hundertmal erwiderte, er würde mir die Einkünfte eines ganzen Monats zahlen, was er auch tatsächlich tat. Ich schlug ihm ein paar Sachen vor, die er noch nicht kannte, obwohl er aus einer großen Familie aus fruchtbaren Mönchen und lüsternen vornehmen Herren stammte.

Er war begeistert.

Die untergehende Sonne war so lange Jahre meine Begleiterin, dass ich manchmal das Gefühl habe, die Zeit sei unwirklich, sie sei nicht vergangen. Es fällt mir schwer, mich zu erinnern – und manchmal auch zu begreifen –, wie der Marqués sich nach der anfänglichen Begeisterung in mich verlieben konnte, obwohl es so viele Jungfrauen gab, so viele friedliche Muschis und so viele hingebungsvolle Mütter, die zu allen Schandtaten bereit waren. Ich weiß sehr wohl, dass die Faszination des Bettes, die Entdeckung der Frau des Lebens, nicht von langer Dauer ist, doch im Falle des Marqués währte sie ein ganzes Leben.

Gut, sein Leben war kurz.

Mein Gott, die Sonne fällt jetzt mit einer solchen Kraft ein, dass sie bis tief in meinen Kopf vordringt und einen Schwindel erzeugt, von dem ich mich nicht befreien kann, nur weil Mabel nie die Vorhänge vorzieht oder das Fenster ein wenig öffnet, damit die Hitze entweichen kann. Mabel sollte wissen, wie weh das tut.

Mabel hat unter vielen Männern geschwitzt.

Aber alles fing mit dem Marqués de Solange an, ohne den Marqués wäre das alles nicht geschehen. Ich wusste lediglich, dass er viel Geld hatte, dass seine Mutter bald sterben würde (nicht ohne vorher – vergeblich – zu versuchen, ihr Vermögen einem Stiftsherrn zu vermachen) und dass er selbst nicht im Geruch der Heiligkeit sterben wollte, ohne je einen Harem besessen zu haben. Deshalb hat er, obwohl er mich stets vorgezogen hat, jedes meiner Mädchen ausprobiert, alle, die ich hatte, und eine, die nicht zu mir gehörte: Mabel.

Mabel kam von der Straße, blond, zerbrechlich, arm, sie hatte die üppigen Rundungen einer wollüstigen Frau, einen reinen Blick, und sie war erst fünfzehn Jahre alt. Mabel.

Ich hatte mich schon oft als Kupplerin betätigt – das war schließlich mein Geschäft –, aber ich war keine Kupplerin, die suchte, sondern eine, die empfing. Die Mädchen selbst läuteten vom Hunger getrieben an meiner Tür. Ich zeigte ihnen das Etablissement, sprach mit ihnen über die Preise, gab ihnen ein wenig Nachhilfe in Sachen Eleganz (darauf verstehe ich mich, jedenfalls tat ich das damals), und dann weihte ich sie in das Metier ein, nicht mit einem x-beliebigen, sondern mit einem Freier meines Vertrauens.

Eine Minderjährige hätte ich niemals akzeptiert. Nie. Mehr noch, zu meiner Zeit waren die Gesetze härter als heutzutage, heute kann ein Mädchen mit achtzehn auf den Strich gehen, damals erst mit dreiundzwanzig, obwohl man schon mit einundzwanzig volljährig war. Erst mit dreiundzwanzig, das wusste ich. Natürlich wusste ich auch, dass es immer sechzigjährige Männer auf fünfzehnjährigen Mädchen geben würde, solange Geld winkt. Aber damit hatte ich nichts zu tun.

Na ja, einmal eben doch.

Der Marqués hatte Mabel oft auf der Straße gesehen, er wusste, dass sie arm wie eine Kirchenmaus war, und bat mich, ein letztes Mal als Kupplerin tätig zu werden, ein letztes Mal, ein allerletztes Mal. Er sagte, ein letztes Mal, dabei wusste ich, dass es im Grunde das erste Mal war. »Es kann doch nicht so schwer sein, ein Mädchen aus dem Viertel zu überreden. Komm Ruth, tu es, bitte, bitte, bitte …«

Und ich tat es.

Und von da an scheint die Zeit stillzustehen, und doch ist sie vergangen.

Und hier ist Mabel.

Schön, Ruth, hier sehen wir also Mabel, die Frau, die dich pflegt und deine einzige Verbindung zu dieser Welt ist. Mabel war groß, sie hatte ausladende Hüften, die jetzt nicht mehr in Mode sind, weil die großen Gurus der Welt, die Diätspezialisten, diese Hüften in Verruf gebracht haben. Das muss man sich mal vorstellen – sagte mal eine gebildete Hure –, dreitausend Jahre Malerei und Bildhauerei, und jetzt das: die Entdeckung der geraden Linie an der Frau.

Mabel hat eine sehr feine Haut im Gesicht und am Dekolleté – dachte Ruth –, die Zungen und Gebisse der Freier haben dort keinerlei Spuren hinterlassen. Die Beine sind etwas dick geworden, und man könnte sagen, sie hat ein wenig Zellulitis an den Schenkeln, aber das ist eben das Alter, dachte die ehemalige Puffmutter weiter. Mabel ist schon fünfzig, aber sie hat sich gut gehalten, das muss man schon sagen, und jeder weiß, dass in dem Alter viele Mädchen noch arbeiten und ordentlich Kohle verdienen.

Und so hat ihre Figur – vor allem im warmen Nachmittagslicht – nichts Bedrohliches, im Gegenteil. Aber ihre Augen, dachte Ruth, diese eiskalten grauen Augen, in denen sich der Hass aller unterdrückten Frauen aufgestaut zu haben scheint. Das kennt man, dachte Ruth weiter, vor allem bei Mabel. Einige Freier, die diesen metallischen Blick nicht ertragen konnten, baten sie, die Augen zu schließen, während sie sie nahmen.

Und Mabels Stimme, die so metallisch war wie ihre Augen.

»Was hat der Arzt gesagt?«

»Ich soll mit der Behandlung fortfahren. Und ich bin es leid, ihm zu sagen, nein, lass uns Schluss machen. Ein Arzt mit seiner Erfahrung sollte doch wissen, wie man das anstellt.«

Mabel ging kurz zum Fenster hinüber. Die einfallenden Sonnenstrahlen schienen zu gefrieren, sobald sie auf ihre Augen trafen.

»Und du stehst auf seiner Seite«, sagte Ruth anklagend. »Du willst auch, dass all das dauert und dauert …«

»Jetzt beklag dich nicht«, flüsterte Mabel, und es hörte sich an, als bestünde ihre ganze Gestalt aus Metall. »Du hast alles, was du brauchst. Viele Frauen in deinem Alter sterben gerade in einem Zwei- oder Dreibettzimmer in einem Altenheim. Kurz vor dem Ende wird eine spanische Wand aufgestellt, damit die Nachbarin es nicht mit der Angst bekommt. Du lebst weiterhin wie eine Dame, noch dazu mit der Hoffnung auf Heilung. Sie testen neue Medikamente.«

»Die testen sie auch an Laborratten.«

»Ja, aber bevor sie sie dir verabreichen.«

»Wenn die Ratten tot sind.«

»Red, was du willst, Ruth, aber bitte mich nicht, dir zu helfen. Ich werde nichts tun und dein Arzt auch nicht. Er ist einer von diesen Erzkatholiken, die niemals Sterbehilfe praktizieren würden. Das solltest du nach all den Jahren wissen.«

»Ich weiß nur, dass ich unnötig leide. Weißt du, wie schrecklich heiß es in diesem Zimmer ist? Warum lässt du nicht die Rollläden herunter, damit die Sonne nicht hereinkommt?«

»Das geht nicht. Der Gurt ist kaputt, Ruth.«

»Es war doch Zeit genug, das reparieren zu lassen.«

»Der Handwerker ist schon verständigt. Nur, heutzutage kannst du einen Handwerker anrufen, aber deshalb kommt er noch lange nicht.«

»Du könntest wenigstens die Vorhänge schließen.«

»Das machst du doch schon selbst, Ruth.«

»Und du ziehst sie wieder auf, Mabel! Das ist die reinste Folter, eine endlose Geschichte. Ich ziehe sie zu, und du ziehst sie wieder auf. Mit dem Unterschied, dass ich kaum noch aus dem Sessel hochkomme.«

»Quatsch. Ich mache das zu deinem Besten. Der Arzt hat gesagt, du sollst dich bewegen. Erinnerst du dich nicht? Am vorletzten Sonntag, als du dich besser fühltest, hat er sogar gesagt, du solltest hinausgehen und die Messe besuchen.«

»Die Messe …«

Ruths Stimme war nur noch ein despektierliches Raunen. Die Messe … Das fehlte noch, Gott um Erbarmen bitten, eine Frau, die will, dass man sie tötet. Das fehlte ihr noch, nachdem sie in ihren Betten viele Glückselige aufgenommen hatte, deren Mann gestorben war. Das fehlte noch … Da fiel ihr plötzlich ein, dass Mabel mit fünfzehn bei der Gemeinde geholfen hat, und das für ein paar Segnungen und ein Stück Brot. Als der Marqués auf ihr lag, gab er ihr Brot, aber die Segnungen vergaß er. Ruth erinnert sich noch genau an diesen ersten Nachmittag, da hatte auch die Sonne geschienen. Ja, die Sonne.

Mabel war noch so kindlich, dass sie weiße Kniestrümpfe trug.

Und dann verliebte sich der Marqués in sie … Mabel, Mabel, Mabel. Er wollte sie immer mit Zöpfen, mit Kinderkleidern, mit weißen Strümpfen.

Aber die Zeit ist uns davongeflogen, kleine Mabel. Jetzt bist du kein Kind mehr, du trägst keine Zöpfe mehr, und die Leute würden lachen, wenn du weiße Kniestrümpfe anziehen würdest. Auch die Freier würden lachen, alle, bis auf den Marqués, wollten sie dich fraulicher, mit Schlafzimmerblick und schwarzen Strümpfen. Denn ich habe dir Arbeit gegeben, viel Arbeit, da du schon einmal da warst, die Männer drängten sich vor deiner Tür und kamen nicht schnell genug hinein. Erinnerst du dich nicht? Und der Marqués, dieser Trottel, glaubte, er hätte ein Exklusivrecht auf dich. Bis er sich in dich verliebt hat, bis er dich wirklich liebte, da gehörtest du ihm wirklich.

Der stählerne Blick wanderte durch das sonnengeflutete Zimmer. Der ruchlose Blick einer Frau, die Kinder einbalsamiert.

»Du musst mir einen anderen Arzt suchen, Mabel. Du kennst doch bestimmt so einige, auch unter deinen Freiern. Du musst mir diesen letzten Gefallen tun.«

Wieder der eisige Blick. Wieder die Vorhänge weit aufgezogen. Wieder die Abendsonne, die die Luft zum Glühen brachte.

»Kein Arzt wird unter den Umständen mit dir reden wollen, Ruth. Du weißt es noch nicht, aber dein Hausarzt hat dir für immer alles verbaut. Er verordnet dir nicht mehr so viele Schmerzmittel. Aus Angst, du könntest dich mit einer Überdosis umbringen, will er jede Verantwortung von sich weisen. Er hat der Polizei gesagt, du hättest ihn um Sterbehilfe gebeten, und Sterbehilfe ist immer noch strafbar. Natürlich wird dich niemand anklagen, das lohnt ja auch nicht mehr, aber kein Arzt wird dir helfen zu sterben. Das ist so sicher wie das Amen in der Kirche. Und wenn du so dumm bist, auf mich zu vertrauen …«

Ein hartes, verletzendes Lachen kam aus Mabels Mund, das die Luft in tausend Nadeln verwandelte. Spöttisch fügte sie hinzu:

»Dabei kenne ich jemanden, der es tun könnte. Jemanden, der schon einmal einen Menschen getötet hat.«

11

»Klar hat er schon mal getötet«, sagte der Wirt der Kneipe La Anticipada, »ich kenne ihn. Und wie er getötet hat, mein Freund … Zwei Kopfschüsse. Peng! Peng! Die Scheiben waren innen so verschmiert, da haben zwei Putzfrauen bestimmt einen Monat wienern müssen.«

Die Ellbogen auf die Theke der Kneipe gestützt, goss sich Méndez ein Gebräu hinter die Binde, nach dessen Genuss jeder Soldat sofort mit aufgepflanztem Bajonett zum Angriff blasen würde, selbst am Palmsonntag. Es würde sicher auch ein hochwertiges Reinigungsmittel abgeben.

Als Carrasco sein Gesicht sah, beruhigte er ihn:

»Es ist ein Kräuterlikör, Señor Méndez, ganz ökologisch. Nur Rentner, Minderjährige, Frauen während der Stillzeit und Paare, die ein Darlehen beantragen wollen, sollten die Finger davon lassen.«

»Verdammt, ich falle demnächst unter die erste Gruppe.«

»Nun, das sieht man Ihnen nicht an. Glauben Sie mir, schlimm wäre es nur, wenn Sie minderjährig wären, dann könnten sie impotent werden, aber die Gefahr besteht für Sie ja nicht mehr, Señor Méndez. Und jetzt fragen Sie mich alles, was Sie wissen wollen.«

Méndez sagte leise:

»Ich habe letztes Mal ein wenig mit verdeckten Karten gespielt. Das ist bei uns Polizisten ebenso üblich wie bei den Kneipenwirten. Schließlich darf sich keiner zu weit aus dem Fenster lehnen. Ich habe doch den Toten in dem alten Bordell erwähnt, diesen Omedes.«

»Aber ja. Und wir sind zu dem Schluss gekommen, dass er ein Schwein ist.«

»Und ich habe Ihnen erzählt, dass ich zu wissen glaubte, wer der Täter war: der Vater des kleinen Jungen, der bei dem Überfall ums Leben kam. Weder ich habe zu viele Einzelheiten preisgegeben noch Sie. Sagten Sie nicht, er stamme aus dem Viertel?«

»Ich erinnere mich nicht mehr.«

»Ich auch nicht, ist ja auch egal. Manchmal hat mein Gedächtnis Aussetzer, wissen Sie. Kurzum, ich denke, der Mörder war ein Mann namens Miralles und sein Motiv Rache. Wie gesagt, er kann es ruhig erfahren, vielleicht wird er dann nervös und macht einen Fehler.«

»Oder flieht.«

»Das wäre schlecht für ihn«, sagte Méndez.

»Es wundert mich nur, dass man ihn noch nicht verhaftet und seine Pistole noch nicht untersucht hat. Miralles hat einen Waffenschein, er ist Bodyguard. Ich bin nur ein einfacher Wirt, aber ich habe Filme gesehen. Die Kugel sagt einem alles über die Waffe.«

Méndez stürzte mutig den letzten Schluck Kräuterlikör hinunter.

»Ich wollte ihn verhaften, aber in dem Moment kaufte er gerade einem dreijährigen Jungen neue Sachen, und ich wollte diese heilige Situation nicht entweihen. Außerdem hat der Hauptkommissar gemeint, es sei besser, ihn eine Weile zu überwachen, an die Dienstwaffe kommen wir ja jederzeit ran. Meinetwegen kann Miralles ruhig etwas merken.«

Der Wirt lächelte.

»Ich bin nicht blöd, Señor Méndez. Wenn Sie ihn verhaften und er nichts sagt, was zu erwarten ist, können Sie die Sache vergessen. Wenn Sie ihn hingegen überwachen, könnte jemand mit ihm in Kontakt treten, ich meine, ein anderer Verdächtiger. Es sind viele Jahre vergangen, aber die alten Leute erinnern sich, dass sie damals zu zweit waren. Und der damalige Komplize von Omedes könnte den Drecksack ebenso gut ins Jenseits befördert haben. Ich sehe ja ein, dass ein Ermittler wie Sie, noch dazu Verkoster regionaler Liköre, da nicht voreilig sein will.«

Méndez bestätigte das nicht, erhob aber auch keine Einwände. Dafür machte er eine ausladende Geste mit dem Arm, als wolle er zu früher Morgenstunde die gesamte Theke einbeziehen.

»Ich würde so gern mehr über Miralles wissen«, seufzte er.

»Ich habe Ihnen schon alles gesagt, Sie können die Leute fragen, die seit Jahren hier im Viertel leben. Miralles' Frau hat ihn und seinen Sohn verlassen, als der starb, war er ganz alleine. Er ist verrückt darüber geworden. Ich werde versuchen, es Ihnen zu erklären, Méndez. Die Leute, die Miralles' Frau gekannt haben, glauben, dass sie an der Trennung schuld ist, denn Miralles war ein guter Kerl. Aber eines schönen Tages hat sie zu ihm gesagt: ›Hier hast du dein Kind. Ich bin es leid. Ab sofort geht jeder seiner Wege, mach's gut.«

»Wenn Miralles so ein guter Kerl war, warum hat seine Frau ihn dann verlassen?«

»Was weiß ich … Das ist so lange her, dass sich nur noch die Alten daran erinnern, aber in den Kneipen wird viel geredet. Ich kann mir vorstellen, dass Miralles nicht viel verdient hat und ihr das Viertel zu eng war. Sie war hübsch, hatte Spaß am Geld. Eine Nachbarin sagt, sie habe einen anderen Mann gefunden. Das muss wohl stimmen, denn sie hat ihren Sohn einfach zurückgelassen wie ein Paket und ist mit einem anderen Kerl abgehauen. Später munkelte man, sie lebe in so einem Protzbunker, in dem nur noch der Hausdiener fehlt, und außerdem hat man sie in einer Luxuskarosse gesehen. Aber ich glaube, Miralles hat sich damit abgefunden.«

»Und warum?«

»Kaum zu glauben, dass ein gestandener Polizist wie Sie so etwas fragt, Méndez, Sie haben doch so viele Ehen gesehen, die am Geld zerbrochen sind. Ich bin nur ein armer Schlucker mit einer Kneipe (ein armer Schlucker, den man vorzeitig in Rente geschickt hat), aber ich habe viele leere Wohnungen ansehen müssen, viele offene Fenster und Wände mit den Spuren der Bilder, die da mal hingen. So ist das Leben, Méndez, da ist nichts zu machen. Die Frauen kommen und gehen. Wenn sie Luxus wollte und der arme Miralles ihr nicht mehr bieten konnte als einen tollen Schwanz (sofern er den überhaupt hatte), was sollte er da machen? Die Frau wäre sowieso früher oder später abgehauen. Und er hatte wenigstens das Kind, das, was er am meisten liebte auf der Welt.«

Méndez sagte mir rauer Stimme:

»Wenn die Leute wüssten, wie viele Begräbnisse es in Hochzeitsnächten gibt …«

Er ließ sich ein weiteres Glas von dem ökologischen Likör einschenken.

Ihm war sein eigenes Begräbnis egal.

»Und dann bringt jemand auch noch seinen Sohn um«, murmelte er.

»Deshalb sage ich ja, dass er verrückt wurde. Sie werden im Viertel Leute finden, mit denen er über die einsamen Abende gesprochen hat, an denen er mit verlorenem Blick auf einer Bank saß. Er arbeitete bei einer Versicherungsgesellschaft, und dann hat er angefangen, die Dinge durcheinanderzubringen. Ich verstehe das, verdammt. Wenn man sich in solch einer Situation befindet, und dann kommen Leute und wollen eine Lebensversicherung, und man verpasst ihnen eine Sterbeversicherung.«

»Hat man ihn hinausgeworfen?«, fragte Méndez, der immer jedes noch so kleine Bruchstückchen einer Geschichte hinterfragte.

»Wie man mir erzählt hat, hatte die Firma eine Weile Geduld, aber eines Tages wartete Miralles mit einer Überraschung auf. Da geht der hin und bewirbt sich auf eine Stelle als bewaffneter Wachmann für Banken. Sie dürfen nicht vergessen, damals, Ende der Siebziger, ging es in den Banken in diesem Land zu wie beim Tontaubenschießen. Viele stellten Sicherheitsleute mit scharfen Waffen ein.

Miralles war wohl ein verdammt guter Schütze, aber bei der psychologischen Untersuchung muss einer gepennt haben. Sie hätten nie einen Mann zur Bewachung von Banken einstellen dürfen, dessen Sohn bei einem Banküberfall getötet wurde. Bei dem sitzt der Finger locker am Abzug, der kleinste Anlass und er schießt.«

»Aber man hat ihn eingestellt.«

»Das ist Jahre her, Méndez: Man hat ihn eingestellt. Und in Kneipen, die älter sind als diese, wird man Ihnen erzählen, was passiert ist. Eines schönen Tages marschierten drei Kerle mit ihren Schnellfeuerwaffen in die Bank. Da kriegst du schon vom Hinschauen weiche Knie. Miralles war allein, aber er hat nicht mit der Wimper gezuckt. Peng, Peng, Peng. Zwei von den Kerlen hat er ins Knie geschossen, bevor die dazu kamen, zu schießen, aber dem dritten, der nahe bei der Tür stand, hat er das Hirn weggeblasen. Habe ich Ihnen schon gesagt, wie die Scheiben danach aussahen? Die Putzfrauen haben eigens einen Sonderzuschlag verlangt.«

Stolz auf seine Geschichte wie ein Kriegsberichterstatter fuhr der Frührentner fort:

»Aber das Beste kommt noch.«

»Das Beste?«

»Jemand bemerkte, dass Kerle wie Miralles nicht oft zu finden sind: zehn Punkte in Gelassenheit, zehn im Schießen und null in Lebenslust. Man mag es nicht glauben, aber in Spanien gibt es eine ungeheure Nachfrage nach solchen Kerlen. Jeder hohe Beamte, jeder Banker und jede Geliebte eines Abgeordneten hat einen oder zwei Bodyguards. Und es gibt Firmen, die sie unter Vertrag nehmen.«

»Man hat Miralles also ein Angebot unterbreitet ...«

»Ja. Deshalb sage ich, dass er Bodyguard ist. Und ich

würde sagen, er verdient ordentlich Geld und gibt es für unglaubliche Dinge aus. Fragen Sie und man wird es Ihnen sagen: Spenden für Waisenhäuser, Schulgeld für ein Kind aus dem Viertel, neue Kleidung für bedürftige Knirpse. Sie haben es ja mit eigenen Augen gesehen, Méndez.«

»Klar. Niemand würde einen Mann verhaften, der so etwas macht. Und außerdem will ich, dass er weiter Blumen an das Grab seines Sohnes bringt.«

»Sie haben Recht, die Blumen kosten ein Vermögen. Man könnte meinen, sie gießen sie mit Tigersperma.«

Méndez nahm den letzten Schluck von dem Gebräu. Sein Gesicht färbte sich leicht grünlich, doch er blieb ungerührt.

»Es ist mir gleich, wenn hier in den Kneipen, den Stundenhotels und den Rentnertreffs herumerzählt wird, dass die Polizei Miralles unter Verdacht hat. Deshalb haben wir uns so ausführlich unterhalten.«

»Wie Sie sagten, Señor Méndez, Sie warten darauf, dass er nervös wird.«

»Vor allem hoffe ich, dass der andere nervös wird, mein Freund. Denn es gibt ja noch jemanden.«

12

Das Telefon klingelte wieder.

»Ramírez y Escolano?«

»Ja.«

»Spreche ich mit Herrn Ramírez oder Herrn Escolano?«

Der junge Anwalt verspürte so etwas wie Scham, als er die Stimme erkannte. Er wollte schon auflegen. Zumindest war das sein erster Impuls.

Aber die Bank hatte ihm gesagt, dass sie die Überweisung für das Schulgeld nicht ausgeführt hatte. Und ein Anwalt, der nicht einmal das Schulgeld bezahlen kann, ist auf jede Einnahmequelle angewiesen.

Also machte er eine Faust in der Tasche.

»Sparen Sie sich die Scherze, Señor Erasmus. Sie wissen genau, dass es nur einen Escolano gibt, und der bin ich.«

»Ich bin auch nicht zum Scherzen aufgelegt, Herr Anwalt. Ich hatte Sie in einer wichtigen Angelegenheit kontaktiert und muss Sie sofort treffen. Nun, ich gehe davon aus, dass Sie Zeit haben.«

»Einen Moment.« Escolano tat so, als ob er erst seinen Terminkalender zurate ziehen müsse.

»Ja, das geht. Geben Sie mir die Adresse.«

»Ich hatte Ihnen doch gesagt, dass ich Sie wegen eines Treffens anrufen würde. Manche Dinge kann man einfach nicht am Telefon besprechen. Also los, schreiben Sie.«

Der Ton beleidigte ihn, doch Escolano schrieb.

Es war ein Fünfsternehotel am Rande der Stadt, in einer feinen Gegend hinter der Universität, zwischen Palmen, Gärten und einem Kongresspalast, in dem man wahrscheinlich darüber beriet, ob nicht noch mehr solcher Hotels gebaut werden sollten, schließlich könnte ja der König von Siam zu Besuch kommen. In der Ferne sah man den Friedhof Las Corts, dessen Bewohner alle zwei Wochen in ihren Nischen erzitterten, wenn im nahe gelegenen Stadion von Barcelona »Tooor!« geschrien wurde. Unterhalb des Friedhofs befanden sich die Säulen eines Denkmals für die Gefallenen eines Krieges, an den sich niemand mehr erinnerte. Büroangestellte mit Bauchansatz joggten dort entlang, und wenn sie zurück ins Hotel kamen, pfiffen sie auf dem letzten Loch.

Die Hotelgäste kamen in superteuren Luxuslimousinen, zumindest aber im Taxi.

Escolano kam mit dem Bus Nummer 7, der die Studenten zur Universität brachte. An der riesigen Rezeption fragte er nach dem Zimmer von Señor Leónidas Pérez. Das war der Name, den Erasmus ihm genannt hatte.

Man rief auf seinem Zimmer an und teilte ihm dann mit, dass der Besucher hinaufkommen könne.

Es war eine Suite. Prächtiger Blick auf die feine Stadt, die sich weiter unten erstreckte. Prächtiges Licht der sauberen Stadt, die bis zum Tibidabo heraufklettern wollte. Prächtige Möbel, die sich seidig anfühlten, ein prächtiges Bett, in das man sich nur fallen zu lassen brauchte, und schon stieg der Mehrwertsteuersatz.

Auf dem Bett lag ein prächtiges Weibsbild.

Das Mädchen, kaum älter als zwanzig, deckte sich schnell zu, als Escolano den Raum betrat. Escolano erinnerte sich an die Anzeigen in den Zeitungen: »Escort Service. We speak English.« Bestimmt war sie auch bei Kongressen tätig. Erasmus hatte wirres Haar, seine Wangen glühten, und den Pyjama hatte er offensichtlich in aller Eile angezogen. Escolano hatte nicht den geringsten Zweifel, dass er Minuten zuvor noch eine Nummer geschoben hatte.

»Ich komme ungelegen«, sagte er.

»Nein, nicht doch, Escolano … Ich habe Sie ja für diese Uhrzeit bestellt. Ich dachte, ich wäre mit dem Mädchen bereits fertig. Das Ganze hat sich etwas in die Länge gezogen, sie war ein wenig zickig. Und jetzt sitzt ihr der Schreck in den Knochen.« Er sah zu ihr hinüber, wie sie da zusammengekauert auf dem Bett lag, während Erasmus zu ihr sagte: »Hast bestimmt gedacht, es liefe auf einen flotten Dreier hinaus.«

Escolano, Sohn eines Anwalts, der seine Mandanten ausnahmslos im Anzug empfing, fühlte sich beschämt und fehl am Platz, wie ein Eindringling. Nicht einmal einen Hotelangestellten hätte man so empfangen. Aber er wusste nicht, was er tun sollte, seine Verwirrung – oder Scham – lähmte ihn. Er bemerkte, dass Erasmus dem Mädchen ein Zeichen gab, sie solle sich ins Bad verziehen, dann fasste er ihn am Arm, führte ihn in den Salon und schloss die Tür.

»Nun ja, es wäre wohl besser gewesen, Sie unten warten zu lassen, aber andererseits, was soll's. Es ist gut, wenn Sie mich direkt kennenlernen. Das Leben ist dazu da, um es zu genießen, mein Freund. Denn irgendwann ist die Garantiefrist abgelaufen und eine Verlängerung gibt es nicht. Na ja, das ist zumindest meine Meinung, ich weiß nicht, ob Sie auch so denken.«

Escolano schwieg. Er sah den Mann an, der ihn anheuern wollte. Erasmus war nicht mehr der Jüngste, was nicht weiter wunderte, wenn er ein Mandant seines Vaters gewesen war. Er schätzte ihn auf etwas über sechzig, aber er war bei bester Gesundheit und sehr gepflegt. Das sah man an dem muskulösen Körper, seinen wachen Augen, und am Glanz seiner Haut, die aussah, als käme er gerade aus einem Schönheitssalon. Aber auch an dem Speck auf seinen Hüften – das offensichtliche Ergebnis vom Verzehr der besten Langusten des Kantabrischen Meeres und dieser kleinen Zicklein, denen nicht einmal Zeit gelassen wird, Gras zu kosten. Nur die Milch ihrer Mütter.

Und wie Escolano sich das Leben sonst noch versüßte, war sowieso unübersehbar.

Erasmus, dachte der junge Anwalt kühl, war in dem Alter, in dem es mit dem Sex eigentlich langsam nachließ.

Aber auf diese Weise konnte ein anspruchsvoller reicher Knacker noch einmal alles aus sich herausholen.

Endlich brachte er seinen Protest über die Lippen:

»Normalerweise suche ich meine Mandanten nicht in ihrem Büro oder im Hotel auf«, sagte er.

»Ach, das sollte man nicht überbewerten. Außerdem haben Sie es doch selbst angeboten.«

»In der Tat, es war die einzige Möglichkeit, das Verfahren abzukürzen, denn Sie meinten ja, die Angelegenheit sei sehr eilig«, sagte Escolano und dachte daran, wie froh er war, Erasmus nicht sein armseliges Büro zeigen zu müssen.

»Das stimmt, und deshalb legen wir besser gleich die Karten auf den Tisch. Wie ich Ihnen schon am Telefon sagte, hat Ihr Vater mir in einer schrecklichen Lage geholfen. Einer lebensbedrohlichen Lage, wie es sie früher noch gab. Heutzutage drohen einem zwanzig Jahre Gefängnis, aus denen dann tatsächlich zehn werden, früher drohte einem der Henker. Wie auch immer, es war ein richtig dickes Problem. Und Ihr Vater hat mich rausgepaukt.«

Escolano fragte sich, warum sein Vater ihm nie von diesem Fall und diesem Mandanten erzählt hatte. Es war doch ein Erfolg für ihn gewesen. Ob er sich geschämt hatte, ihn verteidigt zu haben? Kann einen Anwalt am Ende das Gefühl beschleichen, er habe seinen Mandanten gerettet, aber die Gesellschaft verraten? Fühlt man sich dadurch am Ende sogar schmutzig oder schuldig?

Er hätte seinen Vater jetzt gerne hier gehabt, um ihm diese schreckliche Frage stellen zu können.

Aber er war nicht da.

Aber darüber konnte er jetzt nicht nachdenken. Er hörte Erasmus, der sich kein bisschen schuldig zu fühlen schien, sagen:

»Es tut mir leid, Ihnen gestehen zu müssen, dass ich Ihren Vater nicht verstanden habe. Ich begreife nicht, warum zum Teufel einer seinen Job macht und dann nicht seinen Vorteil daraus zieht. Ich hatte damals ein wenig Geld, zumindest genug, um seine Dienste zahlen zu können, aber er weigerte sich, von mir Geld anzunehmen, und er hat mir nie gesagt warum. Ich kann es nicht verstehen.«

»Ich schon.«

»Was?«

»Ich sage, ich verstehe ihn sehr wohl.«

»Ich möcht Ihren Vater nicht beleidigen, aber es gibt eben dumme Anwälte und schlaue.«

»Dann frage ich mich, warum Sie ausgerechnet mich angerufen haben.«

Erasmus winkte geduldig ab, wie ein Lehrer bei einem Schüler, von dem er weiß, dass er schwer von Begriff ist.

»Escolano, mein Freund, ich werde Ihnen alles haarklein erklären, denn ich weiß genau, was ich tue. Ich wollte Ihren Vater aufsuchen, weil er der Einzige ist, der womöglich noch im Besitz von Dokumenten und Kontaktdaten ist, die ich brauche. Ihr Vater ist nicht mehr da, aber Sie. Sie können mir diese Informationen beschaffen.«

Erasmus machte eine kurze Pause. Auf der anderen Seite der Wand hörte man die Dusche rauschen, unter der die Frau stand, die Hostess, die Begleiterin, das Mädchen. Escolano stellte sich ihre Haut vor, die Haut einer zweisprachigen Sekretärin, der man eines Tages einen Minirock, ein Bündel Geldscheine, einen Hoffnungsschimmer und etwas Sündiges angeboten hatte. »Schönes Kind, du musst nicht so viel arbeiten und auch nicht zwei Sprachen beherrschen. Die Sprache der Liebe reicht, um dir deinen Lebensunterhalt zu verdienen.« Er stellte sich vor, wie das

Wasser auf Ihre Haut prasselte, mit dem sie die Küsse, die grapschenden Pranken, den Speichel, die Überraschung, den Ekel, wegwaschen wollte.

»Sie ist zickig«, hatte Erasmus gesagt.

Und jetzt redete er weiter:

»Ich weiß, dass es Anwälten freisteht, einen Fall anzunehmen oder nicht, aber ich versichere Ihnen, meine Angelegenheit wird niemandem schaden, und ich werde Ihnen Geld geben. Ich hoffe, dass Sie nicht zur Spezies der dummen Anwälte gehören. Sehen Sie, ich hatte in meinem Leben schon mit vielen Menschen zu tun, und Ihnen sehe ich an, wie viele Dinge Sie noch überraschen. Verdammt, Sie sind ein erwachsener Mann, Sohn eines Anwalts, und alles, was ich Ihnen erzählen werde, liegt viele Jahre zurück, einen Haufen Jahre. Es geschah während der politischen Wende nach der Francozeit, denken Sie nur, als diese hübsche Verfassung ausgearbeitet wurde, voller Lügen und Poesie, wie alle Verfassungen. Fazit: Es ist Geschichte. Und die Vergangenheit erschreckt niemanden mehr. Also hören Sie mich zumindest an, das schadet doch nicht.«

Escolano biss sich auf die Lippen.

»Ich höre«, murmelte er.

»Nun, also, ein Kumpel und ich haben einen Überfall gemacht.«

»Einen … Überfall.«

»Ja, einen Banküberfall, Mensch, das ist doch nicht so schwer zu verstehen. Verzeihung, aber ihr Anwälte setzt manchmal ein Gesicht auf, das haut einen einfach um … Also … Ein Überfall, sagte ich, mit echten Waffen, Militärpistolen, von denen gab es damals genug. Als wir hineingingen, stellte sich uns der Sicherheitsmann in den Weg, er wollte den Helden spielen, und wir mussten ihm das Hirn wegpusten. Es gab einen Mordsaufruhr, und in nur einer Minute, keine Ahnung wie, stand die Polizei auf der Matte. Immer kommen sie zu spät, doch diesmal – direkt vor der Tür.«

Escolano sagte leise:

»Raubmord. Nach der früheren Gesetzgebung stand darauf die Todesstrafe.«

»Zitieren Sie nicht aus dem alten Strafgesetzbuch, das kenne ich besser als Sie. Ich hatte jahrelang Zeit, es zu studieren. Außerdem ist das jetzt auch Geschichte. Also verschonen Sie mich mit dem alten Kram und lassen Sie uns reden. In einem Punkt haben Sie Recht: Wenn damals die Polizei auftauchte, Vorsicht mit Schüssen. Wenn du einen Beamten tötetest, warst du erledigt: Kein halbes Jahr und du fandest dich vor dem Henker wieder.«

Der Anwalt schloss für einen Moment die Augen. Wie oft hatte er mit seinem Vater über dieses Thema gestritten, als er noch Jurastudent war. Warum kam man, wenn man einen wehrlosen Menschen tötete, um die Würgeschraube herum, aber nicht, wenn man einen Polizisten tötete? Wog das nicht weniger schwer? Schließlich ist ein Polizist nicht wehrlos. Sein Vater hatte es ihm erklärt, ihn jedoch nicht überzeugen können. Und dafür gab es nur den einen Grund: Väter sind immer Faschisten. Schau, mein Junge, wenn die Polizei auftaucht, ist es aus, der Überfall ist beendet. Denn jeder weiß, wenn du einen Polizisten tötest, führt das zur Todesstrafe. Es gibt also gute Gründe, es zu lassen. Entweder die anderen Polizisten knallen dich ab, oder sie lassen es, dann trittst du bei vollem Bewusstsein deine Strafe an. Also ergib dich, ganz gleich, wie verzweifelt du bist. Wenn du dich ergibst, bleibt dir die Würgeschraube höchstwahrscheinlich erspart und alle gewinnen.

Deshalb dieses Gesetz. Wenn ein Polizist stirbt, bedarf es einer schrecklichen Strafe, damit keine anderen schrecklichen Dinge geschehen.

Sein Vater hatte Escolano nicht überzeugen können, auch seine konservative Haltung nicht, hinter der immer der Henker lauerte. Aber später, im Verlauf der Jahre, waren ihm Zweifel gekommen. Wenn die Angst so stark ist, dass sie dich lähmt, wird wahrscheinlich niemand zu Tode kommen. Aber was, wenn es diese Angst nicht gibt?

Erasmus schien seine Gedanken zu erraten.

Er murmelte:

»Mir wurde klar, dass ich eine Chance hatte zu entkommen – die Todesstrafe war abgeschafft –, auch wenn ich dafür noch jemanden töten musste. Ich riskierte zwanzig Jährchen, ein zweiter Mord wäre sozusagen gratis. Die einzige Kundin in der Bank war eine Frau, die vor Angst in Ohnmacht gefallen war, mit einem kleinen Kind. Es war die Nachbarin, die auf den Kleinen aufpasste, wie ich später erfuhr. Mein Kumpel und ich nahmen ihn als Geisel und verlangten freien Abzug. Und den gewährte man uns natürlich. Jetzt sehen Sie mich nicht so an, Herr Anwalt, dasselbe Gesicht hat auch ihr Vater gemacht. Wir verlangten zwei Motorräder. Mein Kumpel schaffte es, denn die Polizei hatte nur mich im Visier: Ich hatte den Jungen.

Ein junger Beamter hielt sich für den Retter der Welt, er hielt sich für Kirk Douglas oder Stallone, ich weiß es nicht, und schoss mir ins Bein. Ich spürte nur den Schmerz, taumelte zurück und konnte mit dem Gewicht des Kindes im Arm nicht mehr laufen. Jetzt ziehen Sie nicht so ein Gesicht, Herr Anwalt. Auch ein Kind wird einmal ein verdammter Tattergreis. Man muss das emotionsfrei betrachten.«

Erasmus schnippte mit den Fingern.

Plötzlich Stille in der Suite. Das Mädchen hatte aufgehört zu duschen, weil es vergeblich war. Der Schmutz war in ihr, sie hatte die Zunge des Kerls immer noch unter der Haut. Die Stadt unten war in Bewegung, hektische Betriebsamkeit, sie berechnete, wie viel andere Zungenbesitzer ausgeben und andere Mädchen kosten könnten. Komm schon, Anwalt, du Blödmann, komm endlich in der Wirklichkeit an und hör auf zu denken, was du gerade denkst.

Erasmus fuhr leise fort:

»Ich wurde natürlich verhaftet. Aber sie schossen nicht weiter auf mich. Ein paar Monate zuvor hätten sie mich niedergemäht, keine Frage, aber wenn damals ein Polizist den Finger zu locker am Abzug hatte, bekamen sie ihn genauso dran wie dich. Sie schleppten mich verwundet vor einen Richter, der gerade Vater geworden war. Als er hörte, was ich getan hatte, sah er mich so furchtbar an, wie ich es mein Lebtag noch nicht gesehen hatte. Und dann der Staatsanwalt. Selbst Ihr Vater, der alte Escolano, der als Pflichtverteidiger kam, wirkte, als würde er am liebsten meine Eier zu Hackfleisch verarbeiten. Mehr sage ich nicht, denn auch wenn Sie es mir nicht glauben, ich habe Respekt vor Anwälten. Kurzum, es war ein schneller Prozess, denn der Tathergang war klar, man titulierte mich mit allen möglichen Schimpfwörtern und verlangte die Todesstrafe.

Er öffnete die Hände, als wollte er sagen: »Was es alles gibt.« Escolano vermied es, ihn anzusehen. Er wundert sich nur, dass er sich an die Umstände nicht mehr erinnern konnte. Es war die Rede vom Jahr 80 des vorigen Jahrhunderts – ein komisches Gefühl, vom »vorigen Jahrhundert« zu sprechen, wenn man da schon gelebt hat. Damals war er ein blutjunger Jurastudent gewesen, und ein Fall wie dieser musste sein Gemüt erregt haben, auch wenn sein Vater ihm nichts davon erzählt hatte. Und plötzlich wusste er wieder warum. Er hatte wegen eines Motorradunfalls zwei Monate im Krankenhaus gelegen. Zwei Monate vor einer weißen Wand, einem alten Arzt, einer übergewichtigen Krankenschwester und sonst nichts. Ohne Radio, ohne Fernseher, ohne Zeitungen, ohne alles. Nur die angsterfüllten Gesichter seiner Eltern, die in einer anderen Welt zu leben schienen.

»Sie schulden meinem Vater großen Dank«, stammelte er. »Als er Sie verteidigte, befand er sich in einer furchtbaren persönlichen Krise.«

»Wie auch immer, er hat es sehr gut gemacht«, erinnerte sich Escolano. »Ich wusste vom ersten Moment an, dass der Antrag des Staatsanwalts nicht erfolgreich sein würde, denn die Todesstrafe war gerade abgeschafft worden und ihr Vater war einer ihrer Gegner. Ich weiß, Herr Anwalt, es ist eine endlose Diskussion: die Resozialisierung des Schuldigen geht vor, die abschreckende Wirkung ist wichtig, der Henker verhindert weitere Verbrechen, es gibt nur einen weiteren Toten. Es heißt, niemand habe das Recht, einen anderen zu töten. Aber das Volk fragte sich: »Und mit welchem Recht hat der Mörder getötet?« Und die Gegner sagten im Kongress zu den Angehörigen des Opfers: »Ihr wollt nicht Gerechtigkeit, sondern Rache.«

Verdammt, Anwalt, ich weiß nicht, ob Sie Lust haben, darüber zu diskutieren. Ich habe es während des Prozesses Tag und Nacht gehört. Später habe ich die Gesetze verschlungen, bis selbst meine Eier die Form eines Buches annahmen. Es ist, wie es ist, verdammt. Ein Jahr zuvor hätte man mich hingerichtet, zu diesem Zeitpunkt eben nicht. Ihr Vater hat zwei mildernde Umstände angeführt:

verminderte Schuldfähigkeit, weil ich verwundet war und das Verbrechen zudem unter dem Einfluss von Alkohol begangen hatte. Ja, ich hatte mir einen hinter die Binde gekippt, um mir Mut anzutrinken, und hatte Alkohol im Blut. Aber wer konnte schon sagen, ob ich es mit Absicht getan hatte oder nicht. Zwanzig Jahre also, auch weil letztlich nie geklärt werden konnte, ob mein flüchtiger Kumpel oder ich den Wachmann getötet hatte … Zwanzig Jahre sind kein Scherz, Anwalt. Vor allem dann nicht, wenn die Mitgefangenen erfahren, dass du ein Kind getötet hast, und sie dich zu viert festhalten, um dir den Arsch aufzureißen. Aber ich habe Geld verteilt, und so gab man mir eine Zelle mit einem zahmen Zeitgenossen, dem ich dann den Arsch aufgerissen habe. Na ja, ganz so schlimm war es auch wieder nicht, das dürfen Sie nicht von mir denken. Es war schrecklich, ich durfte nur eine Stunde auf den Hof hinaus, und nur allein. Alleine duschen, alleine scheißen. Dreiundzwanzig Stunden mit dem Arschgefickten und sonst niemandem. Sie wissen nicht, was das heißt. Ein Jahr später wurde ich verlegt. In dem neuen Gefängnis konnte ich mit Geld verhindern, dass die Details des Verbrechens in die Akte aufgenommen wurden, und so erfuhr niemand etwas davon. Ein Mord ist nichts weiter als ein Mord. Und von da an ging es mir gar nicht so übel.«

Er öffnete die Arme, und auch sein Mund öffnete sich zu einem breiten Grinsen, dann fügte er hinzu:

»Die damalige Strafvollzugspolitik war von Idealisten gemacht, Engeln geradezu. Man nannte uns nicht einfach ›Gefangene‹, sondern ›Gefangene der gesellschaftlichen Bedingungen‹. Die Gesellschaft war schuld. In den Gefängnissen wurdest du von den Mithäftlingen vergewaltigt oder aufgehängt, aber die Direktoren hatten keinen blassen

Schimmer davon. Und damit es keine Revolte gab, wurde die Möglichkeit geschaffen, mit Besuch unter vier Augen zu reden. Sehen Sie, Anwalt, ich würde lügen, wenn ich sagte, dass es mir schlecht ging. Die Zeit verging viel schneller, als ich geglaubt hatte. Man gewöhnt sich an alles.«

Escolano murmelte mit einer Stimme, die nicht die seine zu sein schien:

»Sie hatten wahrscheinlich Geld …«

»Klar.«

»Wo kam das her?«

»Von meinem geflohenen Kumpel, Omedes. Der hatte sich die Beute vom Überfall geschnappt, mit der Kohle hattest du für den Rest deines Lebens ausgesorgt. Eine Zeit lang, die allerdings nicht lange währte, schickte er mir über Mittelsmänner Geld, um mir zu zeigen, dass er in Sicherheit wäre und mich nicht verpfeifen würde. Aber von jetzt auf gleich stellte der Mistkerl die Zahlungen einfach ein.«

»Er wird es wohl leid gewesen sein«, sagte Escolano.

»Verdammter Wichser, natürlich war er es leid. Er war es leid, nicht alles für sich haben zu können. Nun, das Geld linderte die ersten Nöte und ermöglichte es mir, die wichtigsten Vergünstigungen zu erhalten. Drogen war das Stichwort. Ja, Sie haben richtig gehört, Drogen. Jeder intelligente Mensch weiß, dass man seinen Anwalt nicht anlügen darf, denn wenn er im Nebel stochert, werden die Dinge nur unnötig kompliziert.

Im Gefängnis kursieren mehr Drogen als auf der Straße, das weiß jeder. Und mal ehrlich, die Behörden ziehen durch Drogen ruhiggestellte Insassen einem Aufstand immer vor, also schauen sie weg. In den zwölf Jahren im Kittchen habe ich ein paar Kröten verdient. Und in den Jahren im Ausland auch. Alles ganz easy, wie in der Werbung.«

Und wieder öffnete er die Arme auf eine Art, die zeigte, wie sehr er diese elementaren Wahrheiten verinnerlicht hatte. Im Gegensatz zu dem jungen Anwalt, der nichts verstand, nicht einmal das Elementarste. Escolanos Abscheu vor diesem Mann hinderte ihn daran, den Mund aufzumachen. Er schämte sich nicht dafür, denn seinem Vater war es wahrscheinlich genauso gegangen.

Hinter der geschlossenen Tür hörte man das Trippeln der Absätze des Mädchens.

Und Escolanos Gedanke schien die Luft förmlich zu durchstoßen. Rück die Kohle raus, du Mistkerl.

Erasmus fuhr seelenruhig fort:

»Kurz gesagt, Anwalt: Erstens, ich habe Geld, und Sie werden Ihren Schnitt machen. Zweitens, Sie sind vielleicht nicht der beste Anwalt der Welt, aber Sie sind der einzige, an den ich mich wenden kann. Warum? Weil ich ohne die alten Archive oder das Adressbuch Ihres Vaters keine Möglichkeit habe herauszufinden, wo der Vater des toten Kindes wohnt. Mit Sicherheit war er es, der Omedes abgeknallt hat, um sich zu rächen. Denn der Junge hatte einen Vater, verstehen Sie? Oder verstehen Sie nicht einmal das?«

Er schnalzte mit der Zunge, als hätte er gerade einen guten Wein gekostet – oder die Erlesenheit seiner Gedanken – und sagte:

»Natürlich könnte ich auch die Polizei fragen, aber das Erste, was der Polizist tun würde, wäre, mir einen zu husten und mich dann ganz oben auf die Liste zu setzen, falls dem Kerl etwas zustößt. Natürlich habe ich Geld fließen lassen, damit man bei Gericht die alten Akten ausgräbt, aber der Kerl ist wahrscheinlich in all den Jahren Dutzende Male umgezogen. Und wenn er Omedes aufgespürt hat, dann kann er auch mich aufspüren, also habe ich ein Interesse daran, ihn zu finden. Dämmert's jetzt?«

Die Stimme war kalt und verhieß nichts Gutes, sodass Escolano sich gezwungen fühlte, zu antworten:

»Dafür heuern Sie am besten einen Detektiv an. Da kommen Sie billiger weg.«

»Was? Einen Detektiv? Wer sagt mir, dass er nicht ein Polizeispitzel ist, wie fast alle? Sie hingegen unterliegen der Schweigepflicht, wie Ihr Vater, und außerdem sollen Sie sich ja nicht an einer Straftat beteiligen. Sie sollen mir nur helfen, einen Kerl zu finden, den ich gern unter Kontrolle hätte, weil er mir gefährlich werden könnte – und ich bleibe dabei im Hintergrund. Zudem habe ich gerade Geschäfte in Barcelona laufen und kann nicht abhauen. Was? Reden wir über Geld? Schließlich muss ich auch mit dem Mädchen über Geld reden, oder? Obwohl sie Ihnen gegenüber den Vorteil hat, dass sie beim Betreten des Zimmers schon weiß, was sie will.«

13

»Wissen Zie, Zeñor Méndez, ich arbeite jetzt für ein Magazin von so einem Zensationssender«, sagte Amores mit zittriger Stimme, »nicht fest angestellt, einen Vertrag gibt's am Zanktnimmerleinstag, die behandeln einen, als wäre man gerade dem Flüchtlingsboot entstiegen. So weit ist es gekommen, Zeñor Méndez, und das bei meinem Einblick in die Zzene, bin doch immer auf dem Laufenden über alles Wichtige in dieser Stadt. Aber meine Zeitung hat dichtgemacht, zu wenig Werbeanzeigen, heißt es. Zeitungen wie diese gibt es jetzt nicht mehr, Zeñor Méndez, nicht mal als Kirchenblättchen. Beim Wirtschaftszirkel habe ich schon gefragt, was Zache ist, ob es irgendwann wieder besser wird. Die sagen, es läge an der Konzentration des Kapitals, also der Fusion von Finanzen und geistigen Ressourcen, und da könne man sich an einer Hand abzählen, dass es immer weniger Zeitungen und immer mehr Journalisten geben wird. Und so arbeite ich jetzt stundenweise für das Radio, Zeñor Méndez, zum Glück wollen zie mich da, zumindest bis zur nächsten Fusion.«

Méndez zischte:

»Verdammt, Amores, du sprichst immer noch wie ein Schwanzlutscher.«

»Wenn ich das wenigstens wäre, dann könnte ich einer Flamencosängerin, die Lust drauf hat, was auch immer blasen. Aber ich fürchte, Zeñor Méndez, die Zeiten sind vorbei, der Lack ist ab, auch wenn das Oberstübchen noch einwandfrei funktioniert. Also ich bin zu Ihnen gekommen, weil ich meine nächste Kolumne mit irgendetwas füllen muss. Und jetzt ist die Emanzipation der Frauen oder die Befreiung der Arbeiter gerade gar kein Thema, weil die Regierung meint, das zei längst erledigt, daher muss ich wissen, ob Zie etwas Neues wissen über den Toten im Abrisshaus. Was für eine Zauerei, Zeñor Méndez, die Lebenden wirft man hinaus und legt einen Toten hinein.«

»Ich ermittle nicht, Amores. Ich unterstütze nur die, die richtig an dem Fall dran sind.«

»Zie können sich nicht verkaufen, Zeñor Méndez, und so kommt man zu nichts im Leben. Heute ist alles Marketing, Marketing und nochmals Marketing, und um auf Erfolgskurs zu kommen, müssen Zie zwei Dinge beachten: Eines dieser Zelbsthilfebücher lesen und auf mich bauen, ich bin die Stimme des Volkes. In meinen Berichten kann ich sogar behaupten, man habe Zie zum Chef der Mossos d'Esquadra oder zum Chefideologen der Guardia Urbana ernannt, oder meinetwegen sogar man habe Zie mit der Reform des *Estatuts* beauftragt. Hauptsache, man hat etwas zu erzählen, Zeñor Méndez, glauben Zie mir.«

»Ich kann dir nur so viel sagen, Amores: Der Tote war ein Mistkerl, der vor Jahren einen blutigen Überfall begangen hat, und das Motiv war Rache.«

»Das wurde schon berichtet, Zeñor Mendez, und auch, dass die Polizei eine Spur hat.«

»In der Tat, es gibt eine Spur, Amores, aber mehr darf ich nicht sagen. Das Einzige, was man vorab schon sagen kann, ist, dass der Fall schon so gut wie gelöst ist … Und dass dem Typ die Örtlichkeiten bestens bekannt waren, denn in seiner Jugend war er oft dort. Es war ein ehemaliges Bordell. Das ist alles.«

»Das ist nur der Schaum von der Wahrheit, Zeñor Méndez. Zie wissen mehr. Im Namen unserer alten Freundschaft und der Toten, die ich entdeckt habe, bitte ich Zie, mir etwas zu sagen, auch wenn ich es im Radio nicht verwenden darf. Nur, damit ich einen Informationsvorsprung habe, wenn die Zache veröffentlicht werden kann. Dann werde ich eine Zonderzendung machen, dass die beim Zender einen Stock anbauen müssen.«

»Im Namen unserer alten Freundschaft werde ich dir noch etwas verraten, Amores, aber unter der Bedingung, dass du es für dich behältst und kein Wort darüber verlierst, ohne vorher mit mir zu reden. Der Verdächtige (wer es ist, sage ich nicht) hat einen Waffenschein und besitzt folglich einen registrierten Revolver oder eine registrierte Pistole. Man hat unter einem Vorwand eine unangekündigte Durchsuchung bei ihm durchgeführt, aber seine Waffe war sauber. Sonst hätten wir ihn im Sack, aber bei der gegenwärtigen Beweislage kann ich ihn nicht verhaften. Und etwas anderes, noch Vertraulicheres: Verfolge aufmerksam alle Todesfälle, selbst Autounfälle, denn ich fürchte, er wird wieder töten. Oder man wird ihn töten. Ich bin sicher, dass man nach ihm sucht.«

14

Das Telefon, das den ganzen Vormittag nicht ein einziges Mal geklingelt hatte, schrillte.

»Spreche ich mit Señor Ramírez oder mit Señor Escolano?«

»Hier spricht Escolano, Señor Erasmus. Wie ich Ihnen schon sagte, Señor Ramírez weilt nicht mehr unter uns.«

Der bekannte Befehlston am anderen Ende bekam eine ironische Färbung:

»Ach ja, ich erinnere mich, Sie hatten mir von dem bedauerlichen Ableben berichtet. Also, ich rufe an, weil unser Treffen jetzt schon zwei Tage her ist, und ich wollte wissen, ob Sie schon fündig geworden sind. Außerdem können Sie Dinge tun, die ich nicht tun kann, zum Beispiel zur Polizei gehen.«

»Ich habe die Information, Señor Erasmus. Ich habe herausgefunden, dass der Vater des toten Kindes Miralles heißt und als privater Personenschützer arbeitet. Ich kann Ihnen seine Adresse geben.«

Man hörte ein zufriedenes Schnalzen am anderen Ende. Erasmus hatte offensichtlich eine, nennen wir es ausdrucksvolle Zunge.

»Ausgezeichnet. Aber das mit dem privaten Personenschützer wundert mich. Wir sind doch hier nicht in Kolumbien.«

»Das sollte Sie nicht allzu sehr verwundern, Señor Erasmus. Die großen europäischen Firmen haben ihren Sitz hierher verlegt, mit allem, was das mit sich bringt. Jeder Millionär braucht Deckung, seine Frau – richtig verstanden –, wenn sie einkaufen geht, die Tochter, wenn sie in die Schule geht, und die Geliebte, wenn sie ins Bett geht. Und die Politiker müssen sich mit privaten Personenschützern gegen den Terrorismus schützen, denn die Polizei kann das allein nicht leisten, und die mit dem Schwarzgeld und dem Schnee brauchen auch Schutz. Sie können sich also vorstellen, dass es da sehr wohl eine Nachfrage gibt. Hätten Sie Interesse an einem Job?«

Escolano, eigentlich eher wortkarg, hatte das Ganze, fast ohne Luft zu holen, ausgestoßen, als könne er nicht schnell genug zum Ausdruck bringen, dass er das Vertrauen in sein Land verloren hatte. Und erstaunlicherweise hatten seine Worte Erasmus tatsächlich ein wenig von seinem hohen Ross heruntergeholt.

»Ich komme vorbei und hole die Unterlagen ab«, sagte er.

Escolano fühlte sich ein wenig unwohl.

Die alten Möbel.

Das leere Wartezimmer.

Die nur stundenweise arbeitende Sekretärin war gerade nicht anwesend.

Es musste schließlich nicht jeder wissen, dass es nichts gab, worauf man sich etwas einbilden konnte.

»Es macht mir nichts aus, bei Ihnen im Hotel vorbeizukommen«, murmelte er. »Ich bin sowieso unterwegs.«

»Schön, aber ich wohne jetzt woanders. Ich wechsele mindestens zweimal in der Woche mein Quartier. Also, notieren Sie.«

Wieder dieser herrische Ton. Wie bei der Nummer mit

Ramírez und Escolano. Zum Glück würde Ramírez nicht wieder auferstehen.

»Schießen Sie los.«

Dieses Hotel war auf eine andere Weise luxuriös als das erste. Dieses war älter, vornehmer. Die Suite – Erasmus logierte nach wie vor in einer Suite – ging auf die Gran Vía hinaus, mit all ihren Bürogebäuden und Staus, ihrer hektischen Betriebsamkeit und der Statue eines Patriziers, von dem Erasmus nicht wusste, wie er hieß. Es interessierte ihn aber auch nicht sonderlich. Dabei schien der Patrizier der Einzige zu sein, der auf seinem Podest Ruhe und Frieden gefunden hatte. Die Möbel in der Suite waren honigfarben. Es gab einen Salon, ein kleines Arbeitszimmer, ein Bad, in dem mindestens drei Paare Platz gehabt hätten, und ein Schlafzimmer.

Es fehlte nur das Mädchen.

Erasmus schien seine Gedanken zu erraten.

»Sie kommt später«, sagte er. Ich habe die Agentur gebeten, das Treffen zu verschieben, als ich hörte, dass Sie kommen würden. Dem Mädchen ist Diskretion wichtig, sie ist eine Hostess, die sich an die Etikette hält, und wer weiß, vielleicht reicht sie sogar dem Minister das Glas, während er über die nächste Steuererhöhung spricht.«

»Wie schön, dass wir allein sind«, sagte Escolano, ohne seine Gereiztheit zu verbergen, hinter der vielleicht auch ein wenig Neid steckte.

Erasmus wirkte aus irgendeinem Grund noch übellauniger als er. In seinen Augen lag ein rotes Funkeln, das Escolano zuvor noch nicht wahrgenommen hatte. Aber wenigstens war er diesmal angezogen.

»Setzen Sie sich.«

Wieder dieser Befehlston.

»Ich sitze bereits. Also, was wollen Sie?«

»Ich will mir die Sache genauer anschauen. Ich will nicht nur wissen, wo dieser Miralles wohnt, sondern ob er allein oder in Begleitung ist. Als Leibwächter hat er natürlich eine Waffe. Dass er damit umgehen kann, hat er ja schon bewiesen. Also, geben Sie mir die Adresse und alles, was Sie sonst noch haben.«

Es war nicht viel, aber die Informationen stammten aus verlässlicher Quelle. Escolano war nicht nur zu einem Polizisten gegangen, den er kannte, sondern hatte auch die Gerichtsarchive und die Daten des Einwohnermeldeamts und der Sozialversicherung gecheckt. Erasmus hätte als ehemaliger Häftling nicht so leicht Zugang zu diesen Informationen bekommen.

Erasmus' Augen zogen sich zusammen.

»Schön«, sagte er, »ich muss einen Plan von der Wohnung erstellen, in der er lebt, und ihn eine Weile im Auge behalten. Eines möchte ich dabei aber festhalten, Escolano. Ich versuche nur, mich zu schützen.«

»Davon gehe ich aus.«

»Also seien Sie ein guter Anwalt. Sagen Sie mir, dass Sie die Nachforschungen nicht übernommen hätten, wenn dem nicht so wäre.«

»Wenn dem nicht so gewesen wäre, hätte ich die Nachforschungen nicht übernommen«, sagte Escolano leise.

»Machen Sie sich keine Gedanken. Ich wiederhole es noch einmal: Ich versuche nur, mich zu schützen. Verstehen Sie? Ein Mann wie ich kann nicht zur Polizei gehen und über seine Ängste sprechen, allein schon, weil ich nicht einmal bedroht worden bin. Die Dinge sind, wie sie sind, und ich muss sie auf meine Art lösen.«

»Natürlich.«

»Jetzt stellen Sie sich doch mal für einen Moment lang vor, diesem Kerl, diesem Miralles, würde etwas zustoßen. Nur mal angenommen. Sie würden mit niemandem darüber sprechen, das fällt unter die Schweigepflicht.«

Escolano biss sich leicht auf die Unterlippe.

»Die Schweigepflicht gibt es, in der Tat«, murmelte er.

»Ich bin überzeugt, Sie sind in dieser Angelegenheit so ehrenhaft wie Ihr Vater.«

»Der Ihr Geld nicht annehmen wollte …«

Erasmus tat so, als habe er diese Bemerkung nicht gehört. Vielleicht hatte er sie auch tatsächlich nicht gehört, denn er war ein Mann des Monologs.

»Aber so ganz nebenbei werde ich Ihnen etwas sagen. Wenn Sie reden, wird Ihnen das nichts nützen, denn was auch passiert, ich war's nicht. Merken Sie sich das gut: Ich war's nicht. Und wenn Sie Ihrer moralischen Pflicht nicht nachkommen, kann Ihnen das schaden. Sehen Sie, ich bin jetzt ein Mann, der viele Geschäfte macht, und eben wegen dieser Geschäfte bin ich nach Spanien zurückgekommen. Die sind wichtiger, als Sie denken, und ich muss mich um sie kümmern. Ich werde Sie eine Zeit lang nicht aus den Augen lassen. Jede noch so kleine Störung oder Unregelmäßigkeit werde ich registrieren. Aber ich sage das mit dem größten Respekt, Anwalt. Ich mag Anwälte sehr.«

Und plötzlich fragte er übergangslos:

»Wie hoch ist Ihr Honorar?«

Escolano wurde rot. Er hatte gewusst, dass die Frage kommen würde, dennoch schoss ihm das Blut ins Gesicht. Beinahe wäre er aufgestanden.

Seine Karriere. Seine Ehre. Sein Name. Seine Selbstachtung.

Die Robe.

Erasmus bemerkte es und fügte schnell hinzu:

»Ich finde, Diplome sind dazu da, um von ihnen zu leben, nicht um sie einzurahmen. Und das sagt Ihnen ein Mann, der keinen Universitätsabschluss braucht, um zu leben. Wenn Sie sich gedemütigt fühlen, denken Sie daran, dass das Demütigendste der Beitrag für die Anwaltskammer ist.«

Escolano schloss die Augen.

Der andere wusste also Bescheid. Erasmus gehörte zu den Kerlen, die überall hinkamen und alles wussten. Es hatte schon seinen Grund gehabt, dass sein Vater, der wenigstens weise gestorben war, ihm diesen Namen gegeben hatte.

Er drängte ihn:

»Nennen Sie schon eine Zahl. Kommen Sie mir nicht mit Gebührenordnung, ist sowieso alles Schwarzgeld. Wie bei dem Mädchen.«

In dem Moment klingelte das Telefon. Es war die Rezeption.

Als er aufgelegt hatte, sah er Escolano an.

Der hatte die Augen immer noch geschlossen.

Er nannte die Zahl.

»Das ist viel«, entfuhr es Erasmus.

Bedächtig erhob sich Escolano aus dem Sessel und ballte die Fäuste, er blickte Erasmus direkt in die Augen.

»Also ich …«

»Was? Werden Sie die Anwaltskammer einschalten? Lassen Sie uns die Sache schnell über die Bühne bringen. Ich geben Ihnen das Geld, das für das Mädchen gedacht war, und noch zehn Prozent obendrauf. Jammern Sie nicht. Sie liefern mir die Berichte, und ich gebe Ihnen das Geld. Hier ist es. Alles legal. Sie unterzeichnen mir natürlich eine Quittung, das zwingt Sie, die Sache für sich zu behalten.«

Escolano stammelte:

»Glauben Sie an das Gesetz?«

Erasmus sah ihn mit einem abwesenden Lächeln an.

»Und Sie?«, fragte er leise.

15

Natürlich konnte Méndez, der Polizist kurz vor der Pensionierung, immer dunkel gekleidet und immer mit Büchern in den Taschen, nichts von alledem wissen, obwohl er sich wirklich auf den Fall konzentrierte. So konzentriert, wie Méndez eben sein konnte. Aber einige andere Dinge wusste er inzwischen und versuchte sie im Kopf noch einmal durchzugehen, während er durch die Straßen des alten Viertels schlenderte.

Zunächst einmal hatte die Autopsie bestätig, dass Omedes erst kurz vor der Abschiedsfeier liquidiert worden war. Und das konnte nur bedeuten, dass zwischen Omedes und der Person, die ihn getötet hatte, ein gewisses Vertrauensverhältnis bestanden hatte. Sein Mörder musste zumindest gewusst haben, wo er verkehrt hatte. Es war schon lange her, dass Omedes dort Gast gewesen war. Auch für Miralles, an dessen Täterschaft es keinen Zweifel gab, musste es bekanntes Terrain gewesen sein.

Dass es sich um das ehemalige Etablissement einer gewissen Madame Ruth handelte, wusste Méndez inzwischen. Man musste ihr Haus überwachen, falls es zwischen Madame Ruth und dem Toten irgendeine Verbindung gab.

Méndez war sich auch sicher, dass Miralles nicht seine Dienstwaffe verwendet hatte. Ein Mann, der als Leibwächter arbeitete, konnte einfach nicht so dumm sein. Und die Polizei ihrerseits war nicht so dumm, ihn ohne Beweise zu verhaften. Es war besser zu warten, bis er einen Fehler machte, schließlich wollte er noch einen weiteren Mann töten. Oder der andere wollte Miralles töten.

Wer aber war dieser andere?

Auch das hatte Méndez nach Durchsicht der Prozessakten schnell in Erfahrung gebracht. Der Bankräuber, der den Kleinen getötet hatte, hieß Leónidas Pérez, hatte seine Strafe abgesessen und hielt sich mit gefälschten Papieren noch in Spanien auf. Er hatte eine »reine« Weste, also durfte man ihn offiziell nicht belästigen. Doch Méndez hatte ein altes Foto von ihm und würde es der halben Stadt zeigen.

Méndez' Strategie hieß warten, dass Miralles gegen jemanden tätlich wurde, oder jemand gegen ihn. Er konnte nicht ahnen, wie bald das schon geschehen würde.

Man hatte dem Mann ein Foto, eine Adresse und den genauen Plan eines Stockwerks in einem bestimmten Haus gegeben. Man hatte ihm ein Flugticket bezahlt, damit er nach Erledigung des Jobs sofort verschwinden konnte.

Man hatte dem Mann einen ordentlichen Vorschuss bezahlt.

Man hatte ihm eine tolle Frau besorgt.

Das war seine erste Forderung gewesen, denn – so sagte er immer –, einen Job muss man ohne Druck und entspannt erledigen.

Mit der Frau hatte es allerdings Probleme gegeben.

Sie war noch neu im Geschäft, eine russische Sklavin – wer hätte das gedacht, so mächtig, wie Russland einmal war, und bei der Freiheit, die es heute genießt. Jedenfalls stellte sie sich quer, weil sie glaubte, man habe sie nach Spanien gebracht, um einen Job als Violinistin für sie zu finden. Vielleicht war sie ja eine gute Violinistin, wer weiß. Die Masse nutzlosen Zeugs, das die Leute lernen, ist überwältigend, dachte der Mann manchmal, voller Zweifel angesichts der Zukunft. Kurzum, er hatte der Violinistin ein paar Ohrfeigen verpasst, sie eine verkappte Kommunistin genannt, und das Zimmer verlassen, ohne etwas von all dem loszuwerden, das er in sich aufgestaut hatte.

Also würde er den Job erledigen. Um Punkt sechs, denn um neun ging das Flugzeug nach Lissabon.

Es war keine sonderlich schwierige Sache. Ein Plan der Wohnung, ein nachgemachter Schlüssel, eine Pistole mit Schalldämpfer, die Sicherheit, dass der Vogel ein paar Stunden schlafen würde, bevor er zu seiner nächtlichen Arbeit aufbrach.

Er nahm einen der Busse, die über die Avinguda de Parallel fuhren, damit sich später kein Taxifahrer an ihn erinnern würde. Man glaubt immer, Taxifahrer erinnern sich an nichts, und dann erinnern sie sich plötzlich an alles, diese Schlitzohren. Und so ging der Mann unbemerkt die Calle del Rosal hinauf bis zur Plaza del Surtidor, einem Viertel mit alten Häusern und republikanischen Kneipen, die für verstorbene Gäste immer noch ein Plätzchen frei hielten.

Zunächst nahm er das Haus in Augenschein.

Alles ruhig.

Keiner der Bewohner schaute aus dem Fenster.

Die Eingangstür war geschlossen, denn Concierges gab es nicht mehr. Aber er hatte ja einen Schlüssel. Wer auch immer ihn angeheuert hatte – seinen Namen würde er nie erfahren –, wusste Bescheid, wie das mit seinem Job und dem Tod lief.

Er ging einfach hinein.

Stille. Die Treppe war dunkel und schmal, und bestimmt hatte sie die Särge der ersten Bewohner gesehen. Das Geländer war aus Schmiedeeisen und fühlte sich mit Sicherheit kalt an. Doch er bemerkte es nicht, weil er inzwischen Handschuhe angezogen hatte. Im ersten Stock hörte er, wie eine Frau ihrem Kind ein Wiegenlied sang, bestimmt dasselbe, das ihre Mutter schon für sie gesungen hatte.

Noch ein Stück.

Die Tür zur Linken.

Nichts wie hinein.

Er wusste, was er vorfinden würde. Ein Esszimmer im Eingangsbereich wie in allen ärmeren Häusern. Dann rechts eine kleine Küche, links das Bad. Möglicherweise hielt sich die Zielperson dort auf, das war gefährlich, doch er beruhigte sich, als er sah, dass die Tür aufstand und alles dunkel war. Man hatte ihm gesagt, dass die Zielperson wahrscheinlich in einem der hinteren Zimmer schlafen würde. Mit entsicherter Pistole ging er weiter.

»Vergiss nicht, er ist vom Fach«, hatte man zu ihm gesagt, »gib ihm keine Gelegenheit. Sobald du ihn im Visier hast, schießt du. Ein Blick und peng.«

Die Tür zum ersten Zimmer stand einen Spalt weit offen, er blickte hinein. Nichts. Nur das leere Bett, der Nachttisch mit dem Radio darauf und das milchig trübe Licht, das durch das Fenster eindrang. Die Bilder an den Wänden. Gerahmte Fotos von einem kleinen Jungen, der mit einem Ball spielt, auf ein Spielzeugfahrrad steigt und dem Wind Ohrfeigen gibt. Auf dem Tisch ein Ball, derselbe wie auf dem Foto. Mannomann. Ein Stoffbär, eine Kiste mit bunten Kugeln, in einer Ecke das Spielzeugfahrrad von dem Foto. Wie ein Museum für einen einzigen Besucher. Der hat Mut, dachte der Mann. Was die Leute in alten Wohnungen so alles aufbewahren.

Schön.

Jetzt wusste er, wo der Vogel war. Es blieb nur noch eine Tür, die zu dem anderen Zimmer. Man hörte sogar ein leises regelmäßiges Atmen, und das bedeutete, dass er schlief, genauso, wie man es ihm gesagt hatte.

Also hinein.

Peng.

Die Tür.

Ein weniger trübes Licht fiel durch das Fenster zur Straße hinein. Ein Frisiertisch, eine Stehlampe. Ein Tischchen. Und am Ende des Pistolenlaufs das Bett. Dort musste er sein, Miralles, Miralles, Miralles … Gib's ihm!

Doch dann erstarrte der Mann.

Er sah lange, wohlgeformte, nackte Beine.

Schneeweiße Brüste.

Das war die Höhe.

Er sah eine tiefschwarz behaarte Scham.

Und nicht den Vogel, sondern das Vogelweibchen. Das Weibchen, Weibchen, Weibchen.

Das Weibchen.

Der Mann schoss.

16

Gut, denkt Madame Ruth, Mabel ist da.

Mabel kümmert sich um alles, sie führt im Haus das Regiment, überwacht sie und verwaltet das Geld, das Ruth nicht verwalten kann. Denn der Mistkerl von Solange – ja, Mistkerl, auch wenn das nicht auf dem Grabstein steht –

hat ihr den Titel und das Haus hinterlassen, das schon, aber Mabel hat er zur Verwalterin mit allen Vollmachten und einem Gehalt ernannt, und so kann sie praktisch schalten und walten, wie es ihr beliebt. Wie nennt man das? Testamentsvollstrecker? Nun, ist ja im Grunde nicht wichtig.

Wer hätte damals gedacht, dass sie – Madame Ruth – eines Tages Mabel ausgeliefert sein würde, dass Mabel darüber bestimmen würde, was sie aß und wann sie schlief, und selbst noch über den Schweiß auf ihrer Stirn.

»Du könntest die Klimaanlage anschalten, Mabel. Es ist unerträglich heiß heute.«

»Sie ist an.«

»Davon ist nichts zu spüren.«

»Sie läuft nur auf Minimalbetrieb, deshalb spürt man nichts, aber ich habe schon jemanden bestellt.«

»Aber das geht schon seit Tagen so.«

»Und ich habe schon vor Tagen Bescheid gesagt. In dieser Stadt gibt es Anwälte, Ärzte und Ingenieure zuhauf, von Psychologen ganz zu schweigen, aber wenn du einen Techniker brauchst, und sei es auch nur, um einen Herd anzuschließen, sagt man dir, frühestens in einem Monat.«

»Dann zieh wenigstens die Vorhänge zu. Du weißt doch, in Barcelona scheint immer die Sonne, und ich kann die Sonne nicht vertragen.«

»Hast du schon mal versucht, sie selbst zuzuziehen? Es ist gut, wenn du ein wenig läufst.«

»Mich dorthin schleppen wäre wohl der passendere Ausdruck. Aber was macht das schon. Wenn ich die Vorhänge zuziehe, ziehst du sie wieder auf.«

Ruth tupfte sich mit einem Taschentuch die Schweißperlen von der Stirn. Dabei wäre es so schön, ein wenig zu ruhen, jetzt, wo die Schmerzen nachgelassen hatten. Im Krankenhaus würde man sie auch verrecken lassen, aber wenigstens hätte sie dort ein klimatisiertes Zimmer, geregelte Mahlzeiten und einen Knopf, mit dem sie nach der Schwester klingeln könnte, während sie hier die Bullenhitze ertragen musste, irgendwann etwas zu essen bekam und weder Schwester noch Klingel hatte. Tagsüber war Mabel die Einzige, die sie versorgte, und sie kam und ging, wie es ihr passte.

»Ich halte diese Hitze nicht aus, Mabel.«

»Weil dich alles stört. Früher, da haben wir unter dem Sommer gelitten, aber heute doch nicht mehr. Du erinnerst dich nicht mehr, wie heiß es in den Zimmern war, und zu allem Überfluss noch mit einem Kerl, der dich nicht einmal atmen ließ.«

»Du hast mir das nie verziehen. Weder die Hitze noch die Kerle. Aber vergiss nicht, dass auch ich das mitmachen musste.«

Mabel lachte verächtlich.

»Klar hast du das mitgemacht. Aber du warst fünfundzwanzig oder älter, und man kann an den Fingern einer Hand abzählen, wie viele Männer du in dein Bett gelassen hast. Ich hingegen konnte es mir nicht aussuchen, und ich war gerade mal fünfzehn, da lag der Marqués schon auf mir.«

Sie ging zur Tür, als wollte sie gehen, aber Ruth flüsterte:

»Mabel …«

»Was ist?«

»Du kannst dich nicht beklagen. Der Marqués hat dich geliebt, nicht mich. Mir hat er seinen Adelstitel und das Haus vermacht, aber das Haus geht an dich, wenn ich sterbe, ich bin also nur die Nutznießerin. Sagt man so? Du verwaltest das Vermögen und tust, was dir gefällt. Nicht dass du kein Geld für mich ausgibst, aber ich bin eine wertlose alte Frau. Du hingegen bist privilegiert.«

»Ich sollte dir also auch noch dankbar sein … Ich weiß nicht, was es noch zu reden gibt. Ich bin nur gekommen, um dir zu sagen, dass die Nachschwester heute ein Ersatz ist und eine halbe Stunde später kommt.«

»Wieder ein Ersatz … Wieder. Sobald ich jemanden ins Herz geschlossen habe, ersetzt du ihn durch jemand anderen.«

Mabel hatte die Hand schon auf der Türklinke. Sie drehte sich um und lachte. Sie hatte ein jugendliches, fast kindliches Lachen, wenn sie will, dieses Miststück. Sie hatte es schon damals, als Solange sie in ein Zimmer schob, dachte Ruth. Aber verdammt, jetzt ist sie schon über fünfzig, und ihr Lachen ließ immer noch so manchen Teenager vor Neid erblassen. Doch hinter ihren verheißungsvollen Zähnen war nichts. Ruth wiederholte es für sich: nichts, nichts …

»Es ist besser, wenn du niemanden ins Herz schließt, Ruth, und auch, wenn niemand dich ins Herz schließt.«

»Wieso?«

»Weil du sterben wirst. Es ist besser, es klar und deutlich auszusprechen.«

Ruth erschauderte, und eine der Schweißperlen lief hinunter bis zu ihrem Mund.

Die Hitze in dem geschlossenen Raum war in der Tat unerträglich, die untergehende Sonne fiel direkt in das Zimmer. Aber auf einmal war ihr das egal, ein Zornesstich durchfuhr sie bis in die Magengrube. Sie sagte sich selbst immer wieder, dass sie sterben würde, aber sie ertrug es nicht, wenn andere es laut aussprachen. Es fiel ihr unsäglich schwer, sich wieder zu beruhigen.

»Mabel, Mabel … Lass uns offen reden. Dir kommt es gut zupass, dass ich sterbe. Dann bist du die Last los und kannst in diesem Haus regieren, wie du willst. Ich weiß, dass du mich hasst und dass du mich leiden sehen willst, aber du verlierst dadurch eine Menge Geld. Verhalte dich wie eine praktisch veranlagte Frau, das kannst du doch, wenn du willst, und erzähl mir von diesem Mann, der all das lösen könnte. Wenn der Arzt schon nicht mitspielt, erzähl mir wenigstens von diesem Mann.«

»Ich weiß nicht mehr, was ich gesagt habe.«

»Aber natürlich erinnerst du dich, Mabel, und du weißt, dass ich ein Recht darauf habe zu sterben. Niemand hat mich um Erlaubnis gefragt, ob ich diese Welt überhaupt betreten will. Und niemand kann mir verbieten, sie zu verlassen.«

Mabel sah sie nicht einmal an. Als wäre die alte Frau nur einer von den vielen Gegenständen, die sich im Raum verlieren. Einen Moment lang hörte man nur das seltsame Geräusch von einer Schweißperle, die beim Aufprall auf dem Boden zerplatzte.

Ruth flüsterte leise:

»Mabel …«

»Was?«

»Jetzt sag nicht, du erinnerst dich nicht. Du hast mir von einem Mann erzählt, der schon einmal getötet hat. Verkauf mich wenigstens nicht für blöd.«

»Dich für blöd verkaufen? Glaubst du das wirklich? Das Gegenteil ist wahr, meine Liebe, das Gegenteil. Du wirst ja wohl nicht bestreiten, dass ich zugestimmt habe, dem Arzt den Vorschlag zu machen, dich mit einer ordentlichen Ration an Beruhigungsmitteln ins Jenseits zu schicken. Aber er wollte nicht. Er ist einer von der alten Schule. Nach dem Motto, Gott hat dir das Leben geschenkt und nur er kann es dir nehmen. Und weil er zur Polizei gegangen ist und dir deine Ration Betäubungsmittel gekürzt hat, hat er eine blütenreine Weste, wenn dir etwas zustößt. Das ist die Wahrheit.«

»Mabel … Du kannst mir helfen. Also hilf mir.«

»Wenn der Arzt gesagt hat, dass Hoffnung besteht, dann besteht noch Hoffnung. Du solltest dich nicht beklagen.«

»Mich nicht beklagen? Kann es denn etwas Schlimmeres geben?«

»Aber sicher, meine Liebe, aber sicher … Neulich hat man mir eine so furchtbare Geschichte erzählt, hätte sie sich nicht tatsächlich zugetragen, ich hätte sie nicht geglaubt. Die Leidensfähigkeit des Menschen ist grenzenlos, und wer gläubig ist, glaubt dann, dass Gott sich ein Sabbatjahr genommen hat. Stell dir ein altes Ehepaar vor, das alleine lebt, das heißt, sie haben niemanden. Sie kann sich nicht bewegen, ihr Mann muss sie sogar füttern, und das tut er sehr liebevoll. Aber eines Tages stirbt der Mann plötzlich. Stell dir das mal vor … Nach einer Woche, in der sie bei vollem Bewusstsein ist, stirbt sie neben der Leiche ihres Mannes, verhungert und verdurstet. Ein großer Film, der im Licht der abstoßenden Wirklichkeit klein wird. Deshalb kommt mir jetzt gerade der Gedanke, wie schrecklich es wäre, wenn mir etwas zustieße … Die Nachtschwester ist neu, sie hat keinen Schlüssel und könnte davon ausgehen, dass wir nicht mehr da sind. Ich gebe zu, ich habe dir von diesem Mann erzählt.«

Mabel kehrte in die Mitte des Raumes zurück, lehnte

sich an die Wand und sprach weiter mit dieser dunklen Stimme:

»Dieser Mann könnte es arrangieren, dass du nicht leiden musst und niemand zur Rechenschaft gezogen werden kann. Aber ganz so einfach ist es nicht … Ich könnte es nicht tun. Und er müsste erst einmal zustimmen.«

Ruth riss die Augen auf und hob den Kopf, als wollte sie die hoffnungsvollen Worte aufsaugen. Aber dann dachte sie, dass Mabel sie vielleicht nur wieder hinters Licht führt. Also schloss sie die Augen wieder.

Eine weitere Schweißperle zerplatzte am Boden.

»Mabel, ich hatte den Eindruck, dieser Mann bedeutet dir was. Es ist nicht nur Freundschaft wie bei den anderen.«

»Man weiß nie, wann Freundschaften mehr Bedeutung bekommen. Vieles geschieht rein zufällig.«

»Auch in diesem Fall?«

»Ja, vielleicht war es ein Zufall. Die Dinge geschehen einfach, sie lassen sich nicht berechnen. Es ist an der Haltestelle am Paseo de Gracia passiert.«

»Dort war ich früher auch oft«, wisperte Ruth. »Ich bin so alt, ich erinnere mich daran als an eine Zeit, in der ich mich noch unter freiem Himmel bewegte. Und was ist an der Haltestelle passiert?«

Ruth hatte schon zu viele Jahre mit Mabel verbracht. Es war ihr also nicht entgangen, dass die andere gern darüber reden wollte. Es musste ein nettes Erlebnis gewesen sein, wer hätte das gedacht. Und Mabel würde erleichtert sein, wenn sie darüber sprechen konnte.

»Es ist schon eine Weile her. Viele Leute warteten auf den Zug, wie immer. Na ja, heute sind es noch viel mehr Menschen als früher, denn Barcelona platzt aus allen Nähten. Unter all den vielen Leuten rutschte ein Kind aus und fiel auf das Gleis.«

»Und?«

»Der Zug kam. Es geschah alles so plötzlich, und es war so schrecklich, dass ich nicht weiß, ob ich überhaupt dazu kam, etwas zu denken. Vielleicht nicht einmal das. Die Leute fingen an zu schreien, der Mann war der Einzige, der sich bewegte. Ich weiß nicht, wie er so schnell springen konnte, wirklich nicht. Wie durch ein Wunder holte er das Kind vom Gleis, während man das schreckliche Quietschen der Räder des Zuges hörte, der natürlich nicht mehr rechtzeitig hätte bremsen können. Er hob den Jungen vom Gleis und warf ihn auf den Bahnsteig, zwischen die Füße der Leute, die nichts anderes taten als kreischen … Er war immer noch auf dem Gleis, fast schon unter den Rädern. Er nahm alle Kraft zusammen, sprang und streckte dabei eine Hand aus, damit jemand sie fassen konnte, um ihn hochzuziehen. Ich sehe es noch vor mir. Es war das erste Mal, dass ich den Tod in den Augen eines anderen gesehen habe. Zwei Menschen hielten ihm die Hand hin, einer davon war ich, und dann zogen wir ihn hoch. Er war schon auf dem Bahnsteig, als der Zug ihn erwischte. Seine Kleidung wurde aufgeschlitzt. Er hat nicht einmal geschrien.«

Mabel hatte ihre Geschichte erzählt. Mit einer verächtlichen Miene – es schien ihr bevorzugter Gesichtsausdruck zu sein – fügte sie hinzu:

»Das war's.«

»Nein, das war es nicht. Ich muss sagen, ich bin froh, dass ich dich danach gefragt habe, Mabel. Du hast viele schmerzliche Erinnerungen, aber diese tut dir gut. Und es wird dir auch nicht wehtun, mir zu sagen, ob ihr dadurch Freunde geworden seid.«

»Ja.«

»Nun, es hört sich so an, als hättest du ihm das Leben gerettet.«

»In Wirklichkeit hat er sich selbst gerettet, weil er schnell genug reagiert hat. Außerdem war es ja nicht nur meine Hand, da war auch die des anderen Mannes. Aber der hat ihn nur gefragt, ob mit ihm alles in Ordnung sei. Dann ist er schnell in den einfahrenden Zug gestiegen. Auch der Vater hat sein Kind auf den Arm genommen und ist eingestiegen, ohne sich zu bedanken. Plötzlich hatte es den Anschein, als wären nur der Mann und ich auf dem Bahnsteig, und wir sahen uns in die Augen. Es war ein derart sinnloser, dummer Moment, dass er sogar einer Frau wie mir wunderbar erschien. Du hast nie darüber nachgedacht, Ruth, aber alle wunderbaren Momente sind sinnlos. Wahrscheinlich kannst du das auch gar nicht verstehen. Ich weiß nicht, wie lange wir so dastanden und uns ansahen, ohne den Lärm des Zuges und der Leute wahrzunehmen. Und dann war mit einem Schlag alles zu Ende. Der Mann fing an zu weinen.«

Mabel hörte auf zu sprechen, verzog den Mund, jetzt nicht mehr sarkastisch, sondern bitter, und drückte die Klinke nach unten, als wolle sie gehen. Die Sonne war – so wie sie angekündigt hatte – verschwunden. Sie hat jetzt Feierabend, dachte Ruth. Eine graue Wolke scheint in den Raum zu schweben und lässt ihn mit einem Mal heimeliger werden, zu einem sanfteren Ort, an dem man nachdenken kann, und wenn es nur über den Tod ist.

»Ich verstehe das sehr wohl. Vielleicht warst du damals diejenige, die nichts begriffen hat, Mabel.«

»Natürlich habe ich es begriffen. Mir war sofort klar, dass dies ein wichtiger Moment in meinem Leben war, aber ich schob es auf die Gefühlsaufwallung, so war's. Das Glücksgefühl darüber, dass der Mann und das unbekannte Kind am Leben waren. Wenig später saßen wir in der Bahnhofskneipe. Ich hatte ihn eingeladen, etwas trinken zu gehen, um seine Lebensgeister wieder zu wecken. Ich sagte, dass er sich wie ein Held verhalten habe. Ich wollte für ihn bezahlen. Ein dummes Angebot, denn ich hatte kein Geld dabei. Er war eher beschämt als glücklich darüber. Er sagte, es sei ein Reflex gewesen, dafür brauche man kein Held zu sein.«

»Ich glaube doch, dass man das sein muss. In den Reflexen erkennt man das wahre Wesen eines Menschen«, sagte Ruth, und Mabel antwortete:

»Genau das habe ich ihm auch gesagt. Da sagte er mir, es gäbe einen Grund dafür.«

»Was für einen?«

»Der Junge, der auf die Gleise gefallen war, war genauso alt wie sein Sohn, als er bei einem Überfall getötet wurde. Er sagte: »Ich habe nur daran gedacht. Ich dachte, dass es mein Sohn ist.« Und dann füllten sich seine Augen mit Tränen. Vielleicht ist ihm in dieser Bahnhofskneipe zum ersten Mal wirklich bewusst geworden, dass sein dreijähriger Sohn für immer von ihm gegangen ist.«

Mabel hatte gesagt, was sie sagen wollte, aber sie verließ das Zimmer nicht. Jetzt lag Schmerz auf ihrem Gesicht, vielleicht Wehmut, Selbstmitleid.

»Ich vermute, ich muss Sie enttäuschen, Señora, aber ich habe die Ehre, Ihnen mitteilen zu können, dass wir nicht miteinander vögeln. Man ist vielleicht eine Hure, aber nicht immer. Der Mann wollte nur reden, und das haben wir getan, uns gegenseitig Gesellschaft geleistet. Das Merkwürdige ist, dass er nicht über sich sprechen wollte. Das heißt, er hat kaum über sich gesprochen. Er tat etwas anderes.«

»Was?«

»Jemand wie du wird das nie verstehen.«

»Du solltest die Hoffnung nie aufgeben, manchmal verstehen sogar Tiere etwas.«

»Es ist verschwendete Zeit, Ruth, aber ich werde es dir erzählen: Der Mann hat das Leben seines Sohnes rekonstruiert.«

»Wie meinst du das?«

»Siehst du jetzt, dass du es nicht verstehst?«

»Bitte … Ich vermute, es ist kompliziert, denn das Leben eines dreijährigen Kindes kann man wohl kaum rekonstruieren. Ganz einfach, weil es dieses Leben nicht gegeben hat. Aber du wirst es mir schon so erklären, dass ich es verstehe, Mabel. Dass sogar ich es verstehe.«

»Hoppla … Jetzt schmeichelst du mir aber. Aber das ist gar nicht nötig, eigentlich erinnere ich mich gern daran. Es ist vielleicht das einzig Schöne, das mir im Leben widerfahren ist. Er sagte mir, sein Sohn sei in Wahrheit nicht gestorben, aus dem einfachen Grund, weil er dafür sorge, dass er weiterlebt. Sein Sohn würde vier, fünf, sechs werden … Auf die Schule gehen. Und er, sein Vater, würde die Schule kennenlernen, auf die sein Sohn ging. Er würde die Klasse besuchen, mit der Lehrerin sprechen, mit den anderen Kindern herumalbern. Mal sehen, ob ich es erklären kann: Er wollte sein Sohn sein, er würde Punkt für Punkt all das machen, was sein Sohn getan hätte. Er würde ihn durch sich selbst wieder zum Leben erwecken.«

»Ich habe noch nie eine so tröstliche Geschichte gehört«, flüsterte Ruth.

»Ja.«

»Und so vergeblich.«

»Du hast Recht, Ruth. Es ist eine Geschichte, die der Vergeblichkeit geweiht ist, dann dem Verschwinden und schließlich dem Schweigen. Aber es ist etwas Großartiges an ihr, wie du siehst. Dieser Mann muss ein sehr guter Mensch sein. Das war das Erste, was ich zu ihm sagte, während die Leute an uns vorbeigingen, während die Leute verschwanden und nur noch wir beide auf der Welt waren. ›Du musst ein guter Mensch sein.‹ Und er erwiderte, nein, ganz im Gegenteil. Schmerz führe nicht zu Güte, sondern zu Rache. Er habe getötet, als man versuchte, seine Bank zu überfallen, und er hoffe, wieder töten zu können. ›Dieses Mal‹, sagte er, ›werden die Toten weinen.‹ Doch er wusste nicht, ob es ihm gelingen würde. Eher würde man ihn töten. Das ist die Geschichte, Ruth. Zum Glück hast du mir das Reden beigebracht, sonst hätte ich sie nicht erzählen können.«

17

PAFF!

Wie der Knall eines Korkens, weniger laut als der einer billigen Flasche Schaumwein, die auf einer Hochzeit oder Taufe geöffnet wird. Paff!, und das war's. Der Mann mit der Pistole wunderte sich wieder einmal über die Wunder der Technik, die es heutzutage ermöglichten, geräuschlos zu töten, und morgen – da war er sich sicher – über das Handy zu kopulieren. Er lächelte, als er sah, dass die schöne Frau reglos dalag.

Es machte nichts. Sie würde sich schon rühren. Sie würde sich schon rühren.

Als ihm klar geworden war, dass nicht Miralles in dem Bett lag, hatte der Mann nicht geschossen, um zu töten. Er war ein erfahrener Profi, verdammt, kein Idiot, der auf die erstbeste Gestalt zielte. Das Mädchen war ein Problem, mit dem er nicht gerechnet hatte, aber deshalb würde er nicht gleich ein Blutbad anrichten.

»Triffst du deinen Feind nicht im Bett an, dann warte dort auf ihn«, das hatte er schon in jungen Jahren gelernt.

Die Kugel steckte im Kopfkissen neben dem unbekannten Mädchen, das reglos dalag wie eine Sphinx, aber mit weit aufgerissenen Augen. Tja, die Mädchen von heute waren so cool, dass sie nicht einmal schrien. Diese Flittchen, dachte der Kerl, zuckten nicht mal mit der Wimper, auch wenn sie völlig nackt waren. Klar, man musste sich an ihre Stelle versetzen, vielleicht war die Kleine keine Hure, vielleicht war es einfach so heiß, dass man sonst in dieser schlecht belüfteten Wohnung eingehen würde. Hier schrie selbst der Kanarienvogel nach kühlem Nass. Vielleicht war es sogar ein gutes Mädchen.

Der Mann zischelte: »Eine Bewegung, und die nächste landet in deinem Kopf, du Flittchen.«

Sie rührte sich nicht. Und ihr Gesicht wirkte, als hätte sie die Drohung völlig unbeeindruckt gelassen. Vielleicht war sie wirklich so kaltblütig. Selbst einem Eisbären wäre das Blut in den Adern gefroren. Sein erfahrener Blick sagte ihm sofort, dass sie nicht älter als achtzehn war, Er ließ diesen Blick über ihre weiße, glatte Haut, die langen Beine, ihre Rundungen, die prallen Lippen, die noch unberührte Scham wandern. Kaum zu glauben, dass es noch so perfekte Mädchen in den einfachen Vierteln gibt, wo bekanntlich keiner Geld für Schönheitsoperationen oder Massagen mit irgendwelchem Schmetterlingssabber übrig hat.

Der Kerl war beeindruckt.

Technisch gesehen hatte er Pech gehabt, aber vielleicht nicht nur. »Triffst du deinen Feind nicht im Bett an, dann warte ...« Dieser Scheiß-Miralles würde schon noch kommen, und mit dem Mädchen in seiner Gewalt würde alles noch leichter sein.

Klar, am Ende müsste sie natürlich auch dran glauben, damit es keine Zeugen geben würde. Schade.

Aber noch nicht direkt.

»Wie heißt du?«

»Eva.«

»Und was machst du hier?«

»Ich wohne hier.«

»Mit diesem Scheißkerl von Miralles?«

»Ich bin seine Assistentin.«

»Assistentin bei was?«

»Ich arbeite als Bodyguard.«

Der Kerl stieß einen Pfiff aus. Donnerwetter, sieh einer an. Plötzlich wurde ihm alles klar. Das Mädchen ist für Gefahrensituationen ausgebildet, deshalb zuckt sie nicht mit der Wimper. Verdammt, die Zeiten haben sich geändert. Es soll ja sogar Mädchen bei den Fallschirmspringern geben, die sich im freien Fall selbst befriedigen.

Eva – sofern das ihr richtiger Name war –, versuchte sich mit dem Laken zuzudecken, aber er wusste das zu verhindern:

»Schön ruhig. Ich will wissen, ob du mit Miralles verwandt bist. Oder seine Teilhaberin. Oder seine Geliebte.«

»Ich bin ... seine Angestellte. Nichts mit Geliebte oder Verwandte ... Er hat mich aufgenommen, als ich noch ein kleines Mädchen war.«

»Und er versucht, dir Arbeit zu geben.«

»Ja.«

»Du wirst verhungern, Mädchen. In einer so friedfertigen Welt braucht man Leute wie dich nicht. Und jetzt sag mir, wo er ist. Um diese Uhrzeit sollte er hier sein.«

»Du weißt also Bescheid …«

»Halt den Mund und antworte einfach auf meine Frage, du Miststück. Sag mir, wo Miralles ist.«

»Er hat unerwartet einen Auftrag bekommen. Er muss die Freundin eines Ministers schützen.«

»Ich dachte immer, diese Leute stünden unter öffentlichem Schutz …«

»Die Freundinnen nicht.«

»Weißt du, wann er zurückkommt?«

»Nein, in diesem Job gibt es keine Stechuhr.«

Klar, dachte der Kerl, du wirst mir keine Hinweise geben. Aber wenn du glaubst, dass ich jetzt verschwinde, hast du dich geschnitten. Jetzt, wo du mich gesehen hast, bist du dran. Du könntest Miralles warnen, also bist du dran. Du könntest eine Waffe finden, also bist du dran.

Oder vielleicht auch nicht.

Der Kerl sah sie aufmerksam an.

Das Schönste, was er je gesehen hatte. Das Stillste. Das Offenherzigste, das er seit vielen Jahren zu Gesicht bekommen hatte. Denn die Weiber, mit denen er zu tun hatte, empfingen ihn nicht so. Im Gegenteil, erst müssen sie das Zara-Blüschen ausziehen, den Rock (oder, schlimmer noch, die Hose) aus dem Ausverkauf von El Corte Inglés, die BHs vom Wühltisch und die Slips vom chinesischen Bazar. Dann waschen sie sich, und um Zeit zu gewinnen, bitten sie dich, dass du dich ausziehst. Und als wäre das noch nicht genug, setzen sie sich erst mal aufs Bett und schalten das Handy aus.

»Falls mein Mann anruft«, sagen sie dann.

Die hier nicht, die würde nackt am Eingang einer Klosterschule auftauchen. Der Kerl sah sie an, wieder und wieder, er konnte nicht aufhören, sie anzusehen. Eine schwierige Aufgabe, hier auf den ausgeflogenen Vogel zu warten.

Ich muss nachdenken, verdammt, ich muss nachdenken. Und er dachte viel nach.

Das Zimmer war einfach ausgestattet, ein Frisiertisch mit Spiegel (in dem sich das Mädchen betrachtete), ein Bild mit einer Balletttänzerin (nicht so hübsch wie sie), ein Schrank und ein Sessel. Mehr würde auch nicht hineinpassen, tja, mehr würde auch nicht hineinpassen. Das Zimmer hatte eine Papiertapete, wie die Zimmer in den alten Wohnungen sie eben haben, wie er vor Jahren selbst eine hatte, als er, den Schwanz in der Hand, abspritzte. Alles hatte eine intime Note, wie in einem Zeittunnel oder bei einer Familiensünde.

Ich muss nachdenken, nachdenken … Die Welt gehört denen, die ihren Grips benutzen, so wie ich. Und verdammt, was ihm so alles durch den Kopf ging.

»Du weißt also nicht, wann Miralles kommt.«

»Nein.«

»Und ihr beide lebt hier allein.«

»Ja.«

Dummes Mädchen. Sie hätte genauso gut sagen können, dass jeden Moment jemand kommen würde. Aber nein. Was für ein schlechter Bodyguard musste sie sein, wenn sie so wenig nachdachte. Sie redete sich um Kopf und Kragen und merkte es nicht einmal.

Das machte die Sache nicht einfacher.

»Du bist nicht von hier«, sagte sie.

Idiotin. Nicht dass sie deinen Kosovoer Akzent erkannt

hätte, Mann, so schlau ist sie nicht, aber als Zeugin hat sie eine Information mehr, die dein Untergang sein kann. Du hast schon entschieden, dass sie dran ist.

»Es kommen viele Leute hierher zum Arbeiten, es ist ein sehr schönes Land. So wie du.«

»Was?«

»Schau, wir müssen auf Miralles warten. Es stört dich nicht, oder? Und wir müssen irgendwie die Zeit rumbringen, ich meine … Ich werde dir sagen, was du zu tun hast.«

Eva antwortete nicht, aber ihre Lider zuckten. Was für ein tolles Mädchen sie war, wer weiß, welche Ängste sie in ihrer Kindheit durchleben musste. Aber wenn sie glaubt, du willst sie flachlegen, ist sie noch dümmer, als sie aussieht. Auf einer Frau wärst du in der Falle, auf der einen Seite die Tür, die du nicht richtig siehst, und die Pistole an der Lampe, wie man so sagt. Wie lange ein Kerl bei Miralles wohl in so einer misslichen Lage überleben würde. Nein, nein, da gibt es viel bessere Sachen. Er zeigt auf den Sessel gegenüber der Tür.

»Ich werde mich dorthin setzen, Eva, Evita …«

Wieder ein Flattern der Lider, das sich jetzt bis zum Mund ausdehnt.

»Ich mache jetzt meinen Reißverschluss auf.«

»Wozu?«

»Du bist wirklich blöd, Puppe. Schaust du dir nicht die Filme der Märtyrer-Frauen an, die Pornofilmchen. Du musst nachdenken, Eva, nachdenken … Los, denk mal nach. Ich sitze hier, mein Prachtexemplar ausgepackt, und du kniest vor mir. Es ist ganz einfach, doch die schönste Art, sich die Zeit zu vertreiben. Kapierst du es allmählich oder gibt dein Verstand das nicht her? Ich halte derweil die Pistole auf die Tür gerichtet, aber auch auf deinen Kopf. Also stell dich nicht an, ich bin ein feiner Kerl und will nicht deine Hirnmasse sehen, sondern nur deine Zunge. Miralles wird ganz schön überrascht sein, damit rechnet er wohl nicht.«

Er zielte zwischen die Augen des Mädchens. Er schien die Stelle, wo er ihr den Schuss verpassen würde, in aller Ruhe auszuwählen. Er hatte keine Absicht, es zu tun, aber besser, man würde ihm erst gar keinen Anlass geben. Das Mädchen war verängstigt, und er merkte es. Klar, man muss etwas von Psychologie verstehen, man muss nachdenken. So ist's recht.

Und sie gehorchte natürlich.

Du bist ziemlich dämlich, wenn du glaubst, dass ich dich am Leben lasse, Puppe. Aber du glaubst es tatsächlich, wie alle anderen auch. Die Leute gehorchen immer, gib ihnen nur einen Funken Hoffnung. Los, komm her.

Auf die Knie.

»Genau so«, murmelte der Mann mit verdrehten Augen. »So, ja ...«

»Soso«, sagte da eine Stimme an der Tür.

Es war die Stimme von Méndez.

18

Tausende von Verbrechern, die im unpassendsten Moment geschnappt wurden, hatten in all den Jahren – die unwiederbringlich vorbei sind und in Straßen, die es zu allem Unglück auch nicht mehr gibt – immer dasselbe geschrien:

»Verdammt, Méndez!«

Aber der nicht. Der aus dem Kosovo, bei dem die Zunge des Mädchens fast fertig war, hielt die Pistole hinter der Rückenlehne (so kommst du näher ran, Mädchen) und merkte, dass Méndez auf seinen Kopf zielte.

Er hatte nicht seinen berühmten Colt Baujahr 1912 in der Hand, mit dem vielleicht im selben Jahr Ministerpräsident José Canalejas ermordet worden war. Er war inzwischen modern unterwegs. Er trug einen riesigen Colt Phyton. Mit einer Kugel aus dem Ding tötest du nicht nur einen Menschen, du kannst damit ein ganzes Haus versetzen.

Méndez sagte zuckersüß:

»Du sagst mir, welches Auge ich dir wegpusten soll.«

Das Mädchen drehte sich um. Wie ein seelenloser Roboter. So voller Panik, dass der Körper ihr nicht mehr gehorchte. Sie drehte sich auf ihren Gutmädchenknien um, sah das schwarze Loch von Méndez' Revolver und dessen versteinertes Gesicht, das erstaunte Gesicht des Mannes, der sie überfallen hatte, sein Glied (das jetzt deutlich zusammengeschrumpft vor ihr baumelte) und die Tapete, die sich seit ihren Kindertagen nicht verändert hatte.

Méndez befahl:

»Die Knarre auf den Boden.«

»Pling!«

Erledigt. Die Knarre auf dem Boden. Méndez könnte den Mann töten.

Wenn er es täte, wäre das für seine Verdauung förderlich.

Mit dunkler Stimme sagte er:

»Steh auf.«

Erledigt. Er steht. Méndez versuchte, sich an eine Dienstanweisung zu erinnern, aber es fiel ihm keine einzige ein. Er schwang die Rechte so kraftvoll wie in früheren Zeiten und rammte den Schuh in das Gemächt des Kerls, oder in das, was davon noch übrig war. Es waren Schuhe mit einer dicken Sohle, die ein Leben lang halten. Der andere hatte nicht einmal mehr die Energie zu schreien. Er krümmte sich und schnappte begierig nach Luft, als ihn ein weiterer Tritt am Kinn trifft.

Er fiel auf den Sessel. Er konnte nicht mehr atmen. Während Méndez laut vortrug, was er in den Bericht schreiben wird: »... da der Verhaftete sein Glied entblößt hatte, versuchte der Polizeibeamte, es unter Anwendung regulärer Gewalt wieder zu bedecken, was durch den Widerstand des Betroffenen zu verschiedenen Abschürfungen und Rissen der Blutgefäße führte ...« Dann befahl er ihm:

»Los, aufgestanden.«

Der andere gehorchte, die Hände über die Hoden gelegt. Méndez war beinahe gerührt, denn der Kerl wirkte wie ein Verteidigungsspieler, der jeden Moment den Freistoß erwartet. Langsam beruhigte sich der Atem des anderen. Zwei Blutfäden rannen aus seinem Mund.

»Du hättest merken müssen, dass ich das Haus überwache«, murmelte er. »Da hätte man leicht darauf kommen können.«

»Ich habe Sie nicht gesehen. Als was waren Sie verkleidet?«

Méndez spuckte ihm die Worte förmlich entgegen:

»Ich war als Hurensohn verkleidet. Deshalb bin ich nicht weiter aufgefallen.«

Er trat ein wenig zurück, um den Kerl vorbeizulassen, wobei er mit dem Lauf Richtung Tür deutete.

Zu dem Mädchen, das sich – immer noch völlig verängstigt – auf dem Bett eingerollt hatte:

»Rufen Sie die Polizei. Sie sollen sofort einen Streifenwagen mit schlecht gelaunten Typen schicken.«

Er folgte dem Kerl aus dem Kosovo. Der Lauf war auf

dessen Rücken gerichtet, auf Herzhöhe, und schlug den Takt seiner Schritte. »Wenn du auch nur zuckst, werde ich dir eine verpassen und dabei die Wand niederreißen.« Noch zwei Schritte durch das winzig kleine Esszimmer, das für die Speisung von Kanarienvögeln gemacht zu sein schien. »Du wirst mir sagen, wer dich hierfür bezahlt, Junge, du wirst alles ausspucken, sogar den Namen der Hure, die dich geboren hat.« Die Wohnungstür hatte Méndez aufgelassen. »Und ich schwöre dir, du wirst singen, bevor ein Anwalt kommt und dir sagt, du hast das Recht zu schweigen …«

Der Verhaftete baute sich mit erhobenen Händen trotzig auf.

»Wenn Sie so weitermachen, werden Sie Probleme bekommen. Das Mädchen da drin wird aussagen, dass Sie mir meine Rechte nicht vorgelesen haben.«

»Das Mädchen da drin wird dir den Hals umdrehen, sobald sie kann. Los, langsam die Treppe hinunter, mit erhobenen Händen. Schön vorsichtig mit den Stufen. Wenn du fällst, bringe ich dich um.«

Die Treppe war eng, und man sah fast nichts. Kein Nachbar war herausgekommen, bis jetzt war ja auch noch nichts zu hören gewesen. Der Verhaftete überlegte. In zwei Sätzen wäre er auf der Straße, er könnte über das Geländer springen. Mehrere seiner Kumpels hatten sich auf diese Weise schon gerettet, während die Bewacher dumm aus der Wäsche schauten. Méndez konnte nicht springen. Dafür war er zu alt. Und der Streifenwagen war noch nicht da.

»Runter!«

Der Krieg im ehemaligen Jugoslawien hatte ihn geschult, der Kosovare machte einen Satz, bei dem jeder Ausbilder vor Neid erblasst wäre, und landete direkt auf dem unteren Teil der Treppe. Er wusste, dass Méndez ihm nicht folgen konnte. Er wusste, dass Méndez ihn nicht sehen würde.

Aber er wusste nicht, dass Méndez schon in Abwasserkanälen Verbrecher gejagt hatte.

Die Detonation des Colt Python ließ das ganze Haus erzittern. Méndez hatte nie vorschriftsmäßige Dienstwaffen benutzt, vielleicht weil ihm die Dienstvorschriften schon immer herzlich egal gewesen waren. Am linken Bein getroffen, mit einem zerfetzten Oberschenkel, machte der Flüchtige einen weiteren Satz, diesmal im freien Fall, und prallte gegen die Wand. Er stieß einen Fluch in einer Sprache aus, die Méndez nicht verstand (zum Glück), und blieb zusammengekrümmt am Boden liegen.

Méndez hätte ihn töten können, er hatte immer schon gut geschossen, und jetzt bereute er fast, es nicht getan zu haben. Der Kerl würde die Sozialversicherung mehr kosten, als es seine Mutter gekostet hatte, ihn auf die Welt zu bringen, und am Ende würde er noch eine Rente kassieren.

Das Mädchen von oben konnte sich glücklich schätzen, wenn ihr nicht von einer Polizistin, die eine schlechte Nacht gehabt hatte, Fragen gestellt würden, die unter die Gürtellinie gingen.

»Los, unterschreib die Anzeige, und wir sagen dir, wie es weitergeht«, würde die kurze Anweisung lauten.

Natürlich würde niemand ihr je etwas sagen.

Doch anstatt zu töten, zog Méndez es vor, den anderen zum Stehenbleiben zu zwingen. Nur um nicht ein weiteres Mal schießen zu müssen. Er richtete seine Waffe auf den am Boden Liegenden, ging auf ihn zu und deutete auf die Treppe.

Er sagte zu ihm:

»Da ist schon der Streifenwagen. Sie werden dich ins Krankenhaus bringen, und bestimmt wirst du versuchen zu türmen, aber weil ich nichts zu tun habe, werde ich dich bewachen, als Krankenschwester verkleidet. Vielleicht findest du ja sogar Gefallen an mir und so. Komm, schlepp dich ein Stück weiter, die Hände auf dem Rücken. Binnen zehn Minuten wirst du mir sagen, wer dich für den Auftrag bezahlt hat.«

Die ganze Treppe bebte unter den Schritten der eingetroffenen Verstärkung. Méndez sah zwei Handschellen, eine Pistole, eine knallenge Hose und den Hintern von Loles – würde sie denn nie befördert werden, hielt man sie, um den Tourismus anzukurbeln? Méndez deutete auf Loles und sagte zu dem Kosovaren:

»Eine kleine Aufmerksamkeit des Hauses.«

Loles, die wohl eine miese Nacht gehabt hatte, ließ die Handschellen wie Scheren zuschnappen und brummte:

»Kleine Aufmerksamkeit, so weit kommt es noch. Ich habe das Gefühl, Sie gehören auch eingeliefert, Méndez.«

19

»Mein Name ist Eva Expósito, ich bin achtzehn Jahre alt, Personenschützerin, besser gesagt noch in der Ausbildung. Meine Geschichte ist so traurig, dass Sie eine Seifenoper daraus machen können, ein richtiges Scheißleben.«

Der Hauptkommissar lehnte sich im Sessel zurück und ließ ungewollt den Blick über die Kurven des Mädchens wandern. »Von dir würde ich mich gerne beschützen lassen.« Er schämte sich wegen dieses Gedankens, zündete sich eine Zigarre an und schämte sich schon wieder, weil es keine Havanna war, denn letzten Monat war zweimal der Preis erhöht worden. Dann grummelte er:

»Welch schlechter Stil, ein Mädchen wie Sie auszusetzen, Señorita Expósito.«

»Von mir aus nennen Sie es schlechten Stil, Herr Hauptkommissar. Es stimmt, ich habe keine Eltern. In den einzigen Papieren, die ich je zu Gesicht bekommen habe, steht, ich sei vor einem Hauseingang in der Travessera de Gràcia ausgesetzt worden, im feinen Teil, in der Nähe des Zentrums. Verdammte Scheiße. Ein Polizist hat mich gefunden, und die aus dem Corps wollten mich sofort adoptieren, doch ein Richter hat sich quergestellt und entschieden, dass man eine gewisse Zeit verstreichen lassen müsse, um meinen Eltern eine Chance zu geben, sich zu melden. Man hat mich in ein Heim gesteckt.«

Der Hauptkommissar seufzte:

»Es wundert mich, dass Sie nicht adoptiert wurden, Señorita Eva. Alle Welt will kleine Mädchen, es werden sogar Reisen mit Bankbürgschaft organisiert, um die Enkelinnen der russischen Polit-Hauptkommissare und die kleinen Chinesinnen zu retten, die im Gelben Fluss ertränkt werden sollen. Sie waren in greifbarer Nähe. Es wundert mich, dass man Sie nicht adoptiert hat.«

»Ich war ein äußerst unangenehmes Kind. Ich weinte ununterbrochen und schlug jeden, der mich auf den Arm nehmen wollte. Es lag wohl daran, dass ich gerade zahnte, aber das hat damals niemanden interessiert. Außerdem haben Adoptiveltern mit vielen Problemen zu kämpfen. Wenn eines Tages die richtigen Eltern auftauchen, müssen sie das Kind zurückgeben. Und noch was, Herr Hauptkommissar, wenn man älter wird und zudem garstig ist, will einen keiner mehr.«

»Na ja, gut. Wenigstens verlässt man diese Häuser mit einer Ausbildung.«

»Das kommt auf das Haus an, und ich kann Ihnen sagen, da laufen viele Päderasten herum. Und in den Jungenheimen ist es noch schlimmer, von dort hat man mir schreckliche Dinge erzählt, Herr Hauptkommissar, in dieser Stadt, in der alles so wohl geordnet ist. Aber mit eigenen Augen habe ich es nicht gesehen, denn ich bin abgehauen.«

Die Zigarre von Señor M. ging aus. Das war nicht verwunderlich, denn manchmal gingen selbst die Havannas aus. Er schrieb etwas in seinen Bericht und murmelte:

»Durch so was ist alles verbaut.«

»Klar, vor allem wenn du dich mit den Einzigen verbündest, die dich in einer solchen Situation haben wollen. Sie haben bestimmt schon von den Straßenkindern in Brasilien gehört, Herr Hauptkommissar, und Sie werden denken, im süßen Barcelona voller Restaurants, Industrieller mit Geliebter und Politiker mit Chauffeur gäbe es solche Kinder nicht, doch es gibt sie. Wir schliefen in Tunneln, wir bettelten und stahlen. Wir mussten uns nur um den Schlafplatz kümmern, alles andere war organisiert. Mit dem Minderjährigengesetz in der Hand kann dir nichts passieren, außer dass sie dich in eine Anstalt stecken, aus der du wieder abhaust. Einige professionelle Banden nützen das aus.«

Señor M. nickte, er kannte das Problem gut, und nach einer Flut von Konferenzen, Kursen und Seminaren war er zu einem Schluss gelangt, der ihn sehr beruhigte. Man konnte nichts tun, weil jede Lösung nur eine schlechte Lösung sein konnte. Zudem ging Señor M. erneut die Zigarre aus und er fluchte auf die modernen Zeiten und sagte, nicht einmal Handarbeit hätte noch Qualität. Eva sagte, sie habe sehr wohl Handgemachtes kennengelernt, das Qualität gehabt hatte. Señor M. fluchte wieder, aber auf weit bedeutendere und größere Dinge.

»Ich bin zweimal abgehauen«, fuhr das junge Mädchen fort, »und so wurde ich zu einer hoffnungslos verlorenen Straßenhündin, obwohl ich mir manchmal selbst leidtat und allein weinte. Ich bin sicher, alle einsamen Hündinnen weinen. Ich lernte, dass Barcelona nicht Barcelona ist, sondern ein riesiges Randgebiet, wo Leute leben, die scheinbar nirgendwo leben. Aber in dieser Zeit lernte ich auch, dass ein nettes Wort, das jemand sagt, vielleicht nicht hilft, aber dich wenigstens kurz zum Nachdenken bringt. Als ich später darüber nachdachte, konnte ich mich nicht erinnern, dass je irgendjemand zu mir ein nettes Wort gesagt hätte – außer dieser einen Frau.«

»Was für eine Frau?«

»Es war eine alleinstehende Fünfzigjährige, attraktiv, sanft, die mich in einer Notaufnahme aufgabelte, zum Essen einlud, mir was zum Anziehen kaufte und sagte, ich sei ein bezauberndes Mädchen und es müsse ein besseres Schicksal für mich geben. Ich begriff, wie dieses bessere Schicksal für mich aussehen würde, als sie anfing, mich auf den Mund zu küssen. Trotzdem denke ich manchmal, ich hätte bei ihr bleiben sollen. Sie war der einzige Mensch, der mir für wenig Einsatz viel gegeben hätte. Als ich Flittchen zu ihr sagte und mich auf dem Absatz umdrehte, bat sie mich um Verzeihung und fing an zu weinen. Auf der Straße fing auch ich an zu weinen. Noch nie war die Stadt mir so riesig und traurig vorgekommen. Verstehen Sie, was ich meine, Herr Hauptkommissar?«

Hauptkommissar M. ließ seinen Beamtenblick ins Leere schweifen. Seine Zigarre war schon wieder erloschen, aber das störte ihn jetzt nicht mehr.

»Das tut mir leid«, sagte er.

»Ja. Vielleicht wäre es besser gewesen, zu der Frau zurückzugehen. Sie schien kein schlechter Mensch zu sein.«

»Bist du noch einmal verhaftet worden?«

»Nein. Wenn du die Stadt beherrschst, oder zumindest einzelne Viertel, wirst du nicht mehr verhaftet. Ich schloss mich einer Gruppe von vier ebenfalls minderjährigen Jungen an, die Autos klauten und sie in Schaufenster fuhren, um die Läden auszurauben. Trotz meiner Beschränktheit merkte ich, dass es albern war, denn oft zerstörten sie ein gutes Auto wegen einem halben Dutzend Handys. Eines Abends sagte ich zu ihnen: ›Das ist das Böse um des Bösen willen.‹ Und sie haben mir eine Tracht Prügel verpasst.«

Der Hauptkommissar dachte an die alten Zeiten und seufzte:

»Die Tracht Prügel hätte ich ihnen verpasst, danach wären sie garantiert geheilt gewesen. Ein ordentlicher Schlag auf die Eier ist Teil der Erziehung des Volkes.«

Das Mädchen schien ihn nicht gehört zu haben, denn in diesem Moment half ihr nur, dass man ihr zuhörte. Sie sagte leise:

»Sie wollten mich einem Menschenhändler übergeben, einem für junges, minderjähriges Fleisch. Und billig, das können Sie mir glauben. Weil es in dieser Stadt viel Scheiße gibt, kann ein bettelarmes Mädchen für einen Spottpreis verkauft werden. Es kommt jedoch darauf an. Wenn du in die Hände von Leuten fällst, die ihr Geschäft verstehen, verkaufen sie dich an einen Millionär, der dich erst zu Neichel zum Essen ausführt und dich dann in einem Himmelbett flachlegt. Aber wenn du an armselige Stümper gerätst, verkaufen sie dich an einen Rentner aus dem Viertel, der zwei Renten bekommt, oder an den Besitzer eines Krämerladens an der Ecke, der gerade sein Geschäft an den Nachfolger übergeben hat, und dich von hinten auf der Kommode vögelt, die einmal seiner Mutter gehört hat. Und ich war bei armseligen Stümpern gelandet, und so verkauften sie mich an einen Rentner, der doppelt Rente kassierte. Der Kerl saß in seinem Sessel und das Erste, was er sagte, war: ›Lass mich dich anfassen, Mädchen, denn ich glaube nicht, dass du noch Jungfrau bist.‹

Der wichtige Hauptkommissar vergaß die Zigarre, den Tisch, das Fenster, durch das graues Licht hereinfiel, und konzentrierte sich nur auf das Mädchen, von dem ein trauriges Licht ausging. Die Stadt hatte Tausende von Farben – einige davon sauber. Hier aber wurde das Licht von dem Kleid des Mädchens verschlungen, als wäre dieses Kleid ein schwarzes Loch. Das Mädchen betritt einen Raum mit quietschender Tür. Das Mädchen nach vorn gebeugt auf einer alten Kommode oder das Mädchen, das spürt, wie sich der Finger eines Alten in ihren Unterleib bohrt. »Ich kann es nicht glauben, Mädchen.« Schweinische Stadt voller schwarzer Flecken, über die nicht in den Zeitungen berichtet wird und von der der wichtige Hauptkommissar M. weiß, dass er sie nie wird säubern können.

»Ich will schwer hoffen, dass der Kerl und sein Rentnerfinger leer ausgegangen sind«, sagte er.

»Das sind sie. Das ganze Zimmer stank. Mir wurde klar, dass es Sünden gab, die übel rochen und richtige Sünden waren, und Sünden, die gut riechen und folglich keine sind. Ich trat den Typ in den Bauch, und es kamen all die Pillen wieder raus, die er gegen die Arthrose eingenommen hatte. Bestimmt war er danach kuriert.«

»Du sprichst nicht wie ein armes Mädchen von der Straße«, sagte Hauptkommissar M.

»Ich traf rechtzeitig einen Lehrmeister«, seufzte Eva, »den Mann, für den ich arbeite. Er hat mir das Denken und Reden beigebracht.«

»Der, dem du als Personenschützerin zur Hand gehst?«

»Ja.«

»Miralles?«

»Ja.«

»Ich weiß nicht, ob man dir schon gesagt hat, dass er vielleicht nicht ganz koscher ist. Du solltest vorsichtig sein. Du hast gesehen, was passieren kann.«

»Miralles hat sich mir gegenüber immer gut benommen. Er ist knallhart, aber er benimmt sich gut. Außerdem hat er mich gerettet.«

»Wie das?«

»Die aus der Gruppe sagten, ich würde mehr essen, als ich einbrächte, und wäre zu nichts nütze. Zur Strafe wollten sie mich alle vier vergewaltigen, einer nach dem anderen, und mich dann auf freiem Feld, weit außerhalb von Barcelona aussetzen. Das würde mir eine Lehre sein. Ich schlug ihnen einen Deal vor, da ich ihnen nicht entkommen konnte. So gewann ich ein wenig Zeit. Ich habe eine sehr schöne Stimme und kannte alle eingängigen Lieder aus dem Radio. Ich schlug ihnen vor, für sie als Straßenmusikerin zu betteln. Ja, für sie.«

»Niemand wird auf diese Weise reich«, meinte der Hauptkommissar.

»Na, da wäre ich mir nicht so sicher. Der Trick bestand darin, dass einer von ihnen mich mit dem Rollstuhl schob, wie eine Behinderte, und der andere die Augen offenhielt. Wählen Sie ein paar gute Orte aus, Hauptkommissar. Zum Beispiel zwei gute Plätze auf den Ramblas. Ein junges Mädchen, hübsch und behindert, die in einem Rollstuhl geschoben werden muss und zudem gut singt, selbst ohne musikalische Begleitung. Die Mütze zu meinen Füßen füllte sich mit Münzen. An manchen Tagen machten wir mehr Geld als bei einem Bruch, und noch dazu völlig ohne Risiko.«

»Das ist ein ganzer Wirtschaftszweig«, sagte der Hauptkommissar, ohne sie anzusehen. »Hunderte von Kindern hängen da mit drin.«

»Klar«, sagte Eva mit einer Gleichgültigkeit, die eisig wirkte –, »aber ich war nur eine Woche dabei.«

»Wieso?«

»Einmal behielt ich bei der Verteilung mehr Geld ein, als mir zustand. Das und die Geschichte mit Patri, der Freundin eines meiner Kumpels. Sie hasste mich bis auf den Tod und sagte, es sei an der Zeit, mich härter ranzunehmen. Sie schlug ihrem Freund Tom vor, mich zu vergewaltigen, sie würde ihm helfen. Tom muss die Idee so begeistert haben, dass sie mich mit einer List zum Friedhof von Montjuïc lockten. Am Abend. Sie kennen sich gut aus und lockten mich an eine abgelegene Stelle und warfen mich auf den Boden. Ich hatte das Gefühl zu sterben, Hauptkommissar, aber wen interessiert schon ein solcher Tod. Drei Zeilen in der Zeitung, ohne Namen. Nur die Initialen, es war ja nur eine Minderjährige. Ich habe auf jede Kleinigkeit geachtet, den Stein, auf dem sie mir gleich die Beine auseinanderschieben würden, eine Zypresse so hoch wie die Sagrada Familia, ein kaputtes Glas, in dem keine Blumen mehr standen, ein Stück Himmel, der dunkler war als an anderen Tagen, aber klar, so klar, als würde die Stadt nicht die Asche ihrer Toten zu ihm hinaufschicken. Aber das Merkwürdigste von allem war dieser Grabstein, auf den das Wort ›WEISE‹ gemeißelt war.«

Im Raum jähe Stille.

Auch dort war die Luft jetzt dunkel geworden, aber nicht klar, denn hierhin schickte die Stadt den Atem der Lebenden.

»Sie sehen, wie absurd das Leben ist«, hauchte Eva. »Ich sollte vor den Augen einer anderen Frau von einem Schwanz durchbohrt werden und das nur zwei Schritte von einem Grab entfernt, auf dessen Stein nur ein Wort zu lesen war: ›Weise‹.«

20

Woraus sich Folgendes schließen lässt – rekapitulierte Méndez in seinem Bericht: Der erwähnte Miralles besuchte das Grab seines Sohnes sehr häufig, was auch die Herren Vorgesetzten wegen der frischen Blumen auf dem Grab bereits vermutet hatten. Woraus sich wiederum schließen lässt, dass er am Tatabend auf seinem üblichen Besuch war, als er die an der Tat Beteiligten entdeckte. Ein auf einem Grabstein liegendes Mädchen, ein anderes, das versuchte, ihre Beine auseinanderzuschieben (ein Zeichen des Verfalls unserer Sitten und der fortschreitenden Untauglichkeit des Mannes) und ein junger Mann mit startbereitem Penis, der dessen Größe lobt, zweifellos, um sich Mut zu machen, als Autosuggestion sozusagen. Angesichts der Tatsache, dass es sich hier wahrscheinlich um eine Gesetzesübertretung handelte, und noch dazu an einem geweihten Ort, setzte der erwähnte Miralles seine Fäuste und ein Stück abgesprungenen Marmors ein, mit unten beschriebenen Folgen.

Erstens: Prellung und schnelle Kontraktion des erwähnten männlichen Penis, die der diensthabende Arzt später als

Kontraktion post mortem einstufte. Zweitens: Fraktur des Handgelenks der die Beine spreizenden Frau, Platzwunde an der Lippe, zwei ausgeschlagene Zähne sowie vaginale Verletzungen ausgelöst durch den Sturz der Betroffenen über den Rand eines anderen Grabsteins, bestimmt den eines bekannten Kämpfers aus dem Bürgerkrieg. Drittens: Rasche Befreiung des bedrängten Mädchens, die bei ihrer ersten Aussage erklärte, der Unbekannte habe sie gerettet und sie würde ihm auf ewig dankbar sein.

Mit dieser Zusammenfassung des Berichtes aus den Polizeiarchiven über eine zurückliegende Straftat möchte der unterzeichnende Inspektor Ricardo Méndez aufzeigen, dass zwischen der genannten Eva Expósito und dem Verdächtigen Miralles eine persönliche Beziehung besteht. Sie leben zusammen, wobei Eva Expósito angibt, seine Assistentin zu sein, ohne dass es Anzeichen für eine sexuelle oder gefühlsmäßige Beziehung gibt, denn Miralles hat gelegentlich andere Frauen besucht. Eva Expósito sucht allein mit Personen ihres Alters Vergnügungslokale auf, ohne Anzeichen dafür, dass Personen ihres Alters sie berührt, penetriert oder sonstige Handlungen ausgeführt haben, die früher gesetzlich verboten waren.

Aus der Vorgeschichte ist zu entnehmen, dass die genannte Eva als Kind ausgesetzt wurde (Eltern unbekannt). Sie floh aus der Besserungsanstalt und widmete sich kriminellen Aktivitäten, bis Miralles sie fand, als sie auf dem Friedhof vergewaltigt werden sollte. Die Polizeiakten und medizinischen Berichte zum damaligen Tathergang – im Jahre 2004 –, auf den sich dieser Bericht bezieht, werden beigefügt.

Ich erkläre ferner, dass gegen den unterzeichnenden Beamten ein Disziplinarverfahren anhängig ist, weil er einen entwaffneten Flüchtigen verletzt hat, der an der erwähnten Eva Expósito in der Wohnung des erwähnten Miralles ein Verbrechen verüben wollte. Der Unterzeichnende wird zu seiner Entlastung Fehlsichtigkeit angeben, denn er wollte den Flüchtenden nicht an einem wichtigen Organ, wie dem Bein, treffen, sondern im Genitalbereich, der nur hin und wieder zum Gebrauch kommt.

Ausgefertigt und unterzeichnet, der obengenannte disziplinarrechtlich verfolgte und verwarnte Beamte.

Méndez übergab die beiden Blätter, die auf der einzigen Schreibmaschine geschrieben waren, die es im Hauptkommissariat noch gab. Dann ging er im El Hogar del Gourmet etwas essen, dem einzigen Restaurant, das die Gesundheitsbehörde noch nicht im Visier hatte. Dazu lud er eine Bekannte ein, Montse, fünfundfünfzig, die einzige junge Dirne, die noch auf der Straße anzutreffen war und die den ganzen Tag noch nichts gegessen hatte.

Hauptkommissar Señor M. sagte zu seinem Assistenten:

»Jetzt wissen wir, welche Verbindung zwischen dem Verdächtigen David Miralles und Eva Expósito besteht. Jetzt wissen wir ferner, dass Miralles für die Agentur Protector arbeitet – klingt irgendwie wie eine Kondommarke –, und dass er damit betraut ist, sich um bedeutende Personen zu kümmern, die in die Stadt kommen, Bankiers, Diplomaten, Abgeordnete in informativer Mission und Damen, die ihrem dritten Ehemann erklären, wie der Fernseher funktioniert. Er wird gut bezahlt, doch das merkt man nicht, er gibt viel Geld für Unsinn aus, und er zieht es vor, in einem Arbeiterviertel zu leben. Wir wissen, dass er bei einem Sicherheitseinsatz gegen den Terrorismus einmal verletzt wurde. Eva Expósito arbeitet im Hintergrund als Beobachterin der möglichen Ziele und wird von Miralles selbst bezahlt. Sie essen im Restaurant – arbeitsbedingt meistens zu unterschiedlichen Zeiten – und wie es aussieht, geben sie sich keinerlei Bettspielchen hin. Irgendwann werden auch die Bettspielchen noch durch das Estatut subventioniert werden, denn die schädigen wenigstens nicht die Umwelt.«

Señor M. fügte mit besorgt klingender Stimme hinzu:

»Es würde mich nicht wundern, wenn Miralles oder Eva Expósito Opfer eines weiteren Angriffs werden. Der Mann, der gemeinsam mit Omedes den Überfall begangen hat, lebt noch und wird versuchen, der Rache zuvorzukommen. Also habe ich angeordnet, einen gewissen Leónidas Pérez aufzuspüren und zu überwachen, inzwischen venezolanischer Staatsbürger, das ist der fragliche Kandidat. Er logierte in den Hotels Juan Carlos I. und Avenida Pista. Zurzeit haben wir ihn aus den Augen verloren. Aber weit kann er nicht sein. Finden Sie ihn, verfolgen Sie ihn und drücken Sie ihm den Stempel des Hauptkommissariats auf den Arsch, Kosten trägt er. Machen Sie eine Mitteilung nach Madrid, sie sollen überprüfen, ob er irgendwo auf vaterländischem Boden ein Bankkonto unterhält. Holen Sie sich die Beamten Pérez und Lecuona zu Hilfe und hängen Sie dieses Schild auf, das man uns geschickt hat, dass das Rauchen auf dem Hauptkommissariat verboten ist. Verdammt.«

Wieder klingelte das Telefon.

»Señor Ramírez?«

»Also, ich muss doch sehr bitten …«

»Ah, Pardon, Sie sind's natürlich, Señor Escolano.«

»Ich habe viel zu tun. Ich weiß nicht, ob ich mich im Moment um Sie kümmern kann, Señor Erasmus.«

»Selbst wenn es stimmt, dass Sie viel Arbeit haben, lassen Sie alles stehen und liegen und kümmern sich um meine Angelegenheiten. Sie müssen allerdings zu mir kommen, denn ich verlasse so wenig wie möglich das Haus. Schreiben Sie sich meine neue Adresse auf.«

»Welches Hotel?«

»Es ist kein Hotel, es ist ein Privathaus, aber mit einem erstklassigen Service. Ich werde es Ihnen genau beschreiben, auch die Tür. Sie dürfen sich auf keinen Fall in der Tür irren.«

»Liegt etwas Besonderes an?«

»Ich sage es noch einmal, Sie dürfen sich auf keine Fall in der Tür irren.«

Und Escolano, der Anwalt ohne Mandanten, der Sohn des Anwalts, dem alle Mandanten abhandengekommen waren, tat, wie ihm geheißen. Er irrte sich nicht in der Tür. Das Haus befand sich in der Zona Alta, in der Calle Valencia, wo die Motoren der Autos aufheulen, die der Stadt entfliehen. Die Wohnung war mit modernen Möbeln, Blumen, einem Sonnenstrahl, einem Sofa und einem Bild zweier sich küssender Mädchen ausgestattet, beide mit Perücke und als Marquise verkleidet. Man sieht, dachte Escolano, es ist zu allen Zeiten für die sexuelle Befreiung gekämpft worden. Und Erasmus. Erasmus war gut gekleidet, mit einem tadellos sitzenden englischen Anzug, dazu die passenden Klunker, eine Cartier-Uhr, er war aufgekratzt und gut gekämmt, eben wie ein Mann, der – zumindest in der letzten halben Stunde – keine Frau angefasst hat.

Und das Mädchen. Das Mädchen, nicht einmal zwanzig, dem man ansah, dass Erasmus auch sie sexuell befreit hatte, in einem Rokoko-Morgenrock, das Haar leicht zerzaust, und, das darf natürlich nicht fehlen, Stilettos, mit denen man nicht mal bis zur Tür laufen kann.

»Das Mädchen war unvorsichtig«, sagte Erasmus, als sie schließlich alleine im Salon saßen, »dabei habe ich sie gewarnt.«

»Inwiefern?«

»Es ist nicht gut für mich, wenn man mich sieht, also gehe ich nicht an die Tür, aber sie muss aufmachen wie eine anständige Hausfrau, falls jemand unerwartet kommt. Und jetzt stellen Sie sich vor, da steht ausgerechnet einer Ihrer alten Mandanten. Nun, mit alt meine ich einen, mit dem Sie letzte Woche zu tun hatten.«

»Ich habe den Eindruck, Sie sagen das voller Verachtung, Erasmus. Aber ich verstehe nicht ganz.«

»Es ist ganz einfach. Wie ich sehe, haben Sie nicht mal die Hälfte der Fantasie Ihres Vaters. Sie ist ein Callgirl und trifft ein paar Freier in dieser Wohnung. Wenige, nicht, dass Sie glauben … Ganz wenige, denn Professionelle wie sie geben sich nicht mit Hinz und Kunz ab. Wir haben einen Vertrag geschlossen. Ich bezahle sie gut, ich wohne hier und niemand weiß, wo ich bin, sie geht nicht ans Telefon, sie hat auf den Anrufbeantworter gesprochen, dass sie eine Kreuzfahrt macht. So stört uns niemand, ein perfekter Deal. Sie kassiert (vielleicht macht sie die Kreuzfahrt dann später), ich verstecke mich und habe eine Frau, die mir im Bett ihr Leben erzählt. Sie können sich gar nicht vorstellen, Escolano, was die Frauen heutzutage schon alles erlebt haben. Ich vermute, Sie sind mit mir einer Meinung, dass das eine geniale Idee ist. Ich hatte sie vor Jahren bei einem Freigang in Valencia.«

»Valencia?«

»Ja, verdammt, die Fallas, die Stierkämpfe, und die Leute, die auf den Straßen Feuerwerkskörper verspeisen, und in hundert Kilometer Umkreis kein freies Zimmer. ›Was für eine Idee, hier den Freigang verbringen zu wollen‹, sagte ich zu mir. Und genau in dem Moment kommt eine Hure auf mich zu. Ich sage zu ihr: ›Das wird ein Komplettarrangement. Zwei Tage und zwei Nächte.‹ Und sie willigte ein, denn so musste sie nicht mehr weitersuchen. Und ich hatte ein Zimmer und eine Frau. Sagen sie mir, ob es irgendein verfluchtes Gesetz gibt, das das verbietet.«

»Ich schätze, dass Sie in keinem Hotel mehr unterkommen«, murmelte Escolano mit verächtlichem Gesichtsausdruck.

»Nein, aber es ist nicht schlecht, wenn mein Anwalt meinen Aufenthaltsort kennt.«

»Ich bin nicht Ihr Anwalt, Erasmus.«

»Ich fürchte doch. Erstens haben Sie es nötig, und zweitens ist es gut für Sie. An mir werden Sie Geld verdienen und das ist selbst so reichen Anwälten, wie Sie es sind, nicht egal. Also, Sie haben es nötig. Und jetzt kommen wir zum zweiten Punkt: Wenn Sie das Mandat niederlegen, werde ich Sie für alles verantwortlich machen, was geschieht. Ich würde sagen, dass Sie geplaudert haben.«

Escolano biss sich wütend auf die Unterlippe. Aber er erwiderte nichts.

Sein Vater hatte es ihm gesagt, dass es die Mandanten sind, die die Anwälte in den Schmutz ziehen, nicht umgekehrt. »Nimm dich in Acht. Fünf Minuten auf ihrer Seite, und ihr unterscheidet euch in nichts mehr.«

Escolano wäre am liebsten gegangen.

Aber vielleicht war es schon zu spät. Vielleicht waren die fünf Minuten schon vergangen.

Erasmus fügte hinzu:

»Nur Mut. So schwierig ist das, was ich Ihnen vorschlage, auch wieder nicht. Für Sie als Anwalt ist es reine Routine.«

»Was meinen Sie?«

»Verdammt, was werde ich wohl meinen. Einen Mann verteidigen. Sie müssen als Pflichtverteidiger ein Schwein verteidigen, das seine Tochter umgebracht hat, und tun das ohne Skrupel. Ein Arzt darf ja auch keine haben, wenn ein verletzter Bankräuber vor ihm liegt. Sie willigen ein, ein Schwein zu verteidigen, das ein ganzes Haus mit zehn Familien darin plattgemacht hat (manchmal ist dieses Schwein die Stadtverwaltung) und haben keinerlei Skrupel. Sagen Sie mir, warum Sie welche haben sollten, wenn Sie jemanden verteidigen, dem ein Polizist bei der Verhaftung unrechtmäßig ins Bein geschossen hat.«

»Das müssen Sie mir erklären, Erasmus.«

»Ich habe einen Freund. Bezeichnen wir ihn als Freund. Er macht verschiedene Jobs. Sagen wir, jemandem einen Denkzettel zu verpassen ist einer dieser Jobs. Nationalität hat er keine. Sagen wir, er genießt die Gastfreundschaft dieses Landes. Nun, man klagt ihn wegen ein paar dummer Sachen an.«

»Was für dumme Sachen?«

»Erstens Hausfriedensbruch. Ich habe ihn losgeschickt, nennen wir es mal so, um jemanden zu warnen, und er trifft eine Frau alleine an. Sagen wir, diese Frau sieht gut aus. Sagen wir, der Kerl wollte, dass sie ihn etwas mit der Zunge verwöhnt. Nichts Besonderes. Wir sind doch beide erwachsen.«

»Und er hatte vermutlich eine Pistole …«

»Ja.«

Escolano sagte angewidert:

»Vergewaltigung oder zumindest versuchte Vergewaltigung, wenn er sie bedroht hat.«

»Aber, aber, Sie sind der verteidigende Anwalt, nicht der Staatsanwalt, zum Teufel. Ihr lest so viele Bücher, dass eure Birne ganz weich wird. Es ist keine große Sache, wegen des Hausfriedensbruchs wird ihm nichts passieren. Er hatte einen Wohnungsschlüssel, und sagen wir, er hat sich vertan. Es ist nicht bewiesen, dass er jemanden mit der Waffe bedroht hat, also nichts mit Vergewaltigung, Herr Anwalt, *nothing*. Es ist nicht bewiesen, dass dem Mädchen das Zungenspiel missfiel, auch wenn die Tussie behauptet, es war so und sie wollte Nonne werden. Außerdem hat ein Polizist namens Méndez ihn entwaffnet, ihn von hinten angeschossen und ein Bein zerfetzt. Es geht also um eine Doppelstrategie, Señor Ramírez y Escolano. Beweisen, dass mein Freund nichts getan hat, außer die Gesellschaft einer geilen Schlampe zu akzeptieren. Und diesen Scheiß-Méndez zur Verantwortung zu ziehen, und ihn wenn möglich in den Knast zu bringen. Alles kinderleicht. Also wenn man mir einen solchen Fall übertragen würde, würde ich so brillieren, dass man mich in den Consell de la Generalitat aufnimmt. Ich werde Ihnen jetzt den vollständigen Namen von diesem Méndez und die Daten meines, sagen wir, Freundes geben, der in Untersuchungshaft sitzt. Nun, Anwalt, wie Sie sehen, bin ich ein aufrichtiger Kerl, der seine Freunde nicht im Stich lässt.«

Escolano murmelte:

»Hilf deinem Freund, und er schweigt wie ein Grab.«

»Ach, kommen Sie mir nicht mit solchem Mist. Das ist bestimmt wieder so eine lateinische Spruchweisheit. Ich werde Ihnen einen Vorschuss geben für einen Job, der so leicht ist, dass es schon wehtut. Und versuchen Sie nicht, mit mir Kontakt aufzunehmen. Ich melde mich bei Ihnen, nicht ich bin der Mandant, sondern der arme Kerl in Untersuchungshaft.«

Escolano schloss die Augen.

Er spürte, wie man ihm Geldscheine zusteckte, während Erasmus sagte: »Los, nehmen Sie schon, es ist ein Job wie jeder andere auch. Das hätte man Ihnen doch während des Studiums schon beibringen müssen. Die Dinge sind nun mal, wie sie sind.«

Escolano hatte die Augen immer noch nicht geöffnet.

Aber er merkte, dass Erasmus aufstand und die Unterredung somit beendet war. Er merkte auch, dass seine Hände zitterten. Er nahm in der Luft Gedanken wahr, die sich außerhalb von ihm zu befinden schienen. Er hatte Recht. Es wurde nichts Außergewöhnliches von ihm erwartet. Eine unbekannte Frau mit elektrischer Zunge und ein bekannter Mann, mit Sicherheit Miralles, waren in Lebensgefahr.

Erasmus ahnte seine Gedanken, wie immer.

»Aber, aber«, sagte er in väterlichem Ton, »wenn die Gerechtigkeit im Glanz erstrahlt, passiert doch nichts.«

»Sicher …«

»Und jetzt gehen Sie bitte, wenn es Ihnen nichts ausmacht. Das Mädchen, bei der ich zur Untermiete wohne – so sagt man doch? –, kann auf ihren hohen Schuhen nicht länger stehen.«

Und dann fügte er lachend hinzu:

»Ich brauche keine Pistole.«

»Das Gerücht macht die Runde, gegen Sie laufe ein Disziplinarverfahren, Señor Méndez«, sagte der Wirt der Kneipe La Anticipada und füllte ein Glas mit seinem ökologischen Gebräu, »weil Sie auf einen Flüchtigen geschossen und sein Bein durchlöchert haben anstatt seinen Schwanz, wie es jeder anständige Polizist tun sollte. Und dass man Sie gezwungen hat, Ihre Dienstwaffe abzugeben. Das berichten die zuverlässigen Tagesblätter.«

»Ich kann meine Dienstwaffe nicht abgeben, weil ich keine habe, mein lieber Freund im Vorruhestand«, erwiderte Méndez. »Meine Waffen kommen normalerweise direkt aus dem Artilleriemuseum der NATO. Aber es stimmt, es liegt eine Dienstaufsichtsbeschwerde vor, und damit habe ich mir jegliche Beförderung verbaut. Und das jetzt, wo ich gerade anfing, mir wirklich Hoffnungen zu machen.«

Er trank einen Schluck von dem ökologischen Likör, mit Sicherheit eine Empfehlung der Witwenvereinigung der Grünen.

»Jedenfalls hat man mich nicht komplett vom Dienst suspendiert«, fügte er hinzu, »auch wenn ich jetzt nur noch illegale Immigranten überwachen darf. Da mache ich mir nicht viel Hoffnung auf Erfolg, denn in einigen Vierteln gibt es so viele Immigranten, dass ich sie schon nicht mehr von den Einheimischen unterscheiden kann. Und wenn ich nicht genau weiß, wer ein Immigrant ist, woher soll ich dann wissen, dass es sich um einen Illegalen handelt. Jedenfalls setze ich immer alles daran, einen reibungslosen Dienstablauf zu gewährleisten. Miralles und dieses Mädchen überwache ich auch weiter.«

»Sie ist nicht seine Geliebte«, warf der Frührentner

schnell ein, »Miralles scheint in der Hinsicht sehr zugeknöpft zu sein. Wer weiß, vielleicht hat er noch genug von seiner ersten Frau. Er lässt sie einfach nur bei sich wohnen, weil sie so etwas wie seine Angestellte ist. Und noch was, Méndez.«

»Was?«

»Die Polizei hat doch ein leichtes Spiel. Der Mann, den Sie verletzt haben, wird doch ruckzuck gestehen, wer ihn dafür bezahlt hat, in die Wohnung einzudringen.«

»Das ist ein Profi, aus dem werden wir nichts rauskriegen. Er hat auch keine Angst. Man wird ihn einfach aus dem Land werfen, ohne Strafe, wie sein Verteidiger, ein gewisser Escolano, gefordert hat. Apropos, dieser Escolano hat verlangt, ich soll dem Opfer ein neues Bein und eine Massage für seinen Penis spendieren.«

»Warum?«

»Es regt sich nichts mehr.«

Dem Wirt kamen fast die Tränen, vor allem weil er so langsam in die süße Trägheit des Nirwana eintauchte. Er fragte sich, ob Méndez in seiner Jugend wohl Erektionen und andere Kräfte der wilden Natur gehabt hatte. Am Ende überkam ihn große Traurigkeit.

Aber er beschloss, sich nicht unterkriegen zu lassen und dem Vaterland nützlich zu sein.

»Hören Sie, Méndez, auf die Überwachung der illegalen Immigranten verstehe ich mich, denn das wird hier immer voller. Wenn Sie möchten, kann ich Ihnen meine Beratung anbieten. Also die ehemaligen Arbeiterviertel werden jetzt von Pakistani, Arabern, Dominikanern und sogar Chinesen bevölkert, von den Negern ganz zu schweigen. Wobei die Neger jede Arbeit annehmen, und man sieht sie kaum. Die Pakistani machen einen Telefonladen auf, und du siehst sie überall. Die Araber teilen sich in zwei Gruppen: die gestandenen Männer und die Bubis. Bei den ersten weißt du nie, wie sie ihr Geld verdienen, aber sie haben immer fünf Kinder und eine Frau mit Dschellaba. Die Bubis unterteilen sich wiederum in zwei Unterklassen: die Gebenden und die Nehmenden. Die Nehmenden verdingen sich als Stricher und tun mir leid, denn es muss sehr traurig sein, wenn dich irgendein Kerl fickt, den du überhaupt nicht kennst. Die Gebenden verdienen sich ihr täglich Brot damit, es unzufriedenen Frauen zu besorgen, und die machen mich neidisch, denn man muss schon Eier in der Hose haben, um eine Tussi zu ficken, die man nicht kennt. Da gibt es einen Stecher, den die Kundinnen Kilometer nennen, der kommt manchmal hier vorbei. Einen anderen nennen sie sogar Meile. Du siehst, auch beim Ficken für Geld gibt es beinharte Konkurrenz. Und was soll ich über die Dominikaner und Ekuadorianer sagen? Männlein wie Weiblein kümmern sich um die Alten, die alles unter sich gehen lassen, und manchmal sehe ich sie, wie sie die Alten im Rollstuhl spazieren fahren, damit sie sich daran erinnern, dass es noch Vögel gibt. Aber wer mich immer wieder am meisten überrascht, Inspektor, das sind die Chinesen. Es kommen hundert, wie, weiß man nicht, und machen ein Restaurant auf, das immer ›Die große Mauer‹, ›Der gelbe Fluss‹ oder ›Mandarin‹ heißt. Aber für ein chinesisches Restaurant braucht man keine hundert Leute, und so verschwinden die anderen spurlos, sie sterben nicht einmal. Ich denke, die Verwandten behalten die Papiere, während die essbaren Teile des Toten in den diversen ›Mandarins‹ und ›Gelben Flüssen‹ im Land verteilt werden. Oder sie begraben sie im Keller, oder sie packen sie in Maulbeerblätter und geben sie den arglosen Seidenraupen zu essen. Das

Viertel ist nicht mehr, was es mal war, Inspektor, das Viertel ist vor die Hunde gegangen. Sagen Sie mir, was ist aus den alten Familien der Nachkriegszeit geworden, die sich ein Leben lang kannten, an den Sonntagen im Sommer auf die Straße hinausgingen und sich alles erzählten. Was der Chef des Ehemannes doch für ein Mistkerl und der Verlobte der Tochter doch für ein Segen war. Und sagen Sie mir, was von den Straßenfestkomitees noch übrig ist, die jeden August eine Feier mit Luftballons, Lichterketten, Limonade, Paso doble und ›Nimm, was du kriegen kannst‹ machten. Und was ist aus den Schatzmeistern geworden, die mit allen Beiträgen vielleicht ein paar Silbermünzen zusammenbekamen, aber manchmal mit der Nachbarstraße zusammenlegten, also eine Art Bankenfusion machten. Und die Leute tanzten und knutschten in den Eingängen und vergaßen dabei den Hunger, und dass sie zu fünft in einem Zimmer schlafen mussten, und dass man den Manolo aus der Färberei ins Gefängnis geworfen hatte, weil er gesagt hatte, Franco sei klein. Indem auch sonntags rangeklotzt wurde, haben wir ein Land nach oben gebracht, in dem es uns allen um dasselbe ging. Und jetzt, das sehen Sie ja, sind wir mit fünfzig überflüssig. Los, geht Karten spielen, Spanien ist reich, es braucht euch nicht, geht nach Hause zu euren Frauen. Stellen wir uns einen jungen Kerl vor, der davon träumt, wie unsereins mit fünfzig in Rente zu gehen. Das ist es, was unser Land braucht, ha, Méndez, so sehr, dass die Multikonzerne in andere Länder abwandern, wo die Leute noch bis siebzig arbeiten wollen. Und die harten Jobs für die Immigranten. Na klar, es gibt hier Minister, die behaupten, die Immigranten würden unser Land retten, aber wenn sie das geschafft haben, dann haben sie ausgedient, und dann wird es hier ordentlich rundgehen.«

Der Wirt schenkte sich ein vorgezogenes Gläschen ein und fuhr fort:

»Ich habe hier im Viertel Leute kennengelernt, die haben alles ertragen, die haben sich um sechs Uhr morgens einen Anislikör hinter die Binde gekippt, und das hielt dann für den ganzen Tag. Und wenn Sie abends, die Eier am Boden, nach Hause kamen, aber immer noch Lust auf eine Nummer hatten, dann haben die Männer ihren Hosenstall aufgemacht und statt der Frau die Schwiegermutter gevögelt. Das war hier ein Dorf, Méndez, nicht die Klientel von jetzt, die um elf Uhr morgens ihren Donut bestellen. Aber ich fürchte, ich langweile Sie, Sie gehören ja zur Anislikörfraktion, da sage ich Ihnen sicher nichts Neues.«

»Ganz im Gegenteil, mein Freund. Es ist alles andere als überflüssig, dass Sie sich erinnern, denn das steht in keinem Geschichtsbuch.«

»Dann sollen Sie noch ein paar Dinge erfahren, Inspektor, während Sie auf ihre Beförderung warten. Dieses Gebiet des Poble Sec, ehemals von den Kanonen des Montjuïc bewacht, ist schon immer ein Ort des Leidens gewesen. Es gab hier Ländereien – natürlich existieren sie nicht mehr, sie wurden längst bebaut –, auf denen die Kohlehändler ihre Fracht abluden, und dann fügten sie der Kohle Wasser hinzu, damit sie mehr wog und sie mehr einnahmen, denn sie verkauften sie kiloweise. Das bedeutete, dass ein armer Mann die ganze nasse Kohle wieder aufschaufeln musste. Also der arme Sohn aus dem Volk verdiente weniger, als man an dem zusätzlichen Gewicht durch das Wasser verdiente, denn sonst wäre das Ganze ja ein Nullsummenspiel, und wer weiß, ob der Kapitalist dann nicht seinen Bankrott erklärt hätte. Jetzt haben die Leute das alles vergessen, so wie das Kind nichts von den Schmerzen der Mutter bei seiner Geburt weiß. Glauben Sie mir, die Viertel verändern sich und begraben ihre Erinnerung. Es gibt nur noch ein paar Alte, die alles mit angesehen haben und sich nichts mehr wünschen, als in ihrer Straße sterben zu dürfen, und ein paar Mädchen, die nichts gesehen haben und sich nichts mehr wünschen, als von ihrer Straße wegzukommen.«

Ja, dachte Méndez, die Skelette der Häuser, die Frauen, die sich vielleicht an das erinnern, das nie existiert hat (denn das, was existiert hat, ist der Erinnerung nicht wert), ein Dichter, der auf dem Balkon schreibt, weil er in die Wohnung nicht hineinpasst, ein Lied im Innenhof und ein aus dem Kastell ausgebüchster Spatz.

Komm schon, Méndez, vergiss das alles, indem du es mit einem weiteren Glas ökologischen Likör hinunterkippst.

Und so blieb Méndez allein, nicht nur mit einem Dienstverfahren am Hals, sondern auch vergiftet in den Straßen des alten Viertels zurück. Méndez betrachtete erneut die Balkone, die ihm als Beweis dafür dienten, dass es mit dem Land aufwärtsging, denn eine Bewohnerin hatte zur Wiederaufforstung einen Blumenkübel aufgestellt. Eine andere Bewohnerin stellte dort einen Käfig zur Schau, in dem sie ihren Vogel Urlaub machen ließ. Er sah die kleinen Läden von früher, die Kneipen von früher, die Frauen ohne Illusionen, die Frauen von früher. Er sah Mädchen, die ihren Hintern zeigten, ein paar Rocker, die zeigten, was sie in der Hose hatten. Er sah eine Beerdigung.

Méndez, von Natur aus fromm, dachte:

Mist!

Die Leute sterben heutzutage nicht mehr zu Hause, sie sterben in den Großkrankenhäusern der Seguridad Social, umgeben von Pflegepersonal, das sie noch nie gesehen haben, und diktieren ihren letzten Willen demjenigen, der ihre Trage schiebt. Glücklich diejenigen, die sich zumindest noch vom Foto ihrer Kinder verabschieden können, denn das wird ihre letzte Erinnerung sein.

Also eine Beerdigung.

Méndez schloss aus der Eingangstür, aus der der Leichnam getragen wurde, und den Initialen auf dem Sarg, dass der ehrenwerte Tote Julián Andrade war, ein Polizist, der noch älter war als er, fast schon mumifiziert, und der von den Straßen seiner Kindheit verabschiedet wurde. Denn Julián Andrade hatte immer schon dort gelebt, er hatte sich für jugendliche Straftäter eingesetzt, eine scheinbar wohltätige Aufgabe, die in Wahrheit aber eine der härtesten war, mit der man das menschliche Gewissen konfrontieren kann. Denn Andrade hatte alles gesehen: klauende Kinder, die bei ihrer Verhaftung weinten, Väter, die sich vor ihren Töchtern aufgeilten, und Mädchen, die an geheimen Orten vergewaltigt wurden und wenn sie von ihm gefunden wurden, noch die Zunge im Mund kreisen ließen.

Andrade hat alles gesehen, dachte Méndez. Er wird nicht einmal in Frieden ruhen können.

Es gingen natürlich nur wenige Leute zu der Beerdigung oder besser gesagt zu der Aufbahrung, denn heutzutage werden die Toten ins Beerdigungsinstitut gebracht und müssen für die Logis auch noch selbst aufkommen. Kein älterer Mensch erinnerte sich an den alten Polizisten, denn alle alten Menschen waren tot, und auch kein junger, denn die waren zur Zeit seines Ablebens alle auf Bewährung. Doch einer erinnerte sich sehr wohl.

Miralles, der Bodyguard, und Eva, seine Assistentin, begleiteten den Sarg. Von einer Verbindung zu dem Verstorbenen war ihm nichts bekannt.

Méndez fragte sich völlig ratlos: Wieso?

Und dann kamen ihm mindestens zehn Schimpfwörter in den Sinn, die einem helfen, Klarheit zu gewinnen.

Aber er sprach keines laut aus.

22

Nichts konnte Méndez daran hindern, zum letzten Mal die Wohnung von Andrade anzuschauen, dieses Ermittlers im Ruhestand, der am meisten über die minderjährigen Straftäter von Barcelona wusste. Für Méndez war es so, als verabschiedete er sich von der Vergangenheit des Toten, die auch seine eigene war. Er ging also zu Comellas, der in früherer Zeit Andrades Anwalt gewesen war, als der mal ein Verfahren wegen der Miete für seine Wohnung am Hals gehabt hatte. Comellas war damals ein kritischer, linker junger Anwalt gewesen, also ein Anwalt mit Zukunft, heute war er ein alter angepasster Anwalt, ein Anhänger des Friedens zwischen den Völkern, also einer ohne jede Zukunft.

Comellas erklärte:

»Das Letzte, das ich für Andrade getan habe, war, ihm bei der Übertragung seiner Wohnung zur Seite zu stehen. Denn erst hatte er sie nur gemietet, aber später gekauft, und als er das Alter erreichte, das gottverdammte Alter, haben wir einen Kauf auf Rentenbasis draus gemacht. Sie kennen das: Eine Bank oder eine Sparkasse zahlt dir eine kleine Rente, solange du lebst – weil die Pension nicht mal für den Tabak reicht –, und an dem Tag, an dem du den Löffel abgibst, bekommt sie deine Wohnung. Das heißt, mit dem Sarg kommt der Banker, was für ein Luxus. Andrade hatte bei mir seine Schlüssel hinterlegt, falls ihm etwas zustoßen würde.«

»Aber hatte er nicht eine Tochter?«

»Die Tochter ist gestorben.«

Méndez riss die Augen auf.

Mist, da war sie wieder, die Einsamkeit.

Eine winzige Wohnung, ein graues Fenster, eine Katze von der Straße als Tochterersatz. Scheiße, dachte Méndez.

»Geben Sie mir die Schlüssel für einen Tag, bevor die von der Bank die Tür zumauern lassen. Ich gebe sie Ihnen zurück.«

Und Méndez suchte die Wohnung auf, um sich von der Zeit zu verabschieden, und musste feststellen, dass er sich in keinem Punkt geirrt hat. Da waren die winzigen Räume, die grauen Fenster und eine knatschige Katze, die seit Jahren um eine Hochzeitsnacht flehte.

Ich werde mich wohl um sie kümmern müssen, dachte Méndez. Es gibt so viel Einsamkeit überall, da werde ich schon ein Zuhause für sie finden.

Er sah die alten, von den Jahren zerfressenen Möbel voller Fingerspuren eines Greises, der nicht mehr an Veränderung geglaubt hatte. Er sah die Bücher, die Andrade seine letzten Gedanken diktiert hatten. Oder vielleicht nicht einmal das. Er sah den Stapel Mappen, in denen Andrade all die Akten über die Fälle mit Minderjährigen aufbewahrte, mit denen er im Verlauf seines Lebens betraut gewesen war. Damals, als Minderjährige das im Namen der Heiligen Dreifaltigkeit auch noch waren. Wie viel Zeit war vergangen, wie viele Vorstellungen hatten sich verändert, und wie viele Minderjährige waren gestorben.

Schön. Da war sie.

Die Akte von Eva Expósito.

Méndez war sich nicht sicher gewesen, dass er deshalb die Wohnung betreten hatte, aber er wusste auch nicht, was sonst der Grund gewesen sein konnte. Die Akte zeugte von der Einweisung in Besserungsanstalten, Rebellionen, Fluchten, Beteiligung an kleineren Straftaten und Haftbefehlen, aber keinerlei Anspielung auf ihr Sexualleben. Vielleicht war sie sogar als Jungfrau aus dem Sumpf hervorgegangen. Er sah auch die handgeschriebene Notiz von Andrade, die keinen Sinn ergab: »Miralles warnen.«

Miralles?

Méndez ließ alles so, wie es war – obwohl er sicher war, das alles in einem Container landen würde – aber dann verfinsterten sich seine Gedanken. Er verstand es nicht, Eva Expósito wurde von Miralles geschützt, so viel stand fest. Auch wenn man es vielleicht nicht beschützen nennen konnte, ihr Unterschlupf in einer kleinen Wohnung zu gewähren und sie zu zwingen, einen gefährlichen Beruf auszuüben, bei dem sie eines schönen Tages ihr Leben lassen würde.

Aber in den Papieren war nicht mehr zu finden.

Und nun?

Méndez beschloss, das Ganze zu vergessen.

Doch er konnte Miralles nicht vergessen, der einen der Mörder seines Sohnes – Omedes – getötet hatte und den anderen, diesen Leónidas Pérez, auch umbringen würde. Auch wenn alle Indizien darauf hindeuteten, dass Leónidas Pérez entschlossen war, ihm zuvorzukommen.

Also beschloss er, sich weiter an Miralles' Fersen zu heften, so wie er es ohnehin schon seit einiger Zeit getan hatte.

Vorher rief er Loles auf dem Hauptkommissariat an.

»Irgendwas Neues vom Disziplinarverfahren, Loles?«

»Nichts, Méndez, aber ich habe bei den Kollegen Geld gesammelt. Die Hälfte davon ist für ein Abschiedsessen, und die andere Hälfte für Ihre Todesanzeige.«

»Du bist wie eine Mutter zu mir, Loles.«

»Ich würde eine viel bessere Mutter abgeben, wenn ich täte, was man hier von mir verlangt.«

»Traut sich da überhaupt jemand? Um mit dir ins Bett zu gehen, braucht man mindestens drei Monate Vorbereitung.«

»Ach, gehen Sie mir nicht auf den Zeiger, Méndez.«

»Ich bin keine Gefahr. Ich bin erst zwei Monate dabei.«

»Ach Méndez, ich sag's noch mal, gehen Sie mir nicht auf den Zeiger. Und arbeiten Sie nicht zu viel.«

Méndez beschloss, weiterhin nicht zu arbeiten.

Er wusste, dass Miralles seinen freien Tag hatte, also würde er sich in der Nähe seiner Behausung postieren (die Kneipen in den Vierteln eigneten sich dafür ganz hervorragend) und ihn überwachen und verfolgen. Aber er war noch nicht mal an seinem Platz, als seine lange Erfahrung als Beobachter ihm sagte, dass noch jemand Miralles' Haus überwachte.

Méndez verharrte reglos mit starrem Schlangenblick.

Er kannte den Kerl. Wenn Leónidas Pérez ihn angeheuert hatte, war das nicht gerade geschickt gewesen. Er hätte einen unauffälligeren Killer nehmen können oder eine Frau. Heute gibt es Mörderinnen, die sehen wie leidende Hausfrauen aus und werden womöglich sogar von ihrem Mann vermöbelt, ohne dass er weiß, mit wem er sich da anlegt.

Aber dieser Óscar war nicht zu übersehen, zumindest für Méndez, der seine ganze Strafakte kannte. Óscar Ceballos hatte als »Handlanger« angefangen, als Mann fürs Grobe sollte er die entführten Mädchen bestrafen, die sich weigerten, als Prostituierte zu arbeiten. So ein widerlicher Kerl, der sadistisch genug ist, Mädchen zu vergewaltigen, wenn sie sich nicht an die Regeln halten, damit sie keine Zicken mehr machen und kapieren, wo es langgeht. Die Mädchen bringen das nie zur Anzeige, aber Méndez hatte einmal einen von ihnen geschnappt. Er hatte ihm die Handschellen angelegt und durch eine kleine Unachtsamkeit – Méndez war wie so oft mit den Gedanken woanders – waren schließlich auch zwei der Mädchen in der Zelle gelandet.

Óscar Ceballos schien gut in Form zu sein, doch er gehörte nicht mehr zu den Typen, mit dem eine Frau eine wilde Nacht erlebte. Er war dick geworden und schob eine Wampe vor sich her, der mittlere Knopf an seinem Jackett war kurz davor abzuspringen. So ähnlich sah auch der Kerl aus, den Méndez in Handschellen den Mädchen überlassen hatte, und als sie gingen, trug er kein Jackett mehr, und der Knopf guckte ihm aus dem Arsch.

Den trägt er bestimmt immer noch dort, dachte Méndez, der ein Anhänger der Justiz des Volkes war.

Da sah er das Mädchen aus dem Haus kommen. Eva Expósito, das böse Mädchen von der Straße, hatte stramme Beine, einen geschmeidigen Körper und einen Hintern, der vor Jugend strotzte, denn der Hintern der Frauen – dachte Méndez – ist das letzte Bollwerk der fröhlichen Jugend. Er hing erst herunter, wenn das Gesicht schon voller Falten war und alle Illusionen gestorben waren. Méndez wusste nicht, was für Träume Eva Expósito hatte, von ihrer Mutter verlassen, verfolgt von Andrade, dem zuständigen Polizisten für Jugendkriminalität, abgeleckt von den Aufseherinnen und als einzigen Schutz einen Mann wie Miralles, der nichts weiter besaß als eine Pistole und ein Grab.

Ceballos verfolgte das Mädchen.

Méndez verfolgte Ceballos.

Der Fettwanst fraß sie förmlich mit Blicken auf. Er träumte bestimmt davon, sich wieder als Zureiter zu betätigen. Méndez seinerseits träumte davon, ihn in Handschellen in einer Zelle zu sehen, in Begleitung von zwei Frauen, eine davon Loles. Bestimmt würde der Jackettknopf nicht wieder herauskommen.

Nun, man kann nicht gerade behaupten, dass Méndez ein Mann war, der verzieh, je nachdem um was für ein Verbrechen es sich handelte.

Aber er hielt sich zurück. Weiter unten in der Avinguda del Parallel, hinter dem Paar, musste Méndez plötzlich daran denken, was aus Eva Expósito würde, wenn Miralles stürbe. Denn er hatte nicht den geringsten Zweifel, dass es so kommen würde.

Und Eva, mit ihrem Strafregister bis hin zum Kommunionszettel, was sollte sie tun? Wo würde man sie einstellen, jetzt, da es keine Arbeit gab? Wo würde sie anklopfen, vielleicht gerade aufgrund ihrer Jugend?

Méndez glaubte noch an die Straßen und ihre Frauen. Er hatte zu viele Frauen gesehen, die einen Tag lang fröhlich schauten und dann vierzig Jahre einen toten Blick hatten.

Im Grunde schützen Miralles und dieses Mädchen sich gegenseitig, dachte er. Einer überwacht das Gelände, das der andere betritt, und so ist es schwer, sie zu erledigen, trotzdem machen sie zu viele Fehler. Zum Beispiel an dem Abend, an dem der Auftragskiller in die Wohnung kam und sie allein zu Hause war und zudem noch schlief. Zum Beispiel jetzt. Bestimmt geht Eva einkaufen, als wenn nichts wäre, und merkt nicht, dass der Kerl sie verfolgt …

Der Kerl, also Óscar Ceballos, ist ihr gefährlich nahe gekommen. Er sieht, dass das Mädchen einen Supermarkt betritt, und Méndez weiß, dass dieser zwei Ausgänge hat. Der Fettwanst direkt hinter ihr.

Und da war Méndez plötzlich alles klar.

Ein Gang, zwischen Bergen von Kleidung, wo man nicht gesehen wird. Ein meisterlich ausgeführter Messerstich. Und das Mädchen fällt, ohne zu schreien, im schlimmsten Fall auf die Ausverkaufsartikel.

Miralles wäre am Boden zerstört. Und er bliebe allein zurück. RIP.

Méndez ging hinein und nahm einen Korb. Mensch, kaum zu glauben. Einkaufen, du, der sich noch nie selbst ein Ei gemacht hat, denn in den Spelunken, wo du isst, werden dir die vom Chef gebraten. Einkaufen, du, der du bestenfalls die Preise von losem Tabak und von Kaffee aus Guinea kennst.

Doch Méndez bewegte sich unauffällig.

Und er sah es.

Es war so gekommen.

Der einsame Gang, das Mädchen beladen mit Bergen von Diätprodukten. »Werden Sie schlanker mit unseren Monatsangeboten.« Das Mädchen hob den linken Arm, um nach einer Packung zu greifen, und so ist die Achsel entblößt für den tödlichen Stich. Direkt ins Herz, dann ist sie sofort tot. Óscar hat auch nach einer Packung gegriffen, damit er in aller Ruhe zum Ausgang gehen, bezahlen und verschwinden kann. Oder er lässt sie einfach liegen und verschwindet noch schneller durch den Ausgang mit dem Hinweis »Ohne Einkauf«. Méndez sah die eisige Klinge in der Luft glänzen. Das letzte Aufblitzen des Todes. Und er meinte Ceballos denken zu hören:

JETZT!

23

Méndez hatte denselben Gedanken:

JETZT!

Schlangen haben, je älter sie sind, einen umso besseren Instinkt, und ihre Zunge ist spitzer und weiser. Der Méndez aus den Vierteln hatte viele Menschen dort sterben sehen, und der Méndez der einfachen Speiselokale hatte viele Leute beim Verlassen derselben ihr Testament schreiben sehen. Der Méndez der Gefängnisse hatte einst einen Kerl kennengelernt – den sogenannten Gran Reserva –, der aus einer Flasche Wein eine tödliche Waffe machte.

Deshalb hatte Méndez gleich am Eingang eine Flasche Wein genommen.

Diese Flasche, es handelte sich um einen teuren Chablis, bewirkte eine Reihe von Wundern. Zunächst einmal flog sie in Bruchteilen von Sekunden wie ein Satellit durch den Raum. Dann prallte sie gegen Óscars rechten Ellbogen, der das Messer bereits in Position gebracht hatte, um sodann gegen ein Regal zu schlagen und in zwei Teile zu zerbersten. Schließlich wurde sie zu einer Art spitzem Schlagwerkzeug, doch immerhin in Markenalkohol getränkt. Schade, dachte Méndez, ausgerechnet der beste Jahrgang.

Die Wunder der Flasche waren damit noch nicht beendet. Der Gran Reserva war so etwas wie Méndez' Meister gewesen. Die zerborstene Flasche landete direkt in Óscars Unterleib, und der verstand immer noch nicht, was da passierte.

Rechts-links-links, rechts, links.

Die Flasche war wie eine Bohrmaschine, die in Óscars intimsten Zonen nach Öl suchte. Rechts-links … Da! Das Blut sprang über ein paar Tüten mit Naschwerk für Kinder.

Der ganze Supermarkt erzitterte unter Óscars furchtbarem Schrei.

Méndez hatte sein Handwerk auf der Straße gelernt und nicht auf der Polizeiakademie. An den Ecken der alten Zeiten hast du entweder schnell gelernt oder du warst tot.

Er war nicht mehr als ein Sohn der armen Viertel.

Und von da an hielt Méndez sich strikt an das Gesetz.

Als Erstes, das war das Dringlichste, machte er Eva ein beruhigendes Zeichen, die weiß wie die Wand war. Dann rief er: »Niemand rührt mir das Messer an.«

Zu dem Sicherheitsmann sagte er, nachdem er ihm seine Polizeimarke gezeigt hatte, er solle einen Krankenwagen rufen. Die blutverschmierte Flasche legte er neben Óscars Messer, auf dem es mehr Spuren als auf den Münzen in der Kasse gab.

Óscar strampelte verzweifelt, als die Ambulanz kam, und hielt ängstlich sein Geschlechtsteil fest. Schade, dachte Méndez, dass es in deinem Metier kein Arbeitslosengeld gibt, denn das könntest du jetzt beantragen. Schade, dass du jetzt nicht mehr bei den Junggesellenabschieden als Chippendale auftreten kannst.

»Keine Bewegung, Méndez.«

Man hielt eine Star auf ihn gerichtet, die vorschriftsmäßige Waffe. Der eingetroffene Beamte kannte ihn nicht vom Dienst, aber er wusste, wer er war. Misstrauisch betrachtete er den Ausweis, den Méndez aus der oberen Tasche seines Jacketts zog.

»Du musst mich begleiten. Du hast einen Mann getötet.«

»Immer mit der Ruhe. Er wird nicht sterben.«

»Er hat mir das Leben gerettet«, stöhnte Eva, »schon zum zweiten Mal.«

»Ich denke, beim ersten Mal habe ich dir nicht unbedingt das Leben gerettet«, erwiderte Méndez. »Der Kerl wollte dich nicht tot.«

Der Polizist mit der Star packte Eva am Hals.

»Und wer verdammt bist du, Kleine?«

Die goldene Regel der Polizei: Jeder, den du nicht kennst, ist erst mal verdächtig, also verhaften.

Méndez schob die Hand sanft weg, jetzt wieder geschmeidig wie eine Katze.

»Diese junge Dame sollte das Opfer sein«, murmelte er. »Und ich habe ihr das Leben gerettet. Sie ist ab sofort eine geschützte Zeugin, wenn es dir nichts ausmacht.«

»Ach ja? Und wer soll sie schützen?«

»Francos Polizisten.«

Er brachte sie weg. Eva Expósito war immer noch leichenblass, aber ihre Beine hörten auf zu zittern. Sie wurden in einem weiteren Wagen der Polizei, der gerade eingetroffen war, direkt zum Präsidium gefahren, und dort begann die Befragung. Zuerst das Mädchen.

»Stimmt es, dass der Kerl mit dem Messer auf Sie losgehen wollte.«

»Ja. Sie werden seine Spuren auf dem Messergriff finden.«

»Das werden wir überprüfen. Kanntest du den Kerl?«

»Nein.«

»Warum wollte er dann mit dem Messer auf dich losgehen?«

»Keine Ahnung.«

»Gehörst du zu einer Gruppe von Drogendealern? Das ist keine Anschuldigung, nur eine Frage. Bist du ein Opfer von Menschenhandel gewesen? Das ist keine Frage, sondern eine Vermutung. Bist du vor einer Gruppe geflohen, die dich ausbeutete? Bist du bedroht worden? Bist du vorher schon mal von einem Verbrecher angegriffen worden?«

»Es gibt schon eine Akte mit meinem Namen. Ich wurde vor Kurzem angegriffen.«

»Das werden wir überprüfen. Komm, geh jetzt zu dem Platz, den der Beamte dir anweisen wird.«

Das Mädchen ging hinaus. Méndez kam hinein.

Mit ihm kam eine Reihe von Papieren. Und eine Beamtin mit einem Zopf. Und der schlecht gelaunte Polyp, der Méndez in seiner Rolle als Gran Reserva erlebt hatte.

»Zu Befehl, Hauptkommissar. Verdammt, was für ein Morgen.«

Der Hauptkommissar sah sich die Papiere an. Dann Méndez.

»Sie sind hier nicht gern gesehen, Méndez.«

»Schade. Jetzt, wo man mir doch das Goldene Abzeichen der Stadt versprochen hat.«

»Sie haben Glück, dass dieser Kerl, den Sie tätlich angegriffen haben, durchkommt. Hier sehe ich den ersten medizinischen Bericht. Die Scham zerfetzt und der Penis in einem Zustand, dass man ihn ins Naturkundemuseum bringen könnte. Zum Glück haben Sie rechtzeitig den Krankenwagen gerufen. Eine Augenzeugin, die am Ende des Ganges stand, sagte, sie hätten das Mädchen gerettet. Das stimmt mit dessen Aussage überein. Mal sehen … Eva Expósito. Sie hat bei den Jugendstrafsachen ein längeres Register als das Testament von Onassis. Und hier ist das Register des Kerls. Länger als das von Jack the Ripper, aber er stand nicht mehr unter Bewachung.«

»Klar … Ein über jeden Verdacht erhabener Bürger.«

»Verdammt, Méndez, wir können nicht auf jeden Kerl, dessen Visage uns nicht passt, einen Polizisten ansetzen.

Mal sehen … Sie könnten der Erste sein, dem ein Beamter folgen sollte. Dieser Kerl, Óscar Ceballos, hat mit Minderjährigen gehandelt. Er arbeitete in einem Nachtclub. Ein Mädchenhirte. Hat Frauen krankenhausreif geprügelt, aber sie haben ihn nie angezeigt. Eine hat ihn wegen Vergewaltigung angezeigt, aber die Sache wurde eingestellt. Was für ein Mistkerl. Fehlt nur noch, dass er einen verdrehten Schwanz hat.«

»Das hat er ja jetzt«, erwiderte Méndez.

»Warum, glauben Sie, wollte er das Mädchen töten?«

»Das werde ich Ihnen sagen.«

Und Méndez erzählte ihm alles, denn dazu war er verpflichtet. Von dem ersten, eher zufälligen Überfall auf Eva Expósito, als man es eigentlich auf Miralles abgesehen hatte. Und warum hatte man es auf ihn abgesehen? Weil er im Verdacht stand, einen gewissen Omedes, einen der Mörder seines Sohnes bei einem Banküberfall, getötet zu haben …

Darüber würde es einen Bericht geben. Und Méndez hatte bereits mehr auf dem Kerbholz als Rodrigo de Borgia alias Papst Alexander VI.

»Hier habe ich ihn«, sagte der Hauptkommissar. »Aber wenn Omedes tot ist, wer will dann Miralles umlegen? Und warum ist Miralles nicht längst verhaftet?«

»Hauptkommissar Monterde, der den Fall leitet, will ihn als Lockvogel verwenden, um den anderen zu schnappen. Denn es waren zwei Männer für den Tod des Kindes verantwortlich, und der, der noch übrig ist, mehr als der andere. Er hat Angst, dass Miralles sich auch an ihm rächt, jetzt, da er wieder in Barcelona weilt, und deshalb will er ihn umbringen. Es wurden schon zwei Auftragskiller losgeschickt, von denen der erste nur Augen für das Mädchen hatte. Der von heute hingegen wollte sie wirklich umlegen, denn dann wäre Miralles allein gewesen. Miralles ist Bodyguard, also ein geschickter Kerl, aber er kann definitiv nicht seinen eigenen Rücken decken, sondern nur den von anderen. Das Mädchen gibt ihm Deckung. Sie ist seine Assistentin.«

»Das ist alles?«

»Ich glaube ja. Er ist ein Besessener, der meines Erachtens nicht hinter Frauen her ist. Und sie ist eine freche Göre, die meines Erachtens mit Männern nichts am Hut hat.«

»Ich denke, Méndez, Sie wissen bereits, wer Miralles zu töten versucht. Also ersparen Sie mir die Aktenarbeit.«

»Ja. Es handelt sich um einen ehemaligen Häftling mit Namen Leónidas Pérez. Seine Papiere sind in Ordnung, und er ist sauber. Es wäre folgerichtig, ihn zu überwachen, aber er ist verschwunden.«

»Suchen Sie denn auch sorgfältig genug nach ihm? Hotels, Pensionen, Appartements, Zimmer zur Untermiete?«

»Er wurde in Luxushotels gesichtet, aber jetzt hat sich seine Spur verloren.«

»Er kann sich außerhalb Spaniens aufhalten.«

»Nein, das glaube ich nicht, denn ich meine, er hätte irgendwelche Geschäfte im Barcelona am Laufen, und vielleicht, vielleicht in Madrid. Dieser Leónidas Pérez ist ein geborener Geschäftsmann, einer von denen, die Kohle machen, zum Ruhme der Nation, der Stolz des Landes. Wenn er schon Geschäfte im Gefängnis betrieb, dann tut er das draußen mit Sicherheit, nur in einer ganz anderen Größenordnung. Wenn er der Ansicht ist, es sei besser für ihn, die Stadt nicht zu verlassen, dann wird er sie nicht verlassen.«

»Aber wo verdammt ist er dann?«

»Da er eine saubere Weste hat, ist er anfangs in Luxushotels abgestiegen, hat luxuriöses Essen bestellt und Luxusbienen mit aufs Zimmer genommen. Aber jetzt, da er keine saubere Weste mehr hat, kann er in keinem Hotel und keiner Pension der Stadt absteigen, also wird er sich wohl eine Bleibe gesucht haben, auch wenn sie weniger sicher ist, denn es besteht die Gefahr, dass das Mädchen sich verplappert.«

»Welches Mädchen?«

»Vertrauen Sie meiner Spürnase. Er muss bei einem Callgirl sein, einem, das allein arbeitet. Geben Sie mir Zeit und ich werde alle erotischen Anzeigen der Stadt durchgehen, die findet man überall, nur nicht im offiziellen Anzeigenblatt der Provinz, denn das braucht keine Werbegelder. Sie werden sehen, wenn es sie eines Tages doch brauchen sollte … Meine Nase sagt mir, dieses Mädchen wird, wenn sie Annoncen geschaltet hat, dies nicht tun, solange sie mit ihm zusammen ist. Also lassen Sie mich die alten Anzeigen durchgehen und die Telefonnummern, die verschwunden sind. Es wird eine irre Arbeit, Hauptkommissar, aber zum Glück arbeite ich ja nicht.«

»Mensch, Méndez, wenn Sie den ganzen Tag damit verbringen, werden Sie ja richtig geil.«

»In dem Fall würde mir sogar der Bürgermeister gratulieren«, sagte Méndez.

»Ich hoffe, Sie machen das in einem städtischen Forum bekannt … Wir könnten Ihnen bei dieser Ermittlung helfen« – erbot sich der Hauptkommissar liebenswürdigerweise – »die Computer vollbringen wahre Wunder. Nehmen Sie zum Beispiel den vom Finanzministerium: Du hast 1922 eine Pesete verdient, und es erscheint auf dem Bildschirm.«

»Ich danke Ihnen, werter Chef, aber wenn ich die Finger auf einen Computer lege, geht er sofort kaputt … Lassen Sie mich den vom Finanzministerium nur berühren, und alles geht hoch. Es taucht nur das Schwarzgeld auf, und in diesem Fall müsste die Hälfte aller Läden in diesem Land schließen, genauso wie die Kassen von mehr als einer Comunidad Autónoma.«

»Eine solche nationale Katastrophe möchte ich natürlich vermeiden, Méndez, machen wir also mit unserer demokratischen Ehrlichkeit weiter. Ich werde Ihnen helfen, so gut ich kann.«

»Helfen Sie mir, indem Sie mir ein paar Fragen beantworten, werter Chef.«

»Schießen Sie los.»

»Wird ein weiteres Verfahren gegen mich eröffnet?«

»Die Beweise, die in die oberen Etagen und zum Richter geschickt werden, scheinen zu belegen, dass sie das Leben einer Frau gerettet haben, also wird Ihnen nichts passieren. Gegen Sie läuft doch bereits ein Disziplinarverfahren, ich weiß nicht, was Sie mit noch einem wollen.«

»Ganz im Gegenteil. Ich habe keine Angst mehr. Allein wenn ich das Wort ›obere Etagen‹ höre, bin ich beruhigt.«

»Nächste Frage.«

»Was geschieht mit dem Mädchen?«

»Natürlich nichts, aber sie gilt fortan als geschützte Zeugin.«

»Bleibt abzuwarten, wer wen schützt. Und was geschieht mit Óscar Ceballos, unserem Messerstecher?«

»Wir werden ihn fragen, wer ihn bezahlt hat, aber er wird schweigen wie ein Grab. Die Verfassung schützt ihn. Wir werden ihn vor den Richter setzen, aber er wird weiterhin schweigen. Sein Anwalt wird behaupten, es handele sich um einen spontanen Streit zwischen Eva und ihm, und er sei ausgerastet. Es ist ja keine Straftat, ein Messer mit in den Supermarkt zu nehmen. Sie werden deshalb keine Sicherheitskontrollen bei den Diätprodukten aufbauen. Und außerdem wird sich herausstellen, dass er nicht der Täter, sondern das Opfer ist: Der Arme kann nicht einmal mehr Samen spenden. Kurzum: Er kommt in ein Krankenhaus, ob mit Strafe oder ohne, er wird abhauen, und Ruhe ist. Das einzig Gute ist, dass er als Profi in Spanien nicht mehr tätig wird.«

»Eine letzte Frage: Kann ich gehen?«

»Ja, aber ich muss wissen, wo Sie hingehen.«

»Zuerst zu einer Beamtin namens Loles, damit sie mir die Daten zu den Kontaktanzeigen aus dem Computer heraussucht; das macht sie, solange sie nicht als Model für Übergrößen oder als Stewardess für Flugzeuge mit extra breiten Gängen unter Vertrag genommen wird. Dann werde ich die Zeitungen durchgehen, aber es kann gut sein, dass ich irrtümlich bei den Todesanzeigen lande. Schließlich werde ich werde von der Seite angreifen. Ich kann mit einer Dame sprechen, die auf den Strich gegangen ist und vielleicht noch alle Freudenmädchen der Stadt kennt, nebenbei ist sie mit Miralles bekannt. Geben Sie mir Zeit, und ich werde meine ganze Redekunst aufbieten, Hauptkommissar: Am Ende wird Leónidas fallen und die Dame ins Opus Dei eintreten.«

24

»Amores, Amores, es ist schon merkwürdig, dass ich auf dich zurückgreifen muss«, sagte Méndez, »du bist das Unglück in Person, verantwortlich für alle Übel, die sich in diesem Land zugetragen haben, von den Generalstreiks von 1917 bis heute. Ich weiß, alles geht schief, sobald du beteiligt bist, aber ich weiß auch, dass du der größte Experte in diesem Land bist, was gemietete Betten, Huren und Entspannungsangebote mit kollektiven Erektionen angeht. Ich brauche deine Hilfe.«

»Das ist mir eine große Ehre, Zeñor Méndez, aber um die Wahrheit zu zagen: Ich weiß nicht mehr, was in gemieteten Betten los ist, denn man hat mich aus allen herausgeworfen. Von Huren habe ich keine Ahnung, da ich unter ehelicher Überwachung stehe, die Erotikangebote lese ich nicht mehr, seit man eine Freundin von mir, die Übersetzerin ist, in die falsche Zektion gesteckt und dort ihre Zungenfertigkeit angepriesen hat, und, na ja, die letzte zimultane Erektion habe ich bei Francos Tod gesehen. Aber ich werde mich Ihres Vertrauens würdig erweisen, Zeñor Méndez, und jeden Job übernehmen, den Sie mir auftragen, in der Hoffnung auf eine feste Stelle, und wenn es bei einer Zexsendung im Fernsehen ist, Zektion Orgasmus.«

»Also, Amores, da sitzt schon eine Beamtin dran: Sie forscht im Computer nach, welche Erotikanzeigen in den letzten Tagen nicht mehr erscheinen, denn es muss da ein Mädchen geben, das einen Flüchtigen deckt und deshalb nicht mehr annonciert … Aber diese Beamtin wird mich innerhalb von zehn Minuten zum Teufel schicken. Ich schaue auch selbst, aber ich habe mir gedacht, wenn du mir hilfst, wäre das phänomenal.«

»Ich werde tun, was Sie verlangen, Zeñor Méndez, aber ich kann Ihnen gleich sagen, dass all meine alten Freundinnen, die früher annoncierten, tot sind.«

»Kopf hoch, Amores: Du sollst auch nicht bei denen, sondern unter den Luxusbienen suchen.«

»Fantastisch«, erwiderte Amores. »Du meinst, nach

zwei Monaten ohne Gehalt wird der Lebensmut zurückkehren.«

Er legte auf.

Resigniert tat Méndez es ihm gleich. Er wusste nicht, wo er sie finden sollte, aber dort konnte eine Spur sein, nach der zu graben sich lohnte.

Es gab noch andere wie Ruth, aber Ruth lag im Sterben. Mabel hingegen, die sich um sie kümmerte, war quicklebendig und mit allen Wassern gewaschen. Méndez, der entschlossen war, weiterhin nicht zu arbeiten, suchte sie diensteifrig auf. Und er traf Mabel sogar an.

Schön, Mädchen, vielleicht siehst du tatsächlich so aus, als hättest du unter einem Baldachin gevögelt, wie die Frauen das früher taten. Du bist sehr erfahren. Wenn es einen Katalog für elegante Ficks gäbe, wie es sie für Hotels, Kreuzfahrten und Designerküchen gibt, wärst du bestimmt eine der Verfasserinnen. Na ja, vielleicht haben sich die Jahre auf der Haut und den Lidern abgesetzt, während deine Augen nach anderen Nestern suchten, aber du hast immer noch Klasse. Es gibt Frauen, die versuchen, die Jahre mit einer Massage zu verscheuchen. Du verscheuchst sie mit einem Blick.

Du heißt Mabel oder María Isabel Lizcano Riera, um genau zu sein. So steht es in den offiziellen Papieren, und in die habe ich meine Nase stecken müssen, bevor ich mich auf die Suche nach dir begab. Aber jetzt renn doch nicht so, meine alten Beine spielen da nicht mehr mit. Bei dem Tempo muss ich mich hinsetzen und dich übers Handy befragen.

Méndez, ein guter Beobachter der Kultur des Landes, stellte fest, dass Mabel noch wohlgeformte, feste Waden hatte und sich auf hochhackigen Schuhen bewegen konnte, eine alte, den konservativen Klassen vorbehaltene Kunst. Die Schenkel müssen göttlich sein, dachte Méndez, obwohl er, um die Wahrheit zu sagen, es schon seit einiger Zeit nicht mehr mit echten, sondern nur noch mit Laborschenkeln zu tun hatte, nämlich denen aus dem Fernsehprogramm.

Die Entscheidung ist gefallen. Tut mir leid, Mabel, aber du und ich müssen uns ein wenig unterhalten, und es muss jetzt sein, Donnerwetter, jetzt, denn wenn ich bei dem Tempo noch zwei Blocks weiterlaufe, muss ich den Notarzt rufen. Also, bitte, Mädchen, lass dich, noch bevor die Ampel auf Grün schaltet, von der Klaue des Gesetzes berühren und dreh dich um.

»Verzeihung, aber ich tue das zu Ihrem Besten. Noch zehn Schritte weiter und Sie müssen mich von Mund zu Mund beatmen. Ich bin Polizist, oder ich war es, und mein Name ist Méndez.«

Das Café war funktional eingerichtet, wie fast alle in den schnelllebigen Vierteln: wenig Platz, ein Tisch neben dem anderen, eine Theke mit Hockern für sieben Hinterteile, eine Reihe spanischer Marken, zwei italienische Wermuts und eine kolumbianische Kellnerin. Im hinteren Bereich die Toilettentüren mit den typischen Schildern: eines mit einer Frau, zweifellos Madame Pompadour, und eines mit einem Kerl, zweifellos Lord Byron.

Ein schlechter Ort für Méndez, der an die in der Zeit verlorenen Cafés gewöhnt war, in denen nie jemand auf die Uhr schaute, und wo ein Gast vor seinem Tod immer noch von der Oktoberrevolution sprach.

»Das einzig Gute an diesem Café ist, dass es schnell zu

erreichen war. Aber Sie können gehen, wenn Sie wollen. Ich habe kein Recht, Sie zurückzuhalten.«

»Ich weiß, aber ich habe schon so viel Geduld mit der Polizei gehabt, da kommt es auf das bisschen auch nicht mehr an. Aber übertreiben Sie es nicht.«

»Das würde ich nie tun, vor allem nicht bei einer Frau wie Ihnen, mit der ich nur ein paar Eindrücke austauschen will. Sagen Sie mir, was Sie trinken möchten.«

»Um diese Zeit einen Espresso.«

»Ich nehme einen einfachen Orujo, wenn sie so etwas haben. Schauen Sie sich das hier bitte an.«

Das erste Foto, alt und streng polizeilich, vom Erkennungsdienst. Ein Kerl mit ungekämmtem Haar, von vorn und im Profil. Ein weißer Hintergrund, der immer noch nach Putzmittel zu riechen schien. Eine Verbrechervisage, in der man jedoch Intelligenz, Verschlagenheit und im Grunde eine gewisse Eleganz erkannte.

Mabel betrachtete es argwöhnisch.

»Wer ist das?«

»Leónidas Pérez, ein Bankräuber, der verurteilt wurde, seine Strafe mit vielen Vergünstigungen abgesessen hat und freikam. Er kann nicht zweimal für dasselbe Verbrechen verurteilt werden, Sie schaden ihm also nicht, wenn Sie über ihn sprechen. Sagen Sie mir, ob Sie ihn je im Leben gesehen haben.«

»Und warum hätte ich ihn sehen sollen?«

»Verzeihung, aber Sie haben viele flüchtige Begegnungen gehabt.«

»Schon lange nicht mehr. Und wenn Sie vorhaben, mich zu beleidigen, dann können Sie gleich von diesem Stuhl aufstehen, natürlich nachdem Sie bezahlt haben.«

»Ich würde eine Frau wie Sie nie beleidigen, Mabel.

Letzten Endes sind Sie Teil des Leidens des Volkes. Ich wollte damit nur sagen, dass Sie eine Frau sind, die etwas von der Welt gesehen hat. Und jetzt sehen Sie sich bitte dieses zweite Foto an.«

Wieder ein Gesicht von vorn und im Profil. Wieder ein weißer Hintergrund, wieder eine Nummer oben, die aussah wie von der Lotterie. Wieder eine Verbrechervisage, doch in dieser konnte man keine Spur von Kultiviertheit und natürlich auch keinen Funken Eleganz entdecken.

»Und wer ist das?«

»Er heißt, oder besser gesagt, er hieß Sebastián Omedes. Er war der Komplize von Leónidas bei dem Banküberfall, bei dem ein Wachmann und ein Kind umkamen. Der wurde nicht gefasst, aber er hatte ein Strafregister, das einmal um den ganzen Block reicht. Jahrelang war er Millionär, denn es war ihm gelungen, mit der Beute zu fliehen, aber am Ende wurde er wegen einer offenen Rechnung erledigt. Wenn Sie etwas für Leckerbissen übrig haben, kann ich Ihnen auch das Foto zeigen, das man im Leichenschauhaus von ihm gemacht hat.«

»Das ist nicht nötig.«

Mabels Blick war angewidert und zugleich verwirrt.

Méndez flüsterte:

»Als Sie sehr jung waren, verkehrten Sie im Etablissement von Madame Ruth, nicht wahr?«

»Ja.«

»Ich werde nicht weiter nachfragen.«

»Umso besser.«

»Ich spreche mit Ihnen, Mabel, weil ich mir in vielem so unsicher bin. Darin unterscheide ich mich von meinen Kollegen, die sich immer in allem vollkommen sicher sind. Von den Politikern ganz zu schweigen.«

»Wie wahr.« Mabel trank ihren Kaffee aus. »Sie glauben, sie haben die Wahrheit für sich gepachtet.«

»Klar, sie haben die meisten Überzeugungen. Wenn das Volk sich nicht mehr an sie erinnert, warten sie damit auf. Es gibt sogar welche, die zu wissen glauben, was Freiheit und Gerechtigkeit ist. Sie müssen es ja wissen, denn ihre Reden sind voll von diesen Worten. Aber die finde ich weniger gefährlich als die anderen. Die, die genau zu wissen glauben, was das Vaterland ist.«

»Ich bin ja ganz Ihrer Meinung, Méndez, aber sagen Sie mir, was Sie von mir wollen, bevor ich an dem Kaffee sterbe. Das ist so ziemlich das Schlechteste, was ich je getrunken habe.«

»Einverstanden. Also ich werde Ihnen ein Foto zeigen, das ein Hobbyfotograf gemacht hat, der schon fast ein Profi sein könnte, so gut ist es. Der Hobbyfotograf hat es an eine Zeitung verkauft, und der, der im Archiv dieser Zeitung arbeitet, ein Kerl namens Amores, hat mir eine Kopie gegeben. Es ist an der Haltestelle Paseo de Gracia aufgenommen, an einem Tag, an dem sich mindestens ein Todesfall hätte ereignen können. Da sind Sie drauf. Sie helfen dabei, einen Mann von den Gleisen zu ziehen, der seinerseits ein Kind von den Gleisen gezogen hat.«

Das Grau von Mabels Augen wurde noch tiefer, als sie auf das Foto blickten. Sie hatte keine Ahnung gehabt, dass es existierte. Der harte Zug um den Mund veränderte sich: Die Lippen wölbten sich und zeigten so etwas wie aufkeimendes Glück.

Sie antwortete nicht.

›Ich, Mabel, antworte dir nicht, Méndez, du alter Polizist, denn du würdest mich nicht verstehen, du hast keine Kinder. Ich ja auch nicht, also verstehe ich mich selber nicht. Aber die Jahre haben mich gelehrt, nicht mit dem Herzen zu denken, denn es trügt dich immer, und auch nicht mit dem Kopf, denn es gibt immer andere, mächtigere Köpfe. Ich habe gelernt, mit dem Bauch zu denken, denn der Bauch trügt nicht, er gehört mir.‹

Méndez trank seinen Orujo aus und sie den Kaffee.

Er fixierte sie immer noch mit dem Blick.

Und Mabel dachte weiter, nur jetzt laut.

»Méndez, Sie haben ja keine Ahnung, was ich fühle, aber das ist gleich, denn Sie würden mich sowieso nicht verstehen. Sie werden nie begreifen, dass ich auf absurde Weise ein dreijähriges Kind als mein eigenes empfunden habe, das ich nie gesehen, aber wiedererkannt habe – auch wenn Sie das jetzt wieder nicht verstehen –, und zwar im Gesicht eines Mannes. Im Gesicht dieses Mannes war der Tod, als er das andere Kind davor rettete, vom Zug überrollt zu werden. Ich weiß es, weil in seinem Gesicht plötzlich dieses andere Kind war. Sie verstehen nicht, was ich empfand, als ich später diesen Mann weinen sah, denn ich habe die Männer nie weinen, sondern immer nur kommen sehen. Sie werden auch nicht verstehen, dass ich diesem Mann das Leben wiederschenken wollte, auch wenn das vergebens war, denn sein Leben war in einer Grabnische eingemauert. Aber vielleicht verstehen Sie, dass ich es ihm auf die einzige Art schenken wollte, auf die ich mich verstehe, denn, wie gesagt, Frauen wie ich gehen nach dem Bauch. Aber ich wusste, auch das würde nicht helfen. Also sah ich ihn nur an und streckte ihm die Hand hin, und das half sehr wohl, denn David Miralles merkte, dass jemand ihm beistand.«

Méndez bestellte bei der kolumbianischen Kellnerin noch einen Orujo, obwohl der erste scheußlich geschmeckt hatte. Der kam bestimmt vom Land, aber aus einem Dorf in Kolumbien.

»Treffen Sie David Miralles noch?«, fragte er.

»Ja.«

»Sind Sie inzwischen ein Liebespaar?«

»Sie haben kein Recht, das zu fragen, aber ich sage es Ihnen: Nein.«

»Aber vielleicht habe ich ein Recht, Sie zu fragen, ob Sie ihn lieben, Mabel. Ich sage das, weil diese Frage sogar im Fernsehen gestellt wird.«

»Das beantworte ich mit Ja.«

»Ich habe den Eindruck, es beruhigt Sie, das zu sagen.«

»Das zu sagen gibt mir Halt im Leben. Das ist komisch für mich, denn ich habe mich nie getragen gefühlt.«

»Wenn Sie ihn lieben, dann haben Sie ja mitbekommen, dass er mit einer anderen Frau zusammenlebt und dass diese Frau jung und schön ist.«

»Sie sind nicht gerade feinfühlig, Méndez.«

»Nein.«

»Ich weiß, dass er mit dieser Frau zusammenlebt, weil er selbst es mir gesagt hat. Aber das ist unwesentlich, denn ich hätte das auch selbst herausgefunden. Wir Frauen wissen alles. Aber diese Frau, Eva Expósito, hat er aufgenommen, als sie ganz tief unten war. Vielleicht war ich schon tief gesunken, aber Eva Expósito war noch weiter unten. Miralles traf sie, als sie von ein paar Mistkerlen ausgebeutet wurde. Das Mädchen sang, noch dazu gut, und tat so, als ob sie gelähmt im Rollstuhl säße.«

»Ja.«

»Ich glaube, ein alter Polizist hat sie ihm ans Herz gelegt. Einer, der sich schon seit jeher um die Probleme von Minderjährigen kümmerte.«

»Andrade?«

Sie sah ihn überrascht an.

»Sie kennen ihn?«

»Sagen wir ja.«

»Nun, also anscheinend hat dieser Andrade ihm von ihr erzählt. David Miralles hatte Mitleid mit allen Jugendlichen, also entschied er, Eva zu beschützen. Gut, er wusste natürlich nicht wie und auch nicht, ob sie bereit wäre, Hilfe anzunehmen. Möglicherweise nicht. Aber dann traf er auf Eva, als einer aus ihrer Clique sie vergewaltigen wollte. Ihre alten Kumpels wollten Eva loswerden, denn sie war offensichtlich sehr aufmüpfig und stellte ein großes Risiko dar.«

»Ich weiß«, murmelte Méndez. »Sie hat so viele Strafsachen an der Backe, dass man eine Girlande von Gericht zu Gericht durch ganz Barcelona daraus machen könnte. Wenn Sie sich schon so aufgeführt hat, als sie unter Jugendstrafrecht stand, kann man davon ausgehen, dass sie es bei diesem Abschaum nicht anders gemacht hat.«

»Nun, Miralles hat die Burschen ausfindig gemacht, und dann ging alles Hals über Kopf, die alten Revolutionäre in meinem Viertel nennen das ›direkte Aktion‹.«

Méndez setzte eine Unschuldsmiene auf.

»Keine Ahnung, was das ist«, sagte er.

»Sie mögen denken, dass alles Zufall war, aber das war es nicht. Es gibt tausend Möglichkeiten auf dem Montjuich-Friedhof, er geht um den ganzen Berg herum, es war kein Zufall, dass sie sich am Grab von Miralles' Sohn trafen.«

Méndez sagte mit derselben Unschuldsmiene:

»Und dann erfolgte die direkte Aktion …«

»Genau. Aber ihm wurde klar, dass er Eva Expósito einen festen Wohnsitz geben musste. Deshalb hat er sie mitgenommen.«

»Ich sehe, Miralles hat Ihnen alles erzählt.»

»Alles. Warum auch nicht?«

»Weil Eva Ihre Rivalin sein könnte.«

»Taktgefühl zählt wohl nicht zu Ihren herausragenden Tugenden, Méndez.«

»Ich fürchte, das habe ich auf der Straße nie gelernt. Ich meine nur, Sie haben doch selbst eingestanden, Miralles zu lieben, auch wenn Sie nicht mit ihm im Bett waren.«

»Liebe muss nicht immer im Bett stattfinden, Méndez.«

»Stimmt, oft liegt sie nur in der Luft.«

»Außerdem habe ich genug von Betten.«

»Das verstehe ich.«

»Ich bin nicht eifersüchtig auf diese Frau, Méndez, auch wenn sie mit David Miralles zusammenlebt. Erstens weil ich den Eindruck habe, dass sie ihn zwar respektiert, aber nicht liebt, und wenn sie ihn nicht liebt, wird sie nie mit ihm ins Bett gehen. Eva Expósito ist eine Rebellin. Und er würde die Situation nie ausnutzen. David Miralles ist ein Gentleman.«

»Die Gentlemen machen Frauen nicht glücklich. Sie langweilen sie«, sagte Méndez und zeigte damit, dass er den Glauben an die meisten Dinge verloren hatte.

Mabel schaute zweifelnd, und das verlieh ihr etwas Kindliches. Sie sah sofort jünger aus.

»Ich glaube nicht, dass Eva sich langweilt«, sagte sie. »Sie hat einen ziemlich riskanten Beruf, da muss sie immer auf der Hut sein. Und ich glaube auch nicht, dass sie glücklich ist.«

»Warum?«

»Was ich so von Miralles gehört habe, ist er ein sehr harter Typ, der niemandem verzeiht. Die Ermordung seines Sohnes hat ihn geprägt. Er würde sich nie einen Fehler erlauben und auch Eva keinen verzeihen; mit ihm zu arbeiten muss manchmal ausgesprochen heftig sein. Sie haben doch bestimmt auch tollwütige Polizisten kennengelernt, die nicht an das Gesetz denken, sondern nur an ihre Pistole.«

»Ich muss gestehen, ja. Niemand ist frei von dieser Krankheit. Außerdem haben die tollwütigen Polizisten im Film immer Erfolg.«

Die Frau, die ihr Leben in diversen Betten verbracht – und vielleicht tollwütige Männer gesehen hatte – zog eine Augenbraue hoch.

Sie sah immer noch jünger aus.

Und dann sagte sie leise:

»Was ich sagen wollte, ist, dass David Miralles sehr schlecht dafür geeignet ist, ihm einen Revolver oder eine Pistole in die Hand zu geben, denn in der erstbesten kritischen Reaktion wird er sofort töten. Außerdem ist er auch sehr schlecht dafür geeignet, die Frau glücklich zu machen, mit der er zusammenlebt. Also fühlt sich Eva Expósito geschützt, aber sie ist nicht glücklich mit ihm. Und jetzt lassen Sie uns offen reden, Méndez.«

»Wir reden doch schon offen.«

»Ein Scheiß. Verzeihen Sie, wenn ich einen Ausdruck aus meiner Kindheit verwende, aber ich kann nicht mehr. Ich bin Ihnen egal und mein Glück, sofern ich je herausfinde, was das ist, ebenso. Das mit Eva ist Ihnen egal. Sie wollen doch nur was über Miralles hören.«

»Eigentlich wollte ich mit Ihnen über die Bilder im Prado-Museum plaudern«, sagte Méndez, und trank die letzten Tropfen des Giftes aus seinem Glas, »aber wenn

Sie mit mir über Miralles sprechen wollen, wäre ich entzückt …«

»David Miralles ist nicht dumm.«

»Natürlich nicht.«

»Er müsste es schon sein, um nicht zu merken, dass man ihn in Verdacht hat und sein Haus überwacht wird. Sie glauben, er habe Omedes aus Rache getötet, was ich für einen sehr vernünftigen Gedanken halte. Das will ich gar nicht bestreiten. Aber er weiß auch, dass man ihn nur deshalb noch nicht verhaftet hat, weil Sie keine Beweise haben.«

»Weder Miralles noch Sie, Señorita, wissen, was für Beweise wir haben«, sagte Méndez und ließ das offizielle Arschloch raushängen.

»Ach nein? Nun, Méndez, ich habe Ihnen schon gesagt, dass Miralles nicht doof ist. Er arbeitet als Bodyguard für sehr bedeutende Persönlichkeiten, und es ist ein Leichtes für ihn, mit einem Rechtsanwalt zu sprechen, der dann seinerseits mit den höheren Polizeikreisen spricht. Und dieser Anwalt hat einige Details über die polizeilichen Ermittlungen erfahren. Und den ballistischen Bericht gelesen. Und dieser Bericht besagt, dass Omedes von keiner der Waffen erschossen wurde, die sich in Miralles' Besitz befinden oder die er hätte verwenden können.«

Méndez hob die Augenbraue und legte die Hände aufeinander, als wollte er anfangen zu beten.

»Diese bedeutenden Anwälte machen mich neidisch, Mabel. Tja, ich habe keine Kontakte mehr zu den höheren Polizeikreisen.«

»Natürlich nicht.«

»Ich bin eben eine Straßenkatze«, gestand er, »und hin und wieder muss ich daran erinnert werden.«

»Nun, deshalb ist Miralles noch nicht verhaftet.«

»Und Sie freuen sich, Mabel.«

»Natürlich freue ich mich.«

»In meinem Alter sehe ich zu meiner Überraschung, Mabel, dass die Liebe das wunderbarste Gefühl ist, das es gibt.«

»Nicht so spöttisch, Méndez. Ich weiß nicht, was Liebe ist, aber seit ich fünfzehn Jahre alt bin, weiß ich, was sie nicht ist.«

»Ich bewundere Sie, Mabel. Noch ein Kaffeechen?«

»Auf keinen Fall. Es würde mir nicht schmecken, im Zustand der Unschuld zu sterben.«

»In dem Fall würde ich, der ich mich immer im Zustand der Unschuld befinde, Ihnen eine Frage stellen, bei der Sie das Recht haben, sie nicht zu beantworten.«

»Wenn sie kurz ist, stellen Sie sie.«

»Hat Miralles Ihnen jemals gestanden, dass er Omedes umgebracht hat?«

Mabel lachte jäh, fast fröhlich, so wie sie es vielleicht schon seit Kindertagen nicht mehr getan hatte.

»Halten Sie mich für geistig minderbemittelt, Méndez? Ich weiß nicht, ob zu Ihren guten Zeiten die Leute solche Fragen beantwortet haben, aber heute tun sie es nicht mehr. Heute schicken einen die Leute direkt zum Teufel. Aber weil ich vielleicht doch geistig minderbemittelt bin, weil ich mich immer geirrt habe, werde ich sie beantworten: Einmal habe ich ihn gefragt – denn wir hatten lang und viel geredet –, und er sagte Nein. Und ich bin sicher, dass er mir die Wahrheit sagt, auch wenn er bei der Gelegenheit etwas hinzugefügt hat, das ich Ihnen ebenfalls erzählen werde. Er hatte gehört, dass Omedes in Barcelona war, und ihn suchte, um ihn zu töten. Aber es ist ein Unterschied, ob ich jemanden suche, um ihn am Arsch zu kriegen, oder ob ich ihn tatsächlich am Arsch kriege. Ich weiß nicht, ob ich mich akademisch und verständlich genug ausgedrückt habe, Méndez. Aber so ist mir der Schnabel gewachsen.«

»Sogar ich habe es verstanden, Mabel.«

»Dann war's das wohl.«

Méndez machte eine entschuldigende Geste.

»Ich werde Sie selbstverständlich nicht weiter mit meinen Seminaristenfragen belästigen«, raunte er. »Aber aus reiner urbaner Höflichkeit würde ich gern wissen, wie es der Dame geht, bei der Sie leben.«

»Es ist keine Dame.«

»Wie dem auch sei.«

»Ruth wird sterben, auch wenn sie im Moment keine starken Schmerzen hat. Aber sie weiß sehr gut, was auf sie zukommt, und sucht jemanden, der sie tötet.«

»Und dieser Jemand könnte Miralles sein.«

»Ich gebe zu, ich hatte an ihn gedacht. Und wir haben darüber gesprochen.«

»Und was hat er gesagt?«

»Nein.«

»Sucht sie noch immer jemanden, der das übernimmt?«

»Ja, aber in der Einsamkeit ihres Zimmers wird sie kaum jemanden finden. Und ich werde ihr nicht helfen.«

»Wenn Ruth eine berühmte Frau wäre, könnte sie ihren Tod exklusiv an das Fernsehen verkaufen«, sagte Méndez bitter. »Sie sehen ja, andere zögern nicht so lange.«

Er rief die kolumbianische Kellnerin, die in ihrem Integrationseifer eine Zeitschrift über unerwünschte Schwangerschaften des spanischen Adels las, und zahlte, was man verlangte, und das war nicht gerade wenig. Der Orujo stammte aus Galicien, war aber importiert.

»Vielen Dank für Ihre Kooperation, Mabel«, sagte er, »Sie haben mir sehr geholfen. Ich werde auch kooperieren und den Mann suchen, der Miralles töten will, und dem es nichts ausmacht, erst alles plattzumachen und Eva zu erledigen. Um den Kerl zu finden, würde ich gern ein Callgirl finden, das plötzlich nicht mehr annonciert. Ich weiß nicht, ob Sie die Erotikanzeigen lesen und Ihnen etwas aufgefallen ist. Es wäre eine Möglichkeit.«

Mit verächtlichem Blick stand Mabel ebenfalls auf.

»Ich lese sie nicht, also ist mir auch nichts aufgefallen, noch gedenke ich Ihnen zu helfen, Méndez. Sie würden ja mir auch nicht helfen oder Ruths Tagen ein Ende machen.«

»Wieso denn nicht?«, flüsterte Méndez mit glänzenden Augen. »Ich kann sie eine Woche lang in meine Lieblingsrestaurants einladen, wo ich ein gern gesehener Gast bin. Sie werden sehen, wie sie innerhalb einer Woche stirbt, ohne es zu merken.«

25

»MÉEEEEENDEEEZ!«

Señor M., aktiver Hauptkommissar, bemühte sich um die Anwesenheit des aktiven Inspektors. Aber anstelle von Méndez kam die Beamtin Loles und begutachtete vorsichtshalber erst mal die Maße der Tür.

»Méndez ist nicht da, Herr Hauptkommissar.«

»Wo verdammt noch mal ist er hin?«

»Er sagt, er würde ermitteln, weiß der Geier was. Und er hat sich beklagt, dass Sie ihm keine Arbeit geben.«

»Gerade jetzt könnte ich ihn gebrauchen, damit er auf eine Beerdigung geht, das ist das Einzige, was er kann. Es geht um eine Generaldirektorin, die mit ihrem Dienstwagen einen Unfall hatte, als sie ihr Kind in die Schule brachte.«

»Um die Bildung ist es schlecht bestellt, Chef. Heute geht niemand mehr zu Fuß in die Schule. Soll ich ihn anrufen?«

»Funktioniert sein Handy?«

»Irgendwann ist es ihm mal gelungen, es in Betrieb zu nehmen.«

»Dann versuchen Sie es.«

Gehorsam wählte Loles die Nummer von Méndez' Handy, aber es war besetzt.

Denn Sekunden vorher hatte jemand anderes gerufen:

»Señor MÉEEEEEENDEEEZ!«

Méndez hatte abgenommen. Es war der Journalist Amores.

»Mit Gott, Zeñor Méndez. Bei dem, was ich Ihnen zu zagen habe, wird das Glück Ihnen lachen.«

»Ja, das ist auch dringend notwendig, dass mir jemand zulacht, und sei es im Moment des Todes, Amores. Was ist los?«

»Ich glaube, ez gibt den ersten Fahndungserfolg.«

»Welche Fahndung?«

»Die, die Zie mir aufgetragen haben. Zurzeit bin ich als Korrektor bei einer Werbeagentur, und viele Anzeigen stammen von Damen mit guten Manieren, die solvente Herren kennenlernen möchten. Nun, und da gibt es drei, die ständig präsent waren und jetzt seit Tagen nichts mehr veröffentlicht haben; auch bei der Stadtinformation keine Spur. Beim Stöbern habe ich mir die Telefonnummern notiert, und zwei gehen nicht ran. Das könnte also etwas zein, Zeñor Méndez. Getrieben von meinem Pflichteifer, ich bin schließlich noch ein Journalist der alten Schule, habe ich die Adressen herausgefunden.«

»Du bist eine Wucht, Amores. Leute wie dich gibt es nicht mehr. Am Ende werden sie dich für die Öffentlichkeitsarbeit von La Caixa oder vielleicht sogar bei Gas Natural anstellen, um den Text für ein öffentliches Übernahmeangebot zu verfassen.«

»Das ist das Mindeste, das ich erwarte, Zeñor Méndez, und ich bin sicher, dass Zie mich empfehlen werden. Aber wenn Zie wollen, können wir diese beiden Orte gemeinsam aufsuchen.«

»Das nehme ich dankbar an, Amores. Wo treffen wir uns?«

»Zum Beispiel in dieser Kneipe, wo sie das Essen selbst zubereiten.«

»Prima, Amores, aber trink da nicht mal ein Wasser. Ich bin bereits immunisiert, aber du nicht.«

Minuten später traf er auf Amores, der die Ellbogen auf die Theke der Kneipe gestützt hatte und der Werbung des Wirtes für sein Tagesmenü lauschte sowie dessen pessimistischen Anmerkungen zur gastronomischen Zukunft des Landes. »Verdammt, das kapiere ich nicht. Es gab noch nie so viele Kochsendungen mit kulinarischen Rezepten im Fernsehen, und trotzdem essen alle auswärts, verschlingen, was man ihnen vorsetzt, und keiner kocht.«

Doch Amores war in Sicherheit. Er hatte noch nicht einmal ein Wasser bestellt.

»Es stimmt, was dieser Herr sagt. In den Küchen unseres neuen, für immer vor der marxistischen Gefahr geretteten Spaniens, findet nur noch die Mikrowelle Verwendung, um die im Supermarkt gekauften Dosen aufzuwärmen, aber jeder schreibt sich die Rezepte vom Salat mit Minzbonbons auf. Ach, Señor Méndez, was ist aus den Frauen geworden, die keine Zeit hatten, ihrem Mann Hörner aufzusetzen, weil sie den ganzen Tag in der Küche standen.«

Wenn Amores von Klassikern sprach, war sein Sprachfehler kaum wahrzunehmen.

»Recht haben Sie«, sagte der Wirt. »Die Leute haben heutzutage keine Zeit zum Kochen, weil sogar die Katze arbeitet, und die Zeit, die ihnen zum Kochen bliebe, verwenden sie darauf, sich im Fernsehen Kochsendungen anzuschauen. Das ist alles Propaganda, Señor Méndez, betrieben von der Regierung, damit die Leute an nichts anderes denken und glauben, sie äßen gut. Das ist alles Propaganda der Multikonzerne der Ernährungsbranche, die dann eines Tages abwandern und den Couscous in Marrakesch produzieren, weil es dort billiger ist. Und die, die hierbleiben gucken in die Röhre. Die Gewerkschaft Nahrung – Genuss – Gaststätten war früher der französischen Küche hörig und heute läuft sie der baskischen hinterher. Niemand schenkt unseren eigenen Kreationen Aufmerksamkeit. Ich selbst habe Muscheln in der eigenen Tinte kreiert, die sind der Wahnsinn. Und niemand spricht von …«

»Verdammt«, warf Méndez ein, »und ich dachte, laut Beschluss der EU hätten Muscheln keine Tinte.«

»Ich mische sie mit Calamares«, erklärte der Verfechter der alten Zeiten. »Es ist ein internationales Gericht, das ich ›La Méditerranée en plein air‹ nenne. Probiert mal, ich serviere es als Tapa.«

Méndez hätte es vielleicht probiert, aber Amores ergriff die Flucht.

Gemeinsam gingen sie zu dem ersten der beiden Etablissements, das für die Eintracht der Geschlechter geworben hatte. Wahrscheinlich waren es Einmannbetriebe. Eine der Frauen annoncierte unter ›Stewardess‹ und die andere machte es nicht unter ›Allahs Garten‹.

Sie fingen mit Allahs Garten an, da so viele Selbstmordattentäter heutzutage starben, um endlich dorthin zu gelangen.

Es öffnete ihnen eine junge Araberin.

»Sind Sie zu zweit? Tut mir leid, aber ich bin allein. Meine Kollegin ist schon gegangen. Wenn Sie wollen, machen wir die Spezialität des Hauses, ›Köstlichkeiten des Paradieses‹.«

Im Blick der kleinen Araberin lag Angst.

Ein erbärmliches Paradies hast du hier gefunden, dachte Méndez. Eine erbärmliche gerechtere Welt hast du im Traum Europa gefunden. Vorher wurdest du in den Kolonien ausgeraubt, jetzt bist du ganz allein und musst sogar noch für die Kosten aufkommen.

»Wir sind wegen der Annonce da«, erklärte Amores.

»Welche Annonce?«

»Die, in der es heißt, Allahs Garten sei voll Jungfrauen.«

»Seit ich allein bin, inseriere ich nicht mehr«, sagte die kleine Araberin ängstlich, »das ist sehr teuer.«

»Entschuldigen Sie die Umstände. Wir verschwinden wieder«, sagte Méndez. »Bei einer halben Frau traue ich mich nicht.«

Und er steckte der kleinen Araberin zehn Euro zu. Für zehn Euro bekam er schließlich auch nicht viel mehr als ein halbes Buch.

Sofort machten sie sich auf den Weg zu der Stewardess, die bestimmt Uniform trug und gerade die Schwimmweste anprobierte.

Die Sache fing gut an. Ein Haus in guter Lage.

Ein Portier.

Ein Eingangsbereich mit Pflanzen und weiter hinten ein Aquarium mit einem einzigen Tier, einem einsamen Fisch.

Luxus.

Die Stewardess trug weder Uniform noch Schwimmweste, war aber vom Feinsten. Nichts für die Economy Class. Es stellte sich heraus, dass sie Amores aus der Zeit kannte, als sie noch in einem bedeutenden Etablissement arbeitete.

»Ich habe mich selbstständig gemacht«, sagte sie. »Dort hat sich die Besitzerin alles eingesteckt. Ich gebe jetzt keine Annonce mehr auf, weil es zu teuer ist.«

Also ein totaler Reinfall, dachte Méndez. So würden sie Leónidas nie auf die Spur kommen. Er wollte sich gerade höflich verabschieden, als sie zu Amores, der offensichtlich eine der großen Leidenschaften ihres Lebens gewesen war, sagte:

»Die Gilda hat sich auch selbstständig gemacht, sie war es leid, immer nur die Hälfte abzubekommen. Sie hat Kassensturz gemacht und sich für das Kunsthandwerk entschieden, was letzten Endes eine Form des Arbeiterkampfes ist. Sie arbeitet wie ich, zu bestimmten Zeiten, und manchmal haben wir uns verabredet und uns zu zweit mit jemandem getroffen. Aber ich weiß nicht, was in der letzten Zeit mit ihr los ist.«

»Was mit ihr los ist?«

»Ich habe sie schon zweimal angerufen, aber sie geht nicht ran. Und dabei haben wir beide zusammen ordentlich Geld verdient.«

Méndez war überzeugt, dass das auch nirgendwo hinführte, aber er fragte trotzdem:

»Wo wohnt sie?«

»Was geht Sie das an? Ich gebe Adressen nur an Freunde weiter, obwohl … Nun ja, Señor Amores ist ein Freund und kennt Sie. Schreiben Sie, aber schwören Sie mir, dass Sie ihr keinen Strick daraus drehen, Sie sind schließlich Bulle.«

Sie sah Méndez an. Der zögerte.

»Woran merkt man das?«

»Sie ernähren sich schlecht und sehen schlecht gelaunt aus.«

»Ich verspreche Ihnen, ich will ihr nur helfen. Ich werde sie besuchen, und wenn sie mich spontan zum Essen einlädt, umso besser.«

Und so machten sich Méndez und sein Assistent, der unermüdliche, vom Glück verfolgte Journalist, auf zu der angegebenen Adresse.

Wieder ein Portier.

Und Luxus.

Wieder ein Eingangsbereich mit Blumen, nur dass es diesmal kein Aquarium gab. Nur eine Katze.

»Señorita Gilda geht schon seit Längerem nicht mehr aus«, sagte der Portier, als er Méndez Polizeimarke sah. »Sie scheint sich schlecht zu fühlen, aber allzu schlimm kann es nicht sein, denn sie bekommt Essen aus dem Restaurant und bringt jeden Abend den Müll runter. Vielleicht lebt jetzt jemand bei ihr.«

Ein leichtes Blitzen in Méndez' Augen. Schön, vielleicht hatten sie am Ende doch nicht ihre Zeit vergeudet.

Sie gingen hinauf.

Klingelten. Stille.

Erneutes Klingeln. Erneut Stille.

Méndez benutzte seinen Dietrich. Die Universität der Straße hatte ihn so viel gelehrt, dass er sich als Schlosser hätte verdingen können. Loles wurde nicht müde, ihm vorzuhalten, dass das besser für das Vaterland und auch besser für ihn selbst gewesen wäre. Beim zweiten Versuch öffnete sich die Tür mit einem Quietschen. Und dann wieder Stille. Méndez und Amores traten ein, eine klare Gesetzesübertretung.

Ein Luxusappartement. Aber es roch muffig. Schmutzige Wäsche mit allen möglichen Körperflüssigkeiten. Ein wenig geronnenes Blut. Teller mit Essensresten.

Geleitet vom Geruch begab sich Méndez direkt in eines der Zimmer.

Von dort rief er Amores zu:

»Das hätte ich mir eigentlich denken können. Verdammte Scheiße, Mist.«

Er hatte nicht ganz Unrecht. Mit Amores an seiner Seite lief man immer Gefahr, einen Toten zu finden.

Das Mädchen war hübsch. Oder hübsch gewesen. Sie war gut gekleidet und trug hochhackige Schuhe, die Schuhe einer Edelhure, einer jungen Dame, die zu den Empfängen des Bürgermeisters geht, einer gut situierten Dame, die bei einer Spendenaktion gegen den Krebs ihren großen Auftritt hat. Doch die Schuhe kamen nicht zur Geltung, denn einer war vom Fuß gefallen. Das Kleid kam nicht zur Geltung, obwohl es von guter Qualität war, denn es war zerrissen und stank. Ihr Gesicht kam nicht zur Geltung, denn ihre Haut war grün und blau, die Augen waren tot, und ihr Mund war geknebelt.

Man hatte sie sehr fachmännisch ans Bett gefesselt. Nicht einmal ein Athlet hätte sich aus dieser Lage befreien können.

Amores fiel auf die Knie. Er stammelte:

»Mein Gott … Sie ist mindestens zwei Tage tot.«

Jeder andere hätte dasselbe gedacht, aber Méndez war stutzig geworden. Seine Augen durchbohrten die Luft. Er stellte fest, dass die Frau nach brutalen Schlägen körperlich schwer angeschlagen und verletzt war, aber der Zug um ihren Mund war nicht der einer Toten. Er hätte schwören können, dass da ein leichtes Beben war, ein flüchtiger schwacher Luftstoß. Außerdem roch es nicht nach Tod, sondern nach einer Frau, die alles unter sich hatte gehen lassen. Als Méndez leicht ihre Finger berührte, stellte er fest, dass noch ein Hauch Wärme in dem Körper war.

»Amores, ruf einen Krankenwagen. Amores, ruf die Polizei an, jemand anderen als mich. Amores, verdammt und zugenäht.«

Es war offenkundig, dass derjenige, der das getan hatte, das Mädchen für tot gehalten hatte, und es darauf anlegte, dass sie in ihrem eigenen Bett verfaulte, aber das Mädchen hatte eine enorme Widerstandskraft, die vielleicht daher kam, dass sie in so vielen Betten gewesen war. Méndez wollte sie losbinden, aber dann fiel ihm ein, dass seine Kollegen sie so auffinden mussten, die von der Ambulanz würden auch rücksichtsvoller mit ihr umgehen. Außerdem war Amores nicht nur auf die Knie gefallen, sondern er war kurz davor zusammenzuklappen.

Er konnte nicht einmal das Handy halten.

Méndez überlegte rasch. Wenn jeden Tag das Essen aus einem Restaurant geliefert worden war, dann musste das Mädchen gestern noch in Form gewesen sein und ihr Begleiter erst recht. Das wies darauf hin, dass große Chancen bestanden, dass sie noch rechtzeitig gekommen waren. Und es wies darauf hin, dass sie den Unterschlupf von Leónidas Pérez gefunden hatten.

Méndez wiederholte:

»Verdammte Scheiße.«

Vielleicht hatte das Mädchen Verdacht geschöpft. Vielleicht hatte sie sich gewehrt, so lange eingesperrt zu werden. Vielleicht war ihr plötzlich bewusst geworden, dass sie dort Geld und ihr Leben einbüßte, und sie hatte Léonidas Pérez Probleme gemacht. Vielleicht kannte Leónidas Pérez nur eine Art, Probleme zu lösen.

Und inzwischen hatte er womöglich eines von den Tausenden Appartements in der Stadt gemietet. Oder eines von den Tausenden an der Küste. Oder vielleicht hatte er eine andere Frau getroffen, die es im Leben zu was bringen wollte.

Der Krankenwagen traf zuerst ein, mit einem jungen Arzt, der wahrscheinlich gerade seinen Abschluss gemacht hatte, der gerade seine ersten praktischen Erfahrungen sammelte. Ein guter Anfang. Er band das Mädchen los, hörte sie ab, sah sich ihre Wunden an und stieß dabei leise ein paar Sätze aus. Keiner hörte sich an wie ein Gebet zum Heiligen Geist.

Das Wichtigste, was er sagte, war:

»Sie wird durchkommen. Aber keine Befragungen vor nächster Woche, frühestens.«

Eine Woche, dachte Méndez. Sie hatten nicht die geringste Chance, Leónidas Pérez zu schnappen, und es war sehr wahrscheinlich, dass er einen neuen Killer anheuerte. Sowohl Miralles als auch seine junge Assistentin standen mit einem Bein im Grab.

Doch Méndez beschloss, die vierundzwanzig Stunden des Tages zu nutzen. Für irgendetwas musste es ja gut sein, dass er nicht arbeitete.

In der feinen Kleidung fiel Miralles auf dieser Treppe der Reichen nicht weiter auf, die so weit weg von dem war, was er kannte. Das Halfter der Pistole sah man an dem gut geschnittenen Jackett überhaupt nicht. Er hatte die Waffe gesichert, aber eine Kugel befand sich bereits im Lauf.

Er beobachtete die viel befahrene Diagonal. Auf den ersten Blick schien es unmöglich, sie zu kontrollieren, doch seine Augen erfassten die vorbeifahrenden Autos schon, wenn sie noch an der Ampel standen.

Die, in denen nur eine Person saß, interessierten ihn weniger, vor allem wenn die Fensterscheibe auf der Beifahrerseite geschlossen war. In dem kurzen Moment, in der man an einem Haus vorbeifährt, war es für den links sitzenden Fahrer nahezu unmöglich, die rechte Scheibe herunterzufahren, sich zu ihm zu beugen und treffsicher zu schießen oder eine Bombe zu zünden. Außerdem würde das Auto danach sofort im Stau steckenbleiben.

Wachsamer hingegen war er bei den Wagen mit zwei Fahrgästen, denn einer konnte fahren und der andere das Attentat begehen. Die hatte er im Blick.

Und die Motorräder.

Am schlimmsten waren die mit Beifahrer.

Wenn der Fahrer allein war, vor Miralles bremste und auch nur die kleinste ungewöhnliche Bewegung machte, blickte er in Bruchteilen von Sekunden in die Mündung einer Pistole. Aber wenn es zwei Fahrer waren, blieb dem zweiten Zeit zu handeln. Miralles wusste, am leichtesten war ein Attentat von einem Motorrad aus mit zwei Leuten zu begehen. Deshalb überwachte er sie besonders genau mit angespannten Muskeln und seinem fotografischen Blick.

Der kritische Moment war noch nicht gekommen. Was Miralles tat, war, sagen wir, Position beziehen. Wenn jemand ein Attentat gegen seinen Schützling geplant hatte, war es am besten, ihn bereits im Vorfeld abzuschrecken.

Er sah auf die Uhr. Genau zehn nach neun.

Gleich würden sie rauskommen.

Loscertales, der Leiter der Finanztransaktion, den er schützen musste, würde an diesem Morgen pünktlich zu einer genau vereinbarten Uhrzeit das Gebäude verlassen. Die Uhrzeit variierte natürlich von Tag zu Tag, aber heute würde es um neun Uhr zehn sein. Loscertales logierte nicht in einem Hotel – zum Beispiel in dem unweit gelegenen Hotel Presidente –, denn ein Gebäude dieser Art ist unmöglich zu kontrollieren. Ein einzelnes Appartement auf der rechten Seite der Diagonal konnte viel besser geschützt werden.

Miralles dachte nicht an das Risiko und auch nicht an das Geld. Es war sein Job. Er dachte auch nur flüchtig an Loscertales, den Mann, den zu schützen man ihm befohlen hatte. »Unter Einsatz deines Lebens«, hatte man zu ihm gesagt. »Unter Einsatz deines Lebens.«

Loscertales vertrat die Interessen einer äußerst mächtigen israelischen Finanzierungsgesellschaft. Von seiner Kooperation – und folglich von seinem Leben – hingen katalanische Unternehmen ab, die ohne ihn vielleicht schon im kommenden Jahr ihre Gehälter nicht mehr zahlen konnten. Ein toter Bodyguard war nichts im Vergleich zu einem lebenden Kapitalisten.

Loscertales wurde von arabischen Terroristen bedroht.

Die arabischen Terroristen konnten ihn an jedem Ort töten.

Neun Uhr elf.

Um diese Zeit war der zweite Bodyguard, der den Aufzug bewachte, bereits in das Dachgeschoss gegangen und hatte Loscertales die Tür geöffnet. Er würde mit ihm und der Kollegin, die die Nacht über in der Wohnung gewacht hatte, nach unten fahren. Diese Kollegin, die nicht von der Gesellschaft, sondern von Miralles selbst bezahlt wurde, war Eva Expósito.

Die beiden verließen das Gebäude vor Loscertales und gaben ihm Deckung. Alles wie geplant. Auch der gepanzerte Mercedes 500, der um die Ecke fuhr und vor der Tür hielt, war exakt pünktlich. In Barcelona war es fast unmöglich, mit einem Auto pünktlich zu sein, aber dem Fahrer war es gelungen. Er zwinkerte Miralles zu.

Der hob die Hand.

Alles bereit.

Loscertales trat geschützt auf die Straße, indem Miralles die Tür öffnete und sich so jeder Kugel in den Weg stellte, die von der anderen Straßenseite kommen konnte. Aber er konnte ihn nicht gegen eine Kugel schützen, die von derselben Straßenecke oder von oben abgefeuert wurde. Der leise Knall des Gewehres mit Schalldämpfer war kaum zu hören, er wurde von den Tausenden von Straßengeräuschen erstickt. Auf der Straße staute sich der Verkehr, aber der Tod raste in Millionenbruchteilen von Sekunden.

PLACK!

Es war ein rein tierischer Instinkt, der Miralles vor der Gefahr warnte. Der Instinkt eines Tigers oder besser gesagt einer bedrohten Schlange. Der Schlag, den er Loscertales versetzte, war leicht, doch die Berührung reichte aus, damit er das Gesicht wegdrehte.

Das Projektil streifte ihn und auch Miralles' linke Hand. Diese verkrampfte sich sekundenlang zu einer Klaue.

Stille. Plötzlich hört man nicht einmal mehr das Brummen der an der Ampel anfahrenden Autos. Die Leute bleiben stehen, die Motorräder halten an, als würden sie in der Luft hängen. Die ganze Welt steckt auf einmal in einer Blase, in der nur mehr Stille herrscht.

Eine Sekunde. Zwei. Die Blase platzt.

Es ist nichts passiert. Niemand hat etwas bemerkt. Die Welt dreht sich weiter und mir ihr beginnen auch die Gedanken in Miralles' Kopf wieder zu kreisen. Miralles denkt an drei Möglichkeiten zugleich. Erstens, der Schütze war wohl nicht allzu gut, ansonsten hätte er ihn nicht um ein Tausendstel verfehlt. Zweitens, es war zwecklos ihn zu verfolgen und außerdem nicht seine Aufgabe. Drittens, der Schutz hatte versagt.

Die Aufstellung stimmte nicht, die Richtung, aus der die Kugel gekommen war, hätte Eva Expósito decken müssen. Eva stand einen halben Schritt hinter der Position, die sie einnehmen sollte, und ließ den Kopf des Schützlings ungedeckt.

Diesen Kopf schob Miralles jetzt in das Innere des Fahrzeugs.

»Alles in Ordnung?«

Loscertales gab ihm nicht einmal eine Antwort. Miralles sprang an seine Seite und der gepanzerte Wagen gab Gas. Dabei hätte er beinahe einen Motorradfahrer auf die Haube genommen, der auf den Bürgersteig ausweichen musste, während Miralles die Mütter des Fahrers, des Bürgermeisters und die der gesamten Benz-Dynastie verfluchte. An der Ecke wartete mit eingeschaltetem Warnlicht ein weiteres Auto, das sie eskortieren würde. Alles war in Ordnung, bis auf die Flüche des Motorradfahrers. Okay. Die Straße folgte weiterhin dem gleichgültigen

Rhythmus einer Stadt, die lebte und arbeitete und die gesunde Finanziers brauchte. Wer hätte das gedacht, dachte Miralles.

Und er dachte noch an anderes: an die beschissene Position von Eva, den Fehler, der beinahe alles zum Scheitern gebracht hätte. Das hätte sie doch wissen müssen.

»Eva …«

Die kleine Wohnung in einem Viertel, das keine Finanziers zu brauchen schien. Das Zimmer des kleinen Jungen, das nie wieder jemand betreten hat, der Flur, auf dem sie sich manchmal begegnen und auf dem sie sich jetzt fest in die Augen sehen.

»Eva, ich hatte dir eine genaue Lagezeichnung gemacht, ich habe dich wie eine Marionette auf deinen Platz gesetzt, so war es bombensicher. Wir hatten jeden Zentimeter von der Tür bis zum Auto ausgemessen. Du wusstest, dass du einen halben Schritt weiter gehen musstest, aber du hast es nicht getan.«

Wozu weiterreden? Eva Expósito ist fast noch ein Kind. Ihre Arbeit ist illegal, er zahlt sie. Miralles weiß, dass er einen Fehler begeht, dass man nie das Leben eines Mädchens in Gefahr bringen darf. Aber genau das macht ihn am meisten nervös, er denkt, dass alles sinnlos war.

»Ich riskiere meinen Kopf, Eva. Ich habe keine Ahnung, warum sie bei der Firma akzeptieren, dass ich dich als Assistentin anstelle. Aber ich will, dass du, bevor du zwanzig bist, einen Job hast, in dem du bezahlt und respektiert wirst, wo niemand mehr danach fragt, in welch beschissener Welt du einmal gelebt hast. Ich will, dass du einen Beruf hast, in dem es immer Arbeit gibt, wenn du gut bist.«

Mit gesenktem Kopf und dem Blick eines verängstigten Mädchens, was völlig untypisch für sie war, ließ Eva sich auf einen der Stühle in dem kleinen Esszimmer fallen. Sie merkte nicht, dass es der Stuhl war, der sonst nie benutzt wurde.

»Steh sofort auf, Eva.«

»Entschuldigung. Ich habe nicht darauf geachtet.«

Jetzt war es Eva klar, aber sie sagte nichts.

Es war der Stuhl, auf dem das Kind immer saß, bevor es ums Leben kam. Sie setzte sich auf die andere Seite des Tisches, den Kopf immer noch gesenkt.

»Hör mal, Eva, ich will, dass du perfekt bist.«

»Wie es dein Sohn gewesen wäre?«

Knackende Fingerknochen, Hände, die sich zu Fäusten ballen. David Miralles' Gesicht verwandelte sich in eine Maske, die nicht atmete, das Zimmer roch plötzlich muffig, ein paar Regentropfen trommelten ans Fenster. Ein eingewanderter Spatz setzte sich auf die Fensterbank und blickte sie aus der Tiefe einer ewigen Natur an, die immer Recht behalten wird und in der sie keinerlei Bedeutung haben.

Die Äuglein des Spatzen, der nur die Zukunft kennt, sind weit menschlicher als die Augen von David Miralles, dem Mann, der nur die Vergangenheit kennt.

»Sag das nie wieder, Eva.«

»Ich wollte immer frei sein, und jetzt gibt es eine Menge Dinge, die ich nicht mehr machen kann.«

»Es ist zu deinem Besten, Eva.«

Die Atmung hatte sich normalisiert, die Hände hatten sich geöffnet. Der Regen schloss sie in eine Art Kreis ein, denn er pickte immer heftiger auf die Scheiben.

»Ich habe mich bei dir entschuldigt.«

»Eine Entschuldigung hilft auch nichts, wenn der Fehler erst gemacht ist. Der Mann wusste, dass man ein Attentat gegen ihn verüben wollte, und hat uns um Schutz gebeten. Und dafür hat er gut bezahlt. Eine Wächterin über

Nacht in der Wohnung: du. Einen Mann im Eingangsbereich, der den Aufzug im Auge hat, der in die Wohnung hinauffährt und den Schützling herunterbringt, wenn ich ihm das Zeichen gebe. Ein Wachtposten auf der Straße: ich. Ein gepanzerter Wagen und ein Wagen als Eskorte. Ein ganzes Heer, und du machst wider alle Anweisung den halben Schritt nicht. Einen halben Schritt, sonst nichts. Es war alles genau berechnet.«

»Genau berechnet«, sagt sie.

»Klar.«

»Wenn ich diesen halben Schritt gemacht hätte, David Miralles, hätte es mir den Kopf weggepustet.«

Wieder die Stille der hinteren Höfe, die Stille der Matronen und Katzen, der träumenden Mädchen, der Greise, die die Stunden zählen, nur unterbrochen von Regenböen. In den armen Vierteln regnet es anders, hat Miralles schon mehr als einmal gedacht: In den armen Vierteln ist der Regen die einzige Poesie.

»Es gibt keinen Job ohne Risiko.«

»Es gibt keinen Job ohne Risiko … Ja klar. Aber in dem Fall heißt das, anstelle eines anderen zu sterben. Sag mir eines, David, hättest du den Kopf deines Sohnes anstelle von meinem eingesetzt?»

»Ich …«

»Was?«

»Ich verbiete dir, darüber zu reden.«

»Du verbietest mir, über deinen Sohn zu sprechen, du verbietest mir, mich auf seinen Stuhl zu setzen. Nie durfte ich das Bett in seinem ehemaligen Zimmer benutzen … Du verbietest mir, ihn mir in meinem Alter vorzustellen, wie er den ruhmreichen Beruf seines Vaters übernimmt. Du verbietest mir, über meinen Tod nachzudenken, meinen eigenen Tod, denn es ist mir nicht erlaubt, an seinen zu denken.«

David Miralles reißt die Hand hoch und seine Augen schließen sich, als habe er gerade einen Peitschenhieb ins Gesicht bekommen. Evas Gesicht bleibt reglos. Wenn sie den schrecklichen Schlag eines trainierten Mannes, eines Profis, abbekommt, kostet sie das vielleicht das Nasenbein, vielleicht einen ihrer schönen Zähne, vielleicht sogar eines ihrer beiden Augen, denen es verboten ist, die verborgenen Winkel in der Wohnung zu erforschen.

Aber nichts.

Miralles nahm langsam die Hand herunter, während er sie sagen hörte:

»Das ist ein widerwärtiger Job.«

»Warum?»

»Du gibst dein Leben für jemanden, der es vielleicht nicht wert ist zu leben. Wer ist dieser Loscertales? Ein mächtiger Kapitalist, schön. Einer der mächtigsten der Welt. Und viele Firmen dieses schönen Landes warten auf sein Geld, um weitermachen zu können. Was tut man? Señor Loscertales darf nicht sterben, jeder andere darf das, aber nicht er. Ich investiere kein Geld in irgendeine Industrie, du auch nicht. Wir sind nichts wert. Wenn wir die Kugel abkriegen, die für diesen Scheißjuden bestimmt war, wird uns niemand eine Träne nachweinen. Und wenn du den Scheißaraber, der geschossen hat, zuerst siehst und ihn tötest, wird ihm auch keiner eine Träne nachweinen. Und er weiß nicht einmal, warum er stirbt. Ihm hat man mit dem Versprechen eines Paradieses, das es nicht gibt, das Hirn vernebelt. Und dir hat man es mit dem Versprechen auf ein Stück Brot vernebelt.«

Miralles sagte mit brüchiger Stimme:

»Zumindest gibt es dieses Stück Brot.«

»Ja …« – Sie starrte einen Moment ins Leere. »Zumindest gibt es dieses Stück Brot.«

»Ich wüsste nicht, auf welche Weise ich es sonst verdienen sollte, Eva … Loscertales mit Sicherheit, aber ich nicht. Da ich nichts anderes sein kann, bin ich ein Instrument. Fast alle Männer und Frauen um uns herum sind Instrumente, und jeden Morgen, wenn sie aufstehen, danken sie Gott dafür. Vielleicht sollte ich das auch tun, denn ich bin dazu ausgebildet, dass zumindest vor meinen Augen niemand mehr tötet.«

»Ich denke, das war genau das, was du wolltest. In gewisser Weise rächst du deinen Sohn.«

»Besser, du sprichst nicht von ihm.«

»Beleidige ich ihn vielleicht, nur weil ich ihn erwähne? Was soll das? Ein Toter soll über allen Lebenden stehen? Habe ich vielleicht irgendetwas gesagt, das nicht der Wahrheit entspricht? Verteidigen wir beide nicht eine immer ungerechter werdende Welt? Du und ich, wir gehören einer Welt an, in der wir nur zwei Dinge sind: Konsumenten und Instrumente. Wir sind nicht als Mensch nützlich, und manchmal denke ich, wir sind gar keine Menschen, wir konsumieren nur, was andere herstellen, und stellen her, was andere konsumieren. Aber für beides braucht man Kapital, und die, die Kapital hin- und herschieben, müssen verteidigt werden. Wir sind schlechter als die anderen. Wir sind Instrumente der Instrumente.«

»Man sieht, du hast viel gelesen, während man versucht hat, dich zu vergewaltigen«, sagte er verächtlich. »Wahrscheinlich hast du sie gebeten, vorher noch das Kapitel zu Ende lesen zu dürfen.«

Eva ballte die Faust. Ihre Zähne knirschten. Das kleine

Zimmer schien sich einmal um sich selbst zu drehen: das graue Fenster, die Küchentür, die alte Lampe, die vielleicht einst die inzwischen Toten erleuchtet hatte. Eines von Evas Augen, nur eines, drehte sich in der Augenhöhle, es sah aus, als ob es jeden Moment herausspringen würde.

Eva war rasend jung. Sie konnte hart zuschlagen. Ihre Faust konnte dieses steinerne Gesicht durchschlagen.

Aber auch sie schlug nicht zu.

Eva ließ den Kopf sinken.

»Schon gut«, sagte sie. »Schließlich hast du mich gerettet. Ein einfacher Leser hätte das nicht getan.«

Sie drehte sich um, sie wollte ihn nicht ansehen. Ihre Schultern, die Schultern einer gesunden Frau, die sich immer verteidigen musste. Ihr kräftiges Gesäß. Ihr Nacken, der auf einmal so schlank und zerbrechlich wirkte.

»Eva ...«

»Sag nichts. Ich habe die Lektion gelernt.«

»Eva ... Ich wollte doch nur sagen, dass viele Menschen in diesem Viertel gestorben sind, während sie genau das dachten, was du jetzt denkst. Sie sind gestorben, weil sie an eine bessere Welt glaubten, ohne zu begreifen, dass es diese Welt nicht gibt. Doch der Markt existiert. Ich wollte dir nur sagen, wir werden die Welt nicht ändern, wir müssen in ihr arbeiten. «

»Du hast wohl auch zu viel gelesen«, sagte Eva verächtlich, immer noch mit dem Rücken zu ihm.

»Soweit das möglich war.«

»Wohl auch, als dein Sohn getötet wurde.«

Und sie öffnete blitzschnell die Tür, um aus der Wohnung zu fliehen. Nur so konnte sie dem Schlag entkommen.

›Kinder verändern das Leben der Menschen vollkommen‹, dachte Méndez, der nie welche gehabt hatte. ›Du siehst Dinge, die du noch nie gesehen hast, und plötzlich begreifst du Dinge, die du nie begriffen hast. Ich vermute, sobald du ein Kind hast, bist du nicht mehr du selbst, sondern das Kind, und erstaunlicherweise macht dich das weiser. Das ist eines der wenigen Dinge, die ich in meinem verfluchten Leben gelernt habe.‹

An Abenden wie diesem, wenn die Stadt sich in der Dunkelheit auflöste, hatte er das Gefühl, dass ihm sein verfluchtes Leben nichts gebracht hatte.

Der wichtige Herr Hauptkommissar sagte ihm das ebenfalls:

»Zwei Tage, Méndez, und immer noch kein Ergebnis. Sie bringen mir überhaupt nichts.«

»Ich suche aktiv nach Leónidas Pérez«, verteidigte er sich. »Manchmal ist es zum Verzweifeln, denn die Stadt ist ein riesiger Moloch, in dem Wohnungen vermietet werden, ohne dass Fragen gestellt werden, solange du im Voraus bezahlst. Und im Norden und Süden gibt es Dutzende von Touristenstränden, wo sich jede Spur verliert. Verdammt, im Sommer kommen auf jeden Spanier ein illegaler Einwanderer und zwei unbekannte Touristen. Der Kerl kann überall sein, aber ich glaube, er wird nicht lange abtauchen. Das kann er nicht.«

»Und warum nicht?«

»Ich habe erfahren, dass er hier gute Geschäfte laufen hat. Meine Informanten bewegen sich in den unteren Kreisen, aber einer, der weiter oben schwimmt, hat mir geflüstert, dass Leónidas aufgestiegen ist, nachdem er eine Weile im kleinen Stil mit Drogen gehandelt hat. Er ist schlau und betrügt die unter ihm, aber nicht die über ihm. Jetzt finanziert er Drogenimporte, er nimmt sie entgegen und verkauft sie weiter, also kann er nicht allzu lange in seinem Versteck bleiben. Und an der ersten Ecke, an der er auftaucht, werde ich ihn schnappen oder Miralles. Wenn Miralles nach so vielen Jahren Omedes geschnappt hat, dann wird er sich auch den schnappen.«

»Omedes wurde nicht mit der Pistole von David Miralles getötet«, überlegte der Hauptkommissar laut. »Miralles hat eine registrierte Waffe, und die war es nicht.«

»Das ist mir gleich. Ich werde die Waffe finden.«

»Dann legen Sie mal einen Zahn zu, das Disziplinarverfahren nimmt seinen Lauf, Méndez. Irgendwann werde ich Sie suspendieren müssen, und wenn man Ihnen das Gehalt streicht, weiß ich nicht, wovon Sie leben wollen.«

»Ich werde Leónidas um Geld bitten. Er hat so viel, er weiß gar nicht, wohin damit.«

»Nun, die Abteilung für Finanzdelikte überprüft die Banken, und bis jetzt haben sie nichts gefunden. Oder besser gesagt, doch: sie haben herausgefunden, dass Leónidas Pérez Arbeitslosengeld bezieht.«

»Der traut sich was.«

»Schreien Sie nicht so laut, vielleicht brauchen Sie eines Tages auch Unterstützung, Méndez. Und jetzt erzählen Sie mir mal, was Ihnen Ihre Spitzel erzählt haben, während sie auf den Ramblas bettelten. Mit Sicherheit waschen die auch Geld.«

»Machen Sie sich nicht über die armen Leute lustig, Chef, nur weil sie sich nicht über diejenigen lustig machen dürfen, die das Kapital in der Hand halten. Leónidas Pérez ist den Leuten im Parlament, in einem Staatssekretärbüro oder einer Generaldirektion durchaus nützlich, denn er macht das Land groß. Nur weil ich ihn von tief unten sehe, beeindruckt er mich nicht. Er muss als Hintermann einer neuen barcelonischen Gesellschaft fungieren, die viel Schwarzgeld bewegt, und diese harte Arbeit macht es ihm unmöglich, sich noch länger versteckt zu halten. Es gibt hohe Funktionäre in diesem Land, die im Dienste des Volkes ein Vermögen verdienen, und das muss irgendwo hingeschafft werden. Und da kommen so schlaue Männer wie Leónidas ins Spiel.«

Und Méndez fügte noch leise hinzu:

»Heute oder morgen wird man ihnen befehlen, ihn nicht mehr länger zu behelligen, werter Chef.«

»Jetzt kommen Sie mal runter, Méndez.«

»Bei mir geht schon lange nichts mehr hoch.«

»Ich weiß nicht, wie zum Teufel man mich dazu bringen könnte, die Aufklärung eines Verbrechens einzustellen.«

»Nun, sicherlich wird man das in den letzten Jahren schon hin und wieder getan haben. Man bringt einfach ein Rechtsmittel zum Einsatz, durch das jahrelang alles blockiert wird. Oder unser mutiger Leónidas begibt sich an irgendeinen Ort in Europa, der nicht Spanien ist, und schon sind die internationalen Verträge ausgehebelt. Und sollten die europäischen Verträge doch einmal funktionieren, braucht er nur nach Nordafrika, zum Beispiel Tanger, zu gehen, und die Welt wird vergessen, dass ein Leónidas überhaupt existiert hat. Was will ich mit meiner brillanten Rede sagen? Dass ich ihn fassen muss, bevor er seine Geschäfte hier abgeschlossen hat oder bevor ich meinen Dienst quittieren muss. Das Blöde ist, ich habe keine Ahnung, wo der Kerl sein könnte.«

Méndez sagte es, wie es war.

Niemand wusste zu diesem Zeitpunkt, wo sich ein Millionär namens Leónidas Pérez versteckt hielt.

Die Antwort lag in einer Rechtsanwaltskanzlei, in der kaum Mandanten vorbeikamen, und wenn, dann nur um zu fragen, wie sie sich um die Mietzahlung drücken könnten.

Das Telefon klingelte, und als abgehoben wurde, fragte eine Stimme:

»Spreche ich mit Herrn Ramírez oder Herrn Escolano?«

28

Escolano ging der Satz immer wieder durch den Kopf: Ein Rechtsanwalt wird durch seine Mandanten versaut, nach fünf Minuten ist es um dich geschehen. Er hörte jetzt schon zwanzig Minuten zu.

Aber dank Erasmus hatte er einen Großteil seiner Schulden bezahlen können, im Grunde alles nur kleine Beträge. Darunter der Mitgliedsbeitrag für die Anwaltskammer. Und zwei noch ausstehende Unterhaltsraten für seine Frau, die auch klein war – nur nicht im Bett.

Erasmus sagte:

»Ein angenehmer Ort. Und er hat Klasse. Hier Mitglied zu sein kostet bestimmt eine ordentliche Stange Geld.«

Nein. Die Mitgliedschaft im Círculo Ecuestre war nicht teuer, hatte man erst einmal den üppigen Aufnahmebeitrag bezahlt. Aber darum hatte sich Escolanos Vater gekümmert, der alte Anwalt, der eines Tages Fortüne hatte und dort viele Mandanten aus den traditionellen Familien an Land zog. Der Sohn zog gar nichts mehr an Land.

Aber sein Status als Erbmitglied erlaubte es ihm, dort

Besucher zu empfangen anstatt in seinem verlassenen Büro. Und warum sollte er nicht ein wenig träumen dürfen. Der große Salon, der so manchen englischen Club neidisch machen würde, das ovale Fenster, einzigartig in Barcelona, von wo aus man den edelsten Teil der Diagonal überblicken konnte. Die imposante steinerne Treppe, die in das obere Stockwerk, zum Geld, führte oder zumindest zu der Vorstellung, die Escolano von Geld hatte. Das leise Raunen der Stimmen, das dem Geräusch raschelnder Banknoten so ähnlich war, das Escolano nur dort zu hören glaubte. Dort fühlte er sich groß, ohne zu merken, dass sein einziger Schatz, die Träume, ihn noch kleiner machten.

»Bedaure, Erasmus, Sie würden hier nicht als Mitglied zugelassen.«

»Das beabsichtige ich auch nicht.«

»Wissen Sie, dass die Polizei Sie sucht?«

»Hier wohl kaum. Ich weiß nicht, ob Sie schon einmal darüber nachgedacht haben, Señor Ramírez y Escolano, aber Sie sollten wissen, dass edle Hölzer, große Namen, antike Sessel und der Geruch besten kubanischen Tabaks mit der Polizei unvereinbar sind. Man würde mich überall suchen, aber nicht hier. Oben bist du geschützt. Ich weiß nicht, ob Sie schon einmal darüber nachgedacht haben – ein guter Anwalt sollte das getan haben –, aber die Polizei traut sich hier nicht her.«

»Wie dem auch sei, bleiben Sie nicht allzu lange in diesem Sessel sitzen.«

»Das habe ich nicht vor.«

»Wo haben Sie seit Ihrem letzten Verschwinden gewohnt? Haben Sie sich eine andere Frau gesucht?«

Erasmus' verschlagen blitzende Augen schlossen sich, und sein Mund verzog sich zu einem Grinsen.

»Ich höre da eine gewisse Geringschätzung in Ihrer Stimme, Señor Ramírez y Escolano«, sagte er leise, »aber ich sehe darüber hinweg. Es ist bestimmt eine Haltung des verstorbenen Señor Ramírez, nicht die Ihre. Und jetzt antworte ich Ihnen. Ich war an verschiedenen Orten, sie wären überrascht, weil sie so ungewöhnlich sind. Die Polizei würde natürlich nie darauf kommen. Die Leute sind des Asphalts und der Abgase überdrüssig. Sie suchen das bisschen Natur, das noch zu finden ist. Und wer nicht in die Natur gehen kann, weil er keine Zeit hat, kauft sich einen Geländewagen und denkt sich, dass er es irgendwann doch tut. Sie können sich nicht vorstellen, wie ökologisch ein Geländewagen ist, der im Paseo de Gracia im Stau steht, und welch ein Gefühl von Freiheit er vermittelt. Nun, so sind die Landgasthöfe in Mode gekommen. Vor vielen Jahren, als ich noch ein Niemand war, mussten die Leute, die ihre Ferien auf dem Land verbrachten, mehr oder weniger im Pferdestall schlafen. Aber seitdem hat sich da viel getan. Es gibt jetzt keine Pferde mehr, denn die Bauern haben Traktoren mit Klimaanlage und Radio. Und das führt dazu, dass die Leute aus der Stadt (die mit dem Geländewagen) dafür zahlen, ein Pferd sehen und ihm übers Maul streicheln zu dürfen, und darauf hoffen, es einmal ihren Kindern erzählen zu können. Die Landgasthöfe sind heutzutage mit mehr Schnickschnack ausgestattet als das Ritz, und außerdem siehst du durchs Fenster einen echten Vogel. Manchmal habe ich mich gefragt, ob die Vögel vom Besitzer gemietet werden.«

»Jetzt erzählen Sie mir nicht, Sie wären von einem Landgasthof zum nächsten gezogen, Erasmus.«

»Doch natürlich, die einzige Vorsichtsmaßnahme war, dass ich jedes Mal den Wagen gewechselt und ihn immer auf den Namen meiner Begleiterin gemietet habe. Es hat sich einiges getan auf der Welt. Heutzutage haben die Mädchen, die vögeln, einen gültigen Führerschein. Das Problem war nur, dass sie sich langweilten. Nachdem sie zwei Tage dieselbe Kuh und denselben Vogel gesehen hatten, wollten sie nur ihr Geld und verschwinden. Aber es war kein Problem, Ersatz zu finden, denn auch an den Kreuzungen der Nebenstraßen hat sich einiges getan. Sie sind voller Clubs mit ausländischen Mädchen, die einst eine Fahne und sogar einen mit Orden dekorierten Vater hatten, die aber jetzt nur noch ihre Haut haben, und die wird gut gehandelt im kapitalstarken Europa. Nun, je nach Staat. Sie sind ein Mann der engen Perspektiven, Sie können sich nicht vorstellen, welch soziale Verbesserung das mit sich bringt, wenn Märkte erschlossen werden, die es vorher nicht gab. Nun, ich will mich darüber nicht länger verbreiten, ich habe Ihnen gesagt, dass ich mich in einigen abgelegenen, in gewisser Weise unterhaltsamen Landgasthöfen aufgehalten habe. Das ist natürlich Geschmackssache, es soll Leute geben, die statt eines Mädchens ein Buch mit auf Reisen nehmen.«

»Wie entsetzlich!«, sagte Escolano.

»Nun, mein Freund, ich habe bereits alle Fragen beantwortet, die ein guter Anwalt stellen sollte. Gute Anwälte wie Sie wundern sich, dass Ihre Mandanten noch nicht von der Polizei geschnappt wurden, ist es nicht so? Und Sie sollten sich bereithalten, falls ich befragt werde, denn in dem Fall würde ich vielleicht tatsächlich Ihre Dienste benötigen. Jetzt möchte ich etwas Einfacheres.«

»Was?«

»Sehen Sie sich diesen Vertrag an. Es ist ein Vordruck, einer von der Sorte, entweder du akzeptierst oder du lässt es bleiben. Wie die der großen öffentlichen Dienstleister eben. In diesem Fall, Sie werden es sehen, handelt es sich um den Vertrag einer Personenschutz-Agentur, und ich muss wissen, ob es in Ihren Augen ein seriöser Vertrag ist.«

Escolano las ihn. Ein Vordruck, lediglich mit dem Namen der Gesellschaft versehen, die ihn verfasst hatte, und er hatte den Eindruck, dass es sich um eine für diesen speziellen Fall durchaus gängige Vereinbarung handelte. Dennoch konnte er eine gewisse Verwunderung nicht verbergen:

»Wollen Sie um Personenschutz bitten, Erasmus?«

»Nein … Ach was! Aber eine Dame, mit der ich Geschäfte gemacht habe, wird mit einem Satz Juwelen aus Rom kommen, und ich soll ihr helfen, sie in Barcelona zu verkaufen. Das ist eines der ausstehenden Geschäfte, und deshalb bin ich noch hier. Ich fürchte, man könnte die Dame überfallen, um sie zu berauben.«

»Versichern Sie die Juwelen.«

»Die Juwelen zu versichern heißt nicht, dass das Leben der Dame sicher ist. Bringen Sie die Dinge nicht durcheinander, mein Freund. Außerdem glaube ich kaum, dass man so feine, persönliche und zerbrechliche Objekte versichern kann.«

Rechtsanwalt Escolano blieb die Spucke weg.

»Das heißt, die Juwelen sind gestohlen«, murmelte er.

»Nun ja … Sagen wir, es geht kein Finanzministerium etwas an, zu welchem Preis sie verkauft werden. Die Gewinne sind völlig inakzeptablen Steuern unterworfen.«

»Sie brauchen mir keine Lektionen zu erteilen, Erasmus. Die Juwelen werden in einem Land gestohlen und in einem anderen verkauft. Sie sind leicht zu transportieren, und man kann sie notfalls auch wieder zusammenbasteln. Ich freue mich, eine der Methoden kennenzulernen, die es Ihnen erlauben, ein angenehmes Leben auf dem Land zu verbringen und sich statt mit Pferden mit Frauen zu vergnügen.«

»Es ist genau das, was Ihnen fehlt, mein Freund. Ich habe mich schlau gemacht. Lange Zeit ohne Frau zu sein, zerstört das psychische Gleichgewicht eines jeden, das sage nicht ich, sondern die Ärzte. Das sagen alle bis auf den Papst. Versuchen Sie Ihre gute Laune zu behalten und mischen Sie sich nicht in die Geschäfte anderer ein. Wenn Sie noch nicht mitbekommen haben, dass die Juwelen dieser Welt zu neunzig Prozent unter der Hand verkauft werden, dann haben Sie Ihr Jurastudium an einem Jesuitenkolleg gemacht. Aber ich bin nicht hier, um Sie zu beleidigen, mein Freund Escolano. Ich beleidige niemanden und schon gar nicht an einem so heiligen Ort der Bourgeoisie. Ich will nur wissen, ob dieser Schutzvertrag garantiert, dass der anreisenden Dame nichts passiert, solange sie sich in Spanien aufhält.«

»Er besagt, dass sie geschützt wird, unter Einsatz des Lebens der Bodyguards. Sie werden mehr als einen benötigen, natürlich mit Waffenschein.«

»Selbstverständlich.«

»Und jetzt sagen Sie mir, warum Sie mich konsultieren? Um einen Standardvertrag dieser Art zu verstehen, braucht man nicht zwingend einen Rechtsanwalt.«

»Ich mache das, damit Sie Geld verdienen, Señor Ramírez y Escolano.«

»Eben haben Sie noch gesagt, dass Sie niemanden beleidigen wollen.«

»Das tue ich auch nicht mein Freund, das tue ich nicht …

Ist es eine Beleidigung, von Geld zu sprechen? Ist es eine Beleidigung, das Wort Anwaltshonorar in den Mund zu nehmen? Und dabei ist weder das Wort Geld noch das Wort Anwaltshonorar gefallen. Nun, ich kann es nur wiederholen, die Ärzte sollten Ihnen eine Frau ans Herz legen. Und dann sagen Sie mir, was ich Ihnen für die Durchsicht des Vertragsformulars schuldig bin.«

»Nichts.«

Escolano hatte die Lippen zusammengepresst und stieß noch einmal ein knappes »Nichts« aus.

»Das ist ein Fehler. Sie leben von Ihrer Arbeit. Und ich denke, es ist Arbeit, zu schutzbedürftigen Juwelen befragt zu werden.«

»Mag sein, aber ich möchte das Geld nicht.«

»Ich schließe daraus, Señor Ramírez y Escolano, dass ich Sie bei künftigen Fragen nicht mehr anrufen soll. Eine etwas brüske Form, mir mitzuteilen, dass Sie nicht länger mein Anwalt sein wollen.«

»De facto, glaube ich, war ich das nie. Sie haben mich nur um ein paar Informationen gebeten, die alten Archive meines Vaters betreffend.«

Erasmus zuckte nur mit den Schultern, als wollte er sagen: »Es ist Ihr Geld«. Und dann stieß er ein beinahe fröhliches Lachen aus und betrachtete in der Ferne die Steintreppe, auf der so viele Männer träumten, dass Barcelona ein bisschen ihnen gehörte. So hatten sie wenigstens einen schönen Traum gehabt – dachte Erasmus –, ohne dass Barcelona etwas davon merkte.

»Ich vermute, für mich ist es ein Verlustgeschäft«, sagte er. »Ich weiß nicht, ob Sie sich jetzt noch an Ihre Schweigepflicht gebunden fühlen.«

»Ich werde Sie nirgends anzeigen, wenn Sie das meinen,

und ich werde Sie auch keines Verbrechens bezichtigen, aber wenn man mir Fragen zu Ihrer Person stellt, werde ich sie beantworten.«

»Das scheint mir eine korrekte Lösung zu sein, auch wenn das niemand tun wird.«

»Umso besser für uns beide.«

Erasmus sah ihn mit seinen schlauen – man könnte sogar sagen sauberen – Augen forschend an, so wie ein Zoologe eine vom Aussterben bedrohte Tierart ansieht.

»Sie haben eine viel zu begrenzte Werteskala, mein Freund, und ich sage das in aller Höflichkeit, ich weiß nicht, ob das ein Vorteil für Sie ist. Sie scheinen eine sehr hehre Vorstellung von Ihrem Beruf zu haben. Aber das hat natürlich keineswegs dazu geführt, dass die Mandanten bei Ihnen Schlange stehen. Mandanten wollen, dass man ihre Angelegenheiten erledigt und nicht, dass man ihnen eine Predigt hält. Sie scheinen eine sehr hehre Meinung von Frauen zu haben, aber damit konnten Sie Ihre auch nicht halten. Nein, nein, jetzt seien Sie nicht beleidigt« – schnell streckte er ihm versöhnlich die Hand hin – »ich versuche, Ihnen die Gesetze der Realität zu erklären, da Sie sich so große Mühe geben, mir die Realität der Gesetze zu erläutern. Und dann gibt es noch die Gesetze des Marktes, die sollten Sie auch nicht vergessen, vor allem wenn man bedenkt, dass der Markt sich ständig erweitert und ständig nach neuen Dienstleistungen verlangt. Und dafür zahlt! Sogar die Moral der Massen, die einige die revolutionäre Moral nennen, ist nichts als Lug und Trug. Die Massen sterben für nichts.«

Escolano rutschte auf dem Stuhl hin und her, als wollte er sich jeden Moment erheben.

»Die Massen interessieren mich nicht«, brummte er.

»Außerdem ist dieser Círculo Ecuestre kein Ort, wo die Massen agieren.«

»Deshalb können wir sie hier so wunderbar analysieren, mein Freund. Auf der Straße analysiert keiner was. Und wenn ich mir zu reden erlaube, dann weil es mir missfällt, eine vergeudete Intelligenz zu sehen, vergeudet von ihrem Besitzer, also von Ihnen. Ich sagte, die Massen sterben für nichts, obwohl ihr Tod zugegebenermaßen Teil dieser ästhetischen Vision ist, die die Geschichte manchmal entwickelt. Nehmen sie die Tausende und Abertausende, die in Barcelona bei der Verteidigung der republikanischen Ideale gestorben sind. Was haben sie erreicht? Eine Monarchie. Nach vierzig Jahren Diktatur immerhin ein großer Triumph. Aber diese Monarchie, mit ihrem großen Gemeinschaftssinn, will den Leuten nicht einmal helfen, ihre Toten zu suchen. So konnten die Massen zumindest einen zweiten Sieg erringen, mit den sogenannten Linksregierungen. Aber, mein Freund, die erste Linksregierung hat auch schnell begriffen, dass es einen Markt gibt – der selbstverständlich einflussreicher ist als sie selbst – und das heilige Gesetz des gesicherten Arbeitsplatzes gebrochen, damit dieser Markt erhalten bleibt. Die zweite Linksregierung, eine Sklavin der Multikonzerne, macht Entlassungen salonfähig. Und jetzt sagen Sie mir, was zum Teufel die Toten dabei gewonnen haben. Die Einzigen, die Recht behalten, sind die Realisten, Leute wie ich. Aber ich kann nicht ausmachen, welche individuellen Freiheiten die Massen errungen haben. Individuelle Freiheit? Fehlanzeige.«

Escolano sah ihn verständnislos an.

»Nein, nein, jetzt sehen Sie mich nicht so an. Denken Sie mal darüber nach, was Sie verloren haben. Gut, Sie haben auch etwas gewonnen, zum Beispiel die gleichgeschlechtliche Ehe, aber ich glaube nicht, dass Sie nach der Trennung von Ihrer Frau einen Mann heiraten wollen. Sie haben das Recht zu rauchen verloren. Verdammt, sogar das Recht zu rauchen. Sie haben das Recht verloren, mit einer Prostituierten auf der Straße zu sprechen, auch wenn Sie ihr nur sagen wollen, wie viel Uhr es ist. Ganz zu schweigen von der armen Hure, immerhin eine Tochter des befreiten Volkes, die sich per Morsezeichen mit den Freiern verständigen muss. Als friedfertiger Bürger müssen Sie eine Reihe von Beschränkungen in Kauf nehmen, die Ihnen nicht einmal die Diktatur auferlegt hat. Die wahren Diktatoren sind die Bürokraten, das sage ich Ihnen, aber gegen die werden keine Revolutionen gemacht. Im Gegenteil, manchmal ernten sie sogar Applaus, und selbstverständlich werden sie bezahlt.«

Erasmus stand auf und packte sorgfältig die Kopie des Vertrages ein. Er lächelte Escolano zu.

»Danke, dass Sie mich in diesem Tempel des Kapitalismus empfangen haben und noch dazu kein Honorar verlangen.«

»Sie sind der größte Zyniker, den ich kenne, Erasmus.«

»Das hat Ihr Vater auch gesagt und auch kein Geld verlangt, was für ein Zufall. Was war er doch für ein guter Mensch.«

Erasmus ging fort. Er wirkte selbstsicherer denn je.

Und Escolano lief ein Schauer über den Rücken, diese Konsultation war alles andere als zufällig gewesen. Hinter dem schönen Fenster zur Diagonal hinaus war irgendetwas im Busch. Das Grau des Abends war eine Todesfarbe. Er wusste nicht warum, aber es war eine Todesfarbe.

29

Der distinguierte Werbemanager (ein Spezialist nicht nur für die Durchführung von Wahlkampagnen, sondern auch für ihre Finanzierung) hasste alle Farben, die ihn an den Tod erinnerten. Der Tod, so glaubte er, war nicht nur im Schwarz der Trauer, sondern im Grau der aufkommenden Dunkelheit und des erwachenden Morgens. In seinem Büro hatte einmal ein Bild von Modest Urgell gehangen. Es war sehr wertvoll gewesen, und genau aus diesem Grund hatte er es verkauft. Und verdammt, wer gibt schon eine Kampagne für den Präsidentschaftswahlkampf in Auftrag, wenn er einen Friedhof vor sich hat. Die Linke, die hatte früher mal so einen Tick, Wahlkampagnen mit Plakaten zu machen, auf denen Kreuze oder krepierende Arbeiter im Hintergrund zu sehen waren. Und genauso hat das Schicksal sie dann auch ereilt.

Der distinguierte Werbemanager (der sein Leben damit zubrachte, mit Bankern zu reden und nicht mit Plakatmalern) hatte sein Büro vollgehangen mit Reproduktionen von Miró – denn Miró ist ein fröhlicher Maler – und mit Originalen naiver Malerei, denn die ist billiger als die von Miró und enthält außerdem Spuren einer universellen Unschuld, die wir nie ganz verlieren, da sie alle vier Jahre durch die Wähler erneuert wird. Der Manager verwaltete ein Klima, in dem alles fröhlich und hoffnungsfroh war, denn die Politik eines Landes lebt von der Hoffnung.

Die Sekretärin deutete auf das Telefon und sagte:

»Señor Leónidas.«

Die Sekretärin mit ihren zweiundzwanzig Jahren voller Glauben an die Zukunft, löste verschiedene Probleme, nicht nur die am Telefon. Mit ihr hatte der Manager eine höchst private Atmosphäre geschaffen, die mit Kultur und Geld verbunden war. Es war nicht leicht, eine höchst private Atmosphäre zu schaffen – das hatte Leónidas einmal zu ihm gesagt –, denn dafür musst du das Niveau der Straße, wo die Regeln gemacht werden, weit unter dir lassen. Das Volk, so begierig nach Gerechtigkeit und Freiheit, ist Fleisch gewordenes Regelwerk, denn mit Regeln verhindert man, dass irgendetwas sie stören könnte.

Du hast die Freiheit, und wenn du willst, teilst du sie – hatte er einmal zu seiner Sekretärin gesagt – in der privaten Atmosphäre, die nur wenigen vorbehalten ist.

Dem distinguierten Werbemanager – der sich diese private Atmosphäre mit viel Anstrengung und Mühe geschaffen hatte – war Leónidas unangenehm. Und dabei wusste er nichts über ihn, außer dass er schlau war und sensibel genug, sein Fähnchen jederzeit nach dem Wind zu hängen. Der überaus wichtige Werbemanager gestaltete seine Kampagnen immer so authentisch wie möglich, wohl wissend, dass die Werbung das nie ist.

»Hallo, Señor Cots.«

Leónidas' Stimme war sanft und suggestiv. Señor Cots störte sogar die Stimme, denn immer wenn Leónidas so sanft mit ihm sprach, wurde er das Gefühl nicht los, dass er ihm am Ende eine Fellatio vorschlagen würde. Aber er ertrug ihn, weil Männer wie Leónidas in den Kloaken der Macht notwendig waren. Ihn, Cots, brauchte man für die großen Versammlungen, die Parteibankette, die Massen in der Stierkampfarena, wo der kämpfende Meister nicht fehlen durfte. Man brauchte ihn für die Sätze mit Ewigkeitsanspruch, die Effekthaschereien, die Plakate und die Fernsehspots, die dem Volk ein für alle Mal klarmachten, was sein Schicksal war. Leónidas hingegen brauchte man für die Kloaken.

»Der Erlös aus den Immobilien ist schon weitergeleitet«, informierte ihn Leónidas. »Es befindet sich in Genf und kann abgerufen werden, wenn es für den Wahlkampf benötigt wird, aber ich hoffe, mein lieber Freund, dass das nicht so bald der Fall sein wird. Ich hoffe, es gibt keine vorgezogenen Wahlen. Sie auch? Bei den Kosten stünden wir mit blankem Arsch da.«

Dem wichtigen Herrn Cots gefielen manche dieser Worte überhaupt nicht – er hätte sie nicht einmal einem Pförtner zugestanden –, aber er versuchte, sie zu überhören.

»Nein, es wird keine vorgezogenen Wahlen geben, also steht auch keine Kampagne ins Haus. Warum erwähnen Sie das?«

»Das Geld ist für sechs Monate festgelegt. Da ist der Zinssatz höher.«

»Aha.«

»Ich habe hohe Unkosten. Ich muss die Strohmänner bezahlen, um ihre Namen verwenden zu dürfen, und ich zahle für den Transfer. Im Vergleich dazu ist mein Gewinn sehr bescheiden.«

»Niemand spricht im Moment von Gewinnen, mein Freund. Ich betrachte das Gespräch hiermit als beendet.«

»Selbstverständlich, Señor Cots. Wie Sie sehen, halte ich mich an Ihre Anordnung, Sie nicht aufzusuchen.«

»Und das ist auch gut so. Sie rufen mich von einer öffentlichen Zelle aus an, vermute ich.«

»Natürlich.«

»Ich rufe Sie auf dem Handy an, wenn es eine Neuigkeit oder einen Zahlungseingang gibt. Das kann schon bald sein. Aber speichern Sie keinen Anruf.«

»Natürlich nicht. Es wundert mich, dass Sie an meinem gesunden Menschenverstand zweifeln, Señor Cots.«

»Sie wissen besser als ich, dass alles immer unsicherer wird. Sie haben bestimmt schon von der letzten Debatte zur Parteienfinanzierung gehört, und dass es im Parlament eine formelle Anfrage gab. Natürlich werden meine Kunden dieses indiskrete Verhalten nicht unterstützen, um Druck auszuüben.«

Der wichtige Señor Cots wollte auflegen. Er hatte mit Leónidas – schließlich nur ein Bote aus dem Untergrund – nie mehr als zehn Worte gewechselt, und dieses Gespräch dauerte schon zu lange. Telefone sind indiskret, Sekretärinnen können indiskret sein, auch wenn sie dabei ihre Zukunft aufs Spiel setzen. Und zwischen Menschen, die das Leben kennen, ja dafür arbeiten, dass auch die anderen einen Teil davon zu sehen bekommen, nur einen Teil natürlich, bedarf es nicht vieler Worte.

Und die einschmeichelnde Stimme bat:

»Señor Cots ... Ich muss Sie um einen kleinen Gefallen bitten.«

»Gut, wenn es nicht um Geld geht und es niemandem schadet.«

»Nein ... Es handelt sich nur um eine Empfehlung. Sie haben doch schon Personenschutz benötigt und viele Ihrer Kunden ebenfalls.«

»Hin und wieder ja. Es sind rosige Zeiten, um seine Haut zu Markte zu tragen, vor allem während des Wahlkampfs. Aber ich brauche ihn nicht immer. Warum?«

»Ach, nichts, nichts. Es ist ein unbedeutender Gefallen, den Sie mir tun können und der vielleicht das Leben einer anderen Person rettet. Soweit ich weiß, beauftragen Sie immer dieselbe Agentur. Die unter der Leitung von Rodrigo Albalate.«

»Sicher. Es ist die diskreteste und die angesehenste.«

»Dort gibt es einen sehr guten Personenschützer namens David Miralles. Ich habe vor Kurzem gehört, dass er einem Bankier namens Loscertales das Leben gerettet hat und dass er der beste Mann der Agentur ist. Eine Kundin von mir kommt nach Barcelona wegen einer Transaktion, bei der es um viel Geld geht.«

»Mit Privatgeschäften habe ich nichts zu tun, Leónidas.«

»Ich mache keine Privatgeschäfte, ich habe nur Freunde und Freundinnen. Also gut. Diese Kundin braucht für ein paar Tage effektiven Schutz, und es wäre außerordentlich hilfreich, wenn dieser Job einem Mann wie David Miralles übertragen werden könnte. Ich kann die Agentur nicht darum bitten, weil ich kein Kunde bin, aber Sie sind es.«

»Sie wollen also, dass man Miralles schickt.«

»Sie sehen, es ist keine große Sache, Señor Cots.«

»Schon gut, schon gut ... Wenn er nicht gerade für eine besondere Aufgabe abgestellt ist, sehe ich da kein Problem. Ich werde anrufen, damit man sich mit Ihnen ins Benehmen setzt, und Sie vereinbaren dann alles Weitere mit Señor Albalate, Uhrzeiten, Preise und all das. Schönen Tag noch, Leónidas. Es war nett, mit Ihnen gesprochen zu haben.«

Er legte auf.

Wenigstens hatte dieser schmierige Leónidas ihm kein zweideutiges Angebot gemacht. Am besten, man lässt ihm erst gar keine Zeit dafür.

Nur einen Tag später betrat David Miralles das Büro in der Calle Alfonso XII im alten Viertel Sant Gervasi, wo vor nicht allzu vielen Jahren der Dichter Joan Maragall die ferne Stadt besang. Jetzt hatte die ferne Stadt sich alles einverleibt, sie hatte alles eingenommen, und es war nicht einmal mehr die Asche der Bäume übrig. Neue Gebäude erdrückten die engen Straßen, wo Autos wie Säugetiere ständig weitere Autos gebaren. In dem Gebäude aus Stahl und Glas, das Miralles betrat, waren eigentlich nur Büros untergebracht, aber eines war zu einem Appartement umgebaut worden, zu einem von denen, die man wochenweise mieten kann oder auch nur für zwei oder drei Tage, abhängig von der inneren Temperatur des logierenden Paares oder der Dauer einer Messe oder eines Kongresses. Das Glas war von außen undurchsichtig, die Stockwerke waren vom Parkhaus aus zugänglich, und der Concierge, der eine Brille mit Gläsern wie Flaschenböden trug, schien ein Experte für Kreuzworträtsel zu sein. Außerdem ging er drei Stunden zum Essen, und dann mussten die Bewohner mit ihrem eigenen Schlüssel aufschließen.

Es war eines der unkontrollierbarsten und am schwierigsten zu überwachenden Gebäude, das Miralles in seinem Leben gesehen hatte.

Aber der Job würde nicht lange dauern, und er war sehr gut bezahlt. Er musste nur noch wissen, wie die Dame lebte.

Herein.

Sie musste so um die vierzig sein.

Sie sah aus wie eine Luxusstewardess. Eng anliegendes graues Jackett, schwarze Strümpfe, hochhackige Schuhe, und den Hals zierte ein Seidentuch in allen Farben des irdischen Paradieses. Die Dame setzte sich, schlug die Beine übereinander und zeigte so auf elegante Weise, dass die Röcke der Stewardessen von Experten entworfen werden.

»Ich heiße Denise.«

Sie hatte einen französischen Akzent, aber ihr Spanisch

war tadellos. Hätte sie korrektes Katalanisch gesprochen, wäre das die Vollendung gewesen. Auf einem Tischchen lag ein Koffer aus Krokodilleder, mit dem man Fischerboote für hundert Afrikaner hätte bezahlen könnte. Sie zeigte darauf.

»Sie sollen hauptsächlich das da schützen.«

»Besser als Sie?«

»Das eine geht mit dem anderen einher, denn ich werde mich von dem Koffer nicht trennen.«

»Was enthält er?«

»Juwelen. Es wird ein schnelles Geschäft.«

»Wann?«

»Irgendwann zwischen heute und morgen. In zehn Stunden ist Ihre Arbeit beendet, wenn der Verkauf abgewickelt ist und ich das Geld eingezahlt habe. Natürlich werde ich mich nicht von hier wegbewegen. Ich bin nicht so dumm, mit dem da in der Weltgeschichte herumzuspazieren. Und noch etwas: Es gibt hier ein Schlafzimmer, das werde ich benutzen. Sie bleiben hier im Wohnzimmer und halten Wache.«

»Das Übliche, aber, mit Verlaub, Sie haben einen Ort gewählt, der schwer zu schützen ist.«

»Das Gebäude ja, aber das Appartement nicht. Es ist klein, übersichtlich und hat gepanzerte Fenster. Auch die Tür ist gepanzert. Und da Sie es schon angesprochen haben, sage ich Ihnen, dass es einen großen Vorteil für mich hat. Der Käufer möchte unerkannt bleiben, und die Orte, an denen viele Leute verkehren, sind die diskretesten.«

»Ich bin einverstanden, Denise. Von jetzt ab brauchen Sie mir nichts weiter zu erklären. Sie müssen mir allerdings noch erlauben, die Zimmer zu inspizieren.«

»Es gibt nur dieses Wohnzimmer, eine Abstellkammer,

das Schlafzimmer und ein Bad. Ich habe doch gesagt, es ist überschaubar. Folgen Sie mir.«

Miralles sah das Schlafzimmer.

Oder er sah es nicht. Er betrachtete alle Orte nur unter dem Blickwinkel der Sicherheit. Er hatte keine Augen für das breite Bett, in dem zwei Paare Platz fanden. Auch nicht für die Spiegelwand, die alles in diesem Zimmer widerspiegelte. Und auch nicht für den Spiegel an der Decke. Er sah nur das Fenster, von dem aus man die andere Straßenseite sehen konnte, aber von der anderen Straßenseite aus konnte niemand sehen, was in dem Zimmer vor sich ging.

Ein sicherer Ort, fand er.

»Ich gehe davon aus, dass nur der Käufer kommt«, sagte er.

»Ja.«

»Wird er von jemandem begleitet?«

»Möglicherweise bringt er einen Sicherheitsmann mit. Dann werden Sie mich zur Bank begleiten, wo ich das Geld einzahle. Und das war's.«

»Erscheint mir logisch. Lassen Sie uns die Speisekammer anschauen.«

Sie führte ihn hin. Ihr Rock war schon vom Feinsten, aber ihre Beine waren der Entwurf eines Onanisten der letzten Generation. Aber Miralles bemerkte, dass sie sich nicht natürlich, sondern mit turnerischer Disziplin bewegte, wie eine Balletttänzerin, die man in eine ss-Uniform gesteckt hatte.

»Die Speisekammer.«

Nichts. Nur ein Lüftungsloch, durch das kein Mensch hindurchpasste. Ein paar Regale. Ein paar Kissen, falls man im Bett noch mehr davon brauchte. Das Gefühl von Leere.

An der Wand ein Spiegel mit dem Bild von Denise, groß, gebieterisch und einsam.

»Fehlt nur noch das Bad. Für mich der sicherste Ort der Wohnung.«

»Gut.«

»Ich werde es Ihnen zeigen. Sie können es natürlich benutzen, wann immer Sie wollen, aber bitte nur so oft wie nötig, damit ich nicht unbewacht bin.«

»Machen Sie sich keine Sorgen. Ich bin daran gewöhnt.«

»Dann schauen Sie es sich an.«

Die Frau reißt die Tür auf, springt zur Seite und lässt Miralles ungedeckt stehen.

Drinnen ein Kerl.

Und ein Revolver.

Augen, die durch den Raum zu schweben scheinen.

Der Schuss. Und das Mündungsfeuer.

Zwei, drei Mündungsfeuer. Zwei oder drei Schüsse, die in der Luft widerhallen und die keiner zählen kann, weil sie sich wie ein einziger anhören. Zivilisierte Luft, die sich mit Pulvergeruch füllt. Und Miralles' Körper, der gegen die Wand prallt, als ihn die erste Kugel trifft.

Nur diese eine.

Als er den Einschlag an der linken Schulter bemerkte – nur ein Stoß gefolgt von einem roten Schwall –, hat sich Miralles weggerollt und an der Wand hinter sich Schutz gesucht. Eine weitere Kugel lässt ein Bild zu Boden sausen, vor dem eine Sekunde früher noch Miralles gestanden hatte. Er streckt den rechten Arm aus.

Aus seinem Ärmel löst sich ein Schuss.

Dort sollte keine Waffe sein.

War sie aber.

Das kleine Spielzeug – Perlmuttgriff, silbern verzierter Lauf – kam mit der Armbewegung aus seinem Versteck.

Im goldenen Kalifornien einer anderen Zeit hatten auf Tischen, die es nicht mehr gibt, Profis, die es ebenfalls nicht mehr gibt, diesen Trick angewendet. Die kleinkalibrige Kugel, nur so groß wie eine Pille, genügte auf diese kurze Distanz, die nicht für Kugeln, sondern für Zungen berechnet war. Ein kleines rotes Loch zeichnete sich genau in der Mitte der Stirn des Mannes ab, der im Bad gewartet hatte. Er fiel wie ein Sack Zement, ohne auch nur zu zucken, in die Duschwanne.

Miralles dachte nur an zwei Dinge, zwei Dinge, die seine Augen wahrnahmen, nicht aber sein Geist. Dafür reichte die Zeit nicht.

Der schwarze Schuh.

Das war sein erster absurder Gedanke.

Er hatte einen schwarzen Schuh gesehen, als Denise die Tür öffnete.

Der Tod.

Das war sein zweiter logischer Gedanke.

Die Kugel musste mitten im Gehirn des Mannes mit dem schwarzen Schuh stecken.

Und die Zeit. Die Zeit war stehen geblieben. Miralles war nicht bewusst zur Seite gesprungen, als er den Schuh sah. Er spürte nicht einmal Schmerz in dieser Stille aus Auslegeware, Betten ohne Geflüster, Spiegeln ohne Gestalten. Fenster, hinter denen die Stadt lauerte, ohne etwas sehen zu können.

Er sah Denise an.

Denises Lippen zitterten. Ihr für die Verführung geschneidertes Kostüm hatte sich verändert. Es war kein

Kostüm mehr, das verführte, sondern eines für die Trauerbegleitung. Das einer Angestellten im Beerdigungsinstitut.

Sie konnte nur noch zischeln:

»Ein Räuber.«

»Oder ein Falle«, raunte Miralles.

»Beweisen Sie es.«

Die Antwort war hart, präzise, exakt. Ein unerbittliches stählernes Schweigen in den Augen der Frau. Und Miralles spürte sein eigenes Blut fließen und stöhnte auf vor Schmerz, der ihn jetzt plötzlich wie ein Prankenhieb überfiel. Denise bewegte die Beine und legte ihr Knie frei.

»Ein netter Plan, Süße«, flüsterte Miralles mit einer Spur von Bewunderung. »Ich wurde legal zu deiner Verteidigung angeheuert, aber der Räuber ist schon da, bringt mich um, schnappt sich die Beute, und du verständigst die Polizei. Und so kommt niemals heraus, dass es sich um falsche Juwelen handelt. Du wolltest mich in die Falle locken.«

Die Frau stand unter Schock, versuchte aber eisige Gelassenheit zu bewahren. Sie wusste, dass sie versagt hatte, dass alles gegen sie sprach. Ein kompromittierender Koffer, ein toter Freund und ein lebender Feind. Sie versucht nicht zu fliehen, denn das hätte nichts genutzt. In dem Moment klopfte es an der Tür.

Die verlorene Frau ging hin und sagte leise:

»Glaub nicht, dass ich verloren bin.«

30

Nein, sie war nicht verloren.

Im Grunde war es nur eine Frage bedeutender Anwälte – wenn man von dem einen unbedeutenden absieht – und der Menschenrechte. Im Grunde konnte Méndez seine Bewunderung nicht verhehlen. Méndez, ein Mann der Straße, wunderte sich in diesem Fall über die mütterliche Großzügigkeit der Gesetze, die müden Augenringe der Richter und die Diplome in den Büros.

»Alles sonnklar«, sagte Méndez zum Hauptkommissar, während dieser vergaß, die Havanna von irgendeinem fünfzigsten Geburtstag anzuzünden. »Miralles ist ein gefährlicher Pistolenschütze, dem es nichts ausmacht zu töten.«

»Das wissen wir bereits. Und wir wissen, dass er Omedes getötet hat, aber wir müssen es beweisen.«

»Miralles kennt alle Tricks, sogar den mit der Feder in der Manschette. Und natürlich hat er auch dafür gesorgt, dass er einen Waffenschein für das kleine Spielzeug hat.«

»Das habe ich gerade im Bericht der Beamten gelesen, Méndez. Kommen Sie jetzt verdammt noch mal endlich zum Punkt.«

Méndez zündete sich eine Zigarette an, obwohl das Rauchen verboten war, oder besser gesagt, eben weil das Rauchen verboten war.

»Gut. Leónidas Pérez weiß, dass er hinter ihm her ist und will ihm zuvorkommen. Er hat es schon ein paar Mal versucht, aber es ist jedes Mal schiefgegangen, und diesmal war er überzeugt, dass nichts schiefgehen konnte. Miralles wurde für einen Auftrag inklusive Beerdigung angeheuert.«

»Und hier kommt das Gesetz ins Spiel«, sagte der Hauptkommissar.

»Was für ein verdammtes Gesetz?«

»Ganz einfach. Wenn Leónidas Pérez den Vertrag abgeschlossen hätte, würden ihn jetzt sogar die Wächter der Blauen Zone verfolgen. Aber natürlich hat nicht er ihn angeheuert.«

»Wer dann?«

»Eine Dame namens Denise. Das war ihr gutes Recht, und man kann ihr nichts Illegales vorwerfen. Selbstverständlich wissen wir alles über sie. Sie ist Handelsagentin in Paris und verkauft alles, von Autos bis hin zu Juwelen, Hauptsache, die Provision stimmt. Sie ist im Berufsverband, hat einen festen Wohnsitz und zahlt Steuern. Vor Jahren, als sie noch jünger war, hatte sie eine Affäre mit einem Minister. Die Beine dieser Denise würden Ihnen gefallen, selbst wenn sie sie nur durch ein Schlüsselloch betrachten könnten. Stellen sie sich vor, wie diese Beine wohl ausgesehen haben, als der Minister sie in der Mache hatte.«

Méndez zog es vor, sich gar nichts vorzustellen.

»Dröseln wir das Ganze mal auf«, brummte er. »Diese Dame ist der unsichtbare Teil der Falle. Mit Sicherheit hat Leónidas Pérez sie zu der Agentur gebracht, in der Miralles arbeitet. Das war der erste Schritt.«

»Nein, Méndez. Das wäre zu direkt und einfach. Unglücklicherweise war es nicht so. Es war eine Empfehlung von Cots, eines sehr berühmten Werbefachmanns, der manchmal sogar Wahlkampagnen macht und gelegentlich auch schon mal für ein paar Vergünstigungen Geld vorgeschossen hat. Ein Kerl wie der hat so viel Einfluss. Derjenige, der sich mit dem anlegt, muss erst noch geboren werden. Und damit nicht genug. Er ist sogar freiwillig in Begleitung von Puigarnau, seinem Rechtsanwalt, zur Vernehmung erschienen. Einer der großen. Derjenige, der sich mit Puigarnau anlegt, ist auch noch nicht geboren. Sie werden es jedenfalls nicht tun.«

»Wer weiß. Nach einem guten Abendessen in der Calle del Tigre traue ich mich vielleicht. Aber bestimmt haben

Sie ihm eine Frage gestellt, werter Chef. Wenn er bei der Agentur darum gebeten hat, Miralles für diesen Job abzustellen, wer hat ihn dann darum gebeten?«

»Cots sagt, es sei Denise gewesen, die Dame. Er war davon nicht abzubringen, schon gar nicht in Anwesenheit von Puigarnau, der alle unangenehmen Fragen abgeblockt hat. Ich vermute, Leónidas hat ihn darum gebeten, aber ich kann nichts beweisen. Ich habe nicht mal Hinweise darauf, dass ein Mistkerl wie Leónidas und ein Magnat wie Cots sich kennen. Auf der Schiene kommen wir nicht weiter. Weder die Presse noch das Fernsehen haben sich darüber ausgelassen.«

»Wenn Cots Leónidas kennt und mit ihm illegales Geld verschiebt, wird er das natürlich nicht sagen. Aber Sie haben doch bestimmt mit der Agentur gesprochen.«

»Sie brauchen mir nicht zu sagen, wie ich vorzugehen habe, Méndez.«

»Verzeihung. Ich habe nur laut gedacht.«

»Natürlich habe ich mit denen gesprochen. Die Agentur, die sehr seriös ist, hat den Vertrag mit Denise geschlossen, der angeblichen Dame. Man beweise das Gegenteil. Vielleicht hat Leónidas den Weg vorgezeichnet, aber er würde nie selbst auf den Plan treten. Er hat zu Denise gesagt, die ich für seine Komplizin halte: ›Du erteilst völlig legal diesen Auftrag, es ist alles arrangiert.‹ Und von da an läuten die Glocken des Angelus.«

Der Hauptkommissar machte es sich bequem, zündete die Havanna an, genoss das Rauchverbot und schaute einen Moment verzückt, als würde er an das Glück glauben.

Méndez brummte:

»Also, die Agentur, Fehlanzeige.«

»Fehlanzeige. Alles legal.«

»Bei allem Respekt, werter Chef, Sie haben bestimmt auch mit Denise gesprochen und ihre Beine begutachtet.«

»Natürlich habe ich mit Denise gesprochen. Und sie war völlig fertig.«

»Oder sie hat das gut vorgetäuscht.«

»Ich glaube, dass sie wirklich fertig war, Méndez. Vielleicht weil der Plan falsch gelaufen und der Mörder jetzt der Ermordete ist. Aber fertig war sie. Méndez, wenn Sie sie flachgelegt hätten, sie hätte nichts davon mitbekommen. Nun ja, das hätte sie wahrscheinlich auch nicht, wenn sie nicht so fertig gewesen wäre. Verzeihen Sie diesen kleinen Ausflug in meine Militärzeit, Méndez. Die Sache ist die, sie schwört, dass sie nichts von dem Angreifer wusste, und wir wissen, dass kein Richter das Gegenteil beweisen kann. Ihr Rechtsanwalt, Muntaner, ebenfalls einer der großen, hat das klargestellt. Aber es gibt zwei offene Flanken.«

»Eine«, warf Méndez beflissen ein, »ist der tote Angreifer. Ich glaube nicht, dass der auch einen von den ganz großen Anwälten hat.«

»Ach was. Ein Scheißkerl, unterste Schublade. Abschaum der kolumbianischen Banden, einer von denen, die für ein paar Scheine und eine Handvoll Drogen alles machen. Bestimmt weiß er, wer ihn angeheuert hat, und wiederholt jetzt seinen Namen im Himmel, uns wird er ihn jedenfalls nicht verraten. Aber ich schwöre Ihnen, wenn er noch lebte, würde er reden. Diese Junkies reden. Schade, dass Miralles ihn ins Jenseits befördert hat. Bei den guten Diensten, die er uns verletzt hätte leisten können.«

Méndez verzog missmutig das Gesicht. Eine Sackgasse. Tote reden nicht.

Aber es gab noch eine Möglichkeit.

»Die Juwelen.«

»Was ist mit den Juwelen, Méndez?«

»Wenn sie echt sind, ist nichts zu machen. Aber wenn sie falsch sind, hatte diese Denise gar nicht vor, sie zu verkaufen. Dann waren sie das Dekor für die Falle. Und Sie können sie verhaften und wegen Betrugsversuchs anklagen, bis sie den Mund aufmacht. Um aus dem Schlamassel herauszukommen, wird sie reden.«

»So einfach ist das nicht, Méndez. Rechtsanwalt Muntaner hat seine Mandantin gut beraten, Denise hat eine perfekte Aussage gemacht. Hier ist sie, und ich rate Ihnen, sie in aller Ruhe durchzulesen, denn diese Frau hat – wenn es eine Falle war, wovon wir beide ja ausgehen – alles bestens organisiert. Wenn dieser Leónidas sie angeleitet oder angeheuert hat, dann macht er keinen falschen Schritt. Sie hatte sogar schon eine Bescheinigung bereitliegen.«

»Was für eine Bescheinigung?«

»Nun, Méndez, sie wusste, dass es einen Toten geben würde. Es war zwar schließlich nicht der, von dem sie ausgegangen war, aber einen Toten würde es geben. Und die Polizei würde auf jeden Fall fragen, wieso sie nach Barcelona gekommen war.«

»Klar.«

»Die Bescheinigung, die Denise mir gezeigt hat, finden Sie im Protokoll. Darin heißt es, dass die Juwelen falsch, aber eine perfekte Imitation der echten sind, was nicht außergewöhnlich ist. Viele reiche Damen, die an Leid gewöhnt sind, bewahren die echten Juwelen, den Familienschmuck, im Banktresor auf, während sie auf den Galaabenden im Liceo die falschen tragen, zur Sicherheit. Ein Juwelier aus Rom hat laut der Bescheinigung die Imitationen angefertigt, die einen Haufen Kohle wert sein müssen, und Denise hat sie gegen Provision hierhergebracht.«

»Für wen?«, fragte Méndez.
»Das habe ich sie natürlich auch gefragt.«
»Und?«
»Denise hat auf Anraten ihres Anwalts die Frage nicht beantwortet. Sie kann nicht gezwungen werden, Dritten zu schaden, erst recht nicht, wenn ihre Tätigkeit legal war.«
»Aber die Juwelen sind Teil eines Verbrechens …«
»Natürlich, Méndez. Sie sind hinterlegt und gehen an den Richter, der sie dann als Beweis verwenden kann, wenn es zum Verfahren kommt … sofern es dazu kommt. Es liegt kein Straftatbestand vor, denn sogar Miralles hat völlig legal seinen Auftrag ausgeführt und in Notwehr getötet.«
Méndez fluchte:
»Verdammter Mist.«
Das Gesetz machte ihn krank.
»Bleibt auf jeden Fall das römische Zertifikat der Juwelen«, murmelte er. »Mal sehen, ob es gefälscht ist.«
»Ich habe veranlasst, das zu überprüfen, Méndez, aber ich befürchte, es ist echt. Ein Juwelier macht eine Auftragsarbeit, kassiert und stellt eine Empfangsbescheinigung auf den Namen der Person aus, die ihn bezahlt, in diesem Fall Denise. Wer weiß, ob Denise die falschen Juwelen mit dem Hintergedanken in Auftrag gegeben hat, sie eines Tages als echt zu verkaufen, das werden wir nie erfahren. Fakt ist, dass sie sie in ihrem Besitz hatte und dass Leónidas, wenn er hinter dem Ganzen steckt, sie als Köder für das Verbrechen benutzt hat. Da ist noch eine Information, die Denise uns gegeben hat, um ihre Glaubwürdigkeit zu untermauern. Alles war perfekt geplant, Méndez, selbst wenn es verkehrt ablief. Sie sagt, ein Freund von ihr habe einen ortsansässigen Anwalt befragt, ob die Agentur, bei

der Miralles arbeitet, vertrauenswürdig und ob der Vertrag korrekt sei.«

»Welcher?«

»Sein Name ist Escolano. Sein Vater war gut im Geschäft, aber er ist ein Hungerleider.«

»Was für ein Zufall! Der Vater hat Leónidas vor vielen Jahren verteidigt. Lassen Sie mich mit Escolano sprechen.«

»Geben Sie sich keine Mühe, Méndez, das habe ich schon getan. Während Sie durch die Straßen streunen, arbeite ich. Escolano sagt, ja, man habe ihn zu Denises Schutz befragt, und genau das führt Denise nun als Beweis für ihr tadelloses Verhalten an. Noch ein Detail mehr, das uns hindert, Anklage zu erheben. Doch Escolano sagt auch, dass nicht eine Frau, sondern ein Mann ihn um Rat gefragt hat. Denise sagt dasselbe.«

»Dann haben wir's. Es war Leónidas.«

»Er wollte uns unter Berufung auf seine Schweigepflicht den Namen nicht nennen, umso mehr, wenn es um einen kriminellen Tatbestand geht. Wenn der Richter ihn auffordert zu reden, weiß ich nicht, was Escolano tun wird, aber ich kann ihn nicht vorladen und auf den Putz hauen. Na ja … Es ist möglich, dass er auch dem Richter nichts sagen wird, falls es dazu überhaupt kommt. Escolano muss so viele, sagen wir berufliche Kontakte mit Leónidas gehabt haben, dass es für ihn ratsam ist, den Mund zu halten, aus Angst, er könne da mit hineingezogen werden. Also werde ich Ihnen sagen, was passieren wird.«

»Was?«

»Miralles lebt und wird sich von der Wunde an der Schulter erholen, der Plan von Leónidas und Denise ist also fehlgeschlagen. Denise wird nichts passieren, weil alles bestens geplant war, und der Fall wird zu den Akten gelegt. Miralles kann auch nicht angeklagt werden, es war eindeutig Notwehr.«

»So oder so, der Fall ist abgeschlossen.«

»Fall abgeschlossen. So sind die Gesetze nun mal.«

Méndez schluckte einen Fluch runter und verließ den Raum mit dem Gefühl, dass nur die Dummen ins Gefängnis kommen. So war es jedenfalls Leónidas gegangen, als er noch dumm und naiv war, aber diese Zeiten waren vorbei. Um sich zu trösten und seine Wut zu bekämpfen, wollte er in einer Kneipe in der Calle Hospital, in der seit Längerem schon niemand mehr gestorben war, Meeresfrüchte essen. Vorher sprach er in der Ronda de San Antonio noch eine alte Hure an und fragte sie nach dem Befinden ihrer Tochter.

Zwei Beamte der Mossos d'Esquadra verwarnten ihn:

»Sie dürfen auf der Straße nicht über sexuelle Dienste verhandeln. Gehen Sie weiter oder wir müssen ein Bußgeld gegen Sie verhängen.«

Méndez ging weiter.

Nachdem Méndez die Meeresfrüchte und ein paar Gläser galizischen »trüben Wein« überlebt hatte, was schon Grund genug war, an Gott zu glauben, versuchte er sich an einer Zigarre Número Uno. Ein ehrenwerter Tabak, gemacht für das souveräne Volk und die resignierten Massen. In den letzten Jahrhunderten hatte das Volk zwar nichts erreicht, aber es konnte wenigstens in Frieden rauchen. Der Besitzer sagte, das Lokal sei sehr klein, und er müsse eine Strafe zahlen, wenn er das Rauchen erlaube, und die könne er nicht zahlen, nicht einmal wenn er seine Frau verkaufen würde. Méndez protestierte und am Ende warf der Wirt ihn hinaus.

Wie schön, dass es in diesem Land keine Gesetze gibt, dachte er, während er auf der Straße rauchte. Er sah aus wie ein entlassener Beamter, die Taschen vollgestopft mit Büchern.

31

Der bedeutende Journalist Amores, der nicht mal mehr Geld hatte, um Bücher zu kaufen, oder ein Taxi zu nehmen, und erst recht keins, um ein paar polnische Huren zum Essen einzuladen, die schworen, dass sie noch jungfräulich waren, grüßte Méndez respektvoll.

»Gott zum Gruße, Zeñor Méndez. Möge allen in diesem Land Glück beschieden zein, in dem die Virtus glänzt und das am Ende ganz Europa vor Neid erblassen lassen wird.«

»Mensch, Amores. Wie läuft die Arbeit?«

»Ich mache Feldforschungen für die Nachrichten auf der Straße, Zeñor Méndez, damit ich nicht wegrationalisiert werde. Aber ich beklage mich nicht, denn es ist schlimmer, vor dem Haus der Bettberühmtheiten stehen zu müssen, um sie zu fragen, ob sie sich trennen, ob der Mann von Zoundso sich umgebracht oder ob die Tochter der beiden Pipi gemacht hat. Alles verkommt, Zeñor Méndez, der Beruf erstickt zwischen Präservativen, die eines Tages ins Museum kommen, und Zendungen über Béchamelsauce. Sogar der Brötchenjunge behauptet von sich, er sei Journalist, während die wahren Journalisten nachts leise weinen. Ich muss es ja wissen.«

Und der Reporter Amores, an die großen Exklusivstorys vergangener Zeiten gewöhnt (Bürgermeister, die ein Sumpfgebiet zum Bauland erklären, und Minister, die ihren Dienstwagen verkaufen), ließ verbittert den Kopf auf Méndez' Schulter sinken.

Méndez tröstete ihn.

»Kopf hoch, Amores. Wenn alle Huren des Landes die Geburt ihres Kindes ans Fernsehen verkauft und alle Stierkämpferfrauen ihren Mann mit einem Stier betrogen haben, wird das Land sich langweilen und zum Wesentlichen zurückkehren, also zum Bürgerkrieg, den Autonomiestatuten und der Einheit Spaniens. Dann wird es wieder Raum geben für Journalisten wie dich, auch wenn das einen Nachteil hat. Während das Land dumpf Bettgeschichten verfolgt, anstatt sich für unser historisches Schicksal zu interessieren, bringt keiner den anderen um, es sei denn mit einem Hornstoß, und der Tag geht rum. Wie es andersherum wäre, bleibt abzuwarten. Aber du bist gekommen, um mich etwas zu fragen, Amores. Also raus damit.«

»Das stimmt, Zeñor Mendes. Ich habe überall nach Ihnen gesucht, bis ich Zie hier herumstehen sah.«

»Das große Geheimnis der Kriminalbeamten ist das Herumstehen, Amores. Sprich.«

»Ich möchte, dass Zie mir bestätigen, dass der Richter den Fall von dieser Dame namens Denise, die so viel Staub mit dem toten Räuber aufgewirbelt hat, zu den Akten legen wird.«

»Klar wird er das, Amores, weil er keine Anhaltspunkte für eine Straftat hat. Man hat es mir heute Morgen gesagt, auch wenn der Beschluss noch nicht unterzeichnet ist. Diese Denise hat ihre Geschichte so überzeugend vorgebracht, hätte nur noch gefehlt, dass sie eine Entschädigung verlangt.«

»Und unser Schnellschütze, dieser Miralles, kommt der vor Gericht?«

»Klar, Amores, es gab schließlich einen Toten, aber das wird ein kurzes Verfahren. Es ist bewiesen, dass Miralles in Notwehr gehandelt hat, und außerdem hat sein Arbeitgeber ihm einen guten Anwalt besorgt. Ich glaube, am Ende wird der Staatsanwalt selbst die Anklage zurückziehen.«

»Und wie geht es ihm? Was kann ich in den Nachrichten zagen?«

»Er war eine Weile im Krankenhaus, nicht lange, und es ist alles gut gegangen. Er hatte das Glück, jung und kräftig zu sein, sonst wäre er krepiert. Das Schlimme ist, dass er nicht arbeiten kann, denn er muss einen Verband an der Schulter tragen, und er kann den linken Arm nicht bewegen. Aber ich denke, mit der Zeit wird er wieder ganz auf die Beine kommen.«

»Ich habe in meiner Eigenschaft als aalglatter Reporter das Protokoll gelesen, Zeñor Mendes, keine Frage, das war haarscharf. Ein wenig weiter, und die Kugel hätte sein Herz zerfetzt. Und noch weiter unten hätte sie ihm die Eier weggeblasen. Aber, zagen Zie mir, mein Freund, ob ich in den Nachrichten bestätigen kann, dass Miralles schon wieder ein fast normales Leben führt.«

»Das kannst du, Amores. Bestimmt weiß der Mann, der für seinen Tod bezahlt hat, das schon, also können es auch alle anderen wissen, sogar die Hörer deines Senders.«

»Am liebsten wäre mir, die Werbekunden hören es, Zeñor Mendes, damit sie mitkriegen, dass es ein lebendiger Zender ist. Und jetzt zagen Zie mir doch, was Zie hier machen, einfach so auf der Straße, falls ich damit nicht das Geheimnis Ihrer erhabenen Ermittlungen torpediere.«

»Kein Geheimnis, Amores. Ich verfolge Miralles, denn man wird wieder versuchen, ihn zu töten. Und ich will den töten, der ihn töten will.«

»Darf ich das so verstehen, dass Miralles hier in der Nähe ist?«

»In diesem Haus, Amores, genau in dem, das ich bewache. Aber wenn du auch nur ein Wort darüber verlierst, Amores, schneide ich dir die Eier ab.«

»Damit droht mir auch meine Frau schon, Zeñor Méndez.«

»Mal sehen, ob ich ihr zuvorkomme.«

»Zagen Zie mir wenigstens, was das Besondere an diesem Haus ist, Inspektor. Es wirkt wie ein Museum des Proletariats, und man könnte es für die Zuflucht von anarchistischen Pistolenhelden halten, die vor zwei Jahrhunderten gelebt haben. Zagen Zie es mir, es wird nichts davon über den Äther gehen!«

»Es ist das Haus, in dem Miralles mit seiner Frau gelebt hat, die ihn dann verlassen hat. Und sein später erschossener Sohn kam hier zur Welt.«

»Das ist doch alles Jahre her. Wohnen in diesen Dreißig-Quadratmeter-Schachteln, gebaut mit Unterstützung vom Bauministerium, jetzt nicht längst andere Leute?«

»Nein, Amores. Nachdem Miralles' Frau abgehauen und Miralles umgezogen war, hat der Besitzer die Wohnung nicht mehr vermietet, er spekulierte darauf, dass die Preise steigen würden. Er hatte alles für einen Verkauf vorbereitet, doch dann hat er das Zeitliche gesegnet. Und jetzt streiten sich die Kinder um das Erbe und prozessieren, es steht also noch nicht fest, wem die Wohnung gehört. Aber sie wird nicht lange leer stehen, sie wird bestimmt bald verkauft.«

»Das wundert mich nicht, Zeñor Méndez, in Barcelona stehen viele Wohnungen leer, weil die Besitzer darauf warten, dass die Preise steigen und zie dann die ewige Glückseligkeit erlangen. Aber Zie werden mir bestimmt sagen, warum zum Teufel Miralles ausgerechnet an diesen Ort voller Gespenster gekommen ist. Es können keine angenehmen Erinnerungen damit verbunden sein. Außerdem wohnt er woanders.«

»Ja, in einer Wohnung in diesem Viertel, im Poble Sec. Das Einzige, was er mitgenommen hat, ist das Kinderzimmer seines Sohnes.«

»Zagen Zie, was zum Teufel sucht der hier?«

»Er ist mit einer Frau gekommen.«

»Verdammt.«

»Wenn du auch nur ein Wort sagst, Amores, wirst du auf den Knien weinen, bevor ich ihn dir abschneide.«

»Kein Sterbenswort, ich schwöre. Aber Zie werden Verständnis dafür haben, dass meine zexuelle Neugier, die meinen Freunden und meiner Frau bestens bekannt ist, geweckt ist. Ich vermute, dass man sogar mit einem gelähmten linken Arm eine Alte flachlegen kann. Oder zie entjungfern.«

»Das ist nun wiederum nicht möglich, Amores.«

»Wurde zie schon entjungfert?«

»Ja. Als sie noch weiße Kniestrümpfe trug.«

Da ist die Treppe, David Miralles, hier die Ecke mit den Gaszählern oder den Wasserzählern, daran erinnerst du dich nicht mehr, aber an die Treppenabsätze ohne Glühbirnen, die herausgebrochenen Eisenbeschläge der Treppe, die Wand im Zwischenstock, die die Kinder bekritzelten.

Und die Schwelle, die Schwelle … Der Türknauf, an dem du dich festgehalten hast an dem Tag, an dem du deine Frau im Brautkleid heraufgetragen hast. Du hattest so wenig Geld, dass ihr nicht einmal in ein kleines Hotel an die Costa Brava fahren konntet, und dabei waren die damals so billig und die Fenster so schön. Man konnte von ihnen aus sogar noch das Meer sehen, weil der Ausblick noch nicht mit den Betonkästen des Fortschritts verbaut war. Damals hattest du noch Illusionen, David Miralles, du hattest gerade einen amerikanischen Film gesehen, im dem der Bräutigam die Braut auf Händen trägt. Gesegnet seien die früheren Illusionen, David, und gesegnet die Filme, in denen du das Leben der anderen entdecktest.

Und die Jahre. Hier sind die Jahre, David, die zu schwarzem Staub gewordene Zeit, zu Spinnwebenschaum, zum Skelett einer Katze, die sich dort versteckte, um eine Hoffnung zu gebären. Hier ist die durch die Wände gesickerte Zeit, die ein feuchtes Licht abgesondert hat.

Und sie. Außerdem ist sie da.

Mabel trägt keine weißen Kniestrümpfe mehr, aber du weißt, dass sie mal welche getragen hat, und sie trägt auch nicht mehr das Kleid mit den ausgefransten Säumen und die Unterwäsche des anständigen Mädchens. Die bösen Mädchen kommen in die Hölle, sagten damals die Katholiken, die anständigen ins Bett. Mabel hat nicht mehr das feste Fleisch der Fünfzehnjährigen und nicht mehr diese Brustwarzen, die es noch zu taufen gilt, und diese zarte Haut, sie ist inzwischen von gierigen Männermündern aufgefressen worden. In ihren Augen spiegelt sich nicht mehr die Illusion, mit der sie einst aus den Fenstern des Viertels blickte, und auch nicht mehr die Klarheit, mit der sie der Straße die Stirn bot.

Aber sie ist da, wie eine wohlige Wärme in den Eingeweiden des Hauses.

Dieser Knauf, David, dieser Knauf, auf dem dich abstütztest, als du deine Frau auf Händen in das Glück trugst, das man euch verheißen hatte. Jetzt schämst du dich, mit

Mabel hochzugehen, die Wärme ihrer Hand zu fühlen – die Hand der anderen –, die das Haus nicht kennt, in dieser Dunkelheit – und die Angst hat, die Treppe herunterzufallen. Und das kleine Fenster des Treppenabsatzes, das deinen Sohn so faszinierte, die zerbrochene Scheibe, die von den hinteren Galerien geschluckte Luft, das in ein Leichentuch gehüllte Licht.

»Das war die Wohnung. Komisch, dass sie in all der Zeit nicht von Hausbesetzern entdeckt wurde. Aber ich muss sagen, der Besitzer hat sie hin und wieder reinigen lassen, und die Haustür war ordentlich abgeschlossen.«

»Dann brauchtest du einen Schlüssel.«

»Ich habe beim Auszug eine Kopie anfertigen lassen, denn es war die Wohnung, in der mein Sohn geboren wurde. Ich wollte sie behalten, so wie man den Schlüssel vom Sarg seiner Frau aufhebt. Aber vielleicht war das gar nicht so verkehrt. Manchmal, wenn ich wusste, dass das Haus leer war, ging ich hinein und blieb hier stehen, kauerte mich zwischen Tür und Treppe, fast ohne zu atmen, wie jemand, der sich in einen Sarg gelegt hat. Aber wer sich in einen Sarg legt, spürt die Zeit nicht, und ich spürte sie sehr wohl.«

Und dann fügte er kaum hörbar hinzu:

»Aber das hat es mir möglich gemacht zu leben.«

Und hier ist der Treppenabsatz zwischen zwei Türen, deiner, David, wo dein Stück Gelobtes Land war, und der auf der anderen Seite. Es ist die Tür von Señora Engracia, die verstarb, nachdem sie zweimal die Kommunion empfangen hatte (für den Fall, dass sie beim ersten Mal keine Wirkung zeigen würde), und die ihres Mannes, Señor Abel, der mit einer roten Fahne beerdigt werden wollte. Und die Tür ihrer beiden Töchter, Tita und Belén, die die Ersten waren, mit denen dein Sohn auf dem Fußboden spielte. Und hier das Licht, das Licht der toten Fenster, das sich nicht verändert hat.

»Hast du noch einen Schlüssel zur Wohnung?«

»Auch davon habe ich mir eine Kopie machen lassen, aber bis jetzt habe ich mich nie getraut hineinzugehen. Bestimmt hat der Besitzer das Schloss auswechseln lassen.«

Nein, hatte er nicht. Wozu auch, wenn es keinen neuen Mieter gab? Der Schlüssel ließ sich erst nicht drehen, aber dann bewegte er sich in diesem Grund aus Eisen und Stille, dem stummen Schlund des Hauses. Die Tür ging auf, und es zeichnete sich eine Wand ab, die vom Abendlicht kaum erreicht wird, und auf der die Tropfen alter Rohrleitungen – die es vielleicht schon nicht mehr gab, einen schwarzen Fleck hinterlassen haben.

Und die Möbel. Es stehen noch ein paar der alten Möbel da, David, der Besitzer muss wohl gedacht haben, sie mit zu verkaufen, sei besser, als sie aus der Höhle zu holen. Der Tisch im Esszimmer steht noch da, lächerlich klein, und ein Stuhl, nur einer, und der Vorhang – in dem Tausende von Insekten ihre Hochzeitsnacht gefeiert haben, hängt in Fetzen herunter, und da hängt das Eckregal für die Gläser, von denen dein Sohn eines, dein Lieblingsglas, David, zerbrach.

Und du hast die Scherben aufgehoben. Und sie liegen immer noch in dem Eckregal, fein säuberlich aufgestapelt, denn darin steckt das Leben deines Sohnes. Der Staub hat dazu geführt, dass die Scherben in einer Puppe ruhen, aus der eines Tages – so hoffst du – ein Schmetterling mit Flügeln aus Zeit schlüpfen wird.

Und der Flur. Und die kaputten Jalousien der Galerie, durch die ein Licht hereindringt, das die Jahre aufgefressen hat. Und das Schlafzimmer des Kindes, das jetzt leer steht, weil du alles mitgenommen hast, David, alles, alles, alles, als würdest du die Seele deines Sohnes mitnehmen. An der Wand Spuren vom Kopfende des Bettchens, die Haken, an denen der Vorhang hing, den der Junge eines Tages, als sein Leben alle Zimmer durchdrang, abriss, gesegnete Hände, die ausrissen, was sie zu fassen bekamen. Und auf einmal siehst du etwas, das dir vorher gar nicht aufgefallen war, die Spuren von Fingern, die Spur seiner Hand, die letzte Spur, die dort all diese Jahre, in den Nächten ohne Gespenster und den erinnerungslosen Abenden auf dich gewartet hat.

Es ist die letzte Spur deines Sohnes.

»Was ist mit dir?«

David Miralles hatte plötzlich angefangen zu weinen.

Der Flur von gerade mal sechs Schritten (durch den der Junge kreischend rannte), die auf wundersame Weise heil gebliebenen Scheiben der Galerie und ein Stück Innenhof und ein Stück Licht durch die kaputte Jalousie, ein Stück Geländer und daran zwei Blumentöpfe, die du, David, vor Jahren gegossen hast, Töpfe, in denen nichts mehr war, nichts, nicht einmal Würmer, denn die Verlassenheit hatte sie nach und nach aufgefressen.

»Bitte, David, gib mir die Hand.«

Aber David Miralles traute sich nicht, denn wenn er es täte, würde sie merken, dass seine Finger vor Trauer zitterten. Er hätte nie zurückkommen dürfen, nie. Er hätte sich von Mabel nicht überreden lassen sollen, die gesagt hatte, die einzige Möglichkeit, mit den Erinnerungen fertig zu werden, sei, sich ihnen zu stellen. Mabel würde nie verstehen, dass die Schatten bleiben und dass ein Mensch zweimal sterben kann.

»Ich hätte das nicht tun dürfen. Verzeih mir.«

»Mach dir keine Gedanken, Mabel.«

Das größte Zimmer, mit dem Ehebett, war noch wie früher. David hatte nichts mitgenommen, natürlich nicht, denn dort befand sich das Einzige, das er nicht mitnehmen wollte, die Bruchstücke seiner Nächte. Auf dem mit Sicherheit auf Raten gekauften Bett lag noch eine Matratze, die ihre Farbe verändert hatte, aber noch vollkommen in Ordnung war, denn früher – dachte David – wurden sie noch von Hand gemacht, mit guter Schafswolle, man lieferte sie lächelnd für die Hochzeitsnacht an, und als Beweis für die Qualität legte der ein oder andere Matratzenhersteller auf ihr die Brautmutter flach.

»War das euer Zimmer?«

Mabels Stimme war kaum hörbar.

»Ja.«

»Aber du hast keine gute Erinnerung daran.«

»Natürlich nicht.«

Was soll ich dir sagen, Mabel? Du hast bestimmt auch keine gute Erinnerung an geschlossene Räume, an die Matratzen, auf die du dich legtest – vielleicht genau so eine wie diese –, und an die Betten, in denen schon hundert Frauen vor dir gelegen und ihnen einen Namen gegeben hatten. Jetzt ist es deine Hand, die zittert, Mabel, denn wenn ich gerade meinen Sohn sterben gesehen habe, hast du gerade das Kind mit den weißen Kniestrümpfen sterben sehen.

»Du warst hier nicht glücklich.«

»Nein, Mabel.«

Das ist die Wahrheit, die in der Luft liegt, David, und niemand kann sie zerstören. Deine Frau hat dich geheiratet, um sich zu befreien und aufzusteigen. Weg von ihrem Elternhaus, dem Vater, der immer schimpfte, und der Mutter, die sich mit den Herdplatten und Centimos herumschlug und jeden Morgen verfluchte, geboren worden zu sein. Aufsteigen, weil du, David, vermeintlich eine Zukunft hattest, die sich am Ende zerschlug. Die Gesichter der Chefs, die schlauer waren als du. Die Uhren der Chefs, die pünktlicher waren als du. Und deine Frau stellte plötzlich fest, dass die Stadt mit ihrer ganzen Geschichte letzten Endes nichts anderes war als ein Schaufenster mit schönen Dingen, die sie nicht besaß. Und die Menschen in den Städten, David, hängen, auch wenn sie sich dessen nicht bewusst sind, von den Schaufenstern der Städte ab, in denen sie leben.

Aus all dieser Zeit bleibt ein weißliches Licht und eine Matratze, auf der sie – die Mädchen hatten damals nicht mehr als ihre Fantasie – mehr erwartete, als du ihr gabst. Das Licht starb an den Samstagabenden, sie starrte ins Leere, ohne noch etwas zu erwarten, und eine Nachbarin sang auf der Galerie zum Innenhof und verkündete, das Leben sei schön. Jetzt schaust du nach vorn, und da ist nur die Matratze, es sind keine Nachbarinnen und möglicherweise auch keine Innenhöfe mehr.

»David …«

»Ja.«

»Ich fühle mich schuldig, weil ich gesagt habe, wir sollen hierherkommen.«

»Keine Sorge, es wird nicht wieder vorkommen.«

»Weißt du was? Erinnerungen besiegt man, indem man sich ihnen stellt, und eine Erinnerung ersetzt die andere.«

»Ich verstehe nicht, was du sagst, Mabel.«

»Es ist ganz einfach. Ich weiß nicht, ob du irgendwann einmal glücklich im Bett warst, ich war es jedenfalls nie. Ich hatte immer Männer auf mir, die ich abstoßend fand, die ich nicht einmal anschauen wollte, die vor dem Spiegel bebten und zuckten, während ich die immer gleiche tote

Decke anstarrte, auf der ich mir Gesichter, lachende Gesichter vorstellte, Dinge, die nur ich allein sah und die mir halfen, mir mein Leben auszumalen. Es war immer dieselbe Decke, sie veränderte sich nie, David, aber ich sorgte dafür, dass sie es doch tat.«

Sie streckte ihm die Hand hin.

»Was sich veränderte, das waren meine Beine, das, was ich am besten im Spiegel beobachten konnte. Der Rest war von dem Mann verdeckt. Erst waren es dürre Beine, Beine eines Hunger leidenden Mädchens, mit straffer Haut und voller Leben. So sahen meine Beine aus, David, als ich weiße Kniestrümpfe trug. Dann zog ich Seidenstrümpfe an, eine Gabe von Madame. Meine Beine waren etwas kräftiger geworden und schön, aber die Haut war nicht mehr dieselbe. Eine kleine Wulst hier, ein kleiner blauer Fleck da, eine kleine Falte an den Leisten, die vorher so glatt gewesen war. Aber die Männer machten weiter, als ob nichts wäre. Sie waren Maschinen und merkten es nicht einmal. Und jetzt bin ich eine Frau voller Makel und noch dazu älter als du, David, ein Frau, die nie glücklich war. Da war nur ein Mann, der Marqués, der mir manchmal half zu denken und zu reden. Tja, und ich denke, dass du und ich von demselben Gespenst heimgesucht werden.«

Mabel sagt leise:

»Lass es uns ein für alle Mal loswerden.«

Und sie weiß, dass David sich nicht auf die linke Seite stützen kann, denn er ist verletzt, aber das macht nichts. Sie drückt die Hand, die zu töten, aber eine Frau nicht zu streicheln vermag. Mabel sucht mit der Zunge seine Einsamkeit, ihrer beider Einsamkeit.

Lass mich nur machen, Liebling, lass mich nur machen, ich genieße die Vorstellung, und außerdem bin ich eine Expertin. Lass mich dich suchen. Meine Zunge ist weise, lang, sie hat Finger, sie hat Alter und Gedächtnis. Lass mich dich streicheln. Dich verwöhnen. Unser Leben auf die toten Wände spucken.

Schön, das ist nicht dasselbe, David, das ist nicht dasselbe. Wie man dir anmerkt, dass dich nie eine Frau wirklich geliebt hat. Wie man dir anmerkt, dass du nie eine wie mich getroffen hast, die sich danach sehnt, einen Mann anzusehen und nicht eine Zimmerdecke. Wie man merkt, dass diese Matratze nie dein war, doch jetzt wird sie es sein, jetzt werden die Lichtstreifen hier an der Wand ein Zwinkern der Luft sein, ein einziges Zucken.

Komm.

Mir schmerzt die Scham vor lauter Sehnsucht, mich streichelt der Speichel, der alles erfüllt, der in der Tiefe meines Leibes entstanden ist, doch der von meinem Mund dorthin gekommen zu sein scheint.

Komm, David, der du einmal gestorben bist und es verdienst, ein weiteres Mal geboren zu werden.

Und da ist die Nachbarin. Vielleicht ist es dieselbe, und sie besingt erneut das Leben. Da sind wieder die Innenhöfe und das Licht, das sich weigert zu gehen, weil wir noch da sind. So, David. So, so … Wie stark du bist, Liebling. Nur zu.

Weiter weg, die stille Treppe, die fast verlassene Straße. Und dort stehst du, Méndez, wer sagt's denn, und wachst auf Befehl des Herrn Hauptkommissars über eine Nummer, von der du nichts mitbekommst, zum Glück, denn es fehlte noch, dass du darüber einen Bericht schreiben müsstest. Und weil dich etwas anderes noch mehr interessiert, auch das muss gesagt werden. Eva Expósito bewacht ebenfalls von der anderen Straßenseite aus das Haus, an der ge-

genüberliegenden Ecke, wo es eine Kneipe voller Rentner gibt, die sich wiederum für sie interessieren. Mal sehen, ob Eva Expósito ihren Chef verfolgt hat, und du hast es nicht gemerkt.

32

Die Lehrerin.

Die Lehrerin war groß, schlank, ein wenig streng und ging auf die fünfzig zu. Sie arbeitete in einer Privatschule, oder einer subventionierten Privatschule, oder wie auch immer diese Schule heißen mochte. Der Mann, der sie soeben betreten hatte, hatte von diesen feinen Unterscheidungen keine Ahnung. Der Mann war kräftig und jung geblieben, sein Arm war in einem Verband ruhiggestellt. Bestimmt ein Arbeitsunfall, dachte die Lehrerin, die Leute passen heutzutage einfach nicht mehr auf.

»Sie sind David Miralles.«

»Ja.«

»Ich heiße Laura, Laura Gimeno. Ich unterrichte Allgemeinbildung, aber ich bin hier auch die Sekretärin. Man hat mir gesagt, Sie wollten Ihren Sohn anmelden.«

»Ja.«

»Wie heißt er?«

»Juan Miralles Cuesta.«

»Alter?«

David Miralles blickte sich verwirrt um, denn über diese so elementare Frage hatte er sich keine Gedanken gemacht.

Er zögerte einen Moment, was nicht ungewöhnlich sein musste, denn es gab Eltern, denen fällt so spontan das Alter ihrer Kinder nicht ein. Aber dann erfand er eine Zahl:

»Sechs Jahre.«

»Dann wird er mich als Klassenlehrerin bekommen, denn die Sechsjährigen unterrichte ich. Auf welcher Schule war er denn vorher?«

David Miralles zögerte wieder, als fiele es ihm schwer, sich zu erinnern. Am Ende zuckte er mit den Achseln. Was soll's?

»Er ist in verschiedenen Kindergärten gewesen.«

»Von der Mutter ausgesucht?«

»Nein. Verzeihung. Wir leben getrennt.«

»Heutzutage ist das keine Seltenheit ... Schön, spielt ja keine Rolle. Sehen Sie, das ist eine Privatschule, in der wir viel Wert auf Disziplin legen, die Kinder lernen hier zu gehorchen, im Rahmen dessen, wie Kinder eben heutzutage gehorchen. Ich will damit sagen, es gibt Leute, die halten uns für ein wenig altmodisch. Bei uns gibt es Religionsunterricht, das vorab, und wir haben an allen Demonstrationen gegen die Schulpläne der Regierung teilgenommen. Das sollten Sie wissen, damit Sie eine Vorstellung haben, wie die schulische Erziehung Ihres Sohnes aussehen wird.«

»Ich bin damit vollkommen einverstanden. Deshalb bin ich ja hierhergekommen.«

»Was machen Sie, Señor Miralles?«

»Ich bin ... Sicherheitschef in einem Unternehmen.«

»Gut ... Dann sind Sie ein Mann der Ordnung. Ich gehe davon aus, dass Sie unsere Stundenpläne und Preise kennen.«

»Ja.«

»Hier herrscht Koedukation, nur wenige Schüler pro Klasse. Wir unterrichten in Katalanisch und Spanisch, denn man braucht beide Sprachen, und wir führen gerade auch Englisch ein. Es bleibt uns nichts anderes übrig, das wird uns von oben vorgegeben. Was für eine despotische Sprache …«

»Perfekt.«

»Wunderbar, dass Ihnen das zusagt, Señor Miralles. Haben Sie noch irgendwelche Fragen?«

»Nein. Oder doch … Verzeihung, aber ich würde gerne einen der Klassenräume sehen, falls es nicht zu viele Umstände macht.«

»Aber selbstverständlich nicht. Einer ist gerade leer, den kann ich Ihnen zeigen. Wenn Sie mich begleiten wollen.«

Der Klassenraum war leer, und da war der Kleiderständer mit den Kitteln der Kinder, die gegangen waren. Nur fünfzehn Pulte, ein Indiz dafür, dass die Klassen tatsächlich klein waren. Die Tafel befand sich auf der linken Seite. Auf die wird mein Sohn seine ersten Sätze und seine ersten Berechnungen kritzeln, dachte David Miralles. Ich hoffe, dass ihm die Sätze gut gelingen, mit den Zahlen wird es vielleicht etwas hapern, aber die Welt ist inzwischen voller Tasten, mit denen man rechnen kann.

Miralles stellte sich das alles vor.

Den Raum, den sein Körper hinter der Bank einnehmen wird.

Wie hoch seine Arme reichen, wenn er vor der Tafel steht.

»Alles sehr schön.«

Es gab ein großes Fenster, das auf den Pausenhof hinausging, ein Innenhof im Ensanche-Viertel, mit alten Galerien, alten Damen und den Katzen des Kleinbürgertums. Der Hof wirkte wie eingekapselt, aber was will man machen. Wenn es auf den Friedhöfen keinen Platz für die Toten gab, dann gab es auch keinen Raum für die Kinder zwischen all den Geschäften im Ensanche. Der Hof war nicht groß, aber er hatte alles Notwendige: Basketballtore, Streifen, bei denen man nicht genau weiß, wofür sie gut sein sollen, und so kleine Tore, durch die nur ein Ball passt, der eine Diät gemacht hatte. Aber es gab nicht eine einzige Bank, auf der die Kinder lesen könnten, und das war schade, denn David wusste, dass sein Sohn gern gelesen hätte.

»Wir machen regelmäßig Hallenfußballturniere.«

»Sehr schön, sehr schön. Mein Sohn wird an einem einladenden Ort sein und keine schlechten Vorbilder haben. Sehr schön.«

Im Hof spielten mehrere Jungen und Mädchen, alle in der Schuluniform. Sie kreischten und lachten. Junge und Mädchen? Ja, das hat man dir doch gerade gesagt, David, Koedukation. Plötzlich fiel ein Mädchen hin – ein für sein Alter sehr großes Mädchen –, und unter dem Stoff kommen zwei sehr lange, sehr wohlgeformte Beine und weiter oben ein weißer Slip zum Vorschein. David Miralles errötete ein wenig, und für einen Augenblick beschlich ihn Angst. Würde sein Sohn sich in so frühem Alter von jemandem sexuell angezogen fühlen? Und das Mädchen ließ sich Zeit mit dem Aufstehen, richtete sich mit Mühe auf, spreizte die Beine noch ein Stück weiter und zeigte noch mehr von ihrem Slip.

Nein, das war unmöglich, David wusste das. Sein Sohn würde sich auf jeden Fall romantisch in ein älteres Mädchen verlieben – die älteren sind immer erfahren, sogar ein wenig pervers, sie haben eine Vergangenheit. Er würde es heimlich beobachten, und wenn es ihn ansah, würde er rot werden.

Sein Sohn würde eine reine Seele haben, er würde die Mädchen als Klassenkameradinnen ansehen und niemals würde er, auch als Erwachsener nicht, einen Päderasten verstehen können.

Ein guter Ort. Sein Sohn würde mindestens zwei Jahre hier verbringen, fern von der Gefahr, bis sie beide – der Junge und David – ein langes Gespräch führen und sich neue Ziele setzen könnten.

»Vielen Dank, Señora. Ich werde den Jungen am Montag mitbringen und dann werden wir den formellen Teil erledigen.«

David Miralles trat hinaus ins Gewühl der Straße mit den Kassensturz machenden Händlern, den Mädchen, die die Zukunft lasen, und den Matronen, die nur noch in der Geschichte lasen. Er war so zerstreut, dass er fast von einem Bus überfahren wurde, aber nichts passierte – die Schulter war noch dran –, denn die Schule hatte ihm sehr gefallen.

Schade, dass der Kleine nicht dorthin gehen konnte. David Miralles fühlte, wie ihm Tränen in die Augen stiegen.

Aber was half es.

Das Mädchen.

Für David Miralles war seine Assistentin Eva Expósito immer ein Mädchen gewesen. Die Lehrerin, bei der er gerade gewesen war, repräsentierte die Vergangenheit und Eva die Zukunft. Sie saß im Esszimmer – nicht auf dem für den Jungen reservierten Stuhl – mit übereinandergeschlagenen Beinen und zeigte einen Teil ihrer schönen Schenkel, die den Männern so gefielen. Und plötzlich fiel David nicht ohne ein gewisses Erstaunen auf, dass Eva Expósito kein Kind mehr war.

Verdammt, David, das hättest du doch wissen müssen. Deine Unfähigkeit, die Dinge zu sehen wie sie sind, ist schon ärgerlich. Du hättest es schon auf dem Friedhof merken müssen, als du sie vor den Vergewaltigern gerettet hast. Diese unter Zwang gespreizten Beine waren wohlgeformt gewesen, jung, straff, von einem guten Gott geschaffen, der am Tag ihrer Geburt sein Handwerk erlernt zu haben schien. Und wie diese Schweine sie anstarrten … Du hättest es merken müssen, aber an jenem Abend hast du nur daran gedacht, Knochen zu brechen, und dabei blieb es auch. Du hättest es dir doch denken können, als man dir von dem Mordversuch an ihr berichtete. Und von Méndez, der sie gerettet hatte. Der Mann, der sie töten wollte, vergaß die Kugel für Eva Expósito und dachte nur noch an ihre Beine und ihren Mund.

Du hättest es also wissen müssen, aber für dich, David Miralles, der du verloren bist in deinen Erinnerungen, folgt das Leben keinen logischen Regeln mehr. Für dich ist sie ein leicht einfältiges Mädchen, das dir hilft, nichts weiter. Das Mädchen.

Und heute hättest du es mehr denn je merken müssen, denn Eva hat einen trüben Blick. Nur Frauen, die gelebt haben, haben einen trüben Blick. Die Jahre bereichern den weiblichen Blick, und das nicht immer zum Guten.

Eva Expósito hatte also einen trüben Blick und saß provokativ da. Vielleicht merkte sie es nicht, weil sie mit ihrem Kopf woanders war. Ihr Kopf war nicht da, aber ihr Geschlecht, und David betrachtete sie mit einem gewissen Erstaunen, als wäre es das erste Mal.

»Ich dachte, du hättest Dienst«, sagte sie mit warmer Stimme.

»Nein. Ich hatte frei, das ist normal, einen Verletzten kann man nicht mal für die Revision gebrauchen. Aber ich werde bald mit der Reha anfangen.«

»Das dachte ich mir schon.«

Eva seufzte tief und stellte die Beine wieder nebeneinander. Sie trug nie Hosen, wie das heute viele Frauen tun, und das aus einem einfachen Grund. Je kindlicher sie wirkte, desto weniger würde jemand auf den Gedanken kommen, dass sie die Wächterin war. Dann rückte sie näher an den Tisch.

»Vor zwei Tagen, ich weiß nicht mehr genau wann«, erklärte sie, »bin ich an deiner früheren Wohnung vorbeigekommen. Ist es schon lange her, dass du dort warst?«

»Na ja … ziemlich. Bestimmt haben der Besitzer oder seine Erben das Haus längst verkauft.«

»Du lügst, David. Und ohne Notwendigkeit, denn ich kontrolliere dich nicht.«

»Ich weiß nicht, wovon du sprichst, Eva.«

»Ich habe nicht vor, mich in dein Gefühlsleben einzumischen, wenn es da eins geben sollte. Aber jetzt, da wir beide in Gefahr sind, müssen wir vorsichtig sein. Es ist nicht gut, wenn du dich einer Frau an den Hals wirfst, die du nicht kennst.«

David ließ den Blick durch den kleinen Raum schweifen, wollte nicht begreifen und konnte es doch nicht verhindern. Es kam ihm so vor, als ob das Zimmer noch kleiner geworden wäre, als ob kein Körper mehr durch die Tür passte und als ob die hintere Wand auf ihn stürzte. Es hielt es für unmöglich, dass Eva von seinem Treffen mit Mabel wusste, auch wenn Evas Augen das Gegenteil sagten. Evas Augen waren innerhalb einer Sekunde reifer geworden, sie hatte andere, lange Zeit verborgene Augen gefunden.

Anfangs fiel es ihm schwer, das zu verstehen.

Eva war nicht mehr länger das Mädchen.

»Natürlich steht es dir frei zu tun, was du willst«, sagte

sie. »Ich weiß, dass du schon einmal mit einer Frau ein Date hattest, aber du hast sie nicht wieder getroffen. Das hat für mich keine Bedeutung. Ich bin auch ein paar Male in der Diskothek gewesen, wie jedes Mädchen in meinem Alter, ohne dass du mich kontrolliert hättest. Aber man hat mich nicht geküsst. Und selbst wenn, hätte das auch keine Bedeutung gehabt.«

Es entstand ein dichtes, undurchdringliches Schweigen, und beiden wurde plötzlich bewusst, dass es schon immer in den Eingeweiden der Wohnung gehaust hatte. Evas Augen spiegelten all die vergangene Zeit.

»Eva, ich habe dir eine harte und gefährliche Aufgabe aufgezwungen.«

»Um mich zu retten.«

»Um aus dir eine Frau zu machen. Ich werde verschwinden, und du wirst weiterleben. Ich weiß nicht, ob du mich verstehst, aber mein Ziel ist es, wenigstens dich zu retten, wenn ich meinen Sohn schon nicht retten konnte. Ich weiß, dass ich damit nichts rechtfertigen kann, auch nicht mich selbst, aber ich werde ruhiger gehen können, wenn ich wenigstens für ein Leben etwas getan habe. Wenn ich weiß, dass du gerettet bist.«

»Lass uns nicht darüber reden.«

Evas Augen waren noch härter geworden, aber plötzlich waren es die vorwurfsvollen Augen einer Frau.

»Worüber reden wir denn?«

»Über unsere Freiheit. Du hast mir nichts aufgezwungen und ich dir nicht, was unser Privatleben angeht.«

»Daran haben wir uns gehalten …«

»Bis jetzt, David. Bis jetzt.«

»Was ist dein Problem, Eva?

»Diese Frau ist nicht die Richtige für dich.«

Nicht die Richtige für mich oder für dich, Eva? Plötzlich steht diese unerwartete und schreckliche Frage im Raum. Denn du bist eifersüchtig, Eva, zum ersten Mal. Denn das Mädchen ist in irgendeiner Zimmerecke gestorben, ohne dass ich es bemerkt hätte, und jetzt ist da die Frau, die das Licht meiner Fenster auch zu dem ihren gemacht hat.

Die Erkenntnis raubte David Miralles den Atem.

Eva war eifersüchtig!

David, wehrlos, fand kaum die Kraft zu antworten:

»Warum ist das jetzt etwas anderes?«

»Du kennst diese Frau nicht.«

»Natürlich kenne ich sie. Sie hat mir das Leben gerettet.«

»Nun, wenn du sie so gut kennst, dann solltest du wissen, dass sie nichts für dich ist.«

»Warum?«

»Sie ist eine Hure.«

Jetzt ist es raus, du hast das Wort ausgesprochen, Eva, du hast mit nur vier Buchstaben die Grenze gezogen, die dich auf die eine und Mabel auf die andere Seite stellt. Diese Grenze darf man nie überschreiten. Ausgerechnet du hast diese Grenze gezogen, Eva, die du immer unter Huren gelebt und Gewalt und Vergessen erfahren hast. Du hast sie zwischen dir und einer anderen Frau errichtet, die Gewalt und Vergessen erfuhr, als sie noch weiße Kniestrümpfe trug. Du hast von Straftaten gelebt, Eva, und sie musste von den Stößen eines Penis leben. Du solltest sie verstehen, Eva, du solltest verstehen, dass ihre Augen in deinen sind.

Doch eine Frau versteht eine andere nicht, wenn sie »die andere« ist.

Und David Miralles, ein dummes Männchen, ein Tier

des direkten Angriffs, konnte wiederum das nicht verstehen.

»Versprich mir, dass du dich nicht mehr mit ihr triffst.«

»Eva, das hört sich ja an wie ein Gespräch zwischen Mann und Frau … Das ist nicht fair. Wir sind lediglich Kumpels, also frei.«

»Im Namen unserer Freiheit, versprich mir, dass du dich nicht mehr mit ihr triffst.«

David Miralles antwortete nicht, denn über Antworten muss man nachdenken, und er wusste nicht, was er denken sollte. Er war verwirrt. Mit Sicherheit würde jetzt alles anders sein. Bis zu dieser Minute hatte er immer mit angehört, wie Eva sich an- und auszog – den Slip, die Strümpfe, all diese Intimität, die das geheime Leben der Männer freilegt –, ohne dass das irgendetwas in ihm ausgelöst hätte, denn schließlich war sie das Mädchen, das Ergebnis eines großzügigen Aktes, den niemand in den Schmutz ziehen durfte. Er hatte sie halbnackt aus der Dusche kommen sehen – die Brüste frei. Eva hatte eine lockere Jugend gehabt, hatte nicht darauf geachtet, dass sie schön war. Er hatte nur gedacht, dass sie sehr rein war.

»Ich habe es dir klar und deutlich gesagt. Versprich mir, dass du diese Hure nicht noch einmal triffst.«

»Sie ist keine. Und wenn sie eine gewesen ist, ist es mir egal.«

»Da muss sie ja einiges gelernt haben«, erwiderte Eva, »um eine Stellung für einen Verwundeten zu finden.«

Und dann ging sie hinaus und schlug die Tür hinter sich zu und ließ die Gespenster des Bürgerkriegs erbeben.

33

Das Abendlicht zog sich aus dem Viertel zurück. Méndez hatte am Paseo de Gracia gesehen, wie es in einem Schaufenster stirbt, doch hier, in der Kneipe, stirbt es in einem Riss. Was soll man machen, die Risse waren schon da, bevor er Polizist geworden ist.

Die Kneipe La Anticipada.

Ein vorgezogener Cognac.

»Gott zum Gruße, Señor Méndez. Lange nicht mehr gesehen. Ich hatte schon gedacht, der ökologische Likör sei Ihnen nicht bekommen.«

»Was mir nicht bekommen ist, ist das letzte Essen. Ein paar Philippinos haben ein Speiselokal in der Calle Unión aufgemacht, wo früher ein Reifenladen war, und haben die Behörden zur Eröffnung eingeladen. Und die Chefs haben mich als einzigen Behördenvertreter dorthin geschickt.«

»Was für ein Scheiß, Señor Méndez.«

»Das Menü kostete sechs Euro.«

»Tja, da ist wohl jemand an Ihrer vorgezogenen Beerdigung interessiert. Und erzählen Sie mir nicht, es habe philippinische Spezialitäten gegeben, vor der Zebu-Insel gefangene Mollusken. «

»Irgendwas mit Krebsen und Algen. Von den Algen soll man nach dem Verzehr schneller braun werden. Es waren die vom TV-3 dabei, und der Kameramann wurde so schnell braun, dass man ihn auf der Trage abtransportieren musste. Die Reporterin, ein hübsches Mädchen und aufgedreht wie bei der Reportage eines Spiels zwischen dem FC Barcelona und Real Madrid, hatte solche Mühe, zur Tür zu kommen, dass schon jemand die Feuerwehr rufen wollte. Aber es war eine Speisekarte im Zeichen der Brüderlichkeit, denn die

Sternegerichte bestanden aus Krebsen à la Rioja, gefangen im Besós-Fluss, im Bereich des Wärmekraftwerks, und Algen à la Valenciana. Der Wirt hat gesagt, Algen seien das Grundnahrungsmittel der Zukunft, alle Menschen würden sie dann essen, also besiegelten sie die Einheit der Völker.«

»Und Ihnen ist nichts passiert, Señor Méndez?«

»Nein, denn ich bin durch die Volksküchen Barcelonas immunisiert, die so viel für die eheliche Eintracht getan haben. Der Mann isst schlecht in dem einen Viertel, und die Frau isst schlecht in einem anderen, und so streiten sie sich nicht. Wenn es Nacht wird, schlafen beide vor zwei verschiedenen Fernsehern ein, weil dem einen das Programm des anderen nicht gefällt. Und so streiten sie sich auch nicht, und beide ruhen in einer Art toxischer Wolke.«

»Nun, mit den preisgünstigen Gerichten ist es bald vorbei, Señor Méndez, die Preise steigen, weil die Leute nichts anderes mehr als Essen im Kopf haben. Die Leute glauben nicht an die Politiker, aber wenigstens an ihre Chefs, und das bringt uns eine Epoche der Stabilität und Eintracht. Soweit man weiß, hat kein Chef je einen Bürgerkrieg angezettelt, oder schlecht über den Präsidenten der Cortes geredet, und das will schon was heißen. Wenn das Land ein glücklicher Speisesaal sein wird, und die Leute sich nur noch darum streiten, wo man besser isst, dann ist das Ende aller Probleme, allerdings auch das Ende der Geschichte gekommen.«

Méndez konnte dem nur zustimmen, vielleicht weil er noch in den Überresten der toxischen Wolke hing.

»Es gibt immer noch viele Menschen, die schlecht essen, Señor Méndez«, sagte der Wirt, »wie Sie ja selbst gerade aufgezeigt haben, die nur an den Innereienständen kaufen, die früher ein Teil der gastronomischen Kultur unseres

Volkes waren. Heute ist das Proletariat fast verschwunden, das von der Revolution träumte, nur um einmal in den Genuss eines Beefsteaks zu kommen. Dafür gibt es jetzt das Proletariat der Immigranten, die beweisen, wie gerecht und vollkommen die Welt geworden ist. Die soziale Revolution wird von ihnen ausgehen, wenn sie einmal mehr sind als wir, also ist es dringend notwendig, dass sie gut essen und an einen Chef anstelle von Mohammed glauben. Die Küche ist heutzutage der Volksgeist, Señor Méndez, und wir haben den Zustand der Vollkommenheit schon fast erreicht: Niemand kennt mehr die Verfassung, aber den *Guide Michelin*, den kennen die Leute.«

Nach dieser beruhigenden Rede genehmigte sich der Herr Vorruheständler ebenfalls einen Cognac. An den ökologischen Likör wagte er sich nicht mehr heran.

»Möchten Sie noch etwas trinken, Señor Méndez? Sie wissen ja, geht aufs Haus.«

»Nein, vielen Dank. Der Cognac reicht, um die Algenpaella zu verdauen.«

»Und wie wär's mit einer Havanna? Ich habe kürzlich zwei geschenkt bekommen, aber meine Frau lässt mich nur eine rauchen.«

»Ich versuche gerade mit dem Rauchen aufzuhören, mein Freund, denn wenn das so weitergeht, wird man auf uns Raucher noch das franquistische Gesetz gegen Bandentum und Terrorismus anwenden. Aber danke für das Angebot.«

»Sie machen einen Fehler, sie abzulehnen, Señor Méndez. In einer Welt, in der alles maschinell gefertigt wird, bleiben nur noch zwei Dinge, die ausnahmslos Handarbeit sind: die Havanna und das Wichsen.«

Méndez nickte, und der Vorruheständler fügte hinzu:

»Natürlich hat meine Frau mir auch das Wichsen verboten.«

Méndez dankte und ging hinaus.

»Warum haben Sie es denn auf einmal so eilig? Haben Sie plötzlich Arbeit?«

»Ja«, erwiderte Méndez von der Tür aus. »Ich muss einen Kranz kaufen.«

»Es gibt also einen Toten«, sagte der Vorruheständler leise, »oder Méndez ist so wohlerzogen, einen Kranz zu kaufen, bevor er jemanden tötet.«

Es handelte sich nicht um einen Toten, sondern um eine Tote. Die Frau lag beim Bestatter in der Sancho de Ávila, doch von dort würde sie eine halbe Stunde später vertrieben werden, weil ein anderer Toter auf seine Chance wartete. Encarna, die alte Straßenhure, die alles für ihren Sohn getan hatte, hätte sich weder die Beerdigung noch die Aufbahrung leisten können, aber ein paar Kolleginnen hatten zusammengelegt, Münze für Münze. Sie waren alle da, fünf im Schweigen vereinte Schatten, und begleiteten Encarna ein letztes Mal. Alles sehr tröstlich, dachte Méndez, aber es fehlte der Sohn.

Sie hatte alles für ihn getan, und er war nicht da.

Sie legten den von Méndez spendierten Kranz nieder. Auf der violetten Schleife stand: »Friede den Frauen mit gutem Willen.«

Méndez hatte Encarna kennengelernt, als sie auf der Ronda de San Antonio unterwegs war, ein kleinbürgerlicher Ort, wo die Großväter den Straßenbahnen Namen geben und die Enkel ein japanisches Handy kaufen. Und er hatte es geschafft, für ihren Sohn einen kostenlosen Schulplatz zu ergattern. Dann war Encarna zu den Cafés in der Calle San

Pablo in der Nähe von Robadors abgestiegen, wo sie für ein Abendessen arbeitete, und Méndez hatte fern davon eine kostenlose Unterkunft für den Sohn gefunden. Am Ende ihrer Tage war Encarna in der Calle San Olegario gelandet, der letzten Ecke der Stadt, wo sie schließlich für ein Sandwich arbeitete, und Méndez nicht verhindern konnte, dass ihr Sohn am Ende in einer kostenlosen Zelle übernachtete.

Während er die Marina-Brücke entlangging, gebeutelt vom Meereswind, bedauerte Méndez es trotzdem, kein Kind zu haben. Er hatte nur Straßen, Fenster, wo er ein Mädchen kennengelernt hatte (das er nicht wiedersehen würde), Ecken, von denen aus er überwachte (und Hunde, die ihn überwachten) und Hauseingänge, in denen die Bewohner eine Hoffnung gebaren. Er dachte, dass er etwas mit David Miralles gemein hatte. Auch er hatte nur fremde Kinder. Er dachte auch flüchtig, wenn von ihm bald nur noch Asche übrig wäre, würde niemand diese Asche begleiten, höchstens ein Hauptkommissar. Oder nicht einmal das, vielleicht ein Abgesandter des Hauptkommissars. Oder vielleicht Loles, aber Méndez wollte nicht, dass Loles bei ihm Totenwache hielt.

Die arme Encarna, die nur an ihren Sohn gedacht hatte, hatte nichts davon gehabt. Als er am Ende der Brücke ankam, wo der Wind stärker wurde, hörte Méndez auf zu denken. Etwas weiter war der Bestatter. Und noch ein wenig weiter eine Kneipe mit Namen Andalucía, die Leute spießten Anschovis auf und tranken Longdrinks auf das Wohl der Toten.

Eine der alten Sexarbeiterinnen flüsterte ihm zu:

»Danke, dass Sie gekommen sind, Señor Méndez.«

»Ich bin froh, dass ich es getan habe. Encarna sieht wunderbar aus.«

»Ja, Señor Méndez. Als ob sie wieder jung wäre.«

»Hat sie leiden müssen?«

»Nein, Señor Méndez, aber sie ist mit dem Blick zur Tür gestorben.«

Es gibt Türen, durch die der Mensch, auf den du wartest, nie kommen wird.

Méndez ging langsam hinaus. Auf der Straße blies immer noch der Meereswind, der weiter oben bestimmt das Gebäude des Wasserversorgers wie eine Frauenzunge leckte – den Agbar-Turm, den man barmherzig das Kondom oder noch barmherziger das Zäpfchen nannte. Der Bürgermeister von Barcelona beteuerte, dass der Turm über großartige Lichtspiele verfüge, alles steuerfrei.

Und auf der Straße traf er ihn. Den Pajitas. Das war im Grunde nicht ungewöhnlich, denn bestimmt wollte der Pajitas zu einer Totenwache.

»Sie habe ich ja schon Jahre nicht mehr gesehen, Señor Méndez.«

»Bist du schon aus dem Gefängnis raus, Pajitas? Es tat mir sehr leid, dass ausgerechnet ich dich verhaften musste. Ich hoffe, du hast im Gefängnis etwas gelernt oder eine neue Chance bekommen.«

»Im Gefängnis gibt es keine Chance für Pechvögel, Señor Méndez. Sie glauben doch nicht, dass wir dort alle gleich sind und es so etwas wie soziale Gerechtigkeit gibt.«

»Ich weiß nur zu gut, was in den Gefängnissen los ist.«

»Dort gibt es Gefangene mit Geld, das sind die Herren, und die ohne Geld, das sind die Lakaien und manchmal auch die Sexsklaven. Es gibt mehr Ungleichheit zwischen zwei Gefängniszellen als zwischen einem Gebäude am Paseo de Gracia und einem in La Mina.«

»Wie ich sehe, ist es dir schlecht ergangen.«

»Na ja, ich habe mich damit abgefunden. Wenn du die Dinge in aller Ruhe angehst, gibt es immer Auswege, und seien sie auch noch so schlecht. Weil ich einen Beamten beleidigt habe, haben sie mich isoliert, zusammen mit einem Bankräuber, der ein Kind getötet hatte. Der Kerl gab mir Geld dafür, dass ich ihn schützte, und so konnte ich von dem Pöstchen ganz gut leben. Und wenn die Zeit zu lang wurde und er geil war, gab er mir was extra.«

Méndez schloss einen Moment lang die Augen.

Elend.

Im Gefängnis bekommen nie diejenigen eine Chance, die sie verdient hätten.

»Pajitas, sag mir den Namen von diesem Kerl, sag mir den Namen des Seelengefährten.«

»Leónidas Pérez.«

»Verdammt.«

»Was ist?«

»Er ist wohl vor dir rausgekommen.«

»Wir sind fast gleichzeitig rausgekommen, Señor Méndez, aber ich wurde rückfällig und bin wieder im Bau gelandet. Leónidas ist mit Sicherheit auch wieder rückfällig geworden, aber das ist eine andere Welt. Er war einer der Bosse im Gefängnis, er hatte Geld, gute Rechtsanwälte, er beherrschte die Welt der Drogen an einem Ort, an den nicht mal ein Joint kommen sollte. Ich war immer ein Pechvogel. Bei meiner ersten Verhaftung nannte ich mich Wolf, um mich wichtig zu machen, aber am Ende nannten mich alle Pajitas, Wichser. Manche kommen eben gebrandmarkt auf die Welt, unser Schicksal steht auf unseren Reißverschluss geschrieben.«

»Gehst du zu einer Totenwache?«

»Ja, es ist meine Schwester.«

»Mein Beileid.«

»Ich will sie noch mal sehen, denn als sie im Sterben lag, wollte sie mich nicht empfangen.«

»Dann nimm ihr wenigstens ein paar Rosen mit. Hier, nimm.«

»Das kann ich nicht annehmen, Señor Méndez.«

»Ich will, dass du mir alles erzählst, was du über diesen verdammten Leónidas weißt. Selbst wenn du nichts weißt.«

»Ich bin kein Spitzel, Señor Méndez.«

»Was zeigt, dass du sehr wohl etwas weißt und es nicht ausplaudern willst. Sehr löblich, aber dieser verdammte Leónidas ist ein anderes Kaliber, Pajitas. Hab kein Mitleid mit einem Mörder, der zudem noch geil ist. Und außerdem: Wann haben du und ich uns gesehen? Wie sollte er davon erfahren?«

Pajitas war unschlüssig. Es war offensichtlich, dass Leónidas ihn anekelte, aber noch offensichtlicher hatte er Angst vor ihm. Und noch etwas anderes war offenkundig, Pajitas wusste etwas Heikles, etwas, das brandheiß war. Mit einem Prankenhieb hielt Méndez ihn zurück.

»Du weißt, dass ich meinen Informanten nie in den Rücken gefallen bin«, sagte er. »Ich habe nie über sie gesprochen oder sie bloßgestellt. Außerdem schwöre ich dir, dass wir uns nicht wiedersehen. Ich werde dich nie mehr behelligen, Pajitas. Das Wort von Méndez.«

»Ich hatte nicht erwartet, darüber reden zu müssen, ich hatte nicht erwartet, Sie zu treffen.«

»Sag mir nur, wann du Leónidas zum letzten Mal gesehen hast. Nur das.«

»Vor zwei Tagen. Sie werden vielleicht denken, ich

hätte ihn aufgesucht, um ihm etwas aus dem Kreuz zu leiern, doch so war es nicht. Er hat mich aufgesucht, stellen Sie sich vor. Er, inzwischen ein König und ich ein Stück Scheiße im hinterletzten Scheißwinkel der Stadt. Tja, zwei Welten, die nichts miteinander zu tun haben. Aber wenn er jemanden finden will, dann findet er ihn.«

»Gut, Pajitas. Aber jetzt sag mir, warum zum Teufel er dich gesucht hat. Nur das.«

»Ich sollte nur eine Frage beantworten, Señor Méndez.«

»Es ist eine, die aus zwei Teilen besteht. Schau, Pajitas, wir stehen in einer Straße, wo niemand uns sieht. Beantworte mir den zweiten Teil, den letzten.«

»Leónidas hat Angst.«

»Das ist komisch bei einem Kerl wie ihm.«

»Von wegen Kerl, Señor Méndez. Leónidas ist ein Feigling, und deshalb hat er im Gefängnis alle Ärsche geleckt, die man lecken musste. Gute Führung garantiert, ein Gefangener, dem man vertrauen kann. Wie Sie wünschen, wie Sie befehlen, die sind doch alle gleich. Dem Richter vom Strafvollzugsgericht ging einer ab, wenn er ihn sah. Das Arschlecken wird nicht an der Uni gelehrt, sollte es, denn es ist überall ungeheuer erfolgreich. Und außerdem ist es einfach. Man muss dir nur zeigen, wie man die Zunge spitzt, damit sie sich gut hineinschieben lässt.«

Méndez zappelte ungeduldig mit dem Fuß.

»Ich weiß, warum er Angst hat«, brummte er. »David Miralles, der Vater des ermordeten Kindes, hat Omedes jahrelang gesucht, und dann hat er ihn aufgespürt und erledigt. Jetzt weiß er, dass Leónidas hier ist, also wird er auch ihn aufspüren und erledigen. Und Miralles ist eine Eieraufschlagmaschine, denn er schießt wie ein Gott. Also weiß Leónidas, entweder Miralles oder er selbst. Einer von beiden wird auf dem Friedhof landen. «

»Ich verurteile Miralles nicht, Señor Méndez.«

»Ich eigentlich auch nicht. Bei der gegenwärtigen Gesetzeslage bleibt dem Opfer keine andere Möglichkeit als selber Rache zu üben. Hast du schon das Neueste gehört? Ein Kerl hat seinen Vater umgelegt, weil er eine Waffe ausprobieren wollte. Der Vater krepiert, wie es sich gehört, aber dem Sohn hat die Generalitat ein Stipendium bezahlt, damit er einen Roman schreiben kann. Ich gehe mal davon aus, dass er wenigstens so höflich sein wird, ihn seinem Vater zu widmen. Also, selber Rache nehmen und Schluss. Aber als Polizist darf ich das nicht offen sagen.«

»Nun, davor hat Leónidas Angst, vor der Lynchjustiz. Jedes Mal, wenn er an Miralles denkt, geht ihm der Arsch auf Grundeis. Und weil all seine Versuche, ihn zu töten, bis jetzt fehlgeschlagen sind, hat er an jemanden gedacht, bei dem nichts schiefgeht. Er hat den brutalsten Killer angeheuert, den das Land in der letzten Zeit gesehen hat, Daniel Bermúdez. Sie wissen, wer das ist.«

Ein paar Augenblicke lang verwandelten sich Méndez' Augen wieder in die der alten Schlange.

»Klar weiß ich das, Pajitas, klar ... Er hat ein kleines Mädchen vergewaltigt und getötet, und trotzdem bekam er nach sechs Jahren schon wieder Freigang. Da hat er seine Frau getötet, die ihm untreu geworden war. Zwölf Jahre Haft, aber nach fünf Hafturlaub. Dann hat er ein weiteres Mädchen vergewaltigt und getötet. Achtzehn Jahre, die man dem Richter des Strafvollzugsgerichtes hätte verpassen sollen, weil er ihn rausgelassen hat. Aber der Kerl legt gute Führung an den Tag und hat jetzt wieder Hafturlaub beantragt. Bestimmt wird er ihm gewährt.«

»Tja«, sagte Pajitas leise, »dann hat er ja schon einen Job. Es wird in der kommenden Woche geschehen, hundertpro, und er wird Zeit genug haben, David Miralles umzubringen. Leónidas hat mich aufgesucht, damit ich Bermúdez im Gefängnis besuche und ihn überrede. Ich habe es gemacht, weil ich das Gefängnis kenne wie kein anderer. Und ich habe ihn überredet. Aber wenn man mich eines Tages der Komplizenschaft an dem Mord beschuldigt, Méndez, werde ich das beim Leben meiner Mutter abstreiten und auf Ihre scheißen. Sie verpflichten sich also in diesem Moment, mir zu helfen und auszusagen, was meine Anwälte Ihnen vorkauen.«

»Ich werde dir helfen. Méndez' Wort.«

»Sie werden sich fragen, wie es möglich ist, dass Bermúdez noch einmal rauskommt, aber am besten denken Sie an etwas anderes. Außerdem geht der Kerl kein Risiko ein. Ist der Job erledigt, eilt Bermúdez zu einem kleinen Hotel in der Provinz Tarragona, wo der Besitzer das Ankunftsdatum fälscht und schwört, dass der Gast sich dort nicht wegbewegt hat. Leónidas hat alles bezahlt. Und jetzt warnen Sie David Miralles, wenn Sie wollen, Señor Méndez, doch das wird Ihnen wenig nützen. Und das Mädchen, das bei ihm lebt, können Sie schon für tot erklären.«

Méndez presste einen Moment lang die Lippen zusammen und erschöpfte sich nicht in großen Reden, ein Wort genügte:

»Dreckskerl.«

»Warum?«

»Es ist eine Sache, bei einem Raub mitzumachen, und eine andere bei so einem hinterhältigen Mord.«

»Ich habe mich aus dem Fenster gelehnt, Señor Méndez. Wer sich da gerade dem Tod aussetzt, das bin ich.«

»Wie viel hat Leónidas dir bezahlt?«

»Genug, um davon ein Weilchen leben zu können. Wissen Sie, wovon ich lebe? Ich bettele auf der Straße. Und ich knie mich dabei hin, so demütigend das auch sein mag. Und die wohlmeinende Gesellschaft geht vorbei, ohne mich auch nur eines Blickes zu würdigen. Und es gibt noch einen anderen Bettler, der mich da weghaben will, weil er mir meinen Platz neidet.«

Der vom Meer kommende Wind blies immer stärker, aber er war warm, schwer, und brachte ferne Gerüche von Sonnencreme mit.

»Los, nimm die beiden Rosen für deine Schwester mit. Vielleicht ist sie die Einzige, die dir dankbar ist.«

34

Das kleine Hotel an der Küste in Tarragona lag nicht direkt am Strand und beherbergte nur wenige Leute, obwohl es viele Sommerurlauber gibt, die in den weiter vom Strand entfernten Hotels übernachten, weil sie billiger sind. Sommerurlauber, die dann mit dem Auto zum Strand fahren und alles zuparken. Der Sommer ist eine friedvolle, glückliche Jahreszeit, in der man einsam und allein über sich nachdenken sollte.

Der für drei Tage angemietete zwölfzylindrige Mercedes, Luxus pur, hielt vor dem Hotel. Es war kein Zufall, dass der Flitzer der auffälligste an der Küste war. Er sollte den Leuten ins Auge stechen, ständig. So würden sie sich später daran erinnern, dass die Karre sich dort nicht wegbewegt hatte.

Der kräftige große Mann von etwa fünfzig Jahren, der aus dem Mercedes stieg, sah sich um. Der Ort war gut, das

Auto würde auffallen. Ganz in der Nähe des Hotels erhob sich protzig ein Restaurant, das verkündete: »Paellas, Mariscadas – Sangría aus bestem spanischen Wein. *We speak english.*« Weiter hinten ein Straßenbordell mit einem knallroten Schild: »Haus Susana.«

Das Hotel, zu dem der Mann ging, lief wohl nicht so gut – oder der Besitzer verstand es nicht, es ordentlich zu verwalten –, denn auf einem kleinen Schild stand: »Nachfolger gesucht«.

Der Mann war gut gekleidet, ganz wie es dem Besitzer eines solchen Autos entsprach. Er begab sich zur Rezeption. Dort thronte ein glatzköpfiger Kerl, der gerade ein Kreuzworträtsel beendete.

Der neue Gast vermeldete:

»Daniel Bermúdez.«

Es war wichtig, dass er wie selbstverständlich seinen richtigen Namen nannte, damit es später keine Ungereimtheiten gab, wenn herumgeschnüffelt würde. Und es würde herumgeschnüffelt werden.

Der Glatzkopf verbarg seine Überraschung.

»Man hatte mir gesagt, Sie kämen erst später, Señor Bermúdez.«

»Ja, ich hatte geschäftlich noch etwas zu erledigen. Aber ich erledige die Dinge nie wie geplant. Wenn die Leute es lernen würden, flexibler in ihrer Planung zu sein, wären viele Gräber leer. Ich hoffe, Sie sind da mit mir einer Meinung, mein Freund.«

»Selbstverständlich, mein Herr.«

»Außerdem tue ich Ihnen einen Gefallen. Sie brauchen keinen gefälschten Meldeschein auszufüllen. Ich gehe hinein und verlasse drei Tage das Zimmer nicht. In Kürze werde ich drei Flaschen besten Single Malts bestellen, mir offiziell so einen hinter die Binde gießen, dass ich das Bett nicht verlassen kann. Morgen werden sie mir ein Mädchen aus dem Bordell besorgen und auf mein Zimmer bringen. Sie wird es nicht verlassen, bis ich gehe. Das ist das, was Sie wissen und was alle Welt zu hören bekommt.«

Am Ende hatte der neue Gast ganz leise gesprochen. Es konnte ihn nur der Hotelbesitzer hören, und die Empfangshalle war ohnehin leer.

»Selbstverständlich«, wiederholte der Besitzer.

Bermúdez lächelte. Es war ein breites, eiskaltes Grinsen, das sein Gesicht veränderte und ihn älter aussehen ließ. Er flüsterte:

»Ich sehe, Sie haben da eine Kamera, die alle aufnimmt, die hier reinkommen.«

»Ja. Das ist wegen der vielen Verbrechen hier in der Gegend. Die von der Versicherung wollten das so.«

Bermúdez drehte sich wie zufällig zur Kamera um, damit sie sein Bild aufnahm, und sagte:

»Umso besser.«

»Schon zweimal hat man Tankstellen hier in der Nähe überfallen, Señor Bermúdez. Ich bin bislang verschont geblieben, sie riechen wohl, dass das Geschäft schlecht läuft und hier nichts zu holen ist.«

»Ich denke, die Polizei wird etwas unternehmen.«

»Ja. Sie haben eine Razzia in dem Bordell gemacht.«

»Exzellenter Dienst.«

»Und sie haben drei Mädchen ohne Papiere ausgewiesen.«

»Eine fantastische Intuition. So werden sie das Verbrechen am Ende besiegen. Hören Sie, mein Freund, ich gehe davon aus, dass man Sie informiert hat, dass das Zimmer nach hintenraus gehen und im Erdgeschoss liegen soll.«

»Natürlich. Mit einem nicht einsehbaren Fenster.«

»Mir bleibt diese Nacht. Wenn Sie mir die Flaschen gebracht haben, vergessen Sie mich bis morgen. Ah … die Flaschen soll mir ein Kellner bringen, nicht Sie. Ich will, dass er sich an mich erinnert.«

»Natürlich, Señor Bermúdez. Hier ist der Schlüssel.«

Und er händigte ihm zwei Schlüssel aus.

»Für das Zimmer und für das Auto«, erklärte er leise. »Das Auto ist ein Peugeot 206 und steht auf dem Parkplatz hinter dem Haus. Ich habe ihn auf meinen Namen gemietet. Der Tank ist voll, Sie müssen nirgendwo halten. Unter dem Teppich im Kofferraum finden Sie alles, was Sie brauchen.«

Daniel Bermúdez lachte wieder.

»Ich werde es nur heute Nacht benutzen«, sagte er.

»Gut.«

»Ich nehme an, Sie haben die letzten Details mit meinem Freund besprochen.«

»Klar. Señor Leónidas wird mich zur selben Zeit entlohnen wie Sie.«

Bermúdez nahm die Schlüssel und ging mit seinem kleinen Wochenendkoffer Richtung Flur. Durch die Fenster konnte man einen kleinen Garten, einen kleinen Pool und einen einzelnen Baum sehen, an den gemütlich ein Hund pinkelte. Hinter dem Baum eine Hecke und hinter der Hecke das Bordell, in dem so viele wilde Mädchen in die europäische Kultur integriert wurden. Bermúdez schaute missmutig hinüber. Er bedauerte es, keine Zeit zu haben, sich dort umzusehen, das hatte er im Gefängnis am meisten vermisst. Aber morgen, wenn er den Job erledigt hatte, würde man ihm direkt ein junges Mädchen bringen oder etwas, das so aussah. Und er hoffte, dass sie hübsch war, sich dominieren ließ und kein Kind von Traurigkeit war.

Ein Mädchen.

Das ist es, was ein Mann der Tat braucht, damit die Welt nicht aufhörte, Welt zu sein.

Schade, dass sie nicht schon in seinem Bett lag, wenn er die Tür aufschloss.

Er ging hinein.

Und er sah all die wunderbaren Dinge.

Den Frisiertisch mit Spiegel.

Den Schrank mit Spiegel.

Das Bett.

Schade, dass kein Mädchen darin lag.

Oder doch?

Das Bett war belegt.

»Gefalle ich dir?«, fragte Méndez' lasziv.

Daniel Bermúdez' Augen schossen Pfeile ab, die man in der Luft hätte nachzeichnen können. Seine rechte Hand fuhr mechanisch an den hinteren Teil der Hüfte, er folgte einem Impuls, der aus den Tiefen der Zeit kam, aber er hatte seine Pistole nicht dabei. Er hatte nichts dabei, alles im Auto. Méndez hingegen spielte mit einem alten, riesigen Colt, der im Kriegsmuseum von London eine eigene Vitrine erhalten hätte.

Während Bermúdez um Fassung rang, stammelte er:

»Aber …«

»Ja, Süßer, ein Tipp. Aber du wirst nie erfahren von wem. In meiner Datei habe ich mindestens tausend Typen, die bereit sind zu reden, alle mit offenem Hosenstall. Und mindestens tausend Weiber, alle mit hochgezogenem Rock, da kannst du lange suchen.«

Er wusste, dass Bermúdez nicht suchen, sondern dass er sich bald wieder gefasst haben würde. Und in der Tat murmelte der resozialisierte Gefangene:

»Ich weiß nicht, warum zum Teufel Sie einen Spitzel brauchen, Méndez. Ich tue nichts Schlechtes. Ich habe Freigang. Ich habe angegeben, dass ich ihn hier verbringe. Niemand kann mir irgendetwas vorwerfen, also stecken sie Ihre erbärmliche Zunge dahin, wo sie Platz findet.«

Da ihm bewusst geworden war, dass er im Recht war, fügte er wutschäumend hinzu: »Außerdem übertreten Sie gerade das Gesetz, Méndez. Das Zimmer ist wie mein Zuhause. Ich könnte Sie wegen Hausfriedensbruch anzeigen.«

»Richtig ... Aber gib nicht dem Besitzer dieser Baracke die Schuld, denn er weiß von nichts. Ich habe festgestellt, dass man durch die Fenster im Parterre nicht nur hinein-, sondern auch hinausschlüpfen kann. Was es nicht alles gibt. Ich habe mir gedacht, dass du ein Zimmer nach hinten im Parterre nehmen würdest, also habe ich mich ein wenig umgesehen. Es gibt drei, die anderen beiden sind belegt, also habe ich mir ein paar Eisenstreben geschnappt und bin hier rein. Ich hoffe, es stört dich nicht, ich habe dir schon mal das Bett gewärmt.«

Bermúdez' Zähne knirschten vor Wut.

»Wärmen Sie sich von mir aus Ihren Arsch, Méndez. Ich sage es noch einmal, ich habe Freigang.«

»Ja, ich weiß. Sie sind auf dem besten Weg zur Resozialisierung. Da können wir ja alle aufatmen, an erster Stelle ich. Auch ich bin der Ansicht, dass jeder ein Recht auf eine Chance hat, aber du hast bereits drei oder vier vergeigt. Um das zu feiern, könntest du die Tochter des Richters flachlegen, der dir die Erlaubnis gegeben hat, und vielleicht würde sie dich resozialisieren.«

»Sie glauben nicht an das Gesetz, Méndez.«

»Ich glaube an die Opfer, aber wie es der Zufall will, spricht das Gesetz nie von ihnen.«

»Ich scheiß auf Ihre Toten, Méndez.«

»Da werden sie aber verärgert sein, wenn sie das hören.«

»Jetzt trauen Sie sich doch zu schießen … Trauen Sie sich, Sie Mistkerl.«

Méndez sagte:

»Mit dem größten Vergnügen.«

Er zielte auf ihn und sprang aus dem Bett. Es war keine Kugel im Magazin des Colts, denn er wollte keine Unvorsichtigkeit begehen. Und er trug die schusssichere Weste, so konnte man die Unwägbarkeiten reduzieren, mit einem so aktenkundigen Kerl wie Bermúdez war nicht zu spaßen. Doch das konnte er nicht wissen.

Oder vielleicht doch.

Bermúdez war zu viele Jahre in den Justizpalästen unterwegs gewesen und mit allen Wassern gewaschen. Er wusste, dass er das Recht auf seiner Seite hatte und dass Méndez nicht schießen würde. Und so machte er sich bereit für den Angriff, falls der Polizist auf ihn zukam. In seinem Gesicht regte sich nichts, nicht ein einziger Muskel.

»Ich will dir den Freigang nicht versauen«, sagte Méndez und kam auf ihn zu. »Ich werde ihn lediglich in diesem Hotel verbringen, mit dir. Ich werde am Nachbartisch essen. Ich werde mit dir im Pool schwimmen, Muskeln aufbauen. Und wenn du dir ein Mädchen aus dem Bordell holst, werde ich sie mit Rockmusik in Stimmung bringen. Du wirst keinen Grund zur Klage haben, Süßer, aber ich werde dich auf Schritt und Tritt verfolgen.«

Bermúdez entgleisten die Gesichtszüge. Die Kohle konnte er abschreiben.

Der Rufmord. Die Lächerlichkeit.

Sogar der, der ihn verpfiffen hatte, wer immer es war, würde über ihn lachen. Der Verrat. Das verzieh er nicht.

Jäh ließ er den Ellbogen hochschnellen, zu einem Schlag, den er im Gefängnis schon hundertmal erprobt hatte. Er setzte darauf, dass Méndez nicht schießen würde, und behielt Recht. Er überraschte Méndez, denn dieser hatte mit einer so schnellen Reaktion nicht gerechnet.

PAFF!

Méndez hatte das Gefühl, er müsse auf der Stelle einen billigen Zahnarzt aufsuchen, auch wenn es ein bulgarischer sein sollte. Als ob der Kiefer verschoben wäre. Méndez drehte sich. Er fiel vornüber aufs Bett, bereit, an Ort und Stelle erschossen zu werden.

Daniel Bermúdez war blitzartig verschwunden. Schon erstaunlich, wie viele Masterkämpfe der Kerl im Gefängnis gemacht hatte. Méndez stand auf, taumelte, fluchte auf das Vatikanische Konzil, welches auch immer, ging zur Tür, sah den leeren Flur, hörte den Motor eines Wagens, stieß einen Fluch aus, sah den Besitzer des Hotels, der mit geballten Fäusten auf ihn zukam.

Zum Glück war der Hotelbesitzer schwach und am Rande des Konkurses.

Und zum Glück hatte Bermúdez ihn nicht beim Herausgehen erledigt und sich auf die Suche nach dem Denunzianten gemacht.

Natürlich nicht. Bermúdez ist einer, der sich an die Gesetze hält. Er selbst hatte das Gesetz übertreten, er hatte kein Recht, sich hier aufzuhalten. Das Motorengeräusch entfernte sich. Méndez wusste, dass jemand sterben würde. Und er konnte sich auch vorstellen, wer. Und er hatte Zweifel, ob er rechtzeitig da sein würde, um es zu verhindern.

Er rannte hinaus und wieder fiel ihm das Vatikanische Konzil ein. Welches auch immer.

35

Méndez ahnte zwar, wer sterben würde, aber der Betroffene selbst ahnte es nicht.

David Miralles ging in eine Kneipe in einer unauffälligen Straße – neben einem Luxusfriseur, einem Schaufenster mit Handys und einem Antiquariat – und stieß die Tür aus geschnitztem Holz auf. Über der Tür verkündeten Neonbuchstaben: Girls Club. Hinter dem Eingang befand sich eine nicht allzu lange Theke, an der nur zwei Gäste auf Barhockern saßen. Vor jedem ein schottischer Malt Whisky, destilliert in Valdepeñas. Vor jedem Whisky eine Frau von fünfundzwanzig, auf wundersame Weise in ein Mädchen verwandelt.

Halbdunkel.

Zwei Tische vor der Theke.

Und dort stand ein anderes Mädchen, ein dunkelhäutiges. Bestimmt das einzige Mädchen, dem es gelungen ist, nach Europa zu kommen, damit man sie zur Frau macht.

Sie war auf dem besten Weg dazu. Kurzer Rock. Weiße Strümpfe bis oben. Hohe Stiefel. Mein Süßer, wie schön, dass du gekommen bist. Chup, Chup.

»Später kommen noch Kolleginnen«, erklärt sie, »es ist noch früh am Abend, aber wenn du willst, bringe ich dir etwas zu trinken. Du kannst dich an den Tisch da setzen, da sind wir ungestört. Die Getränke kosten fast genauso viel wie an der Theke.«

»Ich hätte gerne einen Macallan Whisky, und du kannst dir auch einen bestellen, wenn du magst«, flüsterte Miralles,

»aber im Moment wäre ich lieber allein, ich warte auf einen Kumpel. Danke.«

»Aber natürlich. Wie du willst.«

Zum Zeitpunkt ihrer europäischen Integration hatte die kleine Schwarze bereits gelernt, dass die Männer zum Vögeln kamen, dies aber nicht sagen wollten, und dass man ihnen Zeit geben musste, damit sie Ordnung in das Chaos ihres Lebens bringen konnten. Denn das Leben dieser Männer war ein Chaos. Die meisten redeten und redeten über ihr Unglück, bis man sie galant überzeugt hatte, das einzige Mittel dagegen sei eine Nummer. Die kleine Negerin war überzeugt, dass ihre Kolleginnen mehr über Psychoanalyse wussten als ein argentinischer Psychiater.

Zu diesem Zeitpunkt hatte sie auch bereits bemerkt, dass der Mann die linke Schulter nicht richtig bewegen konnte und dass das Jackett eine leichte Wölbung aufwies, bei der es sich um eine Pistole handeln konnte. Bestimmt ein Polizist, und Polizisten ließ man am besten in Ruhe.

David Miralles trank einen Schluck von seinem Whisky, der so wunderbar an die Reinheit der Gewässer in Schottland erinnerte. Ein echter Macallan. Man hatte ihn bestimmt für einen Polizisten gehalten, und die Polizei hinterging man besser nicht.

Er sah sich um. Das dezente Licht, die Spiegel, vor denen die Flaschen standen, die beiden Mädchen und ihre Brüste, an denen die Stadt saugte, die Vorhänge, die einen Teil des Lokals abtrennten, wo es Sofas, noch dezenteres Licht und weitere Möglichkeiten zum Saugen gab. Hier zogen sich die Mädchen nicht ganz aus, also ein Raum mit Respekt gegenüber der urbanen Kultur. Als er angefangen hatte, als Bodyguard zu arbeiten, hatte Miralles eine Kneipe geschützt, in der die Mädchen eigene Zimmer hatten, für die sie dem Besitzer Miete zahlten, als handele es sich um ein Hotel. In diesen Zimmern empfingen sie ihre Freier zu dem an der Theke oder den Tischen vereinbarten Preis, und wenn das Gesetz seine Nase hineinsteckte, behauptete der Besitzer, er sei schließlich nicht dafür verantwortlich, welchen Besuch seine Mieterinnen empfingen. Doch wenn das Gesetz seine Nase nicht hineinsteckte, sondern ein Betrunkener, ein Schläger oder ein illegaler Mafioso – denn es gab auch legale Mafiosi –, dann hielt der Besitzer sich bedeckt und Miralles kümmerte sich um die Sache. In jener Zeit, an die er nicht mehr denken wollte (als sein Kopf völlig leer war, als er um gute Jobs bat und schlechte bekam), waren vor seiner Pistole plötzlich geschrumpelte Schwänze und verzerrte Gesichter von Kerlen aufgelaufen, die nicht gekommen waren, die kurz davor waren, und ausgerechnet dann kam ein anderer und machte Ärger. Auch hatte er rote Hände von Sadisten gesehen, die ein Mädchen geschlagen hatten, und zugedröhnte Polizisten mit Polizeimarke am Sack. Und Mädchen, viele echte Mädchen oder angebliche Jungfrauen mit drei Kindern in Kolumbien, Kubanerinnen auf der Suche nach einem kapitalistischen Pass, Spanierinnen, die sich einen kubanischen Strand leisten wollten, Mädchen, die nach der Fabrik noch eine Sonderschicht schoben, um die arme Mama zu unterstützen. Miralles, du hättest nicht herkommen dürfen, verflucht seien deine Erinnerungen.

Aber du bist nicht deinetwegen hier, das weißt du. Du bist wegen deines Sohnes gekommen. Du warst in der Schule und weißt, wie man ihn erziehen wird, wie er Freunde und Freundinnen finden und vielleicht auf die Schenkel der Lehrerin schielen wird. Aber dann wird er älter werden. Dein Sohn wird älter werden, David Miralles, so wie du, und dann werden die Schenkel der Lehrerin in seinem Leib Explosionen auslösen, er wird sie an die Wände gezeichnet sehen, und dann wird er an Orte wie diesen kommen, wo man ihm vom Gelobten Land erzählt. Das Schlimme ist, dass er dann aufhört mit dir zu reden, David, er wird dir nicht mehr alles erzählen, wie er es als Kind tat. Euch wird ein Vorhang aus Schweigen trennen, gemacht aus Seidennachthemden. Du willst nicht, dass es dazu kommt, David, aber das wird es. Und weil du deinen Sohn nicht verlieren willst, wirst du zu ihm von Mäßigung sprechen, von Würde, von verantwortungsvollem Sex, du, der du Orte wie diesen geschützt hast, wo es weder Mäßigung noch Würde gibt und wo der Sex alles andere als verantwortungsvoll ist. Du wirst mit ihm auch über das gerechte Geld sprechen, du, der so viele Orte mit ungerechtem Geld verteidigt hat, du, der im eigenen Blut gespürt hat, wie das ungerechte Geld deinen Sohn tötete.

David Miralles spürte, wie seine Augen feucht wurden, ihm, einem Pistolenschützen, wurden die Augen feucht. Er war sich bewusst, dass er das Leben seines Sohnes lebte, doch das Leben seines Sohnes gab es nicht. Er konstruierte es, er konstruierte es für das Nichts.

Oder vielleicht auch nicht, vielleicht war das das Einzige, was sein Leben rechtfertigte.

Das Leben erfährt durch Dinge seine Rechtfertigung, die nicht existieren.

Und in diesem Moment betrat Eva den Raum.

Aber was tust du hier, Eva Expósito, Mädchen, in diesem Lokal mit angeblichen, retuschierten Mädchen. Es gefällt mir nicht, dass du hier bist, Eva, du bist nur meine Assistentin – und nicht immer die Klügste – und du sollst nur das tun, was ich dir sage.

»Entschuldigung, darf ich mich einen Moment setzen?«

Die kleine Negerin schaut sie irritiert an, aber sie denkt, wenn er von der Polizei ist, dann sie vielleicht auch, vor allem heute, wo die Mädchen ratzfatz zu den Bullen gehen und man ihnen eine Pistole und ein Gesetz gibt, während sie, die kleine Negerin, immer nur Prügel bekommen hat.

»Wenn die Señorita etwas bestellen möchte …«

»Nein, die Señorita möchte nichts.«

David Miralles Stimme klang allzu brüsk, jetzt, da die Dinge sich komplett gewendet hatten und nicht mehr rückgängig zu machen waren. Du warst dort, umgeben von diesen Mädchen, die dir nichts bedeuten, und basteltest ein Leben für deinen Sohn. Jetzt ist da noch Eva, die dir sehr wohl etwas bedeutet, und du kannst nichts mehr basteln. Deine Einsamkeit ist geplatzt, dein Sohn ist tot.

»Ich verstehe nicht, was du hier zu suchen hast, Eva.«

»Seit mehr als einer Stunde suche ich dich überall. Ich habe bei der Firma angerufen, ob man dir einen Spezialauftrag gegeben hat, ich war in der Bibliothek, wo du manchmal recherchierst, in zwei oder drei der Cafés, wo man dich kennt. Bis mir die Puste ausging. Dann bin ich nach Hause, um zu sehen, ob ich in deinem Zimmer etwas Persönliches finde, das mir einen Hinweis gibt, eine Visitenkarte oder so. Ich habe drei gefunden, und eine war von diesem Lokal. Ich dachte, du hast hier einen Auftrag, von dem du mir nichts erzählt hast, und ich bin sofort hierhergekommen. Ich habe die Visitenkarte zerrissen und auch die anderen beiden.«

»Warum?«

»Wenn sie mir als Hinweis gedient haben können, dann auch anderen. Man sucht dich.«

»Wer?«

»Man muss nicht sonderlich schlau sein, um zu kapieren, dass der, der deinen Sohn getötet hat, deine Rache fürchtet. Vielleicht weiß er durch die Sache mit Omedes, dass du ein guter Schütze bist, und dass du dein Ziel nicht verfehlst.«

Miralles sagte kurz angebunden:

»Gewöhnlich nicht.«

»Deshalb lebst du vermutlich noch. Leónidas hat einen neuen Killer angeheuert, und der ist schlauer als die anderen. Wir sind uns an der Tür begegnet, als ich raus bin, um dich zu suchen, ich mache die Tür auf, und er nutzt es, um ins Haus zu gelangen. Vielleicht hat er auf diese Gelegenheit gewartet, er hatte keinen nachgemachten Schlüssel. Oder vielleicht war es einfach nur Glück, keine Ahnung. Jedenfalls haben wir uns gestreift und genau gesehen. Zum Glück kannte er mich nicht.«

»Weißt du, wer es ist?«

»Er war vor einiger Zeit mal in der Zeitung. Ich habe sein Foto gesehen, und seine Augen haben mir Schauer über den Rücken gejagt. Deshalb erinnere ich mich daran. Vielleicht war er es auch nicht. Nein, so einen Zufall gibt es nicht. Er war es ganz bestimmt.«

»Wer, er?«

»Daniel Bermúdez.«

»Daniel Bermúdez sitzt im Knast.«

»Ja, aber man gibt diesen Kerlen doch Freigang am Wochenende. Es ist sehr gut möglich.«

»Oder auch nicht, Eva. Jemand wie Bermúdez wird streng überwacht und benötigt ein perfektes Alibi. Wenn mir etwas zustößt, wissen sie, dass er es war.«

»Oder ein anderer.«

Miralles nickte nachdenklich.

»Solange sie ihn nicht in flagranti erwischen, kann er den Job machen«, sagte Eva leise. »Vielleicht hat er sein Wort gegeben, und er macht den Job, ohne Rücksicht auf die Konsequenzen. Du hast genug Mörder kennengelernt, die auf ihre Art Ehrenmänner sind, vor allem, wenn jemand sie schützt.«

»Willst du damit sagen, Leónidas hat Bermúdez über Dritte angeheuert, um mich zu töten? Und Bermúdez muss dafür einen Freigang nutzen?«

»Genau das wollte ich sagen.«

»Und du bist trotzdem in die Wohnung zurück, nachdem du ihm im Hinausgehen begegnet bist? Hast du denn nicht gefürchtet, dass er da sein könnte und darauf wartete, dich zu erledigen? Es wäre nicht das erste Mal.«

»Ich dachte, ich müsste das Risiko eingehen, denn ich musste eine Spur finden, die mich zu dir führt. Zum Glück habe ich die Visitenkarten gefunden. Doch Bermúdez war nicht da, da war niemand. Bestimmt sucht er dich.«

»Dann warst du wirklich ein schlaues Mädchen, was eigentlich ungewöhnlich für dich ist, Eva. Das hast du gut gemacht, dass du die Visitenkarten zerrissen hast.«

Eva hatte die Augen geschlossen, sie freute sich über das Lob.

»Da bin ich mir nicht so sicher«, raunte sie.

»Warum?«

»Weil er vor mir die Karten gesehen haben könnte, falls es ihm gelungen ist, in die Wohnung zu kommen. Dann hätte es nichts genutzt, sie zu vernichten. Er könnte schon auf dem Weg hierher sein.«

Um David Miralles' Augen war ein leichtes, kaum merkliches Zucken zu beobachten.

Eva hatte die Augen wieder geöffnet. Augen, die nicht einmal zwanzig waren.

»David, lass uns von hier verschwinden.«

»Das werde ich tun, aber ohne Eile. Ich bin noch nie vor jemandem weggelaufen.«

»Ich habe das Gefühl, ich störe dich. Auf dem ganzen Weg hierher habe ich an dich gedacht, aber ich störe dich nur.«

»Ich weiß nicht, warum du das sagst, Eva.«

»Weil wir zusammenleben und ich dich sehr gut kenne. Wie man das eben so sagt, zusammenleben.«

Miralles schob das noch halbvolle Glas zur Seite.

»Worauf willst du hinaus?«, fragte er leise. »Was willst du von mir?«

»Dass du mir gegenüber fair bist.«

»Sag, was du zu sagen hast.«

»David, du wirst die Frauen nie kennenlernen.«

»Vielleicht habe ich kein Interesse daran.«

»Lass uns hier verschwinden. Wir müssen irgendwo einen Unterschlupf suchen, und wenn es nur für ein paar Nächte ist. Dann ist der Freigang von diesem Kerl beendet, er muss zurück oder er läuft Gefahr, dass man ihn für immer wegsperrt. Danach wird es einfacher sein, aber wir müssen die Entscheidung jetzt treffen.«

»Wie sehr du an mich denkst, Eva.«

»Vielleicht weil ich noch fähig bin, etwas für jemanden zu empfinden. Du hingegen weißt doch gar nicht, was es heißt, für Lebende Zuneigung zu empfinden. Du liebst nur die Toten.«

Und dann stand sie auf. Mit drei Schritten – mit denen

sie alle Träume der Gäste zum Platzen brachte, die sie vorbeigehen sahen – war sie an der Tür.

Und David Miralles folgte ihr.

Die Straße mit ihren Autos, dem Spiegelbild des Fortschritts, mit den Passanten, dem Spiegelbild der Arbeitslosigkeit, mit ihrem plötzlich hereinbrechenden Licht und ihrer Wärme. Dieselbe Eva hielt ein Taxi an, als wisse sie den Weg. Das Taxi stoppte. Auch der Mann blieb stehen, der direkt auf den Club zusteuerte, ein Mann mittleren Alters, der sich nur im Gefängnis sonnen konnte, und dessen absolut unverwechselbare Augen ihn älter machten.

36

Schön, Daniel Bermúdez, da hast du ihn.

Gut, dass du in die Wohnung gegangen bist, den Terminplan und die Visitenkarten dieses Mistkerls von Miralles durchgegangen bist, dir ein paar Adressen notiertest und dann alles so hinterlassen hast, wie es war. Du hast dich ganz schön sputen müssen, aber gute Arbeit wird immer belohnt. Der Mistkerl steht vor dir.

Und die Tussi.

Verdammt, die sieht sogar richtig gut aus.

Aber Daniel Bermúdez, der Mörder auf Distanz, machte den Fehler, auf die Frau zu achten. Es gibt immer einen einzelnen Gedanken, der alles ins Wanken bringt. Die Tussi, die Tussi, die Tussi. Weil Bermúdez den Blick nicht von Eva abwenden konnte, verlor er die wertvolle Sekunde, die das Leben vom Tod trennt.

Und Eva schrie:

»Da!«

Eine halbe Sekunde später zielte Miralles, die Pistole in der Hand, selbstsicher. Er wusste, er würde ihm das Hirn wegblasen.

Tod. Tod für dich, Daniel Bermúdez, für die Kinder, die du nicht hattest, für die Mutter, die glaubte, sie habe abgetrieben.

Aber in der halben Sekunde danach geschahen zwei Dinge. Zunächst und ganz unerwartet stellte sich Eva vor Miralles, um zu verhindern, dass ihn eine Kugel traf. Das ließ ihn einen Lidschlag lang zögern, weil er sie wegschob. Dann war da der Junge, der plötzlich auftauchte.

Der Junge.

Er dürfte etwa vierzehn Jahre alt sein und war an der Ampel über die Straße gerannt, bevor sie rot wurde. Er hatte den Bürgersteig noch nicht erreicht, da erfasste ihn eine Pranke und er spürte den Lauf an der Schläfe. Bermúdez hielt den Jungen am Hals fest und rief:

»Wirf die Pistole, Miralles! Weg damit, oder ich knalle ihn ab!«

Und da drehte sich auf einmal die gesamte Straße. Und Miralles' Augen weiteten sich, bis sie aussahen wie zwei schwarze Gräben. Und die Zunge brach ihm zwischen den Zähnen hervor, wurde ein lebendes Tier und schob sich in seinen Schlund.

Der Junge, der Junge.

Älter als sein Sohn.

Aber sein Sohn. Auch Eva stand wie versteinert da, sie traute sich nicht zu atmen. Und dann fiel sie auf die Knie auf den Asphalt, während die Straße sich ein weiteres Mal drehte. Sie bat ihn um Barmherzigkeit, Barmherzigkeit für den Sohn, den sie nie gehabt hatte.

Bermúdez schrie:

»Weg mit der Waffe oder ich knalle ihn ab! Auch sein Tod wird mich nichts kosten!«

Miralles fühlte sich wie im Tunnel der Zeit. Die Jahre waren nicht vergangen, das Leben war nicht weitergegangen, seit man seinem Sohn auch eine Waffe an den Kopf gehalten hatte. Plötzlich sah er die Szene, die er nie gesehen hatte, er sah den aufgeplatzten Schädel, das Blut des Kindes, und weiter hinten einen Fleck, einen weißen Grabstein.

Er ließ die Pistole fallen.

Er wusste es. Das metallische Klick auf dem Asphalt war sein Todesurteil.

Bermúdez lachte.

»Gratis«, sagte er.

Die Straße war weg, die Straße und ihre Geräusche waren verschwunden, die Straße war nur mehr wie ein schwarzes Rohr.

Er nahm die Pistole vom Kopf des Kindes weg und zielte auf Miralles. Es konnte nichts schiefgehen.

»Ciao«, sagte er.

In dem Moment explodierte die Kugel in seinem Kopf, zersprengte ihn, verwandelte seinen Nacken in etwas, das wie die Straße war, ein langes schwarzes Rohr.

Trotz des Rückschlages der riesigen 45er bewegte sich Méndez' Hand nicht einen Millimeter.

Niemand hörte ihn, als er sagte:

»Schade. Ich hätte dir eigentlich deine Rechte vorlesen müssen.«

In der Straße stand die Zeit immer noch still, die Autos hingen in der Luft, die Blase schluckte die Schreie, die quietschenden Bremsen, die der Reihe nach aufeinanderprallenden Autos, die Stimmen der Fahrer, die Lobeshymnen auf den Herrn sangen.

Méndez ging langsam nach vorn. Schritte durch die Blase. Nur seine Schritte. Seine ausdruckslosen Augen, die Augen der Schlange, die in den Straßen gewachsen ist, sich von den Nachbarn hat streicheln lassen, das Antirauchergesetz übertreten und ihr Essen im Container gefunden hat.

Eva, die inzwischen aufgestanden war, atmete immer noch nicht. Miralles nahm seine Waffe vom Boden auf und stammelte, den Blick auf Méndez gerichtet:

»Ich verstehe das nicht …«

»Ich muss mich bei einem Mistkerl bedanken.«

»Ich denke, diesmal bin das nicht ich.«

»Nein«, brummte Méndez, »der Mistkerl ist der Besitzer eines kleinen Hotels an der Küste, der Bermúdez Zuflucht und ein Alibi gegeben hat. Ich hatte Bermúdez schon bei den Eiern, da ist er mir mit einem Fluchtauto abgehauen. Da blieb mir nichts anderes übrig, als den anderen bei den Eiern zu packen.«

»Wen?«

»Den Hotelbesitzer. Ein armseliger Kerl, wenn das Hotel nur zwei Sterne verdient, bringt er es nicht mal auf einen. Ich hielt ihm die Waffe an den Schwanz und befahl ihm, sein Auto zu nehmen, das einzige, das direkt vor der Tür parkte. ›Verfolge ihn oder ich knall dich ab. Es ist mir egal, ob sie mich bei der Polizei rauswerfen.‹ Ich muss ziemlich unfreundlich geklungen haben, denn der Kerl hat in Windeseile den Wagen angelassen.«

Das Blut kehrte in Miralles' Hirn zurück und er war wieder in der Lage zu denken. Er flüsterte:

»Sie können auf der Autobahn doch niemanden mehr einholen, der einen Vorsprung hat.«

Méndez zuckte mit den Achseln.

»Mein Freund, Bermúdez, der Tote, konnte sich Verkehrssünden nicht leisten. Wenn man ihn verhaften würde oder auch nur anhielt, wäre alles zum Teufel gegangen. Also hat er sich an die Geschwindigkeitsbegrenzung von 120 gehalten, aber mein anderer Freund, der Hotelbesitzer, nicht. In Barcelona sind wir Bermúdez überallhin gefolgt. Es war nicht leicht, denn wir durften auf keinen Fall seine Aufmerksamkeit erregen. Unser Vorteil war, dass er das Auto nicht kannte.

Während Méndez redete, veränderte sich das Szenario auf der Straße radikal. Das Heulen der Sirenen, die Schreie, die blinkenden Lichter der Polizeiwagen waren überall. Einer der Polizeiwagen hatte sich auf der Fahrbahn quer gestellt, und eine uniformierte Beamtin mit Mütze, Pferdeschwanz, Pistole und Hintern wollte durch Armbewegungen den Verkehr stoppen. Aber das war nicht nötig, es gab keinen Verkehr. Ein weiterer uniformierter Beamter rannte mit gezogener Waffe auf sie zu, aber als er Méndez mit dem riesigen Revolver in der Hand sah, blieb er wie angewurzelt stehen und sagte, wenn auch in dienstlichem Ton:

»Verdammt, Méndez, verdammt, Méndez, verdammt, Méndez.«

Méndez reichte ihm seine Waffe.

»Ich habe geschossen, um zwei Leben zu retten«, sagte er. »Es gibt Zeugen. Doch ich glaube, meine brillante Karriere bei der Polizei ist beendet. Wie schade ... Jetzt, wo ich mir gerade meine Meriten verdiene.«

Er wandte sich Miralles und Eva zu. In seinem Gesicht lag Besorgnis, und das war ungewöhnlich, denn Méndez stand nicht gerade in dem Ruf, sich um irgendetwas Sorgen zu machen. Er sah sie an und flüsterte:

»Man wird euch stundenlang befragen, aber danach müsst ihr euch irgendwo verstecken. Sucht euch einen sicheren Ort, ohne Probleme. Dass ihr noch lebt, ist ein Wunder, ein zweites wird es nicht geben.«

Er drehte sich um und ging auf ein anderes Auto voller Beamter in Zivil zu, das rasant angefahren kam.

Es war nicht das erste Mal, das Méndez jemanden schützte, den er eigentlich hätte verhaften sollen.

»Wir müssen wohl auf den Richter warten«, sagte er.

»Hast du eine Ahnung, wo wir hinkönnten?«

Eva stellte diese Frage, als sie am nächsten Morgen freigelassen wurden.

»Ja. Ich glaube, da gibt es einen Ort.«

David Miralles wusste, dass sie nicht in die Wohnung zurückkonnten. Weder in die Wohnung noch in das Viertel, wo er mit seiner Frau die Liebe und den Verlust der Liebe erlebt hatte, wo sein Sohn seine ersten Schritte gemacht hatte, wo die Innenhöfe ihm das Geheimnis der toten Fenster, der Spatzen und der Katzen verrieten.

Wo er mit Mabel die letzte Liebe zweier Wesen geteilt hatte, die nicht mehr an sie glauben.

Doch Mabels Name war mit einer Adresse verknüpft, die sie selbst ihm gegeben hatte. Dort würde man sie niemals finden, jenseits von Hotels, Pensionen und anderen Labyrinthen der Stadt, der einzige Ort, wo sie sich ein paar Tage verstecken konnten.

Denn das Ganze durfte auf keinen Fall zu lange dauern. Weder er noch Eva konnten allzu lange bei der Arbeit fehlen, und Mabels Wohnung war keine dauerhafte Bleibe. Außerdem konnte es nicht angehen, dass er sich versteckte, es war ein anderer, der sich verstecken sollte.

Er würde Leónidas Pérez erledigen, er würde seine Rache bekommen.

Zu Eva sagte er:

»Lass uns gehen.«

In dem alten Horta-Viertel standen, wie Méndez mit großer Müdigkeit in den Füßen bemerkte, nur noch ein paar Ferienhäuser. Die früher so ruhigen Straßen – ein Stuhl, ein Pläuschchen – hatte man jetzt verbreitert, aber mit den riesigen Blöcken zu beiden Seiten wirkten sie noch schmaler als früher. Die Nachbarschaftsvereinigungen kämpften für eine Grünfläche, für Kanalisation und eine Ampel. Die Vögel waren ausgewandert, und die wenigen Dichter, die dort lebten, waren auf Befehl der zuständigen Behörde vertrieben worden.

Der Fortschritt eben.

Aber es gab noch ein paar einzelne Häuser mit Garten, eine Kiefer, ein Steingeländer, eine verrostete Schaukel und eine Pflanze, die jeden Herbst vor den Fenstern des Hauses starb. Manchmal trägt so eine Kiefer, Wunder aller Wunder, den Namen einer Frau, eingeritzt in ihre Rinde.

Als sie zu dem Haus kamen, sagte David Miralles:

»Das ist das Haus, von dem Mabel mir erzählt hat.«

Eva Expósito wollte nicht über Mabel sprechen.

Doch David Miralles fuhr fort:

»Warum hast du dich vor mich gestellt, als der Mann schießen wollte? Ich will wissen, warum du das getan hast.«

Und Eva erwiderte:

»Weil du der einzige Mensch auf der Welt bist, der mir Hoffnung gegeben hat, obwohl ich nicht weiß, ob du das je verstehen kannst.«

Kurz darauf betraten sie eine nahe gelegene Kneipe, von

der aus man das Haus sehen konnte. Die Kneipe war voller Arbeiter, die von der Schicht kamen, und befand sich in einem großen Block mit vertikalen Nischen, der die Harmonie der Völker darstellte. Sie trug einen sanften andalusischen Namen, pries einen spanischen Anis an, hatte eine philippinische Putzfrau und einen islamischen Kellner. Die Gäste, aus den Tiefen von Schlafzimmern geflohen, in die nicht einmal eine Frau hineinpasste, sprachen über die Fußballergebnisse und die Darlehen für ihre Wohnungen. Statt der alten Plakate über die Einheit des Proletariats hätte dort genauso gut ein anderes hängen können: »Darlehensnehmer der Welt, vereinigt euch.«

Rauchen war erlaubt. Das, was vom alten Spanien des Anislikörs noch übrig war, die Kippe und Muttis Schenkel. Ein Schild an der Tür sagte es klar und deutlich: »Wer nicht raucht, wird beschimpft.«

Eva flüsterte:

»Ich war in diesen Straßen unterwegs. Sie waren gar nicht so schlecht, denn auf den engen Bürgersteigen und zwischen den vielen Autos kann man gut klauen. Manchmal habe ich in den Gärten der wenigen Ferienhäuser geschlafen, die es noch gibt. Man hat mir erzählt, früher sei es überall so gewesen. Und im Sommer habe es Damen mit Kletterrosen gegeben und galizische Ammen, die die Kinder stillten. Schau sich das einer an, jetzt ist nicht einmal mehr ein Baum übrig. Und auch keine galizische Brust.«

»Das Haus, zu dem wir gehen, wurde von einem Marqués erbaut«, sagte er nachdenklich. »Ich glaube, eine Zeit lang gab es dort Mädchen. Mabel war eine von ihnen.«

Eva fragte auch dieses Mal nicht nach Mabel.

»All das macht mich traurig«, sagte sie leise. »Als ich in den Gärten schlief, hatte ich keinerlei Hoffnung.«

Und ihr Blick schien sich im Leeren zu verlieren. Plötzlich war ihr Blick jung, der eines ängstlichen Mädchens, ein so junger Blick, dass er aus einem Nest zu kommen schien. Aber Miralles bemerkte es nicht.

»Es ist merkwürdig«, sagte er.

»Was ist merkwürdig?«

»Ich habe geträumt, in einem dieser wenigen Häuser, die noch übrig sind, würde eines Tages mein Sohn leben.«

»Dein Sohn ...«

Eva biss sich auf die Unterlippe.

»Warum rekonstruierst du immer noch das Leben deines Sohnes?«

»Vielleicht weil ich nichts anderes habe.«

»Du hast nichts anderes?«

Schweigen. Auf einmal schien fern von den Geräuschen in der Kneipe alles tot. Sie gingen zu dem Gitter, das prachtvoll war, teilweise gehämmert, wie bei alten andalusischen Häusern. Dahinter lag friedlich eine kleine Welt aus Bäumen, Blumenbeeten und kleinen Lichtern. Im Haus war nicht das geringste Anzeichen von Leben zu erkennen. Auf dem Gitter suchte man vergeblich nach einer Klingel, dafür waren dort kleine metallische Rädchen ähnlich denen der Geldkassetten, bei denen man eine Zahl einstellen konnte. Miralles kannte sie, denn nach zwei Handgriffen quietschte das Gitter ein wenig und ging auf.

Eva dachte: ›Mabel‹. Aber sie sagte nichts.

Der Garten erstreckte sich bis zum Haupteingang des Hauses, einer zweiflügeligen Tür aus schwerem Holz, eines dieser wahrhaftigen Dinge, für die es nicht nur Geld, sondern Jahre braucht. Die Tür hatte ein gewöhnliches Schloss, in das Miralles einen Schlüssel steckte.

›Mabel.‹

Doch Eva schwieg wieder.

Im Garten gab es eine Gemeinschaft von Schatten und eine von Katzen. Wahrscheinlich war der Wachhund gestorben. Hinter der von Miralles geöffneten Tür sah man ein geräumiges cremefarben gestrichenes Empfangszimmer mit eleganten Möbeln im Stil der fünfziger Jahre und Türen, deren dunkle Holzbögen sich in Arabesken an der Wand fortsetzten.

Miralles, der ein paar alte Häuser bewacht hatte, musste sofort an die Gebäude des franquistischen Adels denken, die so stark mit der Sehnsucht nach dem Imperium verbunden waren. Doch dann fielen ihm noch zwei Details ein. Das Haus war von einem steinreichen Marqués nach dem Geschmack der damaligen Zeit erbaut worden. Und es hatte dort Mädchen gegeben.

Nun, der Marqués war nicht mehr da, aber die Mädchen schon. Er entdeckte zwei von ihnen in den hinteren Zimmern, die Türen standen halb offen. Und sogleich dachte er, dass diese Räume ursprünglich keine Schlafzimmer gewesen waren, denn in den Häusern der Reichen war es nicht üblich, dass diese auf das Vestibül hinausgingen. Aber jetzt war es so. Die Zimmer hatten einfache Betten. Und ihm fiel auf, dass die Mädchen, beide halbnackt, nicht auf einen Freier zu warten schienen – wie vielleicht in früheren Jahren –, sondern dass sie sich wie Hausherrinnen benahmen. Doch es schien sie nicht zu wundern, dass ein Mann und eine junge Frau das Haus betraten. Sie sagten kein Wort, schlossen einfach die Türen.

Eine Marmortreppe auf der rechten Seite führte in das obere Stockwerk. Das Geländer war aus Bronze und glänzte sanft im Halbdunkel des Vestibüls. Es brannte nur ein schwaches Licht, es sah aus wie eine dieser Kerzen, deren Flamme bei den Totenwachen zittert.

David nahm Eva sanft am Arm und gemeinsam gingen sie schweigend die Treppe hinauf. Oben, im ersten Stock, brannte ebenfalls nur ein Licht, alles war in Halbdunkel getaucht. Am Ende der Treppe befand sich eine Konsole und darüber das Porträt einer Dame. Das Kleid der Dame, ein luftiges Fantasiegebilde aus Organdy, Seide und einem kundigen Schneiderinnenblick, erinnerte ebenfalls an die Fotos der fünfziger Jahre, als die ehrwürdigen Damen Wohltätigkeitsveranstaltungen vorsaßen, jeden Oktober die Saison am Liceo eröffneten und an einem Nachmittag sieben Friseurinnen beschäftigten. Das war nicht schlecht für eine Madame, die sich darauf verstanden hatte, das Alter der Frauen und die Brieftaschen der Männer zu schätzen. Wenn das die Madame war.

Sie musste es sein, dachte Miralles, obwohl er sie nicht kannte. Er trat vor das Bild und sah zu beiden Seiten eine Tür. Er stieß die linke auf.

Und da sah er die Frau von dem Porträt, sie war nicht mehr dieselbe. Das Alter ist eben das Alter, sagen die Ärzte. Die Dinge sind, wie sie sind, sagen Mörder wie Leónidas. Jetzt zeigten sich das Alter und die Dinge in einem Rollstuhl, die gelbe Haut einer Frau, der Frau von dem Bild, die nicht mehr die Saison am Liceo feierlich eröffnen konnte, sondern bestenfalls ein Pantheon. Sie konnte sich kaum noch bewegen, hatte kaum noch eine Stimme.

Dennoch flüsterte sie:

»Zum Glück haben Sie sich entschieden, mich ins Jenseits zu befördern, nachdem ich so lange darum gebeten habe. Bitte machen Sie es bald.«

37

Im alten Poble Sec kommt ein Viertel der Bevölkerung nicht mehr aus Poble Sec. Die alten anarchistischen Arbeiter gibt es nicht mehr, und bei den Enkeln weiß man es nicht so genau … Von den Alten, die in den Krieg zogen, ist nur das Porträt einer Witwe geblieben, von denen, die Macià wählten, nur noch die Reste einer Fahne.

Méndez mit dem Disziplinarverfahren ging durch das Viertel El Raval bis zum Kommissariat, und dachte darüber nach, dass seine Lage noch nie so dramatisch gewesen war wie jetzt, und er wusste, das hatte nur einen einzigen Vorteil. Noch weiter konnte man ihn nicht degradieren.

Der Hauptkommissar begrüßte ihn:

»Verdammt, Méndez.«

Es war nicht einmal Loles da, die wenigstens seine Augen erfreute, und das, obwohl sie schon seit Monaten Spenden für seinen Kranz sammelte. Nur ein paar junge Mädchen, die gerade aus der Polizeischule kamen, und ihre Pistole so eitel zur Schau trugen, als wäre es ein Halstuch von Hermés. Verdammt, Méndez, wie der Hauptkommissar immer sagte. Auch sie kennen dich nicht.

Méndez setzte sich geschmeidig, zur Überraschung derjenigen, die erwartet hatten, seine Knochen knacken zu hören.

»Sie mischen sich aber auch in jeden verfluchten Schlamassel ein, Méndez. Ich weiß nicht mehr, was ich mit Ihnen machen soll. Erst schneiden Sie einem Kerl mit einer kaputten Weinflasche die Eier ab, die zu allem Überfluss auch noch Markenwein enthielt. Glauben Sie ja nicht, das wird der Staat zahlen. Und dann blasen Sie einem anderen das Hirn weg.«

»Der hatte schon lange kein Hirn mehr«, warf Méndez respektvoll ein.

»So ein Scheiß. Dieser Bermúdez hat sich im Gefängnis sehr anständig benommen, er war fast schon vertrauenswürdig, er wollte sogar irgendetwas studieren, ich glaube Vergleichende katalanische Grammatik, da hat er auf Unterstützung gehofft. Eines Tages wird jemand aufdecken, wo all die öffentlichen Gelder hinwandern, Méndez. Wo die privaten hinwandern, kann ich ihnen jetzt schon sagen. Ein Anwalt verlangt, dass Sie das Opfer entschädigen und aussagen, Bermúdez habe nicht vorgehabt, auf das Kind zu schießen. Außerdem haben Sie mit einer nicht vorschriftsmäßigen Waffe geschossen. Deshalb verlangt der Anwalt jetzt eine andere Art von Entgegenkommen.«

»Was zum Teufel?«

»Der Anwalt spricht von ›Kollateralschäden‹.«

»Und was meint er damit?«

»Keine Ahnung, Méndez, aber die Kollateralschäden erhöhen die geforderte Schadenersatzsumme, und Ihnen kann eine Strafe drohen, die Sie nicht mit zehnmal Weihnachtsgeld begleichen können. Und am Ende muss sich der Staat darum kümmern – er machte eine kleine Verbeugung – denn Sie, Méndez, sind ja bekannt dafür, dass Sie chronisch pleite sind.«

»Stimmt«, gab Méndez zu. »Ich schulde der Hälfte aller Buchhändler von Barcelona Geld.«

»Verstehen Sie jetzt?«

»Ich weiß, dass man mir demnächst die Anklageschrift präsentieren wird«, flüsterte der Beschuldigte. »Ich fürchte, ich bin der meistgesuchte Polizist von ganz Barcelona.«

»Das sind Sie. Ich an Ihrer Stelle würde mir eine Tarnung zulegen.«

Méndez dachte ein Weilchen darüber nach.

»Ich hab's«, sagte er dann. »Ich werde um eine Geschlechtsumwandlung bitten.«

»Da wären Sie nicht der erste Polizist, der das tut, mit der Hoffnung, in Mutterschutz gehen zu können. Aber nun mal im Ernst, Méndez, lassen Sie uns Tacheles reden. Erstens: Gehen Sie mir nicht auf die Nerven. Zweitens: Sie sind superaktenkundig. Drittens: Wir werden versuchen, Sie da rauszuholen. Viertens: Entsorgen Sie Ihren verfluchten 45er-Colt. Fünftens: Mischen Sie sich nicht in eine parlamentarische Ermittlung ein, sonst schneide ich Ihnen die Eier ab, auch wenn ich bezweifle, dass Sie das überhaupt merken würden. Sechstens: Sagen Sie mir, was Sie über diesen Kerl namens Leónidas Pérez wissen, der hinter all dem stecken muss.«

»Er ist verschwunden«, sagte Méndez leise. »Ich weiß nichts über ihn, obwohl er immer noch die Fäden zieht, denn er handelt über Mittelsmänner. Und was für welche.«

»Es gibt zu viele Orte, an denen er sich verstecken kann«, befand der Hauptkommissar. »Es ist ein Land für Touristen, jeder kann sich nach Belieben in einen Touristen verwandeln.«

»Früher war es noch schlimmer«, meinte Méndez. »Minister Fraga überreichte dem millionsten Touristen immer einen Blumenstrauß, und immer war das rein zufällig eine geile Schnecke.«

»Ha.«

»Ich hätte da einen Plan«, murmelte Méndez. »Dieser Mistkerl von Leónidas hält es keinen Tag ohne Frau aus, so könnten wir ihm auf die Spur kommen. Das Blöde ist, dass ich ihn nicht verfolgen kann, denn ich habe noch keine Frau kennengelernt, die mich länger als zehn Minuten erträgt.«

»Denken Sie, wir würden nicht in diese Richtung ermitteln?«, sagte der Hauptkommissar. »Wir haben in verschiedenen Bordellen und Begleitagenturen (oder wie sie sich auch immer nennen) Informanten, sogar bei Seniorenorganisationen. Ich nehme an, dort vermuten Sie die Frauen, die Ihnen die Informationen geben, Méndez.«

»Ein schlechter Scherz, Hauptkommissar. Seien Sie ihnen gegenüber nicht respektlos. Einige dieser Frauen waren berühmte Damen, die schon zu Francos Zeiten Minister unter den Teppichen versteckt hatten. Eine andere mögliche Informationsquelle sind die Banken, das Geld, aber in die Banken lässt man mich nicht hinein.«

»Dem sind wir sorgfältig nachgegangen, Méndez. Alle Geldbewegungen, die mit diesem Kerl zu tun haben könnten, haben wir überprüft. Nichts.«

»Ich weiß«, sagte Méndez, »dass Miralles und das Mädchen nach der Befragung zu einer unbekannten Adresse gegangen sind, aber ich werde sie suchen.«

»Keine schlechte Idee.«

»Ich weiß nicht, ob Sie sich noch an einen alten Polizisten erinnern, Hauptkommissar, Julián Andrade. Er war bei der Jugendkriminalität.«

»Natürlich erinnere ich mich, natürlich. Er war der Verbittertste von allen, die sich in den Straßen dieser Stadt die Hacken abgelaufen haben.«

»Nach Andrades Beerdigung war ich in seiner Wohnung. Papiere, alte Möbel und eine an den hinteren Fenstern sterbende Sonne – aber vielleicht bin ich ja auch kein Spezialist für die Betrachtung von Wänden. Jedenfalls hat Andrade David Miralles gebeten, er solle dieses vom Weg abgekommene Mädchen schützen, das jetzt bei ihm lebt, Eva Expósito. Ich habe bis zum Erbrechen Papiere unter die Lupe genommen, Hauptkommissar, und Sonnenstrahlen, die auf ein und derselben Steinplatte starben. Und genau deshalb habe ich diesen Leuten etwas zu sagen. Ich muss mit Miralles sprechen, und zwar bevor die Kugel abgeschossen wird, die seinen Namen trägt.«

»Dann suchen Sie ihn, bevor ich den Aktendeckel zuklappe.«

»Ich versuche es«, versicherte Méndez. »Und es wird mir bald gelingen, denn die Zeit arbeitet gegen mich. Vor allem, weil ich mir gar nicht sicher bin, ob David Miralles überhaupt weiterleben will.«

»Diese verfluchte Stadt ist voll von Leuten, die töten wollen, und solchen, die sterben wollen«, brummte der Hauptkommissar. »Die könnten das doch unter sich ausmachen.«

38

Die Frau im Rollstuhl wiederholte:

»Tun Sie es schnell.«

David Miralles' Augen – aber vor allem Evas – wollten nicht glauben, welch beklemmende Atmosphäre in dem Zimmer herrschte, das dadurch aber nichts an Eleganz einbüßte. Die Fenster waren geschlossen und es brannte nur ein kleines Sterbelicht.

Die in den Kleidern gefangene Hitze, die zahlreichen Medizinfläschchen auf einem Beistelltisch, die Haut der Frau. Der Geruch, der die Luft noch schwerer machte. Miralles erkannte, dass die Frau in den letzten Zügen lag.

Mabel hatte bereits mit ihm über das Thema gesprochen.

Er sah Madame Ruth an.

Das war also alles, was von den großen Jahren, dem geheimen Glück, den Großbürgern mit den prall gefüllten Brieftaschen und den jungen Mädchen mit weißen Kniestrümpfen übrig war.

Aber in Barcelona, dachte er, hatte es immer schon Großbürger, Mädchen und natürlich auch Strumpfhersteller gegeben.

Um den Frieden im Raum nicht zu stören, flüsterte Miralles:

»Ich fürchte, hier liegt eine Verwechslung vor, Señora.«

»Nein. Mabel sagte, es würde jemand kommen, um dem hier ein Ende zu machen, und ich glaube nicht, dass Sie um diese Zeit vorbeikommen, um mir gute Nacht zu sagen. Sie sehen nicht aus wie ein Krankenpfleger.«

»Nein, das bin ich auch nicht.«

Miralles war sich sicher, dass die Kranke durch das Grabeslicht im Zimmer hindurch Eva Expósito nicht gesehen hatte, die in der Dunkelheit hinter dem Türrahmen stand. Er gab ihr ein Zeichen näherzukommen, und so betrat auch sie die Sterbekammer. Er war von Mabel über die Lage unterrichtet, und weil er dort wenigstens ein paar Tage unterkommen musste, wollte er den Irrtum nicht aufdecken, zumindest nicht bis Mabel kam. Es wunderte ihn, dass sie nicht zu Hause war.

Sein Schädel brummte. Er meinte immer noch, die Waffe am Kopf des Jungen zu sehen.

»Sie müssen sich jetzt hinlegen«, sagte er sanft. »Sie können die Nacht nicht im Rollstuhl verbringen.«

»Warum nicht? Was macht das schon?«

»Natürlich macht das etwas. Wenn zu Ihrem Leid noch ein weiteres hinzukommt, dann wird es für Sie unerträglich.«

»Es ist bereits unerträglich.«

»Aber es kann besser werden. Es ist zum Beispiel verdammt warm hier, ich werde das Fenster öffnen.«

Eine leichte Meeresbrise, die vom Strand kam und den Ratten den Sommer erleichterte, hüllte die Madame ein, und sie schloss die Augen. Miralles musste sich wohl auch erleichtert fühlen, denn er atmete ein paarmal tief durch. Hinten im Raum erblickte er ein Metallbett, ein Krankenhausbett, sauber und perfekt gemacht. Auch die Frau war sehr sauber. Es war offensichtlich, dass sich jemand um sie kümmerte.

»Ich werde Sie ins Bett bringen. Ich gehe davon aus, dass es Ihnen nichts ausmacht, wenn ein Mann Sie auszieht.«

»Wer sind Sie?«

»Ich bin ein Freund von Mabel.«

»Und weshalb sind Sie hier?«

»Darüber reden wir später. Sie sollten erst einmal schlafen. Ich vermute, Sie bekommen immer eine Tablette.«

»Man gibt mir alles Mögliche, durch den Mund und durch den Hintern, ich bin es leid. Zudem weiß ich genau, dass es überhaupt nichts nutzt, außer mich zu einem … mal sehen, ob ich das passende Wort finde … zu einem Leichnam im Dienste der Wissenschaft zu machen. Sie probieren Sachen an mir aus, um mich leiden zu lassen; wie ich gehört habe, machen sie das in vielen Krankenhäusern. Wenn eine Mixtur dein Leben verlängert, oder wenn du dabei zugrunde gehst, probieren sie es noch an einem weiteren Dutzend Patienten aus und lassen sich das Ganze dann patentieren. Und ich will gar nicht daran denken, was sie erst mit den armen Tieren machen … Aber ich bin kein Tier. Wenigstens weiß ich, dass ich ein Recht habe, in Würde zu sterben.«

»Soweit ich es verstanden habe, ist das zwar ein Recht, aber man muss es ausdrücklich und auf legale Weise einfordern.«

»Ich habe es eingefordert, aber niemand schert sich darum. Ich bin nur als Versuchskaninchen gut.«

Sie drehte den Kopf zum Fenster, sog gierig die Luft ein und sagte dann mit rauer Stimme:

»Mabel will sich an mir rächen. Sie will meine Krankheit so lange wie möglich hinauszögern. Sie will, dass ich leide.«

Miralles gab ihr keine Antwort. Während er versuchte, seine Gedanken zu ordnen, nahm er sie auf den Arm und trug sie zum Bett. Sie wog fast nichts. Die Krankheit hatte sich in ihrer Haut festgesetzt, sie war nur mehr ein Stück Wachs. Sie hatte sich in ihren Knochen festgesetzt, sie waren nur noch leere Schalen, das Kalzium in ihnen hatte sich in Luft aufgelöst.

Die Zeit zerstört alles, dachte Miralles distanziert, und das Schlimmste ist, dass wir es sind, die die Zeit erschaffen, sie erzeugen.

»Ich habe Sie vorhin gefragt, ob es Sie stört, wenn ein Mann Sie auszieht.«

Madame Ruth lachte kurz, nachdem sie einen neuen Hauch Luft eingesogen hatte.

»Wieso sollte mich das stören? Es gab mal eine Zeit, in der mich ein paar Männer ausgezogen haben, nur ein paar, machen Sie sich kein falsches Bild. Und ich habe sie ausgezogen. Wieso, verdammt, sollte ich mich da schämen? Obwohl das natürlich etwas anderes ist. Früher war ich eine Frau, jetzt bin ich nichts.«

»Ich sehe, Ihr Bett ist sehr sauber.«

»Ja. Wenigstens darin ist Mabel vernünftig. Es ist immer

jemand da, der sich um mich kümmert, nur heute Nacht ist niemand gekommen.«

Und sie fügte hinzu:

»Ich bin es gewohnt, gut behandelt zu werden. Ich war eine Dame.«

»Mabel hat mir so etwas erzählt.«

»Wie haben Sie Mabel kennengelernt?«

»Das hat keine Bedeutung.«

»Natürlich hat es das nicht. Mabel kennt viele Leute und spricht mit vielen Leuten. Sie kann raus, und ich kann mich nicht bewegen. So, da hat Mabel Ihnen also ein paar Sachen erzählt ... Gut, vielleicht hat Sie Ihnen von dem Spanien erzählt, das mich zur Dame gemacht hat. Das Spanien des Hungers. Hunderte von Mädchen kamen mit knurrendem Magen und einer Zukunft im Bauch nach Barcelona. Und ich habe Arbeit für ihre Bäuche gesucht, das heißt, ich habe ihnen das Leben gerettet und wurde nebenbei zu einer der treibenden Kräfte dieses Landes. Denn dieses Land wurde mit dem Hunger aufgebaut. Ich weiß nicht, ob Sie alt genug sind, um das zu verstehen. Aber Sie sind alt genug, um zu wissen, dass es heute genauso läuft. Zwar nicht mit dem Hunger der Spanier, aber dem der Einwanderer. Wir haben den Hunger überwunden. Und es strömen Tausende von Mädchen ins Land, die nichts anderes haben als diese eine Zukunft, die ihres Bauches. Wissen Sie, die sind weit ärmer dran als meine Mädchen damals. Denn ich habe ihnen meine Zuneigung und ein vernünftiges Leben geschenkt. Ich war eine Dame.«

Während sie ihren Kopf in das Kissen sinken ließ, stammelte sie:

»Aber ich bezahle dafür.«

»Vielleicht war das alles zu Ihrer Zeit nicht so schlimm«,

sagte Miralles versöhnlich, er wollte so schnell wie möglich von hier fort. »Heute mit der Mafia ist das alles viel schlimmer.«

»Das nennt man wohl Fortschritt. Niemand schafft es, alle Probleme zu beseitigen, man verschiebt sie nur. Aber ich kenne meine Probleme und ich kenne meine Zeit, denken Sie nicht, nur weil ich hier eingesperrt bin, bekomme ich nichts mehr mit. Im Gegenteil, ich bekomme alles mit, und deshalb möchte ich Sie um etwas bitten.«

»Worum?«

» Ich möchte sterben, wie ich gelebt habe.«

»Das sagten Sie bereits. Wie eine Dame.«

»Aber was ich vor allem will, ist sterben. Es ist mein letztes Recht.«

»Das bestreite ich nicht«, sagte Miralles versöhnlich, denn er wollte so schnell wie möglich zum Ende kommen.

»Ich dachte, Sie wären deswegen hier. Um die Uhrzeit konnte ich mir keinen anderen Grund vorstellen.«

»Vielleicht, aber geben Sie mir Zeit.«

Kranke muss man belügen, dachte Miralles, auch Verliebte, Wähler, alle Wähler. Wähler, die gerade anfangen, sich im Leben umzuschauen, und die, die längst damit aufgehört haben. Die Lüge ist die größte soziale Erfindung, denn aus ihr entstehen Trost und Hoffnung.

»Ich will nicht, dass Sie leiden«, sagte Miralles.

»So war es ausgemacht.«

»Und so wird es geschehen. Sie müssen nur ein wenig Geduld haben. Kommen Sie denn nie aus diesem Zimmer heraus?«

»Früher ein wenig. Ich bin sogar einmal zur Messe gegangen. Wissen Sie, dass zu meinen besten Zeiten meine Mädchen ein Medaillon oder ein Kreuz trugen? Ich weiß nicht warum, aber meine Mädchen waren der Meinung, auch die Jungfrau sei den Männern ausgeliefert gewesen. Na ja ... Jetzt kann ich nicht mehr hinaus. Allein bis zum Fenster zu kommen, kostet mich eine enorme Anstrengung, aber das schaffe ich wenigstens noch. Das Zimmer verlassen nicht mehr ... Außerdem ist die Treppe ein unüberwindliches Hindernis. Ich weiß nicht, was im Haus vor sich geht.«

»Gehört es Ihnen?«

»Es gehört Mabel. Ein Marqués, der ihr Freier war, hat es ihr vermacht, aber unter der Bedingung, dass ich hier wohnen darf.«

»Und sie behandelt Sie wie eine Dame.«

»Nein. Mabel will, dass ich leide, das habe ich schon gesagt. Aber ich bin immer noch eine Dame.«

»Natürlich. Ich verspreche Ihnen, Sie werden nicht leiden.«

David Miralles hatte genug Jahre auf der Straße verbracht, um zu wissen, wie man Leute beruhigt. Er strich einen Moment über Ruths verbrauchte Haut und vollbrachte das Wunder der Hände.

»Und jetzt versuchen Sie zu schlafen. Es wird alles gut.«

Er ging langsam aus dem Zimmer hinaus und ließ das Fenster offen. Ruth lag ruhig und reglos da. Die Tür schnappte beim Schließen nur leise zu. Miralles stand vor der Dunkelheit und den Geräuschen aus dem unteren Stock, die nicht bis zu der Kranken vordrangen. Alles war Stille an diesem Ort aus einer anderen Zeit.

Miralles war ruhig, merkwürdig still angesichts der Ereignisse. Er glaubte, dass Eva und er keiner Gefahr ausgesetzt waren, sie befanden sich in einer Art Blase, die sie von der Realität trennte. Er wusste, dass man sie töten wollte, aber es würde nicht gelingen.

Er irrte sich. Die Person, die entschlossen war, sie zu töten, strich bereits um das Haus herum.

Mabel kam herein.

Mabel, du bist schon eine reife Frau, bei der – nach Expertenmeinung – Kurven, Fettpölsterchen und Pfirsichhaut im Überfluss vorhanden sind, aber du bist immer noch die Frau, die auf der Straße groß rauskommt und in der Tür ihren Hintern rausstreckt. Du kennst alle Stellungen auswendig, du könntest eine ganze Abhandlung darüber verfassen, deine Scham hat ein Kampfsportdiplom, und deine Zunge weiß, was sie tut. Deine Befähigung kommt von weit her, aus den Tiefen der Zeit, aus allem, was die Männern dir in ihrer verdammten inneren Zeit gegeben haben, aber du hast dir die mädchenhafte Anmut bewahrt, deinen Schülerinnenschopf und eine Spur der weißen Kniestrümpfe.

Schön. Mabel kam herein.

Mabel sah Eva Expósito, die dort nichts zu suchen hatte, und Eva Expósito sah sie. Als ihre Blicke sich kreuzten, prallten sie aufeinander und erzeugten eine Art Knistern in der Luft. Und beide dachten sie dasselbe: ›Du bist also die andere.‹ Und in der Tiefe der Augen blitzte es zweimal kurz, so wie die Zunge einer Schlange.

Und Miralles tauchte auf den letzten Stufen der Treppe auf.

»Am besten erkläre ich dir alles, Mabel. Es ist so viel passiert, seit wir uns das letzte Mal gesehen haben.«

Es herrschte Totenstille. Die Mädchen, die gerade noch in den Türen standen, waren verschwunden. Nur farbige Stuckelemente, die bald hundert Jahre alt werden, der

Glanz von Marmor aus der Zeit vor Franco, Milchglaslichter. Die brüllende Stadt hat am Garten des Hauses haltgemacht, das nur von einer Katze belauert wird.

»Ich vermute, du brauchst einen Unterschlupf.«

»Ja.«

»Und die Polizei?«

»In diesem Fall kann ich mich nicht auf die Polizei verlassen.«

»Mach dir keine Gedanken. Ich habe dir die Adresse gegeben, falls du mich brauchst. Es ist also in Ordnung. Ich vermute, das ist … wie hieß sie doch?«

»Meine Assistentin Eva Expósito.«

»Gehen wir in das hintere Zimmer, das ist das ehemalige Arbeitszimmer des Marqués, am Ende hat er seine Angelegenheiten von hier aus erledigt. Dort können wir in Ruhe reden.«

Das Büro, auf das das alte Spanien stolz gewesen wäre, ließ deutlich erkennen, für welche Ideale der Marqués gelebt hatte. Pfaffenmöbel, kardinalrote Tapeten, Bilder von Gala-Abenden im Liceo, von Empfängen in der Capitanía, Abende mit Bernard Hilda und seinem Orchester, mit Bischöfen, die gerade die Seele der Stadt retten, das Porträt eines Obersten, der wahrscheinlich am Ebro gefallen ist, und sogar ein Konterfei von Pius XII.

»Es ist nichts angerührt worden«, sagte Mabel. »Ich habe mal daran gedacht, die Möbel zu verkaufen, aber es lohnt sich nicht, man bekommt fast nichts dafür. Sagt mir, was los ist, und dann sehen wir weiter.«

Miralles' Erklärung war einfach und klar.

»Es gibt einen sehr mächtigen Kerl, der sich in der Stadt versteckt hält und mich töten will, bevor ich ihn erwische. Er ist im Vorteil. Er hat Geld, und ich habe nur Erinnerungen. Vor Kurzem wäre es ihm fast gelungen, und ein Polizist namens Méndez hat mir geraten, eine Zeit lang abzutauchen. Auf das Gesetz kann ich nicht zurückgreifen, denn das kann sich jeden Moment gegen mich wenden. Ich muss nachdenken, und wenn es auch nur für ein paar Tage ist. Ich hoffe, du verstehst das und gehst dieses Risiko ein. Es ist nicht für lange.«

Mabel antwortete mit einem Lachen:

»Ich gehe kein Risiko ein.«

»Das weiß man nie, Mabel. Der Kerl, von dem ich rede, hat Geld, er hat Kontakte und kann bis hierher kommen. Du bist in Gefahr, und Eva und ich danken dir wirklich für deine Hilfe.«

»Keine Sorge, niemand wird hierherkommen oder euch ausfindig machen«, sagte Mabel leise. Und dann fügte sie hinzu: »Das ist ausgeschlossen.«

Der alte Arzt glaubte nicht an den Tod, sondern an das Leben. Oft schon hatten seine Patienten ihn darum gebeten, sterben zu dürfen, wenn sie in den Scheiben ihrer Fenster nur noch ein Gespenst erkannten. Einige, weil sie die Schmerzen nicht mehr ertragen konnten. Aber da lässt sich Abhilfe schaffen. Die heutige Palliativmedizin hat so viele Mittel, um dich in eine andere Sphäre zu befördern, dass man sie auch Medizin des Nirwana nennen könnte. Andere beriefen sich auf ihr Recht, würdig sterben zu dürfen, weil sie ihrem eigenen Verfall nicht beiwohnen wollten, weil sie ihr Leben – das vielleicht schön, intelligent und sogar von Ästhetik geprägt war – in einem Barockkonzert und nicht in einem Gully beenden wollten. Da lässt sich im Unterschied zu den Schmerzen natürlich keine Abhilfe schaffen.

Der alte Arzt hatte sich immer geweigert. Man darf den Tod nicht beschleunigen. Nicht einmal eine seiner ältesten Patientinnen, die Madame, die einzige Madame, die er kannte, hatte in dieser Frage bei ihm Erfolg gehabt. Arme Ruth, du hast so viele Mädchen vor dem Hunger bewahrt, du warst eine Pionierin der Auferstehung des Landes, denn ein Land wird nicht nur durch Firmen, Schornsteine und Arbeit aufgebaut, sondern durch die Betten, die die Umwelt nicht verschmutzen. Du hast zwar nicht unbedingt aus der Keuschheit eine Tugend gemacht, aber aus der Toleranz. Der alte Doktor, ein ehrenwerter Mann, hatte Madame Ruths Sanftheit immer bewundert, ihre Kenntnis des Landes, ihre linke Hand mitten in der Umverteilung des Reichtums. Und in seinem Inneren bewunderte er auch die Anmut, mit der sie die Korsage und die Mädchen ihrer Zeit zu verbinden verstand.

Der alte Arzt wurde seit ein paar Tagen das Gefühl nicht los, dass er beobachtet wurde. Es ist lächerlich, er hatte nie einen offenen Konflikt gesucht, noch hatte er einen schlechten Ruf, er war nicht einmal reich, aber jemand überwachte ihn. Ein Arzt hinterlässt hunderte Spuren seiner Tätigkeit. Er macht Krankenbesuche und Steuererklärungen, er veranlasst Laboruntersuchungen und schreibt Rezepte für die Krankenversicherung, was besonders dann Interesse weckt, wenn es um Drogen und Betäubungsmittel geht. Und all diese Daten sind auf Computern zu finden, die sehr angreifbar sind.

Er wurde vor allem dann verfolgt, wenn er zu Madame Ruth ging. Es war kein Sinn darin zu erkennen, aber so war es. Ein Unbekannter mit hundert Tentakeln wusste genau, was er tat.

Bis sich eines Tages in seiner Sprechstunde dieser große,

ziemlich dicke (Lämmchen aus Ávila und Spanferkel aus Segovia), gut gekleidete (auch für die Dicken gibt es Tucci-Modelle) und offenkundig mit seinem Sexualleben zufriedene (Studentinnen, die das, was ihnen die Bücher nicht geben, in einer Agentur suchen) Mann vorstellte. Am Revers trug er noch zwei lange blonde Haare einer tugendhaften jungen Dame. Der Mann, der dafür kämpfte, das Land groß zu machen, sagte zu dem Arzt, der das ewige Leben liebte:

»Ich muss eine Vereinbarung mit Ihnen treffen, Doktor. Es handelt sich um eine einfachc Sachc, von der Sie schnell überzeugt sein werden, denn die Dinge sind nun mal, wie sie sind.«

Mabel sagte:

»Selbstverständlich könnt ihr hierbleiben, das Haus gehört mir. Hier seid ihr sicher. Aber ihr müsst in einem Zimmer schlafen, wenigstens heute Nacht, ich habe nur noch ein Zimmer frei.«

Mabel hätte auch etwas anderes sagen können: »Du, David, kannst bei mir schlafen.« Aber sie traute sich nicht. Für im Schlafzimmer erzogene Mädchen wie sie war Diskretion die am meisten geschätzte Tugend einer Dame, so viele Tugenden ihr sonst auch verwehrt bleiben mögen. Und für Miralles und Eva, in der Waffenmeisterei erzogen, war Diskretion die Tugend der Bodyguards, und so sagten auch sie nichts.

»Einverstanden«, sagte David Miralles. »Es geht ja auch nur um ein paar Tage.«

»Sie ist deine Assistentin, nicht wahr, David?«

»Ja, meine Assistentin.«

»Wie schön.«

Und dann gingen sie zu dritt durch ein Haus, in dem es keine Hausdiener und keine vertrauenswürdigen Hausmädchen mit ausladendem Hintern gab, die die Hausherrin persönlich ausgewählt hatte. Auch keine zierlichen, absolut nicht vertrauenswürdigen, die der Hausherr an einem regnerischen Abend ausgewählt hatte. Nichts davon war mehr übrig, keine verhätschelten Kinder, keine verhätschelnden Erwachsenen, nicht einmal der Name des Hauses. Aber da waren die Stuckblumenornamente, die Zenitlichter, die von einem republikanischen Zimmermann gefertigten Eichentüren und vor allem das Gefühl, dass sie in dieser alten Welt niemand finden würde. Los, kommt rein, der Marqués hat dieses Haus unter der Maßgabe der Gütertrennung bauen lassen, hier habt ihr zwei Betten zur Trennung der Körper. Das ist euer Schlafzimmer.

39

Der Tucci-Mann, der sich gut kleiden musste, um die Lämmchen aus Ávila zu verbergen, hatte zu dem Arzt, Anhänger des ewigen Lebens, gesagt:

»Die Dinge sind nun mal, wie sie sind.«

Und dann hatte er dem alten Arzt erklärt, was er damit meinte. Er sei ein alter Freund von Madame Ruth, und er wisse, dass sie krank sei und der Arzt sich um sie kümmere, wenngleich ohne allzu viel Hoffnung.

»Und woher wissen Sie, dass ich mich um sie kümmere?«

»Doktor, kommen Sie mir jetzt nicht mit Seminaristenspielchen. Sie haben nicht gerade erst Examen gemacht, Sie sind ein bekannter Mann, der viele Rezepte ausstellt, unter anderem für Betäubungsmittel. Durch die strenge

Kontrolle ergeben sich Tausende von Spuren, und ich bin auf eine gestoßen, ohne dass ich gesucht hätte. Ich überwache einige Ausgaben der Krankenkasse, konkret die für die Pensionäre und Rentner, die ihre Medikamente nicht selber zahlen müssen.«

An dieser Stelle könnte es schieflaufen, hatte der Mann gedacht. Der Arzt könnte nachfragen, und er verstand nichts von der Krankenversicherung, das hatte er noch nie. Aber die Erklärung klang plausibel, und außerdem vertraute er auf die berufsmäßige Angst des Arztes. Bei der strengen Kontrolle könnte schließlich jeder glauben, er stelle falsche Rezepte aus, obwohl er das gar nicht tut und eigentlich nur ein friedliches Leben führen will.

Doch der alte Arzt forderte ihn heraus:

»Wenn etwas nicht in Ordnung ist, teilen Sie mir das bitte offiziell mit. Das ist nicht die korrekte Vorgehensweise.«

»Natürlich ist das nicht die korrekte Vorgehensweise. Ich muss es ja wissen! Aber Sie können sich sicher vorstellen, dass ich nicht deswegen hier bin. Ich wollte Ihnen nur erläutern, woher ich weiß, dass Sie der Arzt von Señora Ruth sind. Und weil das die Schweigepflicht nicht berührt, möchte ich Sie etwas fragen.«

»Was?«

»Zunächst möchte ich noch einmal betonen, dass ich ein Freund von Señora Ruth war, als sie noch ihr Etablissement in Francia Chica hatte. Warum ich ihr Freund war, bitte ich außer Acht zu lassen.«

»Das geht mich nichts an. Die Freundschaften der Señora sind ihre Sache.«

»Nun, umso besser. Jeder hat sein Leben und seine Geschichte. Aber ich habe lange Zeit im Ausland gelebt, das kann ich beweisen, und bei meiner Rückkehr habe ich erfahren, dass Señora Ruth sehr krank ist.«

Und schon bist du ins Fettnäpfchen getreten, Leónidas, du Schlaumeier, du Wunder des 21. Jahrhunderts. Kontrolleure der Krankenkasse pflegen nicht im Ausland zu leben. Und du legst dir schon eine Erklärung zurecht, aber der Arzt hat es gar nicht gemerkt und wird es auch nicht merken, wenn du schnell weitersprichst und ihm keine Zeit zum Nachdenken gibst.

»Und in Erinnerung an unsere frühere Freundschaft wollte ich sie besuchen, bevor es zu spät ist.«

»Dann besuchen Sie sie doch. Es spricht nichts dagegen.«

»Deshalb bin ich ja hier, Doktor, deshalb bin ich ja hier … Verzeihen Sie, wenn ich Ihnen Umstände mache, aber ich würde es mir nie verzeihen, eine Unbedachtheit zu begehen. Sie beruhigen mich, denn manchmal raten Ärzte von einem Besuch ab. Ich würde auch gerne wissen, ob sie über ihren Zustand im Bilde ist. Manchmal kann eine unbedachte Bemerkung einen Menschen in den Abgrund stürzen. Weiß sie, wie es um sie steht?«

»Natürlich. Ich lüge meine Patienten nicht an, und außerdem ist sie nicht dumm.«

»Also ein Grund mehr, sie möglichst bald zu besuchen. Danke, Doktor, dass Sie mir weitergeholfen haben. Doch es liegt mir noch etwas am Herzen.«

»Wenn ich kann, werde ich Ihnen helfen.«

»Benötigt Madame Ruth Geld? Ich meine, dann könnte ich ihr vorsichtig etwas anbieten.«

»Ich glaube nicht, dass sie Geld braucht. Aber selbst wenn ich das wüsste, würde ich es Ihnen nicht sagen.«

»Umso besser. Ist sie gut versorgt?«

»Natürlich ist sie gut versorgt, im Rahmen des Möglichen, in einer Klinik wäre sie natürlich besser aufgehoben. Tagsüber hat sie eine feste Pflegekraft und nachts kommt eine Schwester, aber ich glaube, nicht immer dieselbe.«

»Braucht sie sonst niemanden? Ist da sonst wirklich niemand? Ich frage nur, weil ich wissen will, welches die beste Zeit für einen Besuch ist.«

»Gehen Sie morgens zu ihr, aber am besten rufen Sie vorher an. An manchen Tagen geht es ihr ziemlich schlecht.«

»Danke, Doktor, ich werde mich danach richten. Sie haben mir sehr geholfen. Jetzt weiß ich, wie ich mich ihr gegenüber verhalten muss. Diese Dinge sind immer sehr delikat.«

»Guten Tag. Die Schwester wird dann mit Ihnen abrechnen.«

»Abrechnen?«

»Den Besuch. Sie saßen mit den anderen Patienten im Wartezimmer.«

»Natürlich … Ihre Zeit ist Geld wert. Das ist angemessen.«

Kein Zweifel, werter Herr, der du so vorsichtig sein möchtest. Es gibt Ärzte, die haben Geld gemacht, ich nicht, und außerdem lebe ich jetzt nur noch von den Privatpatienten, weil ich zu alt für die staatlichen Kassen bin. Also muss ich mir den Besuch bezahlen lassen, Herr Krankentröster. Welch rosige Zeiten.

»Tja, so ist das nun einmal«, sagte Leónidas zu der Krankenschwester, während er gewissenhaft bezahlte.

Und er dachte, verdammt, da verdient ein alter Arzt ein Viertel von dem, was eine junge Begleiterin bekommt.

Also, das treibt uns nicht in den Ruin. Erasmus, du bist ein Wissender und erweiterst dein Wissen ständig, du machst deinem Namen alle Ehre, und außerdem bist du in Form. Jetzt weißt du, dass du gefahrlos im Haus herumschnuffeln kannst, falls dieser Miralles vorhat, dort unterzukommen. Und das wird er, sicher. Er kann ja sonst nirgendwohin.

Miralles dachte derweil, dass er sich besser nie in dieses Haus der beiden Frauen geflüchtet hätte. Eine will, dass er sie liebt, die andere, dass er sie tötet. Es ist fast unmöglich Madame Ruth für nur achtundvierzig Stunden hinzuhalten – die Zeit, die er braucht, um Erasmus abzulenken. Und mit Eva ein Zimmer zu teilen, ohne dass ihn Mabels vorwurfsvoller Blick über die Flure verfolgt, ist auch nicht einfach.

Miralles verlässt das Zimmer, während Eva sich auszieht, und bleibt eingehüllt von der Dunkelheit des Flures im hinteren Teil des Hauses stehen. Neben der Tür am Ende des Ganges sieht er ein Fenster und dahinter einen ungepflegten Garten, wo drei kleine Statuen aufeinanderliegen, die niemand mehr aufgestellt hat, ein Turm wie aus dem Schachspiel, eine Tänzerin, die womöglich eine der Geliebten des Marqués darstellt, und ein glatzköpfiger Kavalier mit einem Notizbuch, in das er die Geschichte Barcelonas zu schreiben scheint.

Früher, als die Häuser noch nicht in Quadratmillimetern abgemessen wurden, gab es noch Gärten wie diesen, mit Statuen und Bäumen, Großbürgern, die hin und wieder ein Buch kauften, und Vögeln, die Nester für die Poeten bauten.

Und das brachte Miralles sofort auf einen anderen Gedanken. Da sich offenbar niemand um den Garten kümmerte, könnte man leicht hineingelangen. Es gab zu viele Fenster im Erdgeschoss, alle ungeschützt. Es gab kein Alarmsystem, und es würde unmöglich sein, alle Winkel des Hauses zu überwachen, die er ja zudem gar nicht alle kannte. Es wäre besser gewesen, ganz aus der Stadt zu verschwinden. Erasmus war das schließlich auch gelungen.

Es war ein Fehler gewesen, diesen Ort zu wählen. Aber jetzt blieb ihm nichts anderes übrig, als die Nacht dort zu verbringen. Er wollte niemanden in seiner Intimsphäre verletzen, also wartete er, dass Eva die Tür öffnete.

Und Eva öffnete die Tür und trat auf den Flur hinaus, damit auch David sich umziehen konnte. Das Mädchen trug ein fremdes Nachthemd, das vielleicht schon seit Jahren in einem der Schränke lag. Wenigen Frauen hätte es gestanden, aber an ihr sah es hübsch aus. Eva hatte sich zwei Zöpfe geflochten, die ihr etwas Kindliches, fast Naives verliehen. Sie ging barfuß, und Miralles dachte – als sähe er sie zum ersten Mal –, dass sie trotzdem sehr groß war.

Vielleicht hatte er sie tatsächlich noch nie wirklich gesehen. Obwohl sie seit Jahren die Wohnung teilten, lebte jeder in seinem Zimmer, Intimität ließen sie nicht zu. In der Küche und den anderen Gemeinschaftsräumen waren sie immer angezogen. Seit der alte Andrade sie ihm ans Herz gelegt hatte, war Eva für ihn nicht eine Frau, sondern ein Teil seiner Existenz. Sie war der einzige Mensch, dem er auf der Welt trauen konnte, aber er ließ sie nicht in seine Welt hinein.

»Es gibt ein Bad und zwei getrennt stehende Betten«, sagte sie. »Ich glaube, das hast du schon gesehen.«

»Ich brauche nicht lange.«

Als er das Zimmer betrat, sah David Miralles die zwei

getrennt stehenden Betten, und er sah ein Fenster zum Garten, das alles andere als sicher war. Jeder könnte es aufbrechen und einsteigen. Wenn er die Vorhänge zuzöge, wäre das sogar noch weit weniger sicher, denn dann könnte man nicht einmal mehr sehen, wer kommt. Hinter dem zerbrechlichen Fenster, ein schwarzer Raum, der Garten, wo alle Klauen der Stadt lauern konnten.

Aus diesem Grund beschloss Miralles, angezogen zu schlafen, er zog nur die Schuhe aus. Sowieso hatte er nichts anderes zum Anziehen als das, was er am Leib trug, und im Schrank gab es keine Pyjamas oder Ähnliches. Nur Frauennachtwäsche gab es, die in ihren Falten die geheime Geschichte des Hauses verbarg.

»Du kannst hereinkommen, Eva.«

Sie sahen sich an wie zwei Fremde, er angezogen und die Pistole am Gürtel, sie mit einem Nachthemd bekleidet, das schon andere Frauen vor ihr trugen. Es mochte unglaublich scheinen, aber zum ersten Mal sah Miralles Eva fast nackt. Seit dem Tag, an dem man versuchte, sie zu vergewaltigen, seit dem Abend auf dem Friedhof, ist Eva sein Schützling gewesen, seine Schülerin, seine Tochter, denn Evas Schicksal wäre vielleicht das Schicksal seines Sohnes gewesen.

Miralles schloss für einen Moment die Augen.

Er war da, um sie zu schützen. Ein Großteil der Geschichte seines Lebens ruhte in Eva, auch wenn sie das nicht wusste. Eva wusste nur, dass er ihr Beschützer war, der Revolverheld, der Mann, der tötet.

»Du willst doch nicht die ganze Nacht wach bleiben«, flüsterte Eva.

»Ich weiß es nicht, ehrlich gesagt, erscheint mir der Ort nicht sicher.«

»Mir auch nicht.«
»Jedenfalls weiß niemand, dass wir hier sind.«
»Nein, sicher nicht.«
Wahrscheinlich wusste es nur der Mann, der gerade das Haus betrat.

40

Erasmus war problemlos in den Garten gelangt. Das Eisengitter war nicht hoch, sondern eines dieser Gitter aus alten Zeiten, als Zäune noch dazu dienten, den Garten zu begrenzen und nicht vor Einbrechern zu schützen. Es waren die Eisenstangen, die ihm als Halt dienten, um sich hochzuziehen und dann auf der anderen Seite herunterzuspringen. Zuvor hatte er nur noch den Hund erledigen müssen.

Erasmus war zu fett für die direkte Aktion, aber bis dahin war alles wie am Schnürchen gelaufen. Er musste nur im Dunkeln bis zu einem der Fenster schleichen, das er vorher ausgewählt hatte. Es war nicht sein bester Moment. Und Erasmus wusste das.

Aber er war immer noch der beste Killer, den er kannte.

Mit seiner Beretta glitt Erasmus durch die Dunkelheit.

Man muss die Dinge gut vorbereiten, eiskalt, denn jeder Job ist anders.

Die Dinge sind nun einmal, wie sie sind.

Erasmus kam an das ausgewählte Fenster, holte einen Glasschneider aus der Tasche und einen kleinen Saugnapf, um das Glas geräuschlos zu entfernen.

Im Grunde gefielen Erasmus antike Dinge – und sogar die ein oder andere antike Dame.

Die vollkommene Stille im Haus lud zur Ruhe ein, aber Mabel konnte keinen Schlaf finden. Sie hatte sich nicht einmal ins Bett gelegt. Mit zusammengepressten Lippen und aufgerissenen Augen starrte sie wie hypnotisiert auf die sich in den Fenstern spiegelnden Scheinwerfer der Autos. Die Deckenlampe, der Stuck an den Rändern, der Spiegel des Frisiertisches, sogar die Zimmertür tauchten auf und verschwanden wieder in der Dunkelheit. Diese grauen Augen, der unergründliche Blick, der sich einst in ihnen festgesetzt hatte, als sie noch ein kleines Mädchen war, hatte schon so manchen Freier erschreckt.

Leise klingelte neben ihr das Handy. Die Nachschwester entschuldigte sich, sie würde eine Stunde Verspätung haben, da sie die Klinik noch nicht hätte verlassen können.

»Keine Sorge«, sagte Mabel. »Ich werde ein Auge auf sie haben.«

Mabel, noch immer angezogen, stand auf. Während sie das Handy beiseitelegte, fragte sie sich, wie viele Stunden die Schwester wohl arbeiten musste, damit das Geld bis zum Monatsende reichte. Sie verzog das Gesicht und richtete mechanisch ihr Haar. Ihre Zeit als Bettarbeiterin war schrecklich gewesen, aber vielleicht hatte sich das Land gar nicht so sehr verändert. Damals hast du Miete gezahlt, heute die Hypothek. Auf dem Boden wurden immer noch Arbeiterinnen gezeugt.

Sie ging in Ruths Zimmer, das fast neben ihrem lag.

Stille.

Absolute Stille. Das Haus schien ein Katzenkloster zu sein.

»Mabel …«

Ruth war wach. Sie lag im Nachthemd im Bett, aber sie war wach. Ihr Gesicht glänzte neben der Lampe vor

Schweiß. Ihr röchelnder Atem kündete das baldige Ende an.

Sie schwitzte, aber es musste Angstschweiß sein, denn im Zimmer war es nicht heiß, im Gegenteil. Das Fenster stand auf.

»Hat Miralles das aufgelassen?«

»Ich erinnere mich nicht, ob er seinen Namen genannt hat.«

»Aha.«

»Aber ich vermute, du wirst es gleich zumachen, Mabel, damit ich weiter leide.«

Mabel schwieg. Auf dem Weg zum Bett ging sie am Fenster vorbei, um es zu schließen, tat es dann aber doch nicht. Als sie am Bett stand, ließ sie den Blick durch den Raum schweifen, den sie so gut kannte, und dann ließ sie ihn auf dem Gesicht der Kranken ruhen.

Die Kranke hatte sich ein wenig aufgerichtet. Ihr Blick war sehr bestimmt.

»Heute Nacht bin ich auch wieder von dir abhängig, Mabel.«

»Warum sagst du das?«

»Ich weiß, dass die Krankenschwester nicht kommt.«

»Nein, sie kommt nicht. Sie hat mich angerufen, um mir zu sagen, dass sie nicht wegkann, auf ihrer Station liegt eine Frau im Sterben, und man hat ihre Schicht verlängert.«

»Klar … Es wäre ja blöd, eine Sterbende gegen eine andere zu tauschen, nicht? Die in der Klinik hat wahrscheinlich weniger gute Karten.«

»Es ist auch nicht wichtig. Ich kann so lange bei dir bleiben wie nötig.«

»Dann genieße die Möglichkeit, mich noch mehr leiden

zu lassen, Mabel. Schließ das Fenster. Dann kann ich nicht schlafen. Ich werde ersticken.«

Mabel rührte sich nicht, sie schloss nicht einmal die Läden. Weiter hinten, über dem dunklen Garten, sah man die wenigen Lichter einer fernen Vorstadt. Alles war von Finsternis eingehüllt.

»Du hast mich immer gehasst, Mabel.«

»Ja.«

»Schon als du noch ein Mädchen warst.«

»Du irrst dich.«

»Warum?«

»Ich war nie ein Mädchen.«

Man hörte ein Knacken, Ruths Knöchel. In der letzten Zeit knackten ihre Knöchel oft, aber sie bekam es nicht mit.

»Doch, ich weiß, dass du das warst, Mabel. Als kleines Mädchen durftest du in der Messe nicht dienen, denn nur Jungs durften Messdiener werden, aber du hast mit deiner Mutter die Kirche gekehrt und geschrubbt. Ich sehe dich noch vor mir. Die Böden wurden auf Knien geschrubbt, und die Kirche wollte kein Ende nehmen.«

»Stimmt. Ich hatte immer rote Knie, obwohl meine Mutter mir eine Matte unterlegte, damit ich nicht so sehr litt. Aber ich litt wegen etwas anderem.«

»Weswegen?«

»Ich hatte in all der Stille das Gefühl, dass die Heiligenfiguren mir auf den Hintern schauten.«

Ruth wollte lachen, aber sie konnte nicht. Jede Bewegung ihres Mundes nahm ihr die Luft.

»Deshalb hat Mama am Ende immer den Altarbereich geputzt und ich die linke Seite, denn dort war die einzige Figur, die mich von hinten sehen durfte, die Heilige Jungfrau.«

Ruths Knochen knackten wieder.

»Ihr wart alle gute Mädchen, Mabel ... Nun, die ein oder andere vielleicht nicht so ganz. Aber du musst doch auch manchmal gedacht haben, dass ich dir damals das Einzige gegeben habe, das ich dir geben konnte, das die Straße uns bot. Und so schlecht war das im Grunde doch nicht. Ich weiß nicht, ob es sich gelohnt hätte, das gegen eine Zweizimmerwohnung, einen Waschsalon, einen Abfalleimer und einen Mann zu tauschen, der letztlich dasselbe mit dir gemacht hätte, nur für weniger Geld.«

»Ich habe das manchmal geglaubt, Ruth.«

»Aber du hast mir in all den Jahren nicht verziehen. Du hast mich für alles bezahlen lassen, vom ersten bis zum letzten Mann.«

»Ja, ich habe Gerechtigkeit geübt. Du musstest auch etwas zahlen.«

»Gerechtigkeit? Du hast mich furchtbar leiden lassen, Mabel. Manchmal hatte ich das Gefühl, ich wäre in der Hölle gelandet.«

»Ganz im Gegenteil, ich habe verhindert, dass du dort landest.«

Mabel lächelte. Wie so oft geschah ein Wunder in ihrem Gesicht. Das Lächeln der reifen Frau, die nur Betten gesehen hatte, verwandelte sich in das eines Mädchens, das nur Bilder an der Wand gesehen hatte.

Da flüsterte Mabel:

»Komm, streng dich an. Steh auf und begleite mich bis zur Tür. Du wirst etwas sehen, das du hättest sehen können, aber nie gesehen hast.«

Der Saugnapf entfernte das Glas völlig geräuschlos. Erasmus schob die behandschuhte Hand durch die Öffnung.

Er war nicht so dumm, Spuren zu hinterlassen, denn ihm war bewusst, dass sie so berühmt wie das Motive auf einer Briefmarke waren. Er tastete sich zum Griff vor und schlüpfte hinein. Es war nur ein schwaches Klicken zu hören und auch nur zwei Schritte weit.

Der Flur. Der nach altem Stil mit Teppich ausgelegte Flur, wie die in den Hotels seiner Jugend, wo es immer ein Zimmermädchen gegeben hatte, das bereitwillig den Nachtdienst übernahm. »Die von früher schauten nicht auf die Uhr«, dachte er manchmal. Der Teppich schluckte das Geräusch seiner Schritte, und in dem schwach beleuchteten Flur war er durch die Dunkelheit geschützt.

Er kannte den Grundriss des Hauses nicht gut, aber gut genug, um zu wissen, dass das kleine Licht hinten zum Eingangsbereich gehörte, wo sich die Treppe zum oberen Stockwerk befand. In dem Flur gab es nur eine Tür, die zu einer Toilette führte. In alten Häusern gibt es eine Toilette auf dem Flur, wie in alten Hotels. Über der Tür war ein dunkles Rechteck aus Glas, es befand sich also niemand darin.

Nun, den leichteren Teil hatte er hinter sich. Jetzt musste er herausfinden, in welchem Zimmer Miralles war, schnell hineingehen und ihm sofort einen Schuss verpassen. Falls jemand bei ihm war, Pech für ihn.

Viele Diebe betreten Schlafgemächer, ohne dass die Schlafenden es merken, und Erasmus wusste, dass er schlauer war als sie. Das einzige Problem war, dass die Tür beim Öffnen knarren könnte. Doch Erasmus vertraute auf die Schnelligkeit seines Abzugs. Sobald jemand ihn bemerkte, hatte er auch schon eine Kugel im Kopf, noch bevor er irgendeine Bewegung machen konnte.

Stille.

Er betrat das schwach erleuchtete Vestibül, wo er sich orientieren konnte. Erasmus blieb stehen und hielt die Luft an. Er sah die Treppe nach oben, zwei geschlossene Türen und eine offene. Die offene Tür führte – und das wusste Erasmus nicht – zu einem überladenen, feierlichen Arbeitszimmer aus einer Zeit, in der die Leute es noch verstanden, wichtig zu sein, und das Land eine Berufung zum Imperium hatte.

Vom Vestibül ging ein Flur ab, der in einem Fenster zum Garten endete. Dort war auch eine Tür. Erasmus überlegte, ob er zuerst diese Tür öffnen sollte.

Plötzlich ein Knacken.

Eine der beiden Türen zum Vestibül ging auf.

Ein junges, halbnacktes Mädchen erschien auf der Türschwelle.

Erasmus überlegte, was Méndez jetzt wohl denken würde:

›Mist.‹

Sie war jung und hübsch. Aber sie bewegte sich schlaftrunken, sie bekam bestimmt nichts mit.

Erasmus fand gerade noch Zeit, sich in der einzigen vorhandenen Wandnische zu verstecken.

Doch das war nicht alles.

Auch im oberen Stockwerk waren die Lichter angegangen. Am Geländer waren zwei Frauengestalten zu sehen, die eine stützte die andere. Die größere war Mabel, die gebeugte Madame Ruth.

Und Mabel sagte:

»Schau.«

Anfangs sah die Kranke überhaupt nichts. Das Vestibül kam ihr vor wie immer. Natürlich hatte sie es ein Jahr lang nicht gesehen, weil sie ihr Zimmer nicht verließ. Zu einer Zeit, die ihr jetzt sehr weit weg erschien, als wäre es eine andere Epoche, war sie diese Treppe hinuntergegangen, um die Messe zu besuchen und ewige Erlösung zu finden.

Das Licht, das Mabel angemacht hatte, erlaubte ihr zu sehen, dass alles beim Alten war. Oder etwa nicht. Die Möbel, das Dekor war wie immer, so wie es einer Grande Dame entspricht. Aber da war auch ein unbekanntes Mädchen, eine halbnackte Frau.

Mabel sagte wieder:

»Schau.«

»Ich sehe es. Und wer ist das? Was macht diese Frau hier?«

»In deinen Häusern gab es immer halbnackte Mädchen, Ruth. Ich weiß nicht, warum du dich jetzt so wunderst.«

»Aber die kenne ich nicht. Wer ist sie?«

»Eine von denen, die es dir ermöglichen, eine Dame zu sein.«

Im Schlafzimmer am Ende des Flurs hörte ein aufmerksamer David Miralles Geräusche im Vestibül. Nichts Ungewöhnliches, jemand sprach, und es schien Mabel zu sein.

Deshalb ging er nicht aus dem Zimmer, sondern stand nur auf und ging zur Tür. Aus dem Augenwinkel sah er, dass Eva im anderen Bett tief eingeschlafen war, als sei sie auf den Grund ihrer Jugend gesunken. Er wollte sie nicht unnötig wecken, aber er war wachsam. Die Pistole in seiner Hand wurde warm und fühlte sich an wie lebendige Haut.

Das Mädchen, das im Vestibül stehen geblieben war, reagierte schließlich mit einem Gähnen. Sie sagte leise:

»Ich wollte auf die Toilette.«

Ruth stützte sich auf dem Geländer ab, denn ihr war schwindelig.

»Heißt das, sie schläft hier? Wer ist das?«, stammelte sie und sah Mabel an. »Ich verstehe das alles nicht.«

»Nicht nur sie, es ist noch eine. Zwei Frauen schlafen hier.«

»Aber warum? Wozu?«

»Damit du weiterhin eine Dame sein kannst.«

Gebeugt stöhnte die Kranke:

»Ich verstehe überhaupt nichts. Sag mir, was das heißen soll, du Flittchen.«

»Ich habe dich eine Dame genannt, ich verdiene es, dass du mich ebenso behandelst.«

Sie fügte hinzu:

»Eine Dame zu sein, hatte schon immer seinen Preis.«

Unten im Vestibül herrschte wieder Stille. Die Wände, die Ruth nicht mehr sehen konnte, die Lichter, die sie schon fast vergessen hatte, das Geräusch einer zuschnappenden Tür – ›das ist die alte Toilette‹, dachte Ruth und in der reglosen Luft das Rin-rin-rin-rin einer Unbekannten, eines urinierenden Fohlens. Früher waren die Mädchen rücksichtsvoller und versuchten keinen Lärm zu machen.

»Ich sehe, du kannst dich kaum auf den Beinen halten«, sagt Mabel leise. »Am besten, wir gehen ins Zimmer zurück.«

Es schien nur so, als wolle Ruth gleich wieder im Bett versinken, aber sie hielt sich auf den Beinen. Ihr war selber nicht klar, woher sie die Kraft nahm. Herausfordernd hob sie das Kinn. »Glaub nicht, dass ich schon tot bin, du Hure.« Da ist sogar wieder der ruhige, graue Blick, den Mabels Augen einst hatten.

»Sag mir, wer sie ist und was sie in meinem Haus zu suchen hat. Wer hat ihr das erlaubt? Wenn sie nur eine Freundin von dir ist, dann wirfst du sie sofort hinaus.«

»Sie ist weder meine Freundin, noch kann ich sie hinauswerfen. Sie hat ein Recht, hier zu sein.«

»Warum?«

»Weil sie dafür zahlt. Sie und die andere. Es sind zwei junge Studentinnen, die Miete für ihr Zimmer zahlen. Du in deinem Damenbett hattest keine Ahnung, aber das untere Stockwerk ist eine Art Pension. Jetzt schau mich nicht so an. Die Mädchen bringen keinen Männerbesuch mit. Sie schlafen nur hier.«

»Das heißt, du hast ihnen zwei Zimmer vermietet …«

»Ja.«

»Aber warum?«

»Ganz einfach. Du brauchst Geld. Man braucht Geld, wenn man eine Dame sein will.«

Ruth richtete sich noch weiter auf, immer herausfordernder. Kaum zu glauben, welch innere Kraft sie hatte. Mit verzerrtem Gesicht ging sie zum Fenster, lehnte ihren Hintern gegen das Fensterbrett. Den Hintern, der nicht mehr vorhanden war, aber einst zumindest ein kleines Stück der Welt beherrschte.

»Du machst dich über mich lustig, Mabel. Man hat dir dieses Haus und Geld für uns beide hinterlassen.«

»Das Haus schon.«

»Und Geld?«

»Geld nicht.«

»Red keinen Unsinn. Der Marqués war reich.«

»Reich genug, um seinen Titel zu kaufen und ihn zur Schau zu tragen, das kostete. Reich genug, um in einem Bordell mit Mädchen, die ein Heiligenbild aufbewahrten oder den Kirchenboden geschrubbt hatten, den Pascha zu geben. Ich weiß nicht, ob er es mit Mädchen hätte aufnehmen können, die die Tische in den Ministerien leckten. Reich genug, um eine Frau zu unterhalten, die ihre Kleider in den Modezeitschriften auswählte. Seine Frau war eine, die am liebsten jede Woche ein neues Brautkleid getragen hätte.«

Und dann sagte sie mit einer Verachtung, die aus der Tiefe ihrer Seele kam:

»Rein rechnerisch wäre ich ihn weit billiger gekommen.«

»Was willst du mir damit sagen? Dass er am Ende ruiniert war? Dass er uns kaum etwas hinterlassen hat?«

»Nicht ganz.«

»Was willst du sagen?«

»Wir hätten keine Not, wenn du eine gesunde Frau wärst. Ich habe mich an mein Versprechen gehalten, mich um dich zu kümmern. So habe ich zumindest etwas Gutes im Leben getan. Aber eine chronisch Kranke braucht Ärzte, jeden Tag Ärzte, und die Ärzte verlangen jeden Tag Geld. Nachtschwestern, und die Nachtschwestern verlangen jede Nacht Geld. Du hast nie eine Krankenversicherung gehabt und deine Kinder auch nicht. Wozu? Es gibt eine Versicherung, die nie ausfällt und einen festen Sitz hat, die Rübenspitze des Mannes. Du konntest wählen und hast gedacht, das bliebe immer so, egal ob du eine Puffmutter oder eine feine Dame bist. Deine Mädchen hatten keine Wahl, aber das war unerheblich. Aber als du in Ungnade fielst, hattest du nicht mal mehr eine Matratze zum Sterben. Nur ich.«

Mabel legte die Hände auf dem Rücken ineinander und ging ein paar Schritte durch den Raum, als würde sie sie zählen. Auf einmal war sie keine ängstliche Frau mehr, sondern eine wütende anklagende. ›Bei der Polizei muss es auch Frauen wie sie geben‹, dachte Ruth verächtlich, ›und wahrscheinlich sind sie auch noch lesbisch.‹ Sie schloss die Augen, um sie nicht sehen zu müssen.

»Das heißt, ich habe dich ruiniert.«

»Das ist die Wahrheit, Ruth, aber das brauchtest du nicht unbedingt zu wissen. Wozu? Ich wollte, dass du als Dame stirbst, wenn auch als Vorstadtdame. Es wäre mir lieber gewesen, wenn du von nichts gewusst hättest, aber jetzt weißt du es doch.«

Sie blieb stehen, vielleicht weil sie das Geräusch ihrer eigenen Schritte störte. Die Stille im Haus war erdrückend. Durch das Fenster hörte man nicht mal mehr einen Flügelschlag. Doch es gibt eine innere Musik, und Mabel wusste das. Jahrelang hat sie, als sie dalag und an die Decke starrte, nur dank ihrer eigenen Musik gelebt.

Und jetzt hört sie sie wieder. Es ist die Musik ihres Stolzes und vielleicht die ihrer Scham.

»Durch mich bist du also eine Dame, Ruth. Obwohl ich zugebe, dass ich dich habe leiden lassen.«

»Sehr …«

»Ich habe dich die Hitze spüren lassen, die ich in den Betten spürte, während der Kerl immer dasselbe wiederholte, denn das Vokabular des Mannes beschränkt sich auf fünf Wörter, und wir hätten so gern die Lieder von der Straße gehört. Du hast nicht einmal diese Lieder gehört. Dein Fenster war immer geschlossen.«

Und dann fügt sie mit belegter Stimme hinzu:

»Ruth, es war nur gerecht, dass auch du einen Preis bezahlst.«

Es war das Letzte, was Mabel sagte, den Fuß an der Tür. Sie merkte nicht, dass diese langsam aufging, sie bemerkte nichts, nur den Lufthauch, der plötzlich ihre Wange streifte. Und etwas Metallisches an ihrer Stirn. Der Lauf der Pistole stieß sie ins Zimmer.

41

»Rein da.«

Nur ein Flüstern:

»Rein da.«

Wusste Mabel es? Wusste sie, dass das, was sie da im Rücken spürte, ein Schalldämpfer war. Wusste Mabel es? Wusste sie, was das bedeutete, dass man sie nahezu geräuschlos töten konnte? Ihr Leben war weniger wert als ein dumpfer Knall.

Der Mann betrat den Raum und schloss die Tür hinter sich. Mabel hatte zu einer anderen Zeit viele Freier wie ihn, dick und gut gekleidet, hochmütig, fast beleidigend, mit der Selbstsicherheit, die das Geld verleiht und nicht die Erziehung. ›Aha‹ – hätte sie vor vielen Jahren gedacht – ›du vögelst also mit einer Verheißung‹. Ihre alten weißen Tage waren voll von solchen Männern gewesen, Männern mit schwarzen Kirchenhandbüchern.

»Mach das Fenster zu.«

Der Befehl war harsch, der eines Mannes, der es gewohnt war zu befehlen. Mabel gehorchte.

Auch Ruth merkte, dass der Mann es gewohnt war zu befehlen. Früher – als die Erzengel und der Marqués noch nicht schützend die Hand über sie hielten – kamen in ihr Etablissement im armen Viertel hin und wieder reiche Herren, die einmal Arbeiterfleisch kosten wollten, und alle waren wie der. Anzüge, die, gleich wie gut geschnitten, immer zu eng waren, eine leichte Glatze, autoritäres Gebaren.

»Ist das alles, was du anzubieten hast? Na ja, dann werden wir es mal probieren.«

Sie hasste diese Kerle.

Zumindest war der Marqués kultiviert, er war sentimental und verliebte sich manchmal in die Mädchen.

Und ihr Hass explodierte, als sie ihm entgegenschleuderte:

»Wenn du diese Scheißpistole an mir ausprobieren willst, mir macht das nichts aus. Mal sehen, ob du den Mumm hast.«

Sterben war das, was ihr am wenigsten ausmachte, und wenn der Eindringling auf sie schießen würde, hätte sie eine Chance zu fliehen. Mabel bewegte sich flink wie ein Tier, oder zumindest war das früher so gewesen. Aber es kam nicht wie erwartet, und der Kerl machte ihre Hoffnung zunichte.

»Ich will nichts überstürzen, du alte Hure« fährt Erasmus sie an, »ich werde dir sogar eine Chance geben. Dein Leben und das der anderen da. Ich will wissen, wo Miralles ist.«

Mabel schloss einen Moment lang die Augen. Ihr war klar, dass der Kerl lügt. Am Ende würde er sie beide töten, weil sie sein Gesicht gesehen hatten. Sie wusste, wenn man ihn verhaftete, würde er nur für einen Tod bezahlen, und alles andere wäre gratis. Deshalb presste sie die Lippen zusammen und schwor sich, kein Wort zu sagen.

»Ich habe eine Frage gestellt«, sagte Erasmus gedehnt, »und ihr habt sie sehr gut verstanden. Wo ist Miralles?«

»Such ihn doch selbst«, fuhr Mabel ihn an, »und wenn du ihn findest, dann pass auf, dann kannst du schon mal die Vaseline bereithalten. «

Sie wusste, dass ihre einzige Verteidigung ihre alte Wut

sein würde, die Vorstadtsprache des unterjochten Mädchens.

Und dann fauchte sie:

»Vielleicht gefällt es dir ja.«

Aber wenn sie erwartet hatte, dass Erasmus nervös werden und sie etwas dabei gewinnen würde, dann irrte sie. Erasmus zuckte nicht mal mit der Wimper. Wer nur wegen einer Beleidigung die Nerven verliert, kommt nicht weit. Eiskalt schwenkte er die Pistole zu Mabels Kopf. Und zischte:

»Tut mir leid für dich, Kalenderpuppe. Dabei hast du ein so braves Gesicht.«

Eine kleine Bewegung würde genügen. Man würde nichts hören. Vielleicht bekam es nicht mal die Alte mit.

Also bewegte Erasmus langsam den Finger.

Ein paar Minuten vorher hatte David Miralles das Ohr an die Tür gelegt und sich versichert, dass Eva tief und fest schlief. Es war das Privileg der Jugend. Wenn dich was bedrückt, rettet dich der Schlaf. Und er wollte sie nicht wecken, denn eigentlich gab es keinen Grund.

Oder vielleicht doch. Er hatte Geräusche im unteren Stockwerk gehört, wahrscheinlich von den unbekannten Mädchen, die dort schliefen. Das ganze Haus schien ein einziges Raunen zu sein. Er überwachte ein Fenster, aber man konnte über ein anderes hereinkommen, und von einem Profi erwartet man am wenigsten, dass er sich die ganze Zeit nicht vom Fleck rührt.

Also verließ er das Zimmer, die Pistole schussbereit in der Hand. Eine Runde durch das ganze Haus drehen und die Schwachstellen inspizieren war das Beste, was er tun konnte. Obwohl das Haus so viele Schwachstellen hatte, dass es vielleicht gar keinen Zweck hatte. Wie ein Schatten schlich er über den Flur.

Der Flur war leer, es war derselbe, über den Erasmus gehuscht war und sich gefragt hatte, ob er dort beginnen sollte.

Man hörte das Knarren der verzogenen Türen, der vom Holzwurm zerfressenen Möbel und das Rascheln der Vorhänge im Windstoß.

Miralles bekam eine Gänsehaut.

Ein Windstoß ...

Er war nur sehr schwach. Ein anderer hätte ihn vielleicht nicht bemerkt, aber er schon. Er erinnerte sich genau, dass er alle Türen und Fenster geschlossen vorgefunden hatte. Aber von irgendwo musste er ins Haus gekommen sein.

Er überprüfte den anderen Flur, und dort sah er es. Das Fenster war wieder geschlossen worden, mit Sicherheit von innen, aber in der Scheibe war ein rundes Loch, durch das die Hand eines Mannes passte.

Sein Gegner war also schon da. Und vielleicht nicht allein, vielleicht hatte er noch einen Komplizen.

Miralles war nicht mehr jung, aber sein Körper war wie aus Stahl gemeißelt. Mit der Pistole in der Hand schaute er von einer Seite zur andern, ohne ausmachen zu können, wo die Gefahr lauerte.

Vielleicht wollte man ihn von hinten überwältigen.

Blitzschnell drehte er sich um, bereit, sofort zu schießen.

Nichts.

Plötzlich blieb sein Blick an einer der Türen im oberen Stockwerk hängen. Durch den Türspalt sah man Licht. Vielleicht hatte die Krankenschwester es angemacht, aber das war unwahrscheinlich. Oder Mabel, dann musste sie dort sein. Also ging er Schritt für Schritt, ohne Schuhe, die

Treppe hinauf. Nicht einmal eine Katze hätte so lautlos zur Tür schleichen können.

Außerdem glaubte er, hinter der Tür leise Stimmen zu hören.

Leise Stimmen …

Das genügte Miralles. Er drehte am Knauf, stieß die Tür auf, stand binnen Sekundenbruchteilen im Raum.

Er hatte die Pistole in Schussposition. Ein Lidschlag hätte ihm genügt, um zweimal zu schießen.

Er sah, dass Ruth halb aus dem Rollstuhl gefallen war. Mabel stand neben ihr. Sie starrte voller Entsetzen auf einen Punkt hinter David, zu dem Türflügel, der beim Aufstoßen an die Wand geschlagen war.

David Miralles sah nichts weiter. Er hatte nicht einmal Zeit, sich umzudrehen.

Der Schalldämpfer bohrte sich in seinen Nacken, schlug kalt gegen das Ohr. Und dann hörte er ein Wort:

»Willkommen«, sagte Erasmus.

Zum ersten Mal in seinem Leben saß Miralles in der Falle. Er verstand es nicht. Er war völlig lautlos gewesen, er …

Die Stimme erklärte es ihm:

»Das Spiegelbild.«

»Was?«

»Das Spiegelbild. Zum Glück für mich war das Fenster geschlossen. Ich habe in der Scheibe gesehen, wie der Türknauf sich drehte. Ich bin immer noch sehr beweglich.«

Und dann sagte die Stimme:

»Lass die Pistole fallen. Öffne die Hand und lass sie einfach auf den Boden fallen. Und keine Tricks mit dem linken Arm. Noch bevor du mit dem Finger zuckst, habe ich dir das Hirn weggeblasen.«

Er brauchte es ihm nicht zu sagen. Miralles wusste es, er war vom Fach. Er starrte voller Angst die beiden Frauen an, wohl wissend, dass er nicht alleine sterben würde.

Und er öffnete die Hand. Die Pistole fiel mit einem Klack zu Boden, drehte sich wie ein lebendes Tier und blieb vor seinen Füßen liegen.

Jetzt war wirklich alles verloren.

Man hörte Erasmus lachen, bevor er sagte:

»Bestimmt hast du nicht gedacht, dass du hier sterben würdest, du Mistkerl. Und ich hätte nicht gedacht, dass ich je Rache an dem Mistkerl üben würde, der Rache an Omedes geübt hat.«

Jähe Stille. Die Frauen schienen nicht einmal zu atmen. Die Zeit war zu flüssigem Glas geworden, ganz auf sich selbst konzentriert.

Und dann die Stimme:

»Ich habe Omedes nicht umgebracht«, sagte Miralles. »Ich war es nicht.«

42

Schweigen. Es hing an den Fenstern, den Türen, der Bettwäsche. Es war eine Spur auf der Haut. Ein Schweißtropfen rann über Ruths Stirn.

Erasmus unterbrach ihn mit einem ungläubigen Lachen.

»Du enttäuschst mich, Miralles. Wenn du glaubst, das rettet dir das Leben, bist du auf dem Holzweg.«

»Ich hoffe gar nichts.«

»Du enttäuschst mich schon wieder«, sagte Erasmus. »Ein Mann sollte im Angesicht des Todes stolz darauf sein, dass er gute Arbeit geleistet hat.«

»Ich kann nicht stolz sein, denn ich habe es nicht getan.«

Ungläubigkeit in Erasmus' Gesicht und auch in dem der Frauen. Nur Miralles konnte es getan haben. Ein Kunstwerk wie Omedes' Tod konnte nur von einem Künstler des Todes ausgeführt worden sein.

Erasmus stotterte:

»Wer … dann?«

»Ich weiß es nicht«, sagte David Miralles mit eiskalter Stimme, »und dabei hätte ich ihn zu gern selbst exekutiert. Ich wollte es tun, aber jemand ist mir zuvorgekommen. Tut mir leid.«

Erasmus' Stimme brach das Schweigen, das sich wieder über die Wände gelegt hatte.

»Nun«, sagte er, »das ändert auch nichts.«

Und er schlang den Finger um den Abzug. Eine einzige, sanfte, zarte Bewegung.

Da, das Spiegelbild. ›Schon wieder das Spiegelbild in der Scheibe‹, konnte Erasmus gerade noch denken. Im geschlossenen Fenster sah er, wie sich der Türknauf genau in dem Moment drehte, als er abdrücken wollte. Genau wie vorhin, als Miralles hereingekommen war. Die Gefahr war also noch nicht gebannt.

Erasmus war flink und scharfäugig wie ein Reptil. Sofort drehte er sich um und schoss Richtung Tür. Er wusste, dass er getroffen hatte, denn das Stöhnen war lauter als der Knall.

»Verdammt!«, sagte Méndez.

All das hatte sich in Bruchteilen von Sekunden zugetragen, so schnell, dass keine Zeit blieb nachzudenken. Doch

Profis denken nicht. David Miralles bewegte den rechten Ellbogen, als die Kugel aus der Mündung kam. Er konnte den Schuss seines Feindes nicht aufhalten, aber zumindest flog Erasmus' bewaffneter Arm in die Luft.

Und dann Mabels Schrei.

Und das Zucken von Ruth im Rollstuhl.

Und die Tür.

Méndez hatte sie aufgetreten und kroch jetzt wie eine Schlange in den Raum. Er hielt sich die Innenseite der Oberschenkel – oder das, was dort gewesen war, bevor die Kugel ihn gestreift hatte. Vielleicht durch den Schmerz, vielleicht aber auch aus Angst, war er agil wie nie zuvor. Er schleppte sich bis zu Ruths Füßen neben ihren Rollstuhl und hielt in der rechten Hand eine Kanone, die eines Iowa-Schlachtschiffs würdig gewesen wäre. Méndez sagte gern, mit diesen Kugeln erspare man sich die Krankenhauskosten, es waren so gesehen ökonomische Kugeln.

Und er feuerte.

Warum Zeit mit Erasmus vergeuden.

Eine Anzeige mehr machte jetzt auch nichts mehr aus.

Er zielte auf den Kopf, auch wenn der Leichnam dann kein Gesicht mehr haben würde. Aber seine Position war zu unglücklich, um richtig zielen zu können in der kurzen Zeit. Denn Erasmus richtete bereits seine Waffe auf ihn. Er hatte nur kurz gezögert nach Miralles Schlag.

Doch er traf nicht.

Die Kugel durchschlug den *Schrei* von Munch.

Und die teuflische Geschwindigkeit dieses Moments wurde noch überboten von dem, was folgte. Miralles verlor keine Zeit damit, sich seine Pistole zu schnappen, die fast vor Ruths Füßen lag. Mit hasserfülltem Blick ließ er seinen Fuß in die Richtung von Erasmus' Hoden schnellen.

Ein Todesstoß.

Hätte er ihn getroffen, hätte in der Zeitung gestanden: »Im Kampf gefallen«.

Doch er streifte ihn nur, aber auch so kam ein spitzer Schmerzensschrei aus Erasmus' Mund.

Er prallte gegen eine Wand, und der nächste Schrei folgte.

Miralles sah die offen stehende Tür.

Erasmus hatte die Waffe noch in der Hand, aber er hatte noch nie direkt mit jemandem gekämpft. Wie Omedes war er einer, der gefesselte Mädchen befummelt, ein verdammter Feigling. Méndez zeigte ihm, wie sehr er ihn liebte.

»Fahr zur Hölle.«

Ein weiterer Schuss aus der 45er, ebenfalls in den Unterleib. Aber Erasmus war schon nicht mehr da, er war auf die andere Seite der Tür gesprungen. Das Blei riss sie fast aus den Angeln. Und eine weitere Kugel, ebenfalls von Méndez, warf sie zu.

Dadurch hatte Erasmus ein paar Sekunden gewonnen. Sekunden nur. David Miralles begriff das sofort und sprang auf die Tür zu, ohne an seine Waffe zu denken. Die brauchte er nicht, um zu töten.

Währenddessen machte Méndez Anstalten, sich zwischen dem Rollstuhl und Mabel zu erheben, die wie gelähmt dastand.

Ihre einzige Reaktion war gewesen, sich schützend vor Ruth zu stellen. Sämtliche Knochen von Méndez knirschten bei dem Versuch aufzustehen, sozusagen in alphabetischer Reihenfolge.

Miralles heulte auf.

In dem Moment wurde er zur Maschine, unfähig zu denken.

Er sah die obere Etage.
Und die Treppe.
Und das Vestibül.
Keine Spur von Erasmus, nichts.
Nichts, nichts, nichts.

Erasmus ging seine Möglichkeiten durch. Sein erster Anwalt hatte es ihm gesagt. Er trug seinen Namen zu Recht, denn er war ein Weiser. Ihm war sonnenklar, was Miralles beim Herauskommen als Erstes sehen würde.

Er würde nach vorne schauen und nach unten. Nicht nach hinten. Nicht sofort. Deshalb drückte er sich direkt bei der Tür gegen die Wand.

Ein paar Sekunden wäre er ihm ausgeliefert. Mehr Zeit brauchte er nicht. Nachdem er Miralles von hinten niedergestreckt hätte, würde er jeden, der aus der Tür kam, mit Schüssen empfangen.

Doch Miralles tat etwas vollkommen Unerwartetes und doch Logisches. Sein Verstand funktionierte wieder blitzschnell, und binnen Zehntelsekunden schoss ihm durch den Kopf, dass der Flüchtige keine Zeit gehabt haben konnte, die Treppe hinunterzulaufen. Er konnte sich nur im Nachbarzimmer versteckt haben.

Und er sprang hinein.

Blitzschnell.

Die Tür. Und das andere Zimmer. Die Dunkelheit. Ein Fenster, hinter dem Lichter blitzten. Eine ferne Laterne, ein Fenster, hinter dem sich eine Frau auszog, die Leuchtreklame eines Supermarktes, die den Tag des Kunden ankündigte.

Und der Tod. Erasmus musste sich dort versteckt haben. Hinter der Dunkelheit musste der Tod lauern.

David Miralles dachte streng logisch. Erasmus hat sich hier versteckt und schießt, sobald ich das Licht anmache. Deshalb mache ich es nicht sofort an.

Ich werde ihn atmen hören.

›Das Atmen eines Tieres genügt für eine Kugel … sofern du eine hast‹, dachte Miralles, als er feststellte, dass er im Eifer des Gefechtes einen Fehler gemacht hatte. Er hatte seine Pistole nicht mitgenommen.

Er lauschte.

Konzentriert.

Begierig.

Wie ein Tier, das versucht, die kleinste Bewegung in der Dunkelheit zu erfassen.

Währenddessen hatte in diesen alles entscheidenden Sekunden auch Erasmus streng logisch gedacht. Jetzt wo er Miralles nicht mehr von hinten erschießen konnte, blieb ihm nur noch die Möglichkeit zu fliehen. Eine Alternative gab es nicht, denn dieser Mistkerl von Méndez würde jeden Moment hinter ihm die Tür aufreißen. Und Méndez würde einen tödlichen Schuss abfeuern. Er hatte zehn Sekunden, um mit einem Satz die Treppe hinunterzukommen, obwohl er kein Athlet war. Neben der Treppe war die Haustür. Die Dunkelheit. Das Leben.

Also sprang er.

Nie, nicht einmal in den besten Betten, war er so in Form gewesen.

Die Stufen flogen.

Die Tür, die Tür, die Tür …

Die letzte Stufe.

Plötzlich stellt sich ihm jemand in den Weg.

Eine schöne Frau in einem durchsichtigen Nachthemd.

Und Erasmus dachte nicht mehr an die Tür, sondern nur noch an die unerwartete Erscheinung des Mädchens.

Meine hübsche Kleine.

Kindchen.

44

Kindchen.

Erasmus hatte solche Mädchen in abgelegenen Häusern gesehen, wo es einen Schrank und einen Spiegel gab, in Betten, in denen er seine letzte Zuflucht gesucht hatte, in Straßen, die längst einen anderen Namen trugen. Sie waren alle unterschiedlich, alle hatten sie Angst, und keine war so hübsch wie diese.

Eva Expósito.

Kindchen.

Du hättest dich mir nicht in den Weg stellen sollen, kleines Flittchen, du hast den falschen Weg genommen, wie all die anderen. Du hast Schüsse gehört und bist flugs hinausgeeilt mit deiner kleinen Waffe. Das war ein Fehler. Du hättest hier nicht auftauchen und deine Scham, deinen Bauch, deine zu hohen Brüste und deine Liebmädchenaugen vorschieben sollen, meine kleine als Playmate verkleidete Mörderin. Frauen wie du machen immer alles falsch, selbst wenn sie gehorsam sind, und beim ersten Schrei gehen sie ins Bett.

Erasmus wusste das. Er war im Vorteil.

Mitten aus dem Schlaf gerissen, von den Schüssen überrascht, hatte Eva nicht daran gedacht, die Waffe zu spannen. Das wollte sie gerade tun, als sie am Ende der Treppe auf ihn stieß.

Du bist noch ein Lehrling, Kleine.

Eine Waffe zu spannen, auch wenn man es geschickt macht, bedarf beider Hände und einer Sekunde. Zwischen Evas Fingern hörte man das Klick der Waffe, aber Erasmus hatte seine schon auf sie gerichtet.

Das Mädchen konnte die Waffe noch heben. In ihren Augen vibrierte der Tod, vibrierte ihre Kindheit, vibrierte die Straße.

»Dreckskerl!«

FLAP!

Erasmus hatte als Erster geschossen.

Eva Expósitos Gesicht, in dem sich die Augen absurd verdrehten, als wollten sie ein Stück Licht erhaschen, das Licht, das sich auf der Treppe dreht, das letzte Licht des Hauses.

Und das dritte Auge.

Die dritte Öffnung zwischen ihren Brauen. Die Pupillen, die plötzlich starr wurden, als hätten sie den letzten Lichtpunkt gefunden. Der sich drehende Körper. Der rote Bluttropfen, der begierig auf die schwarze Scham fällt. Die sich von der Treppe lösenden Füße.

Erasmus ahnt, dass er keine Kugeln mehr braucht.

Und sein letzter Gedanke: ›Kindchen.‹

David Miralles machte schlagartig das Licht an, als er den dumpfen Schuss hörte. Plötzlich begriff er, dass Erasmus woanders sein musste, dass er nicht im Zimmer sein konnte. Die Helligkeit blendete ihn fast.

In der Tat, das Zimmer war leer, nur ein paar Möbel, Vorboten des Todes. Zwei Tischchen voller Medikamente, ein Stethoskop, ein Krankenbett, ein von der Zeit zernagter Rollstuhl. Da sprang Miralles. Sein Blick war schon an der Tür. Der Aufschlag war so heftig, dass er sie fast mitriss.

Als er am Rande des Geländers über den Treppenabsatz rollte, trat weißer Schaum aus seinem Mund. Und dieser Schaum schien bis zu seinen Augen zu reichen, denn er sah verschwommen drei Dinge: die Treppe, Eva mit einem Loch in der Stirn, Erasmus' Gestalt fast an der Tür.

Aus seiner Kehle drang ein unmenschliches Geheul:

NEIIIIIN!

Erasmus' rechte Hand drehte den Türknauf.

Die Kugel zerfetzte zwei seiner Finger.

Der Schmerzensschrei war im ganzen Haus zu hören. Méndez zielte von oben auf ihn.

»Einmal werde ich mich an die Vorschriften halten, du Schwein. Sie besagen, dass man nicht sofort einen tödlichen Schuss abgeben darf.«

Méndez lächelte. Es war ein animalisches Lächeln, das Lächeln der alten Schlange.

»Und jetzt ein Bein, mein Junge. Du weißt gar nicht, wie leid mir das tut. Man wird aus deinem Knie eine Suppe machen.«

Méndez legte den Finger um den Abzug. Wie zuvorkommend ich heute bin. Aber es kam keine Kugel aus der Mündung. Méndez kam nicht dazu zu schießen, weil Zehntelsekunden zuvor etwas geschah, womit er im Leben nicht gerechnet hatte. Er sah David Miralles im wahrsten Sinne des Wortes fliegen. Miralles' Körper verdeckte im Flug den von Erasmus. Wenn Méndez abdrücken würde, musste er den Bodyguard treffen.

Miralles hatte sich von oben heruntergestürzt. Ein heftiger Sprung, aber er hatte ihn gut abgefangen. Heulend landete er auf der letzten Stufe neben Evas Leiche.

Er vergrub die Hände in ihrem Haar.

Seine Lippen suchten die Wunde an ihrer Stirn.

Er trank ihr Blut.

Es gibt ein Gesetz im Grunde allen Lebens und dieses Gesetz befindet sich im Mund. Im Mund. Im Mund.

Der Grund der Wahrheit des Kindes, der Grund der Wahrheit des Toten.

Seine Augen waren aus den Höhlen getreten, in der Luft schwebte noch der weiße Schaum.

Erasmus existierte nicht einmal.

Doch Erasmus war sofort klar, dass er nicht durch den Haupteingang fliehen konnte. Oben stand Méndez mit seiner 45er. Eine von diesen Kugeln würde nicht nur seinen Kopf, sondern eine ganze Wand wegpusten.

Und die Kugel kam. Aber Erasmus stand nicht mehr am selben Platz.

Der Schmerz der verletzten rechten Hand drang in Wellen in sein Hirn. Mit dem Gefühl des Todes im Mund zog er seine Kraft aus der Verzweiflung. Und er flüchtete sich an den einzigen Ort, an dem er geschützt war, in den Treppenschacht.

Dort war das Leben. Vielleicht nur für ein paar Minuten.

Er hatte schließlich die Pistole fallen lassen müssen.

Aber er kam nicht weg.

Oder doch?

Seine irren Augen sahen Wände. Alles schien zu tanzen wie in einem unwirklichen Raum. An einer der Wände gewahrten sie einen Schreibtisch. Und ein Stück einer Fahne, die aus dem 17. Jahrhundert zu stammen schien. Und ein Bild, auf dem mehrere Unterschichtkinder das Spanien des Hungers grüßten.

Dort waren die Fragmente des Gestern, eines toten Mannes, eines Marqués.

Aber kein Ausweg.

Oder doch?

Erasmus fragte sich das noch einmal. Sein Blick fiel auf eine Katzentreppe aus mehreren in die Wand eingelassenen Eisenhaken. Daneben verlief ein dickes Rohr, wahrscheinlich der Kabelschacht. Nicht zufällig führten sie unten zu einem kleinen Loch, offensichtlich ein Zugang zum Keller, und oben zu einer Klappe.

Erasmus' Verstand funktionierte schneller denn je. Ihm war klar, dass es das Leichteste wäre, in den Keller zu klettern, aber das wäre zugleich auch das Ende. Er wäre eingeschlossen wie eine Ratte, und Méndez würde Schießübungen an ihm praktizieren. Bestimmt kam Méndez schon die Haupttreppe herunter.

Aber nicht sehr schnell. Nicht in seinem Zustand.

Das gab Erasmus Zeit, zumindest in der Theorie, die Eisentritte hinaufzugehen und die Klappe aufzustoßen. Im oberen Stockwerk gab es keine Feinde, aber dafür ein Fenster. Von dort in den Garten zu springen wäre ein Kinderspiel.

Er war kein Kind mehr. Vielleicht war er nie eines gewesen.

Aber es war seine einzige Chance. Also kletterte er wie ein Affe hinauf, was man ihm gar nicht zugetraut hätte.

Die Klappe war aus Holz. Wenn sie abgesperrt ist, kannst du nur noch beten, Erasmus. Méndez würde unten das Klageweib geben, dich um Verzeihung bitten und dir derweil in den Hintern schießen.

Aber die Klappe war nicht abgesperrt. Sie gab nach. Und Erasmus sah über sich die milchig trübe Dunkelheit eines Zimmers.

Erasmus' Herz hüpfte vor Freude. Er hatte sich nicht geirrt.

Im Zimmer angekommen schloss er die Klappe. Dunkelheit. Sonst nichts. Es fiel ihm schwer, sich daran zu gewöhnen. Er sah nur auf der einen Seite das Fenster.

Das musste das Zimmer sein, in dem Miralles ihn gesucht hatte. Dieser Idiot hatte das Licht ausgemacht, damit die Helligkeit ihn nicht verriet.

Erasmus seufzte. Na gut …

Das Fenster.

Das Fenster …

Erasmus blutige Finger griffen in die Dunkelheit, nach dem einzigen Ausgang.

Sie berührten ein Stück Metall. Ein Rollstuhl. So alt, dass der Rost an seiner Haut hängen blieb. Er versuchte, dieses verdammte Teil wegzuschieben, das ihm im Weg stand. Aber es bewegte sich nicht.

Jemand saß darin.

Erasmus schimpfte.

Die Finger schoben.

Noch mehr Blut. Blut auf einem nach Schweiß riechenden Rock. Auf dürren Beinen. Auf eisiger Haut.

Und die Stimme der alten Madame Ruth, die Stimme, die die Mädchen gerufen hatte, die Stimme früherer Abende.

»Wie schön, dass du gekommen bist, Süßer.«

Und die Berührung einer Waffe. Verdammt, sie muss die Waffe von David Miralles vom Boden aufgehoben haben. Der Lauf bewegte sich. Und Erasmus' Stimme, die das einzige Gebet sprach, das er kennt:

»Miststück.«

Der Lauf drückte in seinen Unterleib. Genau da. Und

Erasmus bringt ihn noch besser in Position, als er versucht, den Rollstuhl wegzuschieben.

Und Ruths ruhige Stimme:

»Ich habe noch nie einen Freier getötet. Wie die Dinge doch manchmal so gehen.«

Der Schuss.

Der Unterleib.

»Da, mein Freund: da, da, da …

Nach dem ersten drei weitere Schüsse. Erasmus sinkt in sich zusammen. Die Kugeln reißen ein Loch, das größer ist als das einer kundigen Frau. Erasmus' Hand wandert zu der schrecklichen Öffnung. Blut badet Blut.

Da kommt Méndez herein und flutet den Raum mit Licht von draußen.

»Wie schade«, sagte der alte Polizist. »Jetzt, da mein Rheuma kuriert ist, komme ich zu spät.«

45

Durch die schlecht geschlossene Tür drangen die Geräusche des Viertels hinein.

Zwei alte Unternehmer, die gemeinsam Toto spielen müssen. Eine Nachbarin, die sagt, ihre Rente reiche nicht aus. Ein Auto, das versucht, neben einer Katzenfamilie zu parken. Ein Mädchen – Miss Bauchnabel –, die über das Handy mit Gott spricht.

Das Viertel.

Eine Frau, die mit ihren knallengen Jeans zur Avinguda del Parallel hinuntergeht, um wenn schon nicht den Mann fürs Leben, dann einen Mann für den Abend zu finden. Das Geschrei von zwei Kindern, die der Großvater gerade aus der Schule abgeholt hat. Verdammte Kinder, dachte hinter seiner Theke der Vorruheständler. Früher gingen sie auf der anderen Seite der Stadt zur Schule und spielten mit einem Ball aus Lumpen, heute brauchen sie den Großvater sogar zum Hoseanziehen. Klar, wenn dem nicht so wäre, was würde der Großvater auch sonst machen? Ein Wagen der Barcelona Neta fuhr vorbei, der Fahrer fluchte erst auf die Kinder und dann auf den Bürgermeister.

Das Viertel.

Ein Araber entlud einen Lieferwagen.

»Das ist einer von denen, die arbeiten«, meinte der Vorruheständler. »Vergessen Sie nicht, es gibt zwei Sorten von Arabern, Señor Méndez.«

Und er fügte hinzu:

»Ein Gläschen von dem ökologischen?«

»Nein danke, mein Speichel ist noch grün. Geben Sie mir zwei Espresso und ich trage sie selbst zu dem ruhigen Tisch am Fenster.«

»Zwei Espresso ... Jetzt sagen Sie nicht, Sie machen eine Therapie, Señor Méndez.«

»Wozu. Hat doch eh keinen Zweck mehr.«

Méndez brachte die beiden Tassen zu dem Tisch am Fenster, der auf die Plaza hinaus ging. David Miralles nickte zum Dank.

Miralles war sehr dünn.

Sein Blick war abwesend. Er schaute nur auf die Kinder, die den Platz überqueren.

»Miralles, heute ist Erasmus beerdigt worden.«

»Ach ja?«

»Er hatte so viel Blei intus, dass er mehr gewogen hat als sowieso schon. Sie haben ihn in ein Gemeinschaftsgrab gelegt, wo er bestimmt Omedes trifft. Ich war als Zeuge bei der ergreifenden Zeremonie.«

Miralles nickte abwesend. Er schaute nicht einmal mehr die Kinder an, er schaute nirgendwohin.

»Und die Alte?«

»Madame Ruth? Sie stand neben sich mit all den Betäubungsmitteln, aber sie scheint wie neugeboren, seit sie Spaß am Abdrücken gefunden hat. Mal sehen, ob sie am Ende noch im Schießen an den Olympischen Spielen teilnimmt. Wissen Sie schon, dass man sie des Mordes angeklagt hat? Aber natürlich ist sie auf Kaution frei. Ihr Anwalt sagt, es wird ihr nichts passieren.«

»Ihr Anwalt?«

»Ja, er heißt Escolano. Ich habe ihn persönlich ausgewählt, aber er will kein Honorar. Er sagt, jetzt könne er endlich mal etwas verteidigen, das es wert ist.«

David Miralles trank einen Schluck, sein Blick weiterhin abwesend. Er sah nicht einmal die Tasse an. Méndez flüsterte:

»Miralles, ich muss dir etwas gestehen.«

»Was?«

»Ich bin ein Mistkerl.«

»Ich weiß.«

»Ich bin ein solcher Mistkerl, dass ich deine Wohnung gefilzt habe. Mehr als einmal. Ohne Durchsuchungsbefehl. Ich habe immer wieder alles an seinen Platz gelegt, damit es nicht auffällt.«

»Aber ich habe es gemerkt, Méndez. Sie werden langsam alt.«

»Das geht uns allen so, Miralles. Du kennst nicht einmal deine eigene Wohnung. Du weißt nicht, mit wem du zusammengelebt hast.«

Miralles schloss die Augen. Plötzlich war da nichts mehr. Nichts.

Méndez fuhr fort:

»Du hast nicht die Seele eines Spürhundes, und das ist ja auch normal. Du schnüffelst nicht in der Kanalisation wie ich. Es ist dir nie in den Sinn gekommen, das Fenster zu überprüfen, das auf den Innenhof hinausgeht. Natürlich nicht. Eva hat ja saubergemacht. Wenn du es öffnest und dir das Fenster genau ansiehst, wirst du feststellen, dass es in der Mitte einen Riss hat. Das erscheint zunächst nicht ungewöhnlich, der ist bestimmt schon alt, doch weit gefehlt. Wenn du es mit beiden Händen nach oben ziehst, entdeckst du einen kleinen Hohlraum, in den gerade mal eine Hand hineinpasst. Und in der Wand, unter dem Fensterbrett, ist auch ein kleiner Hohlraum. Dort ist eine Pistole versteckt. Ich habe sie dort hineingelegt, für den Fall, dass du sie brauchen könntest. Und weil es besser ist, wenn niemand ermittelt. Und weil ich im Grunde meines Herzens auf das Gesetz scheiße. Und weil mir dadurch klar wurde, dass du Omedes nicht umgebracht hast. Du hast die Wahrheit gesagt.«

Méndez trank seinen Espresso in einem Zug aus, wobei er das Gesicht verzog. Verdammt, der schmeckt nach nichts, wenn das so weitergeht, lande ich noch bei den Anonymen Alkoholikern oder werde womöglich sogar Minister. Und wer weiß, ob man mich dann nicht porträtiert, wie ich eine Zigarette austrete und ein Röhrchen Aspirin in der Hand halte. Er schürzte die Lippen und sagte:

»Du hast keine Ahnung, was Eva Expósito für eine großartige Frau war. Du hast keine Ahnung, wie dankbar sie war.«

Miralles sah ihn direkt an. Oder vielleicht starrte er ins Nichts. Waren das Tränen in seinen Augen?

Tränen.

Er konnte nichts sagen. Méndez redete einfach weiter:

»Ich habe im Zimmer deines Sohnes nichts angerührt, aber ich habe gesehen, dass dort ein neues Bild hängt.«

»Ja.«

»Ein Bild von Eva Expósito.«

Miralles wischte schnell eine Träne weg. Er wollte wieder ins Leere starren.

Er schämte sich.

Méndez flüsterte:

»Du hattest es schon vor ihrem Tod aufgehängt. Es war dein Allerheiligstes. Du hattest sie darin aufgenommen.«

Miralles senkte den Kopf und fand kaum die Kraft, zu flüstern:

»Dort war alles, was ich geliebt habe, dort waren die wichtigsten Teile meines Lebens.«

Und er drehte den Kopf weg, damit Méndez ihn nicht sehen konnte.

Dort war das Fenster und das Viertel.

Aber auf einmal war das nichts mehr.

»Einen Rat noch«, sagte Méndez, »der Rat eines Veteranen, den man bald rauswerfen wird, direkt neben einen Container.«

»Was?«

»Bleib nicht allein. Du stirbst und starrst dabei auf eine Wand. Da ist noch eine Frau, die dich liebt und die dir helfen wird. Die Frauen lieben so sehr, dass sie dein Leben führen.«

»Und warum sollte ich das tun, Méndez?«

»Erstens, weil es fair ist. Zweitens, weil sie dir geholfen hat. Drittens, weil du sie brauchst. Viertens, weil sie dich von Herzen liebt. Du weißt, ich spreche von Mabel. Und es gibt noch einen Grund, den wichtigsten von allen.«

»Welchen?«

»Mabel war auch fünfzehn, wie Eva.«

Méndez ging zur Tür.

Er ließ die alte Kneipe, die Theke, den Herrn Frührentner, die Gläser mit einem Tropfen Schweigen zurück. Er ging Richtung Avinguda del Parallel und ließ das Viertel hinter sich.

Dort angekommen hielt er mit den Gesten eines Marqués ein Taxi an. Doch er war sich nicht sicher, ob der Taxifahrer anhalten würde, wenn er ihn sah.

Er bat ihn, ihn zum Friedhof von Montjuïc zu fahren, in den obersten Teil, wo das Meer so besonders glänzte und den Toten jeden Abend seine Abenteuer erzählte.

Plötzlich überkam ihn ein Kälteschauer.

Méndez beugte sich zu dem Grab herab. Seine leicht zittrigen Finger streichelten den prächtigen Stein.

Dort, zum Meer hin, befand sich das Grab von Eva Expósito. Ihr Name. Ihr – ungewisses – Geburtsdatum und das genaue Datum ihres Todes.

Darunter ein einziges Wort:

»WEISE.«

Der beste Grangé führt geradewegs ins Herz der Hölle!

Jean-Christophe Grangé
DAS HERZ DER HÖLLE
Roman
Aus dem
Französischen von
Thorsten Schmidt
784 Seiten
ISBN 978-3-404-16284-0

Mathieu Durey, Polizist bei der Kripo in Paris, ist einem mysteriösen Fall auf der Spur, einer ebenso erschreckenden wie merkwürdigen Mordserie. Teuflische Symbole zieren die Schauplätze des Verbrechens, und alle mutmaßlichen Mörder haben eines gemeinsam: Sie waren schon einmal tot, sind aus dem Koma ins Leben zurückgekehrt …

»Grangé führt seine Leser mitten in die Thrillerhölle«
BILD AM SONNTAG

»Ein Autor, dessen Vorstellungskraft keine Grenzen kennt … wenn man sich auf ihn einlässt, gibt es kein Zurück mehr«
LE FIGARO

Bastei Lübbe Taschenbuch

»Spannend, emotional, atmosphärisch dicht.«

Sebastian Fitzek

Zoë Beck
DER FRÜHE TOD
Psychothriller
304 Seiten
ISBN 978-3-404-16309-0

Nur eine Hand ragte aus dem Ufergestrüpp hervor, sein Ehering funkelte im noch schwachen Licht. Weiterlaufen!, *rief ihr die Stimme wieder zu, aber sie hörte nicht auf sie. Langsam bog sie stattdessen die Zweige auseinander, um ihn sich näher anzusehen …*
Beim Joggen macht Caitlin eine grausige Entdeckung: Der Mann, der da im Gebüsch vor ihr liegt, ist tot. Doch noch schlimmer ist: Er ist kein Unbekannter. Bei der Leiche handelt es sich um ihren Exmann, den sie gehofft hatte nie wieder sehen zu müssen. Vor Kurzem erst ist sie von London in die schottischen Highlands gezogen, um vor ihm und ihrer Vergangenheit zu fliehen. Doch wer hätte ein Motiv haben können, ihn zu töten – außer Caitlin selbst?

Bastei Lübbe Taschenbuch

Werden Sie Teil der Bastei Lübbe Familie

- Lernen Sie Autoren, Verlagsmitarbeiter und andere Leser/innen kennen
- Lesen, hören und rezensieren Sie Bücher und Hörbücher noch vor Erscheinen
- Nehmen Sie an exklusiven Verlosungen teil und gewinnen Sie Buchpakete, signierte Exemplare oder ein Meet & Greet mit unseren Autoren

Willkommen in unserer Welt:

BASTEI LÜBBE www.luebbe.de

www.facebook.com/BasteiLuebbe

twitter www.twitter.com/bastei_luebbe

YouTube www.youtube.com/BasteiLuebbe